Menino de ouro

Abigail Tarttelin

Menino de ouro

Tradução: Cecilia Giannetti

GLOBO LIVROS

Texto fixado conforme as regras do Novo Acordo Ortográfico
da Língua Portuguesa (Decreto Legislativo nº 54, de 1995).

Título original: *Golden boy*

Editor responsável: Aida Veiga
Editor assistente: Elisa Martins
Preparação de texto: Laila Guilherme
Revisão: Ana Tereza Clemente, Ana Maria Barbosa
e Ana Cristina Garcia
Diagramação: Crayon Editorial
Adaptação de capa: Adriana Bertolla Silveira

1ª edição, 2013

CIP-Brasil. Catalogação na Publicação
Sindicato Nacional dos Editores de Livros, RJ

T198m

Tarttellin, Abigail
Menino de ouro / Abigail Tarttelin ; tradução Cecilia Giannetti. 1. ed. -- São Paulo : Globo, 2013.

Tradução de: *Golden boy*
ISBN 978-85-250-5501-9

1. Ficção inglesa. I. Giannetti, Cecilia, 1976-. II. Título.

13-02911 CDD-823
CDU: 821.111-3

Direitos de edição em língua portuguesa para o Brasil
adquiridos por Editora Globo S. A.
Av. Jaguaré, 1485 — 05346-902 — São Paulo — SP
www.globolivros.com.br

Primeira parte

Daniel

Meu irmão só tira dez na escola e, geralmente, ele é legal com todo mundo. Ele é do time de futebol municipal que treina e joga na escola, e o título de capitão do time é alternado entre os três melhores jogadores, ele e seus dois grandes amigos — a cada três meses, então, ele é o capitão da equipe. As pessoas gostam dele porque é justo e sempre grita o nome dos outros jogadores para dar apoio, bate palmas quando acertam e, se eles ganham por causa do gol de alguém, sempre faz questão de que essa pessoa segure o troféu na foto para o jornal.

De nós dois, ele é o perfeito. Sempre que a minha família aparece no jornal, eles publicam fotos do meu irmão. A maior parte das vezes eles me deixam de fora. Meu irmão é muito mais alto do que eu e tem o cabelo mais claro e mais liso do que o meu, e o meu é bem encaracolado e de um loiro mais escuro que algumas pessoas dizem ser arruivado, e por causa disso já fui zoado na escola. A mamãe disse que ele se parece com um anjo e que eu pareço um duendezinho, mas não acho que ela estava tentando me insultar, porque ela ficou sorrindo como se eu fosse ficar contente quando ela disse aquilo. Meu irmão tem músculos respeitáveis, consegue correr muito rápido e ganha todas as corridas nos dias em que tem esporte na escola. Ele também vai fazer um exame de admissão para a escola preparatória que vem depois da secundária, assim o papai e a mamãe não precisam pagar dinheiro algum para ele frequentar, e ele provavelmente vai conseguir passar, a mamãe diz, porque estuda muito e é naturalmente inteligente.

Os amigos dele, o Marc e o Carl, são engraçados. São engraçados do tipo bem-humorado, mas também do tipo esquisito. Às vezes, quando eles estão na nossa casa, ficam todos calados quando eu entro na sala, e aí eu digo: — Ei! Vocês estavam falando de mim!

E eles dizem: — Não, a gente não estava, não.

E eu pergunto: — Do que vocês estavam falando, então?

E às vezes eles dão umas desculpas bobas, mas de vez em quando um deles diz: — A gente estava falando de garotas.

E então eu digo: — Não, vocês não estavam! Vocês estavam falando de mim!

E o meu irmão diz: — Não, sério, Daniel, eu juro que a gente estava falando de garotas.

E aí acredito neles, porque o meu irmão nunca, nunca mentiria para mim, porque somos irmãos e temos um pacto de sangue para nunca mentirmos um para o outro. Um pacto de sangue significa que você preferiria morrer antes de mentir para o outro.

Meu irmão também é muito popular com as garotas. O Carl me disse isso, e o Marc disse, e a mamãe também. Eu também deduzi esse fato, porque algumas das vezes em que fomos apanhá-lo de carro na escola ele estava falando com uma garota e estava de mãos dadas com ela, e depois teve uma vez... uma vez que ele estava beijando uma garota e eu fiquei chocado e horrorizado, e a mamãe riu porque eu estava boquiaberto, e aí ela tocou a buzina e acenou para ele, e o meu irmão sorriu e ficou todo vermelho e entrou no carro, e quando ele entrou no carro perguntei: — Por que você está tão vermelho?

E ele disse: — Cala essa boca, Daniel!

E aí a mamãe riu de novo, muito mais dessa vez.

A melhor coisa sobre o meu irmão é que ele é o jogador mais incrível de *World of war* que já existiu no mundo. Ele nem joga tantas vezes assim! Ele só joga comigo. Normalmente, joga mais o Xbox com o Marc e o Carl, e jogamos Wii com a mamãe e o papai às vezes no andar de baixo, e de vez em quando ele também joga Sega, mas não joga muitos games, porque fica lá fora jogando futebol americano. Mas ele joga *World of war* comigo na maioria das noites, até umas oito ou oito e meia, e aí eu tenho que tomar banho e ir para cama, ou simplesmente ir para cama. Então, leio para a mamãe antes de dormir, ou às vezes leio para o papai, mas geralmente o papai não está em casa ainda. Às vezes, o meu irmão vem e a gente tem as nossas conversas, que são conversas muito interessantes sobre a vida. Meu irmão diz que sou muito inteligente, e ele está certo. Eu sempre tenho algum conselho para dar a ele.

Somos pessoas muito diferentes. Algumas coisas que temos de diferente entre nós são boas, como o fato de ele ser melhor em inglês, geografia e história e de ele não saber o que quer ser quando crescer, mas eu sou muito avançado como designer de robô para a minha idade e sei exatamente o que quero ser quando crescer: engenheiro de robótica. Vou criar todos os projetos dos robôs e supervisionar a construção do protótipo e depois vou fazer uma corrida só de robôs, ou vou usar os meus poderes de robô para adicionar extensões robóticas em seres humanos normais, para que eles possam ser o que quiserem. Se você não conseguisse enxergar mas quisesse ser um piloto de caça, então eu poderia lhe acrescentar olhos de robô, que poderiam lhe dar uma visão 20/20, ou ainda melhor, uma visão 40/40 e visão noturna, com habilidade para detectar tanto luz infravermelha quanto luz ultravioleta. Você teria um botão na sua cabeça que poderia apertar para ver a luz que quisesse enxergar. As pessoas viriam à minha oficina e eu olharia para elas e iria melhorá-las até que ficassem absolutamente perfeitas. Eu trabalharia no meu irmão e o faria realmente grande e musculoso e rápido como um leopardo, daria a ele uma voz muito grave e um corte de cabelo reco e uma arma que surgiria de seu braço esquerdo quando os seus sentidos aguçados lhe dissessem que estava em perigo.

Eu disse ao meu irmão o que queria ser, e ele disse que era legal, mas que infelizmente ele não me deixaria lhe adicionar extensões, porque ele quer ser quem ele é e ver como isso vai funcionar. Eu disse que isso era burrice. Quem não gostaria de ser perfeito? Ou um robô?

E é por isso que eu escolhi escrever um ensaio sobre o meu irmão para a aula.

Atenciosamente,
Daniel Alexander Walker, nove anos e quatro-quintos.

Karen

Meus pais eram a antítese um do outro. Minha mãe era uma mulher bonita e triste; morena, pequenina e que se enraivecia facilmente. Ela resmungava sobre o sacrifício e tudo o que havia abandonado por nós. Ela morreu quando eu tinha dezesseis anos, e agora eu gostaria de tê-la conhecido melhor. Meu pai era alto, com o cabelo dourado repartido de um lado, e tinha um temperamento gentil e meigo. Meu pai era advogado e saía de casa para o seu escritório em York de manhã bem cedo, todos os dias. Depois ele virou político. Viu o suficiente do mundo para que construísse sonhos para nós, e quando eu pude — quando ainda era de graça estudar e obter um diploma —, ele me mandou para a Universidade de Oxford.

Eu era três anos mais velha do que minha irmã Cheryl e não queria ir sozinha, então minha amiga Leah se inscreveu para estudar enfermagem em Oxford e me acompanhou até lá. Dois anos depois de nos mudarmos para Oxford ela conheceu Edward, um estudante de filosofia, enquanto remavam no rio. Fiquei surpresa por ela gostar tanto dele, pois Leah era bastante pé no chão e Edward era mais propenso à arrogância. Ele parecia muito frio para a calorosa Leah. Seis meses depois, ele a levou a um piquenique no mesmo rio e a pediu em casamento na frente de todos os amigos dele. Eles se casaram e se mudaram para Hemingway, por causa do trabalho de Edward. As casas lá tinham um preço melhor e eram mais espaçosas, e a cidade era tranquila e segura. Alguns anos depois, eles descobriram que iam ter um bebê — um menino.

Leah se mudara para o subúrbio, mas eu amava Oxford. Era a cidade onde me tornei advogada, onde conheci meu marido, onde compramos o nosso primeiro apartamento, onde o zumbido da energia culminara em uma força viva singular que converteu até mesmo o começo mais mundano em um salto equilibrado na direção de algo novo, algo diferente e inesperado. Meu namorado, Steve, estava dois anos à minha frente na faculdade de direito. Depois que ele se formou, nos encontrávamos no pub, na maioria das noites, por volta das seis, e então ficávamos por lá até tarde, bebendo e conversando, ou caminhávamos juntos para casa. Ele era de Londres, era alto, tinha um corpo magro levemente musculoso, era sincero, displicentemente bonito e seguro de si de modo delicioso. Era passional. Discutíamos muito, mas tínhamos os mesmos valores. Nós dois lutávamos por independência e controle, mas de alguma forma imaginávamos que o sucesso já estava à nossa espera. Éramos saudáveis, jovens e cheios de expectativas de êxito no futuro. Não tínhamos problemas nem dúvidas.

Nos casamos em Oxford algumas semanas após eu me formar. Depois, fomos comer em um restaurante indiano que ambos amávamos.

Descobrimos que eu estava grávida pouco antes de trocarmos de apartamento em Oxford, e nos mudamos para Hemingway alguns meses após o nascimento do nosso primeiro filho. Steve tinha 28 anos, e eu, 26. A mudança foi inesperada, mas Oxford tornara-se muito claustrofóbica. Nossos amigos apareciam lá em casa o tempo todo, sem avisar, e acima de tudo queríamos privacidade.

Levamos um bom tempo, algumas semanas, para escolher um nome para o bebê. Steve sugeria nomes que eu odiava: Jamie, Taylor, Rowan. No final, ele ficou impaciente comigo e começou a chamar o bebê de Max. Depois de um tempo, o nome pegou.

Mais tarde, quando tivemos Daniel, nosso segundo filho, minha irmã se mudou para Hemingway, para ficar mais perto de mim. A vida de Cheryl é muito diferente da minha. Ela saiu viajando por aí em vez de ir para a universidade. Cheryl teve vários namoros de longa duração, mas ela só se casou no ano passado, aos 38 anos, com Charlie, que tem um sorriso largo de menino e um cabelo encaracolado, selvagem.

Sei que parece irracional, mas às vezes sinto inveja de toda a liberdade e solidão que ela experimentou. Como advogada na corte e mãe de dois filhos, meu tempo livre é precioso. Eu o passo com minha família e, quando tenho uma oportunidade, vejo Cheryl ou Leah, mas mesmo essas ocasiões parecem ser poucas e distantes demais entre elas. Telefono para Cheryl e Leah regularmente, mas só conseguimos almoçar ou jantar uma vez por mês.

Talvez por termos feito escolhas semelhantes na vida, Leah e eu somos mais próximas do que eu e minha irmã. Sei que, se alguma coisa me acontecesse, Leah cuidaria dos meus filhos e, se alguma coisa acontecesse a Leah, eu cuidaria do filho dela, Hunter, que, como muitas crianças sem irmãos, às vezes é temperamental e manipulador. Não expresso essa opinião para Leah, óbvio, porque todos preferimos acreditar que nossos filhos são perfeitos, e eu pessoalmente não gostaria que me desiludissem a respeito disso.

Apesar da prepotência de Hunter, ele e Max são bastante amigos desde pequenos, e Leah e eu sempre ficamos contentes por isso, porque eles se divertem juntos nas férias. Eles são bem despachados, jogam futebol juntos, exploram os terrenos, nadam, surfam, brigam e fazem as pazes sem a nossa interferência. Max é sempre o primeiro, e por vezes o único, a perdoar — sempre o pacifista.

Leah foi a primeira pessoa em quem confiei para contar sobre a condição de Max, e Hunter sabe a respeito disso desde que tinha quatro anos. Ele era jovem quando descobriu, tomando banho com Max antes de dormirem, mas pareceu compreender aquilo tanto quanto uma criança poderia. Nós apenas lhe dissemos que Max é diferente. Max é especial.

Max

São 23h10 de um domingo no final de setembro, e eu deveria estar dormindo, mas não estou. Meus pais estão dando um jantar. É óbvio, pelo som das risadas confusas e histéricas que você solta quando é adulto e tem bem poucos amigos e só se diverte raramente, que eles estão presos em uma bolha de sua própria magnificência e não vão deixar a sala de estar tão cedo.

Então, eu não estou dormindo. Estou fazendo o que suspeito que a maioria dos garotos de quinze anos faz quando existe uma garantia de que nem o pai nem a mãe vão entrar no quarto. Eu desço a mão pela minha coxa com os olhos fechados. Imagino que estou beijando alguém. É só o que sempre imagino, até agora, enquanto faço isso, no caso de eu nunca conseguir ir mais longe do que beijar alguém na vida real. Quero dizer, é óbvio que quero mais. Mas, você sabe... Pode ser que eu nunca... Nunca trepe, quero dizer. Por isso, realmente não quero pensar sobre o assunto.

Daí o sonho sobre o beijo. Beijar é bom. Definitivamente, eu sei beijar. Eu já consegui dar uns beijos incríveis. Pensar sobre beijos é algo que não vem acompanhado de pontadas de "mas e se eu nunca...?". Adoro beijar.

Então, na minha cabeça os meus lábios tocam os de outra pessoa, e eu me inclino para trás na grama do campinho da escola. Minhas mãos viajam pelas minhas pernas até chegarem perto da virilha. Nunca sei o que vai me fazer gozar. Normalmente é muito difícil chegar lá, então me contento com a sensação boa e com o toque em torno dessa área.

Eu rolo de lado, e o meu cabelo cai suavemente sobre o meu rosto, e isso também é erótico. Decido fazer o que quase nunca faço e chupo o meu dedo mindinho, depois desço com ele passando pela minha barriga.

Isso sempre me atiça. Talvez porque seja tão raro eu fazer desse jeito e, provavelmente, porque é uma coisa muito nova. É como um segredo. Eu sorrio colado ao travesseiro e respiro mais forte.

— O que você está fazendo?

— Merda! — olho por cima do ombro e puxo o edredom.

— Ai, droga! — a figura, cuja silhueta se forma sob a luz do corredor, parada diante da minha porta, solta uma risada baixa e bate a mão contra a boca. Fecha a porta e caminha adiante, para a luz, e então se revela Hunter Fulsom, filho dos amigos dos meus pais, Leah e Edward. Hunter frequenta a Six Form College[1] local. Nós jogávamos na mesma equipe de futebol antes de ele pular fora no início deste ano. Agora ele só fica por ali, no centrinho, onde todo menor de idade vai para zoar, fumar maconha e beber. Leah contou para minha mãe que as notas de Hunter caíram e que ele tomou uma advertência da polícia por ter jogado ovos na casa de alguém durante o verão.

Eu não fumo maconha. Eu não poderia, mesmo que quisesse, por causa do meu pai e da minha mãe. Eles precisam que eu fique longe de confusões, que eu seja bom. Eles são advogados, dão duro e aparecem muito no jornal. Fazer parte da minha família é algo que vem com certa pressão. As pessoas escreveriam sobre nós se eu fizesse algo assim. Minha mãe e eu chamamos isso de "dar uma de príncipe Harry".

— Não dá uma de príncipe Harry para cima de mim — ela diz.

[1] Denominação usual de um instituto de ensino comum em alguns países, como Inglaterra, Noruega e Cingapura, em que alunos entre dezesseis e dezenove anos estudam para se qualificar como A-Levels e GCSES. (N. T.)

Eu nem faria isso. Mas parece que Hunter faria e faz. Hunter é alto, moreno e, suponho, bonito. Seus olhos estão encobertos na sombra, na escuridão relativa do meu quarto. O luar que vem de fora me permite enxergar o contorno de seus traços. Tudo nele está preto ou cinza. Ele sorri para mim.

— Ei, você! — ele diz.

A mãe de Hunter e a minha são grandes amigas desde crianças. Isso faz de Hunter um "primo" não genético e, seguindo esse padrão, um dos meus melhores amigos enquanto crescíamos. Ele conhece todos os meus segredos, e até *o* segredo, aquele que só a minha família sabe, o que significa que, em certo aspecto, sempre precisei me manter nas boas graças dele quando éramos menores. Um ano mais velho do que eu, era Hunter quem mandava em nosso relacionamento. Ele era o de cabelos e olhos escuros que se mantinha misterioso e na defensiva, e eu era o louro alegre, aberto e honesto que inadvertidamente caíra em uma armadilha na qual devia obedecer a Hunter em todas as brincadeiras da nossa infância, porque ele tinha informações sobre mim, e eu não tinha nada contra ele. Apesar disso, sempre pensei em Hunter como um dos meus melhores amigos e, de certa forma, meu herói, porque ele fazia as coisas que eu queria fazer, mas fazia primeiro e bem melhor. Foi Hunter quem eu quis ter no meu time quando li *Swallows and amazons*[2]. Foi em Hunter que pensei quando vi o jovem John Connor em *O exterminador do futuro* 2. Foi Hunter quem construiu para mim, à mão, um barco de madeira para navegar os lagos quando visitamos o lugar onde nossas mães passaram a infância, em Yorkshire, e foi Hunter quem me ensinou a jogar *Pooh sticks*[3] e me abraçou na cama, à noite, quando o vento soprando soava como fantasma. Ele era um grande irmão, enquanto eu permanecia só uma criança, e, depois, ele se tornou um amigo para sempre.

Mas fico surpreso de vê-lo agora. Não nos falamos há meses, desde uma conversa bêbada sobre sexo no Ano-Novo, quando nos hospedamos de férias com nossas famílias para esquiar na Suíça e onde, sem nenhum mo-

[2] Aventura sobre crianças escrita pelo inglês Arthur Ransome e publicada pela primeira vez em 1930. (N. T.)

[3] *Pooh sticks* é um jogo em que vários competidores lançam, de cima de uma ponte, um graveto na água. O jogador que primeiro vir surgir seu graveto do outro lado da ponte é o vencedor. (N. T.)

tivo aparente, Hunter ficou irritado e quieto e mandou um "vai se foder, menino bonitinho".

— Com quantas pessoas você já dormiu? — é a última coisa que me lembro de ter dito a ele. Com um sorriso conspiratório, sussurrei isso em seu ouvido por necessidade, já que nossos pais estavam na sala ao lado.

— Pessoas? — perguntou ele, desconfiado, depois se levantou e deu uma guinada em direção à porta que levava para fora do chalé. Com um tom rouco, ele cuspira as palavras para mim: — Vai se foder, menino bonitinho.

Fazia nove meses.

— O que você está fazendo aqui? — perguntei.

— Vim pegar os meus pais — Hunter segura no ar a chave do carro. — Eles estão muito bêbados. Os seus também.

Hunter caminha em minha direção. A escuridão faz sua marcha parecer ameaçadora. Ele rebola de maneira estranha, como um lobo. Para a cerca de um metro de distância de mim, segurando uma mochila preta.

— Eu disse que ia dizer "oi" para você antes de sair. E os seus pais disseram que tudo bem.

— Ah.

Hunter sorri. — Você estava...?

— Não — digo, sem razão alguma, porque era óbvio.

— Eu vi você — Hunter fica em silêncio por um momento. Ele molha os lábios. — Você consegue?

— É claro que consigo! — digo, irritado.

— Desculpe. Não quis ofender você. É só que... é mais coisa de menino fazer isso, né?

— Ah — murmuro, corando. — Pode ser.

— Está tudo bem — ele vem se sentar à beira da minha cama, e eu tento, sutilmente, de novo sem resultado, puxar o edredom e o lençol um pouco mais para cobrir minha perna exposta. — Não tem por que se envergonhar.

— Eu sei — franzo a testa.

— Eu quero dizer, tocar a parte que você estava tocando.

— O quê? Quanto tempo você ficou parado na porta?

Ele sorri. — Posso ver?

— Ah, não!

— Esqueça isso — ele ri. — Não quero mesmo. Eu só... Porque vi você tocar ali. — Ele faz uma pausa, observando meu rosto.

Sinto um aperto na garganta ao ouvir a palavra "ali". Não é uma palavra de que eu goste. Por algum tempo, só existe o som de nós dois respirando, pesada e cautelosamente, no quarto silencioso. Um carro passa lá fora.

— Eu não vou contar para ninguém — ele diz, em tom ameaçador.

Olho para ele, que agora sorri.

— Dane-se — murmuro.

— Uhuu! — ele ergue as mãos em sinal de falso protesto, então as coloca sobre os joelhos e dá de ombros. — Só fiquei surpreso. Não achei que você se tocasse — ele enfatiza o "você".

Penso sobre esse dar de ombros e fico vermelho. — Ah. Ok. Desculpe. (*Por que eu disse "desculpe"?*, penso.)

Hunter olha em torno do meu quarto com o ar de proprietário que ele sempre teve em relação à minha vida e às minhas posses. Ele sempre foi o líder e, às vezes, o valentão. É alto, musculoso e masculino. Eu me sinto pequeno ao lado dele, vestindo apenas uma camiseta, coberto pelo edredom. Hunter veste uma camiseta com o logotipo de uma banda e jeans, e usa uma corrente de metal pesado e um chaveiro preso ao passador de seu cinto. Seus braços são fortes e peludos. Ele cheira a desodorante perfumado e cerveja. Eu provavelmente cheiro a xampu.

— Quer uma Stella? — pergunta, de repente, como se estivesse procurando alguma coisa para dizer. — Eu tenho algumas na mochila.

Dou de ombros. — Claro.

Ele pega duas garrafas em sua mochila preta e me passa uma.

— Você consegue beber e dirigir? — pergunto.

Hunter coloca a perna esquerda em cima da cama e se vira para mim. Dou um jeito de colocar a perna por baixo da coberta e me sentar, bebendo a cerveja.

— É só Stella. Nem todo mundo é um peso leve total como você — Hunter diz, bebendo da garrafa como se fosse Coca-Cola.

— Então... o que você tem feito? Não vejo você há séculos — digo, com cuidado para não mencionar o Ano-Novo.

Hunter apenas olha para mim e revira os olhos. — Eu cresci.

Ergo as sobrancelhas. — Então agora se drogar e jogar ovos na casa dos outros é crescer?

— Dane-se, você não entende nada — Hunter resmunga, irritado, mas me empurra como se estivéssemos brincando, mantendo as mãos na minha barriga, e se aproxima de mim na cama, aconchegando-se como costumávamos fazer quando éramos pequenos. — Você não mudou nada — diz ele, despenteando meu cabelo. Ele se inclina sobre o meu ombro.

Sorrio com a garrafa na boca e sinto a cerveja molhando meu lábio inferior e o queixo.

— Oops — digo. Hunter me observa de perto, como se estivesse concentrado, enquanto eu me limpo. — Você está bêbado? — pergunto.

— Não — ele olha para baixo e bebe de sua garrafa, em seguida abre mais duas. — Eu realmente estou com sede.

Pego a garrafa que ele me dá e a coloco sobre a mesa de cabeceira. Já posso sentir minha cabeça girar por ter bebido muito rápido. Hunter se contorce ao redor da cama e se inclina para trás contra a parede, com as pernas no meu colo, me prendendo sob ele.

— Então... — tento pensar em alguma coisa para dizer. — Você ainda está saindo com Kelly Morez?

— A gente não estava saindo de verdade.

Eu espero. — E isto é tudo o que você vai dizer sobre o assunto? Sei que você trepou com ela, você me disse no...

— É, eu sei, no Ano-Novo — Hunter corre a mão pelo seu cabelo. — Não é sexo direito se você não gosta da pessoa.

— Você não gosta dela?

Hunter dá de ombros. — Gosto mais de outras pessoas — ele toma outro gole de Stella. — E você? Saindo com alguém?

Balanço a cabeça. — Não.

— Ouvi dizer que você pegou um bocado de gente da sua série.

— Onde você ouviu isso?

— Por aí. Tenho que ficar de olho em você. Você é o meu priminho. Mais ou menos.

— Na verdade, não — eu aponto, em objeção. — E sou só um ano mais novo que você.

— Tanto faz. Um bocado de gente no curso também gosta de você.

— Sério?

— É — ele bufa, meio que dando risada, mas não chega a rir. — Eles acham que você é uma gracinha.

— Uma gracinha? — torno a franzir a testa.

— Bom, você sabe. O que melhor define você.

Dou de ombros. — Bom, nunca fiz tudo. Eu paro antes de ir muito longe.

— Eu sei, ouvi dizer — Hunter diz.

— Hein? Ouviu de quem? Quem está contando todas essas coisas a você? — pergunto, rindo. — De quem você anda recebendo essas informações, da Gestapo?

Hunter apenas sorri misteriosamente. — Bem... — ele bate sua garrafa contra a minha quando apanho a segunda. — Mas eu entendo. Não tem nada que se possa fazer se às vezes a gente simplesmente não quer, certo?

— Huumm, bom, não é bem isso... — começo.

— E às vezes você... simplesmente faz — Hunter diz calmamente, estudando o rótulo de sua garrafa. Ele bebe a cerveja e olha ao redor do meu quarto. — Jogos divertidos — ele murmura, olhando para os consoles.

Franzo a testa. — Você está bem, Hunter?

Por um momento, ele parece realmente triste. Mas, em vez de falar, inclina-se para trás, sobre o meu ombro.

— Tudo bem — diz ele, depois de um minuto. — Só cansado.

E então ele respira aceleradamente, e percebo que está chorando.

— O que há de errado? — pergunto, passando os braços ao redor dele. Hunter enterra o rosto no meu pescoço e eu sinto seus lábios, abertos e molhados, contra a minha pele. Sua garganta faz um barulho de asfixia.

— Ei, ei — murmuro baixinho e, segurando seu rosto com minhas mãos, gentilmente o afasto para que eu possa olhar para ele. Limpo suas lágrimas. — Qual é o problema?

Hunter consegue se acalmar. Ele olha para mim de um jeito intenso, quase com raiva. Seus lábios tremem. Ele os cerra como se estivesse refletindo sobre algo, como se estivesse confuso, então se inclina para a frente e me beija, os dedos da mão direita agarrando o cabelo na parte de trás da minha cabeça. Estou tão acostumado a deixar Hunter fazer o que quer que por um momento não reajo. Sinto a língua dele serpentear entre meus lábios.

— Epa — murmuro, lutando para me afastar da força bem mais resistente de Hunter.

Seus olhos castanhos parecem negros agora. Eles rastreiam meu rosto. — O que você está fazendo?

Ele parece mal-humorado. — Você devia gostar de mim.

— Eu *tenho* que gostar de você? — pergunto.

— Você é mais menina do que menino — Hunter resmunga, e percebo que está muito bêbado. Como ele dirigiu até aqui sem bater, e como vai levar seus pais de volta, eu não faço ideia. — Quando a gente crescia junto, sempre achei... Max... — ele sussurra. — Por favor, Max.

— Você está... Hunter, você está bêbado.

— Eu estava nervoso — ele murmura. — Porque eu sabia que ia ver você. Por favor, Max.

Ele se inclina novamente, mas me viro um pouco, de modo que seus lábios roçam a minha bochecha.

— Eu não sou gay. Desculpe — digo. Parece que estou implorando a ele. — Não que seja ruim ser gay, é só que... Eu não sou.

— Você não tem que ser — diz ele, com a maior naturalidade.

Olho para o lado, tentando meditar sobre isso, minha boca formando a palavra "que". — Huumm — digo, finalmente. — Mas... você é.

— Não, eu não sou — diz ele. — Não gosto de meninos. Nem de meninas. Só de você.

— Você não pode dirigir até a sua casa! — digo, nervoso. — Você não parece bem.

Hunter retira a mão, e seus olhos se enchem de lágrimas, lágrimas pesadas, como uma geada em uma janela do carro no inverno. Eles se tornam opacos.

— Hunter — sussurro, delicadamente. — Sinto muito.

Ele olha para mim, alcança minha garganta com as mãos e agarra o meu pescoço. Não é realmente agressivo. É algo íntimo, como se fôssemos os melhores amigos que costumávamos ser. Seus olhos estão sobre mim — primitivos, selvagens. Observo Hunter como a um animal, uma presa buscando as intenções de um predador. Ele olha para mim. Meus olhos tremem ao ver seu peito, considerando quão maior do que eu ele é.

— Eu não sou uma aberração — ele rosna. — Não tem nada errado comigo. Tem alguma coisa errada com você, e é você que me faz sentir isso.

Olho para baixo e sinto o lábio inferior fazer um beiço, envergonhado por ele ter trazido à tona a minha condição.

— Você sempre me fez sentir assim — diz ele. — Você é um sedutorzinho. Você é uma aberração. Eu não sou... Eu não sou...

— Gay? — murmuro.

— Não, eu não sou gay, porque você não é sequer... porque você é...

Seus olhos percorrem mais do meu corpo. Parece que ele está tentando impedir um ataque de pânico.

Levanto o braço e coloco a mão no ombro dele para acalmá-lo, e ele se aproveita disso para colocar o braço sob o meu, envolver minha cintura e me puxar, com um movimento rápido e fácil, da posição em que estou sentado, jogando-me de costas sobre o colchão. Ele avança e me beija de novo, brevemente, antes de murmurar: — Você vai gostar. Eu juro.

Ele olha para a porta, ergue-se de leve, desabotoa o cinto e pula para cima da cama, apoiando-se sobre minha perna direita e pressionando e empurrando minha outra perna com os braços. Tudo acontece tão rapidamente que ainda sinto pena dele enquanto faz tudo isso. O tom da minha voz muda de consolador e suave para pânico súbito.

— Ei! Espere, espere! O que você está fazendo?

— Shhh! — ele sibila um aviso. — O seu irmão.

Ele se refere a Daniel, que tem quase dez anos e está dormindo no quarto ao lado. Não, não quero que Daniel acorde e ouça a gente e entre agora. Enquanto penso sobre isso, Hunter já removeu o edredom de mim com um golpe rápido. O edredom aterrissa entre o meu corpo e a parede à minha direita, contra minha perna. Hunter se ajoelha dolorosamente, bem sobre as minhas coxas, segurando-me com seu peso.

— Merda! — grito e me cubro com as mãos. — Que droga é essa? Hunter! Fica longe de mim!

— Cale a boca! — Hunter vem para a frente, coloca uma das mãos sobre a minha boca e a outra no meu pescoço e me sacode com força, e sinto meu cérebro como se estivesse batendo contra o meu crânio, até que fico quieto e minha cabeça dói. Ele se inclina para baixo, para o meu rosto, e roça os lábios contra minha pele. — Cale a boca! — diz ele de novo, parecendo não ter certeza, mesmo enquanto diz isso.

Ele retira as mãos, e eu fico ali, imóvel, com minhas mãos ainda sobre o rosto, onde tentei tirar seus punhos do meu pescoço. Tusso suavemente, o ar retornando aos pulmões. Não estou com medo. É o Hunter. Lembro-me de como ele era quando tinha cinco anos. Na minha cabeça, ele tem cinco anos.

Fico quieto. Sinto que o meu físico, a minha capacidade de me mover, está flutuando acima do meu corpo. Eu me sinto tonto e fraco. Na minha cabeça, meu cérebro grita para mim mesmo, para eu voltar.

Então, a sensação de estar dentro do meu próprio corpo retorna. Tomo o ar com duas respirações curtas e percebo que estivera olhando para o teto; mãos para cima como um condenado na frente da polícia, sem respirar, por cerca de trinta segundos. Alguma movimentação vacilante está acontecendo mais para baixo na cama. Olho para minha cintura.

— Jesus — murmuro, sem conseguir acreditar, como se estivesse assistindo a algo terrível no *CSI*. O pênis de Hunter aponta para mim. Ele estica as mãos e as esfrega em torno de minha virilha.

— Isto aqui é a sua boceta? — ele sussurra, chocado. — Merda!

— Não! — recupero a voz. — Pare! — tento me sentar, mas ele se inclina para a frente e me empurra para trás, facilmente, com a mão no meu peito.

— Não se mova, ok? Por favor — ele murmura. — É só não se mover.

É quando o choque se dissipa, e eu percebo o que está por vir. Parece que se leva muito tempo para compreender a situação. Quero dizer, coisas como essa nunca acontecem. Elas acontecem com outras pessoas, mas não com você, não comigo. Não com o Hunter temperamental-mas-inofensivo.

Não com o filho dos melhores amigos dos seus pais. Não com seu verdadeiro melhor amigo para sempre, desde quando você era criança. Não na sonolenta, pequena cidade de Hemingway. Isso acontece em becos escuros, à noite, com estranhos. Isso acontece quando você está perdido em uma cidade. Mais certamente, isso acontece com meninas. Então, eu vinha pensando até este momento, *Isto não está acontecendo*. Esta é uma situação que você pode controlar.

Agora estou deitado de costas em silêncio, enquanto Hunter sente minha pele nua, e eu posso senti-lo, tão pesado, as pernas de jogador de futebol forte pressionando para baixo as minhas coxas, e percebo o que ele vai fazer. Sei que não vou ser capaz de detê-lo. E percebo muito tarde.

— Ai! Fique longe de mim! Saia de cima de mim! — Eu luto, mas ele já está se forçando "ali", para mim, abrindo-a para os lados com os dedos. — Não! Ai!

Sinto algo ser brutalmente forçado — empurrado — para dentro de mim. Uma dor pior do que qualquer coisa que já senti me atravessa. É muito grande.

Meus olhos e boca abertos, quase grito em pânico: — Não! Ai, Deus! NÃO! Por favor! Hunter! Por favor!

— Ei! — ele sussurra para mim. — Shh! Cale a boca!

— Isso dói! Não! — Lágrimas caem pelo meu rosto, e sinto vergonha de mim mesmo por ser um covarde que já está chorando. Estou ofegante e me contorcendo, e suplicando com os olhos, e em pânico e me lamentando em um ganir constante, como um cão que foi chutado. — Por favor! Por favor, Hunter! POR FAVOR!

— Vai ficar melhor! — ele sibila, e se empurra ainda mais para dentro.

Ouço uma gargalhada do andar de baixo. Ouço as explosões de um jogo de videogame e percebo que Daniel não está dormindo. Ele está acordado, jogando *World of war*, e eu estou no quarto ao lado, com Hunter. Ele solta um grunhido, e eu sinto minha pele sendo dolorosamente repuxada e grito:

— NÃO! Por favor, por favor, por favor! Para, por favor, para! Por favor!

— Ei! Escute! Pare com isso! Me escute! — Ele agarra meus ombros e torna a me sacudir, até que a minha cabeça começa a saltar sobre o travesseiro e eu me sinto como um objeto, uma coisa, incapaz de me mover, preso, arrolhado e inútil, e então ele me segura de modo a me fazer olhar direto para ele. Seus olhos escuros encarando friamente os meus. Eu o vejo lutar para mantê-los frios.

Os dedos de Hunter beliscam meus braços. Sua respiração quente contra minha pele. Ele se move em minha direção e me beija, lambendo minha boca enquanto não movo os lábios. Ele se inclina totalmente sobre mim, seu peso caindo sobre meu peito, e envolve seus braços em torno da minha cintura e do meu pescoço. Não consigo respirar. Ele continua a me penetrar. Seus lábios pressionados contra minha bochecha. Eu abro a boca, mas não consigo formar nem uma palavra. Solto um gemido. É muito doloroso.

— Ei. — Ele levanta a cabeça. — Você quer mesmo que a sua mãe e o seu pai escutem? — ele sussurra. — Você quer que eles venham até o seu quarto ver o seu pauzinho de mulher?

Calo a boca, chocado, e olho para ele.

— Você quer? — ele pergunta, com naturalidade. — Você quer que a sua mãe e o seu pai vejam o seu pauzinho de mulher? — Seus lábios se abrem perto de mim. Ele engole em seco. Balança a cabeça minuciosamente, ainda dentro de mim. — Eu não sou gay — ele murmura. — Você não é um cara. Você é... você não é nada.

Meus lábios tremem. Nossos olhares estão fixos um no outro. O rosto de Hunter se torna mais frio e raivoso à medida que ele se convence de suas próprias palavras. Observo-o, incrédulo.

— Você é uma aberração — Hunter murmura, respirando aceleradamente. — Você é um garoto-mocinha.

Esse é o pior momento da minha vida.

Nunca falaram comigo dessa maneira.

Essas palavras, *a palavra*, queimam no meu rosto, arrancam vergonha do meu sistema nervoso, fazem as lágrimas aferroar, de repente, de imediato, os cantos dos meus olhos.

Esperamos juntos, em silêncio, por uma reação minha. Mantenho a boca aberta. Minhas pálpebras piscam. Engulo em seco. Eu suo.

Olho para o meu pênis. Olho para a porta. Olho para ele, por cima de mim, dentro de mim.

— Você quer? — ele sussurra. — Você quer que eles vejam?

Balanço a cabeça, fecho os lábios e espero, observando-o.

Hunter também balança a cabeça. — É claro que não. Ninguém quer ver isso, né?

Eu espero. Ele aperta a pele da minha cintura com força entre o indicador e o polegar. — Será que eles querem ver isto aqui, Max?

Balanço a cabeça e murmuro. — Não.

Chegamos a uma espécie de impasse. Entendemos que eu não devo me mover, nem gritar. Em todo caso, não me movo. Eu não grito. Olhamos um para o outro, diretamente nos olhos, enquanto Hunter se move para a frente, em cima de mim. Inclina-se sobre minhas pernas e as coloca em V e pressiona os joelhos para baixo, para me prender na cama, minhas pernas afastadas. É tão esquisito ficar assim, tão exposto. É a primeira vez, percebo, em toda a minha vida, que me deito assim, totalmente aberto debaixo de alguém.

Ele move o quadril para a frente, com rapidez, e enfia algo duro e comprido ainda mais fundo em mim. O seu pau — acho, como se pudesse ser outra coisa, e essa noção acaba de me atingir. Sinto meus órgãos genitais ser terrivelmente alargados, e me sobe um engulho, do estômago até a garganta.

Solto um grito vacilante, a respiração escapa por entre os meus dentes. — Uh, oh, oh.

— Apertadinho — Hunter sussurra, friamente, como um cientista. Então, quase se desculpando: — Um pouco seco. Acho que você não fica molhado, né? — Ele está tentando manter a calma. Mas seus lábios tremem.

Falo sem pensar: — Eu não sei.

— Vai ficar melhor.

Ele empurra de novo, mais fundo, e eu suspiro de dor. A dor é... insuportável. Explícita. Nauseante. Constante. Subindo e descendo um pouco a cada metida.

Não fui feito para isso. Não sou largo o suficiente. Ele é muito grande. Ele é *muito* grande! O alargamento libera um estalo e então para, e aí eu começo a rachar. Consigo sentir minha pele sendo rasgada lá embaixo. Ele se inclina sobre mim, seu hálito quente, cheirando a bala de menta e a cerveja. Fico mais enjoado.

Hunter fecha os olhos, vira o rosto para o meu pescoço e geme. — Ah — ele murmura, entrando e saindo de mim. — Ai, meu Deus!

Não consigo fechar os olhos. Simplesmente não consigo fazer nada. Fico deitado ali, nulo. Fico deitado ali enquanto ele beija o meu pescoço, sugando minha pele. Fico deitado ali como uma boneca inflável, a boca aberta, subindo e descendo sobre os lençóis enquanto Hunter pressiona minhas pernas para baixo e se move para trás e para a frente dentro de mim. Ele levanta a cabeça e olha para baixo, para o ponto onde está me penetrando. Não posso ver onde é. Estou deitado de costas. Não quero ver o lugar, mas instintivamente olho para onde Hunter está olhando. Meu pau está balançando de um lado para o outro, sem vida, enquanto ele mete em mim. Penso sobre como deve ser para um cara grande, forte, com um pau enorme, ter a capacidade de entrar em qualquer lugar e saber que pode dominar e pegar qualquer pessoa que quiser. Eu me pergunto se gostaria de ser assim, se tivesse escolha. Parece uma coisa estranha de ser. Parece uma coisa alienígena.

Hunter observa nossas partes se juntando. Ele deixa escapar outro "Ai, meu Deus", subindo de tom enquanto mete mais rápido. Toma meu braço e o coloca acima da minha cabeça, então o prende lá. Ele parece aspirar o cheiro do meu ombro. Põe as mãos no meu cabelo novamente, acariciando, despenteando-o, e geme, balançando para a frente e para trás. Meu cabelo é muito macio. Ele costumava acariciá-lo assim, quando éramos pequenos. Não acho nada de anormal nisso. Todo mundo acaricia o meu cabelo.

Olho para ele, olho para o teto, olho para os meus pôsteres do outro lado do quarto — a equipe de futebol da Inglaterra, Dakota Fanning, Saoirse Ronan, a vitória da primeira liga júnior de futebol de Hemingway, comigo na primeira fila, no centro, ao lado de Marc e de Carl. Olho para os meus DVDs. Olho para o toca-discos desmontado que Carl e eu encontramos no mercado de pulgas e que havia mais de um mês a gente vinha tentando fazer funcionar. Olho para a televisão e para o emaranhado de fios que conduzem ao Xbox Live, ao Wii e ao velho Sega, que é engraçado de jogar quando se está bêbado, tarde da noite. O *Halo 4* está no chão, fora de sua caixa, ao lado de uma pilha de cuecas sujas e camisetas.

— Ah, Max — Hunter geme para mim, excitado feito um animal no cio, seus olhos fechados. Sinto minha pele se rasgar ainda mais e eu guincho, ofego, solto um ah, puxo o travesseiro sobre a minha cabeça, tentando ficar quieto. Seus braços envolvem meu corpo. Rolo um pouco para a minha direita. Ele se senta, para por um momento e pressiona minhas pernas.

Agora ele está por cima de mim, seu torso em ângulo reto em relação à cama. Ouço suas coxas batendo contra as minhas. Um som horrível de algo sendo esmagado, vai ficando mais alto. Ele desliza livremente para dentro e para fora agora, mas ainda asperamente, porque eu sou muito apertado e pequeno para isso. Não fui feito para isso. A dor viaja pelas minhas pernas e entorpece meus dedos dos pés. Estou envergonhado pela maneira como meu corpo se dobra, constrangido pela forma como ele treme e se abre para ele. Estou envergonhado e confuso sobre o motivo de me importar com isso já que me sinto feio, então quero colocar as mãos sobre meu pênis e fazê-lo parar de pender de um lado para o outro. A dor é aguda no ponto de entrada e mais contida dentro de mim. Eu me preocupo. Eu me pergunto o que ele estará tocando. Parece bater contra o meu estômago. A descrença e o choque desaparecem por um momento, e a dor se transforma em algo tão forte que tenho que falar. Lentamente, retiro o travesseiro da minha cabeça e o agarro com força por cima de mim no colchão. Minha garganta se abre e minha voz se une à cacofonia de sons tranquilos.

— Ai, meu Deus, por favor! — eu lhe peço, seriamente. — Ai, meu Deus, por favor. Hunter. Por favor.

— Shh, shh. — Ele respira, sem olhar para o meu rosto, a boca aberta, o quadril se movendo rapidamente, uma faísca estranha, confusa, piscando em seus olhos. Intenção. Excitação. Curiosidade. Temor. Desespero. Constrangimento. Compreensão. Vergonha. Desejo. Necessidade. Aquele brilho opaco. Então a expressão furiosa no cenho e os movimentos de alguém que quer terminar alguma coisa. Posso ouvir o som de algo batendo, posso ouvir o som de algo molhado, posso ouvir o *whomp whomp whomp* de coisas côncavas batendo contra outras coisas côncavas e do ar passando entre elas.

Posso ouvir o rangido tranquilo da cama. Posso ouvir, cheirar e sentir a respiração de Hunter sobre mim.

— Ai, meu Deus — ele murmura para si mesmo. — Eu vou...

Seu corpo se curva, e ele se agacha sobre mim. Hunter solta um gemido longo e grave. Seu rosto está contra o meu peito. Seus braços se esticam, tateando cegamente até os meus ombros, então os abraçam. Eu espero, enquanto ele me abraça.

Talvez vinte segundos se passem, e ele olha para cima, sem se deter muito em meus olhos. Ele parece surpreso, triste e grato. Grato e desesperado. Esfrega a mão trêmula em seu rosto.

— Desculpe — ele resmunga, e se deita na cama. Estou deitado de costas. Ele se deita de lado, ainda dentro de mim, o braço sobre meu peito, o rosto voltado para mim no travesseiro, os lábios próximos ao meu ouvido. Estou olhando para a frente, mas posso senti-lo me observando.

Franzo a testa, a minha respiração desacelera, e olho para o meu corpo.

— Você gozou em mim?

Olho para ele e o vejo em pânico novamente, e então um manto de raiva sobe. O lábio petulante solta: — Por que você quer saber?

Hunter se desloca mais para baixo na cama. Ele puxa o pênis para fora de mim rapidamente, e eu solto um "ah" — um ruído estranho, doente, gaguejante, detestável de desculpas. Ele afivela a calça.

— Do que você está reclamando? — Ele veste seu casaco, que retira da mochila. — Não fale nada, e eu não vou falar nada de você. Não conte nem para a sua mãe. Para começo de conversa, ela já tem problemas suficientes com você e o seu irmão retardado.

Por alguma razão, balanço a cabeça e sussurro calmamente: — Eu não vou contar.

Hunter guarda as garrafas de cerveja vazias.

— Ele não é retardado — digo.

Hunter me olha como se tivesse cinco anos de novo, como se eu estivesse fazendo birra com ele no parquinho. É o seu olhar para quando faço algo de que ele não gosta.

— Tanto faz — ele diz.

Então Hunter não está mais lá, e sou só eu, deitado, com as pernas separadas, como um inseto morto, achatado de dor contra o colchão e piscando rapidamente com a boca aberta. Como se eu não pudesse acreditar que aconteceu o que acabou de acontecer. Como se eu não soubesse onde estou. Como se estivesse em alguma realidade alternativa, na qual existe a possibilidade de Hunter ser uma pessoa má, de meu quartinho normal ser a cena de um crime, de eu poder ser tranquilamente forçado a algo tão repugnante que não posso nem pensar na palavra em minha mente, e de tudo poder acabar em cinco minutos.

Ouço o ranger da escada enquanto os sapatos de Hunter tocam os degraus. A porta da sala de estar se abre, liberando um vendaval de riso até o andar de cima. Deixo minhas pernas doloridas descerem sobre o colchão.

Posso ouvi-lo dizer algo a minha mãe e a meu pai e para tio Charlie e tia Cheryl, agradecendo a eles, dizendo boa-noite, fazendo uma piada. Eles riem de novo, a voz grave do meu pai rugindo sob a risada aguda da minha mãe. Ouço seus pais saindo com ele, dando adeus. Em seguida, o fechar da porta da frente e passos descendo o caminho de cascalho, o ranger do portão, o som de um motor sendo ligado e o raspar de pneus sobre o cascalho, sinalizando a partida deles.

Ouço um caminhão pela estrada afora. Meus cartazes estão nas paredes. O *Halo 4* ainda está no chão. A noite ainda passa por trás das cortinas. Estou imóvel, quieto, zonzo e abalado. Sinto um frio molhado e uma ranhura entre as pernas. Sinto-me enjoado, com vontade de vomitar. Sinto-me envergonhado e estranho, e tenho muita dor. Vozes sobem pela escada.

Eu me sento lenta e dolorosamente, puxando as cobertas sobre mim, com os olhos bem fechados.

Daniel

Papai e mamãe e tia Cheryl e tio Charlie e tia Leah e tio Edward ainda estão a toda no andar de baixo, conversando etc. Não entendo o que tanto eles têm para falar. Tudo o que eles fazem é tão chato. Tudo são leis e estatutos e processos judiciais, e eu disse a minha mãe que ela devia fazer alguma coisa divertida, tipo jogar videogame, senão ela só vai ter uma vida chata em que tudo é chato o tempo todo, e aí ela gritou comigo. Não entendo essa mulher. Eu não estava sendo grosseiro. Estava tentando ajudar.

Eles estão falando tão alto que fica difícil dormir, então comecei a jogar escondido o meu game no quarto, com o volume baixo. É um jogo bem complicado, na verdade é para quem tem mais de dez anos, mas sou extremamente avançado em informática, por isso é fácil para mim. Por duas vezes ouço sons do lado de fora da minha porta, mas ninguém entra. Às vezes, acho que todo mundo se esquece de mim. Fico zangado com eles um bocado de vezes. Max não se esquece de mim, mas, mesmo assim, às vezes fico com raiva dele, porque a mamãe e o papai acham que ele é muito melhor do que eu. Eles pensam que não sei, mas eu sei, sim. Eles vão ver só quando eu for mais velho e for um engenheiro de robótica bilionário feito aquele *geekzinho* feioso do filme. Eu não vou ser feio nem vou ser *geek*[4]. Se eu ficar bilionário, vou fazer a coisa certa e usar meus poderes para me transformar em um super-robô e então vou comprar muitos amigos legais.

Olha só, eles estão gargalhando novamente. Parecem gritos, como no nível 30, quando você pode massacrar e destruir todos os *aliens*.

Se eles vão mesmo se esquecer de mim, vou ficar acordado e jogar o meu game. E eu vou jogar e jogar e jogar até ouvir os carros indo para casa e vou chegar ao nível 22 antes que eu fique tão cansado que não consiga mais jogar, e eu também vou matar um total de 335 *dwarflords*[5] do mal.

Sylvie

Minha cabeça dói por causa da música que tocou no Toby a noite toda. Ele mora em Oxford e frequenta a faculdade. Fiz com que ele me trouxesse de volta de carro, mas ele estava totalmente chapado. Foi bem assustador.

[4] *Geek*: pessoa bem-sucedida em atividades científicas ou técnicas, mas por vezes socialmente inepta. (N. T.)

[5] *Dwarflord*: vilões do videogame jogado por Daniel; são uma espécie de anões do universo do jogo eletrônico *World of war*, inspirados em personagens da mitologia criada por J. R. R. Tolkien. (N. T.)

Eu não uso drogas. Experimentei algumas quando era mais nova, mas só idiotas como Toby passam a vida inteira doidões. Amanhã vou dar o fora nele. Pelo telefone.

Hoje à noite pedi que ele me deixasse na igreja, porque ele é do tipo que, se soubesse onde eu moro, iria aparecer e tocar guitarra desafinando debaixo da minha janela. Já me aconteceu antes, e acho que meus pais não vão aguentar isso novamente. É melhor, eu sempre penso, compartimentar.

A noite está muito silenciosa, e parece que alguém desenhou a cidade em preto e branco. Todas as pessoas dormem exatamente como os mortos, e nós compartilhamos o silêncio. Eu estou no cemitério. As sepulturas parecem tão bonitas no escuro... Não são assustadoras. Não são sinistras ou qualquer coisa assim. São estranhas e bonitas e esquisitas. Gosto de ficar aqui, mas você não pode falar durante a noite, porque isso acorda os espíritos, e você não pode pisar em uma sepultura, porque é sacrilégio. Você não vai querer acordar os mortos. Eles dormem, assim como os vivos. Bom, todas as pessoas, exceto eu, acho.

Um carro passa. Ouço o ronco do motor enquanto ele está fora do meu campo de visão e mergulho na sombra de um túmulo.

O carro desvia um pouco na estrada, desacelera, acelera. Estou perto o suficiente para ver através do vidro, e o carro está indo devagar o suficiente pelo centro da cidade para que eu reconheça um rosto. É um cara da Six Form College. Ele é gostoso. Lembro dele de festas, mas não sei o nome. Tem um homem sentado ao lado dele. Que se parece com uma versão menor, mais velha do motorista, provavelmente é o pai. Tem uma mulher no banco de trás.

De alguma forma, o carro me assustou, aparecendo desse jeito, de repente, e assim que ele passa eu saio de fininho pelos portões da igreja e começo a caminhar em direção a minha casa.

Eu queria não ser assim. Desse jeito, com medo o tempo todo. Sinto que, quanto mais velha fico, mais assustada me torno. Acho que é porque, quando vocês cresce, percebe que o mundo é um lugar pior do que imaginava quando criança, e a pior coisa que existia era ser empurrado por um babaca ou fazer xixi na calça na sala de aula. Agora percebo que há muito mais a temer do que isso. Fico com medo de andar sozinha no escuro, com medo de caras à espreita nas sombras, com muito medo de viver plena, livremente. Há todas essas coisas que quero fazer antes de morrer, mas e se eu morrer agora ou em breve? Outra coisa que me assusta é a minha vida tomando forma e se consolidando. Nós vamos fazer as nossas GCSEs[6] e decidir sobre as nossas opções de A-Level[7] neste ano, e em dois anos nós vamos para a faculdade. E se eu fizer as escolhas erradas?

Às vezes, tenho esses ataques de pânico. Eu tenho sempre um saco de papel perto da cama. É por isso que às vezes eu saio à noite, sozinha, como hoje. É para provar a mim mesma que a noite é só o mundo na sombra, que meus medos não podem me controlar, que eu tenho coragem.

A escuridão não é sequer a perda de visibilidade. É apenas uma mudança de cor, de tom. É a mesma coisa que o dia, com uma tonalidade diferente.

Você precisa de coragem para fazer qualquer coisa. A mesma coragem que precisa ter para fazer um teste ou fazer escolhas ou escrever um poema quando o último que fez ficou uma merda, é a mesma coisa que sair à noite sem ficar apavorado. Se tiver medo, você nunca vai viver. Você precisa de coragem para viver.

Antes de eu chegar à esquina da minha rua, ouço o carro pela última vez: um guinchar de rodas e o motor do automóvel cortam a quietude da noite enquanto ele vira à esquerda na Grove Street. Cantando pneu. O cara acha isso legal. Babaca.

Karen

É ESTA HORA DA MANHÃ, pouco antes do amanhecer, que eu mais amo. É o silêncio. Eu não costumava notar a manhã quando era criança, nem mesmo quando estava na faculdade. Agora, estes são os únicos minutos do meu dia que não estão repletos de ruído. É engraçado o que perdemos por sermos jovens, mas sinto falta da proliferação do silêncio se desdobrando diante de

[6] General Certificate of Secondary Education ou GCSEs: qualificações-padrão obtidas por praticamente todos os estudantes do Reino Unido que têm dezesseis anos. (N. T.)

[7] Algumas instituições de ensino do Reino Unido, voltadas para estudantes menores de dezoito anos, oferecem as GCSEs e os A-Levels, exames para os quais há uma preparação de dois anos. (N. T.)

mim em uma longa tarde de domingo. Lembro-me da nossa primeira casa em Hemingway, eu descia para pegar um copo d'água e olhava a baía pela janela enquanto o sol atravessava o jardim, ou eu, sentada, recostada sobre os travesseiros na cama, ainda no silencioso despertar da manhã, pouco antes de o canto dos pássaros começar e acordar Max. Lembro-me dos silêncios que tínhamos no apartamento logo que terminamos a universidade, nos primeiros dias da minha gravidez, meu marido novo em folha sem camisa, lendo ao meu lado, enquanto eu lia dramalhões baratos e romances policiais — meu prazer culpado — e apreciava a paz antes de iniciar meu ritual diário de vômito e dor.

Tento imaginar Steve jovem daquele jeito, magro como ele era. Imaginar Steve como um rapaz magricela em jeans velhos e rasgados, sem pelos no peito. Eu não consigo.

Esfrego a cabeça para afastar a leve ressaca que sinto chegando por causa do jantar de ontem à noite. Acabamos com o resto do vinho que Cheryl nos trouxe da França neste verão.

A vida acabou sendo algo diferente do que eu havia previsto. Agora entendo o que minha mãe queria dizer, que você abre mão de coisas pelos seus filhos e que talvez existam limites que eu não seja capaz de atravessar em termos de sacrifício, mas ainda não cheguei a eles e espero não chegar. Eu queria que minha família fosse unida, como minha família na infância nunca foi, e nós somos. Eu não sou sempre a melhor mãe do mundo, mas tento muito, muito.

A maior diferença entre a maneira como sonhei que a minha vida seria e a maneira como tudo acabou sendo tem a ver com o que eu não sabia sobre o amor. Eu o enxergava como uma pessoa romântica, como algo fora de mim. Eu não fazia ideia de quanto exigiria de mim, nem de quanto iria adicionar à minha vida, quão completamente exaurida disso eu ficaria, como eu teria de drenar reservas que nem sabia que precisava alimentar. Quando era mais jovem, eu não fazia ideia de como o amor era realmente, o que ele faz, como se movimenta, como cresce, o que faz você sentir, por que você o valoriza.

A maneira como me sinto sobre os meus filhos, particularmente, é diferente de como eu imaginava que seria a sensação de ter filhos. Acho que eu não tinha chegado a pensar sobre isso o suficiente. Eu não entendia que o meu corpo e a minha alma seriam inteiramente tomados, que iria sentir dor física quando os ouvisse chorar, e que iria amá-los para além de toda razão, mesmo quando eles fossem terríveis. Eu admito que não estava pronta. Ser mãe significa ter de fazer escolhas definitivas, em vez de oscilar entre opções possíveis. Significa ter de viver do jeito que você queria viver, mas nunca teria se dado ao trabalho de viabilizar, priorizando coisas que você nunca teria considerado — os limites e as regras e os planos. Significa morar em uma área viável para inscrever seu filho[8] em uma escola e também poupar para a universidade. Significa um aperto no peito e se preocupar o tempo todo, ou, se não o tempo todo, pelo menos uma vez ao dia. Significa se sentir responsável pelo movimento de dois seres autônomos que não posso controlar.

Especialmente agora que eles estão mais velhos. Eu continuo esperando que algo aconteça, algo que venha e esmague a todos nós.

No mês passado, uma menina na escola de Max, uns dois anos mais velha do que ele, se suicidou pulando de uma ponte. Um dos colegas de Daniel morreu durante um ataque de asma no outro verão. Estou dando leite demais para eles beberem? Estou prestes a receber, qualquer dia desses, uma chamada no trabalho sobre drogas? Sexo? Violência durante a embriaguez?

É estranho eu me preocupar com Daniel, meu filho de nove anos, quando penso em drogas, sexo e violência?

Max nunca fez nada assim. De todo modo, em me preocupo com ele todos os dias, desde que nasceu. Ele deve ter vivido em um ambiente de pânico constante em seus primeiros cinco anos de vida. Foi por causa do problema dele. Você ouve sobre coisas erradas acontecendo durante um parto, mas quando está grávida, e em trabalho de parto, nunca acha que vai acontecer com você. Ninguém pensa que o seu bebê vai ter um problema. E, então, aconteceu com o meu bebê, e isso fez com que eu ficasse ainda mais agudamente preocupada para o resto de sua vida, porque eu tinha razão em me preocupar antes, porque na hora de dar à luz, de fazer a coisa mais importante que eu poderia fazer por Max, algo deu errado. E eu não conseguia me livrar da sensação,

[8] Em inglês, *school catchment area*: área geográfica que garante às crianças e aos adolescentes a possibilidade de serem aceitos em boas escolas. (N. T.)

apesar da lógica e do raciocínio e do bom-senso, de que tinha sido minha culpa. E eu me perguntava o que mais faria de errado nos anos seguintes.

Mas, enquanto crescia, Max, ele mesmo, nunca fez nada de errado. Não de fato. Às vezes, acho que aquele único problema foi o suficiente para Max. Às vezes, penso que já suportamos o nosso fardo; passamos os primeiros anos aterrorizados, sem saber como ele iria crescer, ou o que iria acontecer, e só agora começamos a curtir Max.

É assim que as ocupações do dia a dia interrompem o meu belo silêncio e me jogam para a frente: esses pensamentos aflitos, combinados com o toque agudo de uma dor de cabeça irrompem minha consciência da noite passada. Olho para o guarda-roupa, onde o terninho de hoje está pendurado, passadinho, pronto.

Os terninhos. Eu me amarro em roupas. Sempre gostei de moda, mas isso é uma obsessão. Caçá-los, comprá-los, passá-los a ferro e me encaixar neles, jogando fora os antigos para dar espaço aos mais novos — tudo isso me toma tempo demais. Acredito que meu objetivo é o guarda-roupa perfeito para os papéis da minha vida, para compensar o fato de que nunca sei direito o que essas funções exigem de mim. Na arara do lado esquerdo do armário embutido estão os terninhos de trabalho da Boa Advogada; à direita, as roupas casuais da Boa Mãe, em sua maioria calças de corte justo, que uso com blusas simples ou camisetas brancas, casuais mas caras, com blazers por cima. Uso as roupas de Boa Mãe nas reuniões de pais, em eventos de caridade da escola, em jogos de futebol, encontros para os meninos brincarem juntos. Eu sou uma boa mãe, e você sabe disso por causa do meu uniforme de Boa Mãe. Jeans do tipo *slim*, bem ajustados, funcionam perfeitamente. As pessoas conseguem ver que você se mantém saudável, que mantém seus filhos saudáveis, que você dá bom exemplo. Uma camiseta branca, colocada para dentro da calça, é bem sensual e bonita, mas também mostra que você ainda é algo conservadora. Seu traje afirma: "Levei um bom tempo para escolher estas roupas porque a minha casa estava limpa e meus filhos estavam alimentados e mentalmente estimulados, então eu tive tempo de sobra para cuidar de mim mesma". Um cardigã é adequado; uma jaqueta é melhor. Nunca casacos com capuz. Nem moletons. Nenhum volume de roupa que diga que você ganhou peso.

O uniforme de hoje me encara de cima a baixo.

Eu levanto às seis. E corro. Temos uma academia no porão. Eu queria que ela ficasse no andar de cima, para que eu pudesse olhar pela janela enquanto estivesse na esteira. Steve não entendeu isso de jeito nenhum: por que a sua esposa louca quer a esteira lá em cima? Por que ela precisa olhar pela janela?

É chato! Correr e correr no mesmo lugar e não ir a lugar algum, nunca, é chato! Eu queria gritar isso para ele, não com raiva, apenas alto o suficiente para que ele pudesse ouvir, mas ele estava em uma *conference call* e eu tinha de me preparar para um caso que iria para o tribunal, e ainda tinha o uniforme de futebol de Max para passar, e alguma coisa com Daniel, e por aí vai, e então não gritei com ele. Nós não gritamos mais um com o outro. Dá mau exemplo. Sufocamos as discussões acaloradas agora, e depois já esquecemos, cansados demais para nos lembrar de como estávamos irritados um com o outro. Deitamos na cama depois de apagar as luzes, nos viramos um para o outro, prontos para continuar a briga, e então suspiramos, desprovidos de energia. Ainda fazemos amor na maioria das noites. Sempre é bom. Isso nunca mudou.

Steve tem acesso livre à academia da prefeitura de Hemingway, que é parte do pacote para os membros locais do conselho e para o nosso representante no Parlamento, Bart Garrett.

Bart deve renunciar em breve, porque os jornais têm publicado algumas histórias bem loucas sobre as bebedeiras e badernas de seu filho em escolas particulares caras, que, afinal, são verdadeiras. Steve tem acompanhado sua queda na imprensa com bastante atenção, o que me faz pensar sobre o acordo que fizemos, de esperar até que Max estivesse mais velho antes de concorrermos a qualquer cargo público. Steve é procurador-chefe da Coroa[9]. É uma profissão que vale a pena, e o trabalho é interessante — supervisionar todos os processos criminais em nossa área —, e eu trabalho subordinada a ele como advogada. É o suficiente para mim enquanto os garotos ainda não são adultos, e eu gosto de estar no tribunal, mas sei que Steve está louco para entrar na política. Ele sempre quis. E Max vai fazer dezesseis este ano.

[9] Do Serviço de Procuradoria da Coroa (Crown Prosecution Service). (N. T.)

Quando volto da corrida para o quarto, há um vazio, não há mais o formato do corpo de Steve sobre a cama. Ele está lá embaixo, colocando o café espresso para fazer. Em poucos minutos, vou sentir o cheiro, que vai me despertar vontade suficiente para descer e pegar uma xícara. Agora, porém, me deleito no chuveiro por dez minutos, e então descarto o terno que havia separado e escolho outra coisa.

Escolho a saia preta, salto alto, meia-calça e a blusa cinza-pérola, acrescentando um colar de prata, base, sombra *nude* e um leve toque de rímel. Os meus lábios estão cor de ameixa. Eu me olho no espelho. Estou muito bem para 42 anos.

Acordo Daniel, e ele geme para mim com ódio: — Mãe! Não me enche!

Beijo sua cabeça, e ele se mexe sob mim, desliza para fora da cama e em seguida desce a escada, senta-se à mesa e olha para mim com desdém, enquanto coloco leite em seu cereal. Sorrio beatificamente de volta.

Daniel não se dá bem com manhãs. Todos tivemos de nos conformar com isso. Steve está ao telefone, uma xícara de café preto na mão. Podemos ouvi-lo na segunda sala de estar. Mesmo sem vê-lo, sei exatamente o que está fazendo: gesticula, em pé com as pernas afastadas, uma das mãos pesando uma opção, antes de jogá-la fora, com os punhos fechados, apontados para a frente. Ele oferece seu argumento. O argumento dele prevalece. Stephen Walker, minha gente! Uma vez ele foi o segundo da turma em sua classe em Oxford (eu era a primeira), depois um advogado extraordinário, agora procurador sênior!

Ele volta para buscar mais café, e nos cumprimentamos erguendo nossas xícaras.

— Vou à luta — diz ele, dirigindo-se para o carro. — Te amo.

Trabalhamos no mesmo prédio, mas vamos em carros separados. Saio cerca de meia hora depois dele, levo Daniel à escola e chego em casa cerca de uma hora antes dele à noite, para preparar o jantar.

São 7h30. Max entra na cozinha feito um furacão em seu uniforme. Ele cuida de si mesmo, sempre cuidou. Passa por mim voando, pega uma torrada no armário e espalha pasta de amendoim nela, sorri rapidamente, resvala em mim como um leve sussurro, tem os pés leves.

— Luz da minha vida — sussurro, beijando o cabelo de Max. — Luzes da minha vida — acrescento, acariciando o queixo de Daniel.

— Seus dedos estão com cheiro de manteiga — Daniel me informa.

— Obrigada — respondo.

Os longos dedos de Max fazem girar a ponta de sua gravata, duas vezes, e dão o laço para cima com eficiência. Eu me viro para acertar o botão do colarinho alto, mas ele já está fazendo isso.

Arrumo minha bolsa de couro. Tomo outra xícara de café. Leio as anotações sobre o meu caso. Grito para chamar Daniel, que desapareceu no andar de cima novamente, para que entre no carro. Ele grita de volta algo que finjo não ouvir.

Enquanto beberico da minha xícara e examino o quarto, noto uma sacola de compras que Steve trouxe para casa ontem à noite, largada sobre a cadeira em frente à minha, atrás da mesa. Estampadas nela estão as palavras Mike Serviços de Impressão. Cerro os lábios, largo meu café e deslizo para fora da cadeira. Dentro da sacola há um cartaz vermelho brilhante. Removo o plástico, que revela letras azuis sobre uma faixa branca no centro do cartaz. Olho para aquilo, tentando decidir como reagir. É o modelo de um cartaz de campanha, com as palavras Stephen Walker, Membro do Parlamento (MP) para Oxford West, Hemingway & Abingdon estampadas nela.

Ele está pensando seriamente nisso.

Ele está pensando seriamente nisso, penso novamente.

— Mas nós conversamos sobre isso — eu me imagino dizendo.

— Eu sei — ele vai dizer. — Eu sei.

Steve sempre diz que sabe. Ele sabe e acha que isso faz tudo ficar bem.

Quando falamos sobre o assunto na outra semana, eu lhe disse que sentia que não era o momento certo para concorrer, não enquanto Max ainda estivesse no colégio, mas entendo por que ele quer entrar na corrida agora. Steve seria um MP maravilhoso, e este seria um momento estratégico. Não é uma eleição geral, portanto haverá menos candidatos, e Steve vai receber mais apoio financeiro, com menos pessoas procurando o apoio de empresas locais. Nós sempre aventamos a possibilidade de isso ocorrer um dia. Mas nunca concordamos sobre isso realmente acontecer.

Quanto tempo leva para se criar o design e imprimir um cartaz como esse? Quando ele providenciou isso?

Os meninos passam correndo por mim, pela porta dos fundos, e eu pego minha bolsa e o casaco e sigo atrás deles. Não tenho mais tempo para pensar sobre o significado do cartaz de campanha.

Antes de ir, deixo um bilhete para a faxineira arrumar as pilhas de livros e arquivos do corredor de entrada. Não costumamos usar a porta da frente, mas deveríamos. Não é bom usar a porta de trás o tempo todo. Os detritos de nossa vida estão aqui, na lama, os calçados descartados, as mochilas. Além disso, armazenamos todo o vinho nos fundos. Não quero que as pessoas pensem que bebemos demais.

Coloco meu casaco Bulgari sobre os ombros. É a primeira vez que o visto em seis meses, e ele guarda um leve cheiro do armário, mas o material dele é magnífico e espesso, e está esfriando em setembro; o curto período de calor será substituído muito em breve por uma brisa gelada. Max está falando com Daniel ao lado do carro, e eu lhe dou um beijo antes de ele sair para pegar o ônibus. A parada é no final da nossa rua, na direção oposta à escola do Daniel.

— Pegou tudo o que precisa?

— Peguei.

— Certeza?

— Sim.

— Você está bem? — toco a bochecha de Max. — Você está um pouco vermelho.

— Não — ele levanta os olhos e sorri para mim. — Estou ótimo, obrigado, mãe.

— Estude bastante, tenha um bom dia.

— Eu vou estudar.

— Comporte-se! — grito enquanto ele vai embora.

Eu o vejo girar os olhos para mim, mas ele balança a cabeça, bem-humorado, radiante, sorrindo, e sai pelo portão no final da entrada dos carros. E me lembro da conversa com Steve alguns meses antes.

— Precisamos de um portão automático — eu lhe disse.

— Por que precisamos de um portão automático?

— Todo mundo tem um portão automático.

— É mesmo?

— Steve, você sabe que o que estou dizendo faz sentido. Se você concorrer à eleição, vamos precisar proteger Max e Daniel.

— Protegê-los? De quem? Sequestradores? Da Máfia? Estamos na Inglaterra. Estamos no subúrbio. Não em Londres.

— De bisbilhoteiros, Steve. Temos de protegê-los de jornalistas e outras pessoas e...

— Bisbilhoteiros? Essa é uma expressão um pouco antiquada.

— Olha, não posso impedir você de concorrer, se é isso que você quer. Mas essa é a realidade. O único motivo pelo qual você pode concorrer é porque Bart Garrett está prestes a se demitir, depois que os jornais começaram a perturbar a família dele.

— Deixe que perturbem a gente. Não tem nada de errado com nossos filhos. Eles não são idiotas ingratos frequentando uma escola de custo exorbitante, como os filhos de Bart Garrett. Eles não saem por aí bêbados, quebrando o carro das pessoas. Eles são mais espertos do que isso.

— As pessoas vão querer saber sobre ele, Steve — fiz uma pausa, suspirei e acrescentei calmamente: — Você pode imaginar o que aconteceria se soubessem?

Max

Os assentos da sala de aula de inglês são revestidos de um tecido plastificado azul-claro. Minhas unhas o arranham levemente. Elas são limpas. Tudo em mim é muito limpo. Tudo o que faço, faço direito. Não me lembro da última vez que fiz merda. Isto é uma merda das grandes. Sinto que a culpa é minha. Sei que não é, mas isso não me impede de sentir como se fosse.

— Você conseguiu 46 de 47 pontos no primeiro trabalho!

— O quê?

— Você acertou a mesma coisa da última vez. Babaca.

Olho para o meu trabalho de inglês, todo rabiscado por caneta vermelha: “Excelente”, “Eruditamente, melifluamente escrito”, “Fantástico” — tudo seguido de pontos de exclamação maiores do que as palavras.

— Ah não, espera, você levou 45 pontos da última vez.

— É mesmo?

— De qualquer jeito, você é um idiota.

Posso sentir Carl sorrindo ao lado da minha orelha esquerda, mas não posso me virar para olhar para ele. São quase 10h15. Carl está falando as babaquices que sempre falamos em sala de aula, e estamos sentados na parte de trás, onde normalmente nos sentamos, e compramos latas de Coca-Cola e chocolate, como sempre costumamos fazer, mas hoje não estou aqui. Estou pensando sobre doenças sexualmente transmissíveis. Estou pensando naquele som de pele se abrindo. Estou pensando em sangue.

— Então, o que você tem?

— Como?

— Você está chateado comigo?

— Não.

— Então, o que há de errado?

— Nada.

— Normalmente você estaria contando vantagem agora — Carl me cutuca. — O que há?

— Cala a boca! Nada.

Na noite passada, fiquei pensando sobre o fato de viver no subúrbio, mas o centro da cidade fica a apenas dez minutos de distância de carro. São cerca de cinco quilômetros, e é onde fica o médico, e eles não aceitam pacientes sem hora marcada. Então me dei conta de que faltavam poucas horas para segunda-feira e para ir à escola. Eu podia pegar o ônibus e ir a pé o resto do caminho.

Não consegui dormir depois. Como poderia? Deitei na cama por volta de duas horas, depois de ter lidado com tudo aquilo da melhor maneira que pude, me lavado e mudado os lençóis, e pensei: *E agora? Devo dormir?* Eu me virei e comecei a sacudir a perna dentro da calça do pijama, do jeito que se faz quando não se está cansado, mas depois percebi que doía quando me mexia. Eu sentia pontadas. Fiquei quieto, encarando a parede. A parede é azul-clara. Meu pai a pintou pouco antes de Daniel nascer, para que eu não me sentisse ameaçado. O novo bebê ia ganhar um quarto novinho. Havíamos acabado de nos mudar do centro de Hemingway para o subúrbio, para essa casa enorme em Oakland Drive. A casa já era grande o suficiente, mas eles construíram uma extensão sobre a garagem para abrigar o novo bebê, e meu pai pintou aquele quarto de amarelo. Andei pelo novo cômodo, logo que ficou pronto, e me senti muito chateado, porque eles estavam recebendo um bebê perfeito novinho, depois de superarem o choque que eu havia causado, o filho mais velho, defeituoso. Eu estava preocupado, achando que eles iam me esquecer.

Então meu pai disse: — Como você vai querer o seu quarto? — e eu sorri. Às vezes, eu me sinto muito próximo do meu pai. Às vezes, nem tanto.

Escolhi azul-claro e pedi persianas, o que, naquela época, me pareceu uma coisa bem adulta. Eu tinha cinco anos, quase seis. Meu pai fez a pintura e, depois, construiu um armário para os consoles dos meus games, que então eram só o Sega e um PlayStation One. Isso foi antes de ele começar a trabalhar o tempo todo. Naquele tempo, ele trabalhava durante as horas normais: das 9 às 18, como minha mãe. Eu ajudei a pintar as partes mais delicadas em torno da porta e das janelas, arrancando alegremente a fita adesiva depois de revelar perfeitas linhas retas de tinta. Não me lembro de minha mãe ter ficado muito por perto quando estávamos decorando o quarto, mas me lembro dela me ensinando a fazer as linhas retas nas paredes e a não passar por cima da borda. Ela estava redonda por causa da gravidez, uma bolota enorme que pressionava contra mim quando ficava atrás do meu corpo, segurando minha mão enquanto eu pintava, e, então, sua voz severa e tensa, como se estivessem apertando sua garganta, ralhava comigo quando eu errava.

Em seguida, Daniel nasceu. Ele é um carinha um pouco esquisito, mas fico contente por ter um irmão. Agora já não me lembro de muita coisa da minha vida antes dele. Aquele período parece tão encoberto e temporário e instável, como se ainda não estivéssemos vivendo, como se estivéssemos à espera de Daniel para nos manter no lugar, para criar uma família inteira, que até então não estava totalmente completa.

A PAREDE ESTÁ CINZENTA NA escuridão, na noite em que Hunter vem, quando estou ali deitado depois, pressionado contra a parede, inspirando e expirando, tentando não pensar. A dor aumenta quando não tem mais nada lá, nenhum som ou cor. Ela zune e cresce, aperta minhas costas. Cerro os olhos e enterro o rosto nos lençóis. Eu me sento outra vez e calmamente abro a gaveta ao lado da minha cama. Não encontro medicamentos. Apanho um par de meias e calço-as. Pego um casaco no chão. É verde e tricotado e é da Topman. Abro a porta do meu quarto devagar, de modo que ela não range, e ando até lá embaixo, as meias abafando o bater dos meus pés.

Entro na sala de estar grande, onde meus pais recebem as pessoas. Minha mãe fumava o tempo todo antes de eu nascer, mas agora ela só faz isso socialmente. Fumo fede e faz todas as almofadas da sala de estar federem, por isso Daniel e eu nunca entramos lá depois dela. Sei que ela fumou naquela noite, com todos os seus amigos em casa, porque o cheiro está impregnado no ar, com a porta semiaberta. Há copos de vinho e tigelas de nozes sobre a mesa de centro por causa da noitada, mas está tudo quieto na sala agora, as luzes apagadas. A porta da sala é de madeira, com dois painéis de vidro fosco nos dois primeiros terços dela. Próximo à sala, nos fundos da casa, fica a sala de estar pequena, que é mais aconchegante e onde está a TV. Em frente à sala de estar pequena fica a cozinha, com uma porta de madeira. Ando sob a escada até a porta, empurro-a para abrir, chego à parede à minha esquerda e acendo a luz.

Meu reflexo fantasmagórico aparece no vidro da janela sobre a pia.

Ando em direção ao meu outro eu, abro uma gaveta e retiro o Ibuprofeno[10]. Encho um copo de água e engulo duas pílulas. Penso em engolir uma terceira, depois decido não ser estúpido e dramático.

Meu outro eu encara o primeiro eu do outro lado da cozinha.

Nós mudamos. Fomos divididos em dois. O eu cercado pela moldura da janela parece um pouco cansado, mas saudável e feliz, confiante, normal. Um jovem que logo fará dezesseis anos, cheio de vida, extraordinário, usando um suéter verde-musgo. Minha compleição franzina foi melhorada pelo futebol, algum levantamento de pesos e um curto período ingerindo hormônios quando eu tinha treze anos. Testosterona e algo mais. Eu não sei. Minha mãe tomou nota de tudo. Meu peito está de bom tamanho. Não é grande, mas também não é pequeno. Bem desenvolvido em comparação

[10] Analgésico e anti-inflamatório.(N. T.)

aos outros meninos que estão no mesmo ano que eu, um monte de caras magrelos, descarnados e cheios de espinhas que não praticam esportes. Minha altura é boa para a minha idade, e acho que ainda estou crescendo. Tenho 1,75 m, quase 1,76.

A gola do suéter é meio anos 1980, porque agora esse tipo de suéter está em todas as lojas, e eu gosto dele porque é de malha tricotada e quente. Combina com o meu pescoço, que é liso e tem uma cor dourada clara, por eu passar horas sob o sol jogando futebol no verão, no campo da escola, e por ter ido à Espanha antes do início das aulas.

Meu maxilar é um pouco delicado para um garoto, mas não muito; não é algo fora do comum. Talvez eu só perceba isso porque é o que os médicos me disseram da última vez que os vi, que eu tenho um queixo delicado para um menino. Não há pelos faciais, e eles não estão nem mesmo começando a brotar. Meu nariz está entre o pequeno e o médio, meus olhos são claros, num tom azul-esverdeado. Eu tinha um monte de sardas quando era pequeno e agora tenho só umas poucas, sobre as bochechas. Meus cílios são muito longos, mas agora não há realmente nenhuma razão para alguém suspeitar que sou qualquer coisa além de um adolescente.

Mas espere só até meus pelos faciais não crescerem. Espere só até eu não ficar mais masculino. Espere só até que todos os outros caras do mesmo ano que eu se tornem homens e eu continue com o queixo delicado, pouco desenvolvido, andrógino. Espere só um ano.

Nunca penso nessas coisas, mas agora estou pensando, tocando meu queixo, olhando atentamente para os poros do meu outro eu. Meu cabelo é loiro, da cor amarelada de um pintinho recém-nascido, e macio. Ele cai de um jeito levemente repartido, não liso demais, mas cheio e bem-arrumado. O cabelo na parte de trás do meu pescoço é cortado rente.

Gosto do visual do meu outro eu. Quero dizer, sei que há um relógio e que os ponteiros não param. Não sei o que vai acontecer depois que eu chegar aos dezoito, mas não sabíamos o que aconteceria após a puberdade, depois dos treze, e passamos por tudo isso. Minha mãe e meu pai sempre foram compreensivos a esse respeito. Não falamos muito sobre isso, porém nunca tive a sensação de que fosse grande coisa. Mas suponho que seja.

O outro eu toca a parte de trás de seu cabelo, que está cheio e embaraçado por eu ter ficado deitado sobre o travesseiro. O outro eu me parece relaxado. O outro eu me parece igual a mim ontem.

Mas o meu primeiro eu, o de carne e sangue, se sente... esquisito. Estou oco. Estou em branco. Faço os movimentos de andar e ficar em pé e deglutir e lavar o copo, mas simplesmente isso. Não. Estou. Aqui. Eu não posso estar, porque qualquer pessoa em sã consciência estaria em pânico, e não sinto muita coisa agora. Entrei em modo de sobrevivência. Estou cansado, e trêmulo, e sei que se não permanecer vazio, se eu me permitir sentir, vou tremer e tremer e me sacudir até que minhas pernas cedam.

Penso nas nossas aulas de educação sexual. Até agora nós tivemos:

1. Como funcionam meninos e meninas. Desenhos em preto e branco em folhas de formato A4. Eu me senti, compreensivelmente, excluído. Eu me perguntava onde me encaixaria.
2. Exame de mama e câncer de testículo. Modelos de espuma.
3. De onde vêm os bebês. Modelos de plástico de ventres de diferentes tamanhos, nos quais tivemos de "encaixar" bebês de portes diferentes. A pista: quanto maior o ventre, maior o bebê. Nós tínhamos doze anos. Eu frequento uma escola pública. Deixe eu colocar a coisa desta forma: não era tão difícil.
4. Colocar um preservativo em uma cenoura ou banana. O professor tentou comprar bananas para todos, mas estavam em falta no mercado. As cenouras não tinham a forma de um pênis. Eu sei. Eu mijo em mictórios e também tenho um pênis.
5. DSTs. Essa foi uma apresentação de slides que o nosso professor precisou nos mostrar. Tivemos de adivinhar o que eram aquelas coisas. Ele, então, olhou para uma folha que tinha sido entregue a ele junto com os slides e nos disse que estava errado, cerrando o cenho, com assombro, sem saber o que os slides eram na verdade. No meio da apresentação, ele saiu correndo da sala e nunca mais voltou.

Tenho de ir ao médico. Eu poderia pegar o ônibus escolar e depois ir a pé até a cidade, ao consultório médico. Eles não podem contar para ninguém;

eu vi isso na parede da clínica quando fui lá com Carl para ele fazer um exame de DST. Se você tiver menos de dezesseis anos, é confidencial. Portanto, ainda é confidencial para mim. Eu não acho que se você tiver dezenove eles vão sair correndo e gritando para as massas na sala de espera ou ligarão para os seus pais ou coisa parecida.

Na cozinha, abro o armário de guloseimas, que é alto para que Daniel não o alcance, embora, obviamente, ele consiga ficar em pé sobre uma cadeira. Tem Twix e KitKat e *cookies* da marca Club, que eu adoro, mas não sinto vontade de comer. Estou com enjoo, como se o estômago estivesse machucado. Caminho, amortecido pelas minhas meias, até a sala de estar menor.

O sofá é macio e convidativo; é usado, foi dos pais do meu pai. Caio nele, e meus pés se enroscam no chão. À minha frente, fotos de família sobre o mármore acima da lareira sorriem e, por alguma razão, fazem com que me sinta culpado.

O relógio acima das fotos diz que são 2h45. Ligo a TV. Está passando *High Stakes Poker*. Daniel Negreanu e Phil Laak, este usando um capuz, estão debruçados sobre suas cartas. Ambos têm Rainha/10.

— Maravilha. Negreanu.

Eu me viro: — Oi, pai.

— Eu vi a luz acesa, amigão. O que você está fazendo acordado? — meu pai diz, sonolento.

— Não consegui dormir.

— Alguma coisa errada?

Dou de ombros e faço que não com a cabeça, olhando para a TV.

Ele limpa a garganta e se senta na outra ponta do sofá, estendendo uma das mãos para bagunçar meu cabelo. — Aumenta o volume — diz ele, sorrindo. — Prazer culpado.

É assim que acabo sentado com meu pai na noite em que Hunter entrou no meu quarto. Meu pai não sabe o que há de errado, ou mesmo se há algo de errado, mas ele fica acordado e, quando termina o programa, coloca um filme de ação dos anos 1990 que eu amava quando era pequeno, e vemos John Cusack e Nicolas Cage em motos perseguindo John Malkovich em um carro de bombeiros, até minha mãe e Daniel se levantarem, e daí comemos.

Depois, na segunda de manhã, no ônibus, o sacolejar faz meus genitais e minha barriga doerem; saio do ônibus para as dependências da escola, um rápido passeio em direção aos portões de entrada, liberdade e segurança, e então...

— Max Walker!

Eu estava bem perto do portão. A voz da diretora chamou meu nome atrás de mim.

Fiquei parado e olhei para meus pés. Retorci o rosto uma vez e deixei escapar algumas respirações longas, vacilantes.

— Max Walker!

Eu estava tão perto do portão...

— Estaria o infame Max fugindo de nós? — isso é retórico. Com a pergunta seguinte, ela aperta os olhos para mim severamente. — Você não vai sair da escola, vai?

— Não.

— Você só está dando um passeio pelo estacionamento antes da hora da chamada, não é?

— Sim.

— A chamada é às 8h45, não é?

— Sim.

— Sim. Então você vai para lá agora, não é?

Eu me virei e passei por ela, a cabeça baixa. A empatia não faz parte do arsenal da sra. Green. E você não quer mostrar a ela que está preocupado. Ela só vai zombar de você. Não dê a ela esse prazer. Andei pelo caminho até o prédio da escola como se estivesse entorpecido.

O primeiro período é das 9h25 às 10h15, então minha segunda chance de sair é às 10h15, depois da aula de literatura inglesa, apesar de a sra. Green agora estar alerta. Os professores daqui são, em sua maioria, mesquinhos, estúpidos, pessoas pequenas que sentem que é uma vitória em sua pequena vida triste impedir que você viva a sua.

Na aula, não presto atenção enquanto Carl me conta sobre o jogo Alemanha-Bielorrússia. Nós dois não prestamos atenção à palestra sobre *O morro dos ventos uivantes*. Em vez disso, olho para o papel à minha frente. Olho pela janela, para onde as árvores do campo se estendem até o horizonte em chamas de laranja, ocre, amarelo, verde, dourado e vermelho. Sinto a mescla do cheiro do ar do outono e da poeira da sala de inglês. Roo as unhas. Eu me remexo no assento. Pressiono com força a ponta da minha esferográfica contra a página, e ela faz um *clunk* abafado e entra no plástico da caneta.

Penso no som da pele se partindo na noite passada e fico preocupado. Penso sobre como vai ser sentir prazer no futuro. Penso sobre cicatrizes. Penso em como cada um de nós é diferente, como cada indivíduo intersexual[11] é diferente do outro, sobre o que os médicos falaram, sobre problemas diferentes. Penso sobre contraceptivos e preservativos e pílulas. Penso sobre Hunter gozando dentro de mim.

Por que você não lutou mais?, pergunta meu cérebro.

Doía à beça, eu digo.

Sim. Por que você não lutou mais?

Eu não sei. Isso vai parecer loucura, mas... Senti como se fosse um direito dele.

Você está certo, isso parece loucura.

Eu sei. E não consigo explicar isso. Quero dizer, é Hunter. Sempre fiz tudo o que ele queria. Mas foi mais porque fiquei chocado com o que ele me disse. Tão poucas pessoas sabem... Ninguém nunca falou nada parecido com aquilo para mim antes. Mas também... Eu não sei. O tempo todo, enquanto aquilo acontecia, senti vontade de pedir desculpas.

Pedir desculpas?

Por ser nojento, ter as minhas partes ferradas, por me mover da maneira errada e não saber o que fazer.

O que há de errado com você?

Eu não SEI.

— Max?

— Hã? — olho para cima. Carl está em pé. — A campainha já tocou.

— Ah.

[11] Intersexual é a pessoa que nasceu fisicamente entre o sexo masculino e o feminino e tem parcial ou completamente desenvolvidos ambos os órgãos sexuais, ou o predomínio de um sobre o outro. (N. T.)

Às 10h15 não acontece o meu golpe de sorte. Os corredores nos arrastam para a frente. Tento pensar em alguma coisa para dizer a Carl, alguma desculpa que explique por que quero ficar sozinho, mas meu cérebro parece mingau. Muito cansado, atordoado, acabo na aula de biologia. Penso: *O que é só mais uma aulinha?*

Sento batendo o sapato contra a perna da mesa. Eu me sento sem expressão, olhando para o quadro, as palavras ilegíveis, as formas das letras irreconhecíveis.

No primeiro intervalo, há dois professores em pé nos portões. Fico sem tempo para encontrar outra saída. E depois tem aula de geografia. E de química.

É na hora do almoço que eu saio. Escalo o portão alto de madeira no campinho da escola, o que leva a um beco. Carrego minha mochila. Suponho que não vou ter vontade de voltar depois de ver o médico.

Minha escola fica em Hemingway, uma cidade perto de Oxford, a que costumam se referir como um subúrbio de Oxford. O centro se resume a uma grande encruzilhada e à praça do mercado, mas é um lugar bem movimentado, com um monte de subúrbios próprios. Quando se está no centro, no entanto, parece muito pequena. É basicamente uma cidadezinha perfeita, que faz os turistas americanos surtarem. É muito Harry Potter. Há alguns edifícios antigos, e há uma faculdade de Oxford que tem seu campus aqui. O prédio é enorme e bonito e tem quinhentos anos. O lugar é cheio de patos. Muitas vezes chegamos atrasados à escola, porque você tem que dirigir muito devagar por trás deles, quando estão com seus filhotinhos enfileirados para atravessar a estrada. De vez em quando aparece um pato estúpido, do tipo selvagem, ou um ganso do Canadá, que ginga muito lentamente pelo centro da estrada principal, e aí acontece um engarrafamento de, literalmente, mais de um quilômetro, até que alguém saia do carro, pegue o pato e o coloque na calçada. Os edifícios no centro da cidade ficam ao redor da praça e ao longo de uma rua chamada Promenade. O consultório do médico é afastado das lojas e um pouco escondido atrás da igreja.

Agora é definitivamente outono. O verão não foi tão quente, mas pareceu quente por um longo tempo. Hoje, há uma brisa que deixa a pele arrepiada de frio. As folhas estão ficando com cores lindas, e as primeiras já começaram a cair. Prefiro o verão às outras estações, por causa do calor. Posso passar o dia todo jogando futebol, sem sequer ter que me preocupar em usar camiseta. Mas o outono é adorável. É o primo moribundo do verão. É um tanto vulnerável que o mundo morra assim, tão publicamente. Sinto ternura pelo outono.

Escrevi isso em um ensaio para a minha professora, a srta. Marquesa. Eu não estava lá quando ela comentou os trabalhos, mas Carl disse que ela (e eu o cito literalmente) "praticamente gozou".

Tento me apressar pela Promenade, em parte por causa do frio, em parte porque não quero que ninguém me veja, o garoto Walker, filho de Stephen Walker, fora da escola. Todo mundo sabe quem é meu pai. A maioria das pessoas conhece minha mãe. Sou parado na rua o tempo todo por pessoas que não conheço, falando sobre como eles são incríveis, o que fazem pela comunidade, quão mais segura está a região desde que meu pai a assumiu, o que isso faz pelo valor dos imóveis. Mas se eu for parado hoje, vou pirar. Vou chorar. Vou desmaiar. Estou muito cansado e fora do mundo, e fora de mim, e a dor entre as pernas é realmente desconfortável.

Finalmente subo o passeio público, depois da igreja, até o asfalto. É nesse lugar que eu paro, sob uma árvore, na esquina do estacionamento do consultório.

O prédio tem uma cor rosa-salmão avermelhada feiosa, e os tijolos são bem regulares e impecáveis. As janelas são de plástico, e o lugar inteiro é ocupado na frente por uma sala de espera com uma parede que tem uma janela que vai do chão ao teto. Fico debaixo da árvore, na sombra, protegido da luz forte do estacionamento. Há muita gente na sala de espera. Muitos olhos. O balcão aonde você vai e diz à recepcionista por que quer ver o médico é no final da sala. É ali para que as pessoas não ouçam o que se está dizendo, mas a porta para a sala de espera fica frequentemente aberta, e há uma janela atrás da recepção na sala de espera através da qual eles distribuem medicamentos e as pessoas são chamadas para as consultas; então dá para ouvir o que os pacientes no balcão estão dizendo.

Está muito mais agradável do lado de fora. Se eu me mantiver aqui, muito quieto, então nada estará acontecendo. Meus olhos vagam sobre o prédio, e eu peso as minhas opções.

O que você vai dizer lá dentro?

Shh! Não fala sobre isso.

Você vai só entrar lá e soltar a língua?

Shh!

Você vai acabar não dizendo nada. Vai entrar para falar com ela e vai amarelar e deixar o consultório com lágrimas nos olhos.

Quer calar a boca? Eu estou pensando.

Max...

Shh!

Max... Precisamos entrar.

Sylvie

Eu só reparo nele porque está ali há muito tempo, em pé sob uma árvore, completamente imóvel, congelado como uma geleira. Eu o notei quando o relógio bateu 13h15. Não dei muita bola para aquilo, mas às 13h40 vejo que ele ainda está lá.

Está muito frio, mas ele continua em pé, pensativo debaixo dessa árvore e olhando para a clínica. Eu o conheço. Conheço esse cara o suficiente para saber que Max Walker não é do tipo meditativo. Ele é do tipo "garoto prodígio do futebol". É um dos mais populares da galera mais popular. É filho dos maravilhosos Walker, os advogados que apareceram nos jornais porque processaram um bilionário da mídia. Max Walker é o típico menino de ouro chato, sem graça e loiro. Ele é o tipo de pessoa a quem sempre vão chamar de "Max Walker", e nunca de "Max". Não costumo gostar desses garotos da escola, mas, se eu gostasse de algum, não seria de Max Walker. Tem alguns caras na escola que parecem mais velhos e têm cabelos escuros, são um pouco mais altos e mais musculosos. Mas sei que Max Walker tem sua parcela de admiradoras com pernas finas feito gazelas. Elas se juntam em torno dele durante o almoço. Sempre que o vejo no corredor, alguém está dizendo "oi". Ele sempre diz "oi" de volta, mas não dá para dizer muito a respeito dele só por causa disso.

Eu o observo enquanto ele se mantém imóvel. Está a poucos metros de distância, mas quase não falo com ele. Quase me deixo levar por todo esse nervosismo de falar com o garoto popular, mas aí me reprimo, dizendo a mim mesma para largar de ser tão assustada, parar de julgar as pessoas antes de conhecê-las, parar de ter medo de me arriscar, e então só digo:

— Oi.

Ele olha para cima.

— Ah, oi.

Não vejo nada demais nisso.

Eu olho para ele, que está intrigado a meu respeito. O cemitério fica para o lado da clínica e um pouco acima dela, em uma pequena colina. Estou sentada na grama, ao lado da parede, mas estou acima de Max, olhando para ele através dos galhos da arvorezinha.

— Você é Max Walker, certo? — digo isso porque, por algum motivo, é boa etiqueta fingir que você não sabe realmente o nome de alguém, mesmo que já tenha passado quatro anos na mesma escola que ele.

— Sou. Oi, Sylvie.

— Ei! — digo, surpresa que o menino de ouro Walker tenha chegado a me registrar. — Como você sabe o meu nome?

— Você sentou atrás de mim na aula de estatística no ano passado.

— Aaahhh, siiiim — digo, lembrando quanto me dei mal naquela prova. Fiquei bêbada com Toby na noite anterior e tive que refazer a prova este ano. Essa coisa é uma droga: se for esperto, você passa à frente em matemática, então pega a GCSE de estatística no décimo ano e a GCSE de matemática no décimo primeiro. Pode acreditar, eles não esperam que pessoas inteligentes apareçam bêbadas para fazer a prova e ferrem tudo da maneira que eu fiz. Eu superferrei. — Como você foi nas GCSEs? — pergunto.

— Hum, bem... — ele balança a cabeça e engole em seco, jogando o cabelo loiro para longe dos olhos, como o maldito Justin Bieber.

— Espera, eu me lembro. Você tirou um A com mérito, não foi? — digo, com um sorriso. — Isso é tão revoltante. Eu me ferrei.

Ele sorri agradavelmente, mas meio inexpressivo, como se não soubesse o que dizer, mas querendo ser educado.

— Então, como vai? — ele pergunta, como se não tivesse escutado nada do que eu disse antes.

Levanto as sobrancelhas. — Ótima. O que você está fazendo aqui?

Ele olha a clínica. É óbvio para nós dois o que ele está fazendo aqui. Ninguém se mostra tão nervoso a ponto de ficar parado por meia hora do lado de fora da clínica, todo *blasé*, para uma consulta médica que tenha marcado. É uma consulta de emergência. O que significa uma coisa para um cara no nosso ano: *check-up* para DST. Ele parece muito desconfortável e desloca as pernas de um jeito envergonhado. Dou uma olhada em sua virilha para descobrir se ele está se coçando ou não. Uau, espero que não sejam chatos.

— Você transou com alguém sem camisinha? — pergunto, provocando-o, para comunicar isto: sou alguém legal para conversar, sinto muito por ele, entendo, estou tentando fazer ele se sentir menos esquisito.

Em vez de se sentir melhor pelo que eu disse, ele cora, sua boca vira para baixo, e ele dá de ombros.

— Você está bem? — pergunto.

Ele olha para cima e esboça um sorriso que claramente exigiu muito esforço para sair. — Sim, eu vou ficar bem. Só não me sinto bem — ele dá de ombros. — Então, por que você está matando aula?

— Estou menstruada e cheia de hormônios e odeio o mundo hoje.

Ele ri. — Conheço essa sensação.

— Aposto que você não conhece — eu digo. — Você não faz ideia da dor até querer cometer suicídio, de tanto que as suas costas doem. Cólica menstrual é a pior coisa.

Ele continua a sorrir, mas o sorriso esmaece um pouco, e ele procura algo para dizer.

— Bom, espero que você melhore. Você devia escrever mais enquanto estiver matando aula. Eu realmente gostei daquele poema que você leu para a turma no ano passado sobre o seu ex-namorado.

— Que estranho você se lembrar disso! — exclamo, muito feliz, e não consigo pensar em mais nada para dizer.

— É — ele assente com a cabeça.

Há um silêncio constrangedor.

— Pena que tenha sido cortada pela diretora antes que pudesse acabar de ler.

— Censura, sabe como é — digo. Ergo meu caderno e a caneta. — Estou escrevendo agora.

— Bom. Bacana.

Surge uma pausa, e eu digo: — É melhor eu ir embora.

— Você tem outros lugares preferidos onde ficar quando está matando aula? — ele pergunta de um jeito doce. Sinto que ele está me provocando.

— Não, vou buscar algo para comer. Você quer... vir comigo?

Ele hesita. — Eu não posso.

— E depois, quando estiver livre?

— Hum... — ele olha para baixo outra vez e morde os lábios distraidamente. Depois de uma pausa muito longa, diz: — Desculpa, não posso ir.

— Como quiser — digo, com uma espécie de alívio. Não sou boa com as pessoas. Eu queria ser. Mas não sou. Ei, alguém tem que ser o solitário da história.

Jogo as pernas por cima do muro e, de um pulo, estou do lado dele. Ele está em pé ao lado da minha bicicleta e recua quando subo nela. Ele faz isso para me dar algum espaço para subir, mas depois dá uma olhadela no que estou vestindo: calça de couro justa, meião preto, tênis brancos, um top transparente com um sutiã preto e um casaco comprido de veludo preto. Estou ciente de que não me visto como uma garota de dezesseis anos. É uma das razões por que meus namorados tendem a ser mais velhos. Além disso, acho que não ajuda vestir o uniforme escolar quando se está matando aula, ou roupas de merda quando a gente se sente uma merda. Erros de principiante, ambos.

— Você tem boas maneiras, né? — pergunto, enquanto ele me ajuda a colocar a mochila nas costas. Seus dedos roçam o tecido da minha blusa, e ele solta um tipo de risada envergonhada, como se eu o tivesse apanhado me olhando, e o apanhei.

Pressiono meu pé direito para baixo e circulo com a bicicleta uma vez ao redor do estacionamento da clínica.

— Ei, eu vi o seu primo dirigindo pela cidade ontem. Por volta de meia-noite?

— Ah — diz ele, o sorriso imediatamente despencando do rosto.

— Qual é o nome dele?

Ele parece considerar a pergunta por um segundo, antes de responder: — Hunter.

— Ele é meio babaca, né? — pergunto casualmente. — Eu o vi pelas festas. Ele fica doidão demais e é muito grosso. — O rosto de Max Walker está impassível. Ele dá de ombros. — Você não acha que ele é um idiota?

Ele dá de ombros novamente e olha para o lado, em direção à porta da clínica. — Tenho que ir agora — ele diz baixinho.

— Ok. Vejo você por aí — levanto a mão para me despedir, rumo à saída do estacionamento. Olho para trás. Ele olha para mim e se torna menor conforme me afasto na bicicleta.

— Tchau — ele diz, e levanta a mão para acenar, balançando-a para a frente e para trás feito uma criança. — Tchau — ele repete.

Eu pedalo para longe, pensando que talvez Max Walker não seja tão ruim, afinal. No meu espelho retrovisor ele me observa pedalar, sua cabeça pende para baixo, e ele olha para os próprios pés. Seus ombros sobem e descem, e percebo que ele está suspirando. Ele levanta a cabeça, morde o lábio, observa a clínica em frente a ele, solenemente, e caminha até lá.

Archie

A medicina, o meu campo científico de atuação, está em contínua evolução. Algumas pesquisas estão destinadas ao fracasso; métodos de tratamento que utilizamos hoje podem se tornar extintos em poucas décadas; ainda assim, as pessoas que tratamos morrem. Métodos atualmente usados em centros movimentados como Londres e Manchester podem levar vários anos para chegar a outros hospitais do país após ser aprovados.

A maioria das coisas aqui em Hemingway — incluindo o tráfego, os pedestres, a passagem do tempo e as mudanças nos cuidados médicos — é lenta.

Vim de Nova Délhi para cá há quase vinte anos, para fazer residência em clínica geral em Londres. Enquanto estudava, passei seis meses na pediatria do Hospital St. Thomas, onde tive contato com defeitos congênitos, deformidades e, por vezes, doenças que foram fatais nos primeiros anos de vida de uma pessoa. O truque é tratar os doentes como se tratam os sãos. Mais do que tudo, eles precisam se sentir normais.

Quando recebi a qualificação de clínico geral, mudei para um consultório na pequena e intimista Hemingway. Tratar dos pacientes ao longo dos anos, cuidadosa e atentamente, faz do diagnóstico e do prognóstico uma arte. Sou o primeiro contato dos meus pacientes que buscam um diagnóstico, e forneço tratamento contínuo, aconselhamento e avaliação de todas as suas condições médicas. Talvez, se eu tentasse, pudesse oferecer previsões sobre a saúde dos indivíduos de Hemingway ao longo da vida deles. Diria que podem correr risco elevado de desenvolver câncer ou diabetes ou insuficiência hepática. Poderia lhes dizer quais crianças se tornariam obesas, ou poderiam desenvolver distúrbios alimentares, e as que poderiam ter problemas com drogas.

Por causa da minha experiência, a maior parte dos meus pacientes tem menos de 21 anos. Tornou-se evidente para mim, depois de doze anos em Hemingway, que meu contato é maior com pacientes na faixa antes dos cinco anos e entre treze e dezoito. Atendo os menores de cinco anos por causa de vacinação, varicela, cólica, coqueluche, escarlatina, caxumba, diarreia e pais hipocondríacos. Os adolescentes, atendo por causa do sexo.

Treze anos parece pouca idade para se começar a falar sobre sexo, mas ouvi dizer que as crianças amadurecem mais rapidamente. Acho que os adultos estão cada vez mais jovens. Também suspeito que a sexualidade dos adolescentes não mudou em sua natureza desde que éramos macacos. Estou certo de que, em tempos medievais, na época de Hipócrates e durante a razoavelmente conservadora era vitoriana, a garotada de treze anos se envolvia em atividades sexuais, os adolescentes procriavam, e as questões LGBT que imaginamos serem contemporâneas já existiam em todas as suas variações e multiplicidade.

O que talvez tenha mudado é que a nossa capacidade de nos conectar com essas pessoas na sociedade cresceu com a internet. A política de ação tem avançado por causa disso e está claramente descrita em documentos e nos currículos das escolas médicas, mas algumas áreas ainda vivem em debate. Em particular, as abordagens médicas a pessoas transexuais, intersexuais e assexuadas podem variar muito entre as jurisdições.

Sei que o nosso tratamento está bem à frente da maioria no que diz respeito à nossa abordagem a esses adolescentes, mas existem algumas áreas que eu não conheço bem o suficiente e em que precisamos melhorar. Como a maioria das clínicas, como os currículos, como os responsáveis pelas políticas de ação, que lutam para acompanhar os avanços científicos e também nossos pacientes.

Entre os meus pacientes regulares e os adolescentes que vêm às sessões sobre saúde sexual que ofereço depois do horário comercial na clínica, às terças e quintas-feiras, trato cerca de setecentos jovens, cinco dos quais sei que possuem algum grau de disforia de gênero. Cerca de trinta têm discutido uma preferência não heterossexual comigo. Vários têm vindo à clínica depois do horário, chateados porque não "descolam" sexo. Cento e treze vêm pela pílula. Três fizeram aborto no ano passado. Ocasionalmente trato alguma doença sexualmente transmissível. Cerca de oitenta por cento de todos os meus pacientes vêm à clínica para buscar preservativos gratuitos.

Quando clinico até tarde da noite, muitas vezes trabalho das 14 às 22 horas. Hoje, estaciono meu carro na entrada no início da tarde e esmago as folhas enquanto caminho em direção às portas.

Diante de mim, a sala de espera está cheia, como sempre. Um rapaz loiro, um adolescente de Hemingway, vestido com o uniforme do colégio, de calça, camisa branca, um suéter preto com decote em V, gravata preta e blazer, inclina-se perto da janela de atendimento, com a mão no quadro. O calor do fraco sol de outono reflete em seu cabelo loiro e na pele dos outros pacientes próximos a ele, criando um brilho ofuscante que torna difícil enxergar. Levanto a mão para sombrear os olhos. Enquanto passo mais perto, alguns deles se viram esperançosos em minha direção. À minha esquerda, a aglomeração de cabeças na sala de espera se levanta, e, como de costume, sinto pena, porque não conseguirei ver todos eles, porque só vou levar uma pessoa ao meu consultório para libertá-la da longa espera e de revistas insípidas. Em seguida, o garoto loiro passa à frente, fora da luz.

Ele se move determinado em minha direção e seus lábios se abrem.

— Posso ajudar? — pergunto.

Ele sorri e olha para o meu crachá — Dra. Verma? Posso falar com você?

— Você marcou consulta? Qual é o seu nome?

Ele hesita e então sussurra baixinho enquanto caminho a passos bruscos: — Max Walker.

Paro e me viro para encará-lo. Enquanto um casal de idosos passa, Max abaixa a cabeça e seu cabelo cai sobre o rosto.

A família Walker é um dos pilares do *Hemingway Post* e de toda a imprensa local. O pai e a mãe de Max aparecem com frequência no noticiário da noite. A mãe dele aconselha as pessoas que ligam perguntando sobre assuntos jurídicos, e o pai muitas vezes dá declarações sobre casos atuais. Ambos são advogados, e o pai de Max, particularmente, é um sujeito importante dentro das organizações responsáveis pelo cumprimento da lei local. Mas não consigo me lembrar de ter encontrado Max antes.

— Você é meu paciente? — pergunto.

— A recepcionista diz que sim.

Olho para a sala de espera. As pessoas olham para Max por cima de suas revistas.

— É urgente? Vai ser rápido?

Max concorda enfaticamente.

— Tudo bem, então — digo. — Vamos logo.

— Obrigado — ele sorri, visivelmente aliviado.

Eu sigo discretamente para o consultório e murmuro para a recepcionista: — Segure os meus pacientes, ok? E eu preciso da ficha de Max Walker.

Escolto Max rapidamente até a minha sala e fecho a porta, enquanto o telefone começa a tocar. — Deixe eu atender — digo a Max, atirando minha bolsa na mesa. É a recepcionista. — Não, eu disse Max Walker. — Max se senta na cadeira à minha frente. — Não, Walker. W-a-l-k-e-r.

Reviro os olhos para o telefone, para descontrair Max. Ele oferece um sorriso fraco e parece prestes a explodir em lágrimas.

— É, é isso — digo ao telefone e coloco o fone no gancho. Max está olhando com jeito preocupado para uma lista de pacientes deixada sobre a minha mesa e se contorce desconfortavelmente na cadeira. Sento em minha cadeira em frente a ele. — Agora, o que você veio falar comigo hoje?

Max dá um suspiro profundo, mas hesita. — Isto é confidencial?

— Sim.

O que não é rigorosamente verdade. Existem diversos motivos pelos quais posso quebrar a confidencialidade, e já fiz isso antes. Mas, em geral, o sigilo é fundamental para que confiem em mim, então não vou explicar as nuances dessa declaração. Especialmente quando se trata de ajudar jovens.

Ele parece vacilar, mas engole em seco, tentando sorrir. Vejo o sorriso desaparecer gradualmente de seu rosto, de ponta a ponta, retornando quando ele o força, desaparecendo conforme ele perde a fé.

— Hã... — ele começa, molhando os lábios. — Eu preciso de uma pílula do dia seguinte.

O clique da porta nos interrompe, e ficamos em silêncio enquanto a recepcionista entra e deposita a ficha de Max em minha mesa. Ela sai, fechando a porta atrás de si.

Concordo com a cabeça. — Posso perguntar por quê? — Ele engole e se mexe na cadeira, primeiro para a frente e depois para trás. — É para uma menina? Porque eu acho que ela deveria vir aqui.

Ele balança a cabeça.

— Não, não, é para mim — ele faz uma pausa. — É melhor você ler a minha ficha.

Pego a ficha dele. A capa diz: "Max Walker, data de nascimento 25 de setembro de 1996". Olho para ele.

— Tudo bem, eu espero. — Ele olha pela janela. Eu o vejo lutando para sorrir para si mesmo, um esboço de sorriso, como se fosse algo muito chato, como se fosse irônico. Fecho o arquivo sem ler.

— Você não quer simplesmente me dizer o que é relevante?

Ele olha para mim, alarmado, então respira devagar e se acalma. — Tudo bem. — Sua mão coloca o cabelo atrás da orelha, e ele pisca. — Eu sou intersexual.

— Entendo.

— Como um hermafrodita.

— Entendo. Eu não vi você antes, não é? Nós temos um atendimento às terças e qui...

Ele me interrompe. — Eu já vi especialistas. Quero dizer, eu tenho especialistas. Então, não vim aqui antes por causa de... nada a ver com isso. Eu vim uma vez, quando tive um problema estomacal, mas acho que você não estava. Fui atendido por uma enfermeira.

Concordo com a cabeça. — Será que você não prefere ver os seus especialistas agora?

— Bom... Eu não sei dirigir. Eles ficam em Londres. Na Harley Street.

— Você quer que eu arranje alguém para levá-lo até a estação de trem em Oxford?

— Eu não quero vê-los. Eles são... eles fazem um monte de perguntas e outras coisas.

— Entendo.

— Não posso simplesmente ser atendido por você?

— Sim, é claro que pode. Eu lido com todos os tipos de condições. Mas, tenho de avisá-lo, não tenho muita experiência com intersexualidade.

— Você já atendeu alguém assim?

— Sim, já. Já trabalhei com alguns casos que caracterizavam variações genitais quando estava estudando. Mas, se você se sentir à vontade, podemos falar sobre qualquer coisa que queira, e se eu sentir que não sei o suficiente para aconselhá-lo, podemos procurar os especialistas — com a sua permissão. Parece uma boa opção para você?

Max enfia uma perna debaixo de si mesmo, remexendo-se nervosamente, e assente com a cabeça.

— Eu vou só analisar a sua ficha, agora que sei o que estou procurando.

— Ok — ele sussurra.

Olho para o arquivo dele novamente e o abro. Max permanece quieto enquanto eu leio. A maioria das pessoas tem arquivos em formato A5 bastante finos. O de Max tem papéis transbordando pela pasta de papelão, a maior parte enviada por fax de vários hospitais do Serviço Nacional de Saúde e, mais tarde, de uma clínica privada na Harley Street. Os papéis incluem: possíveis diagnósticos desde seu nascimento, depois o diagnóstico final, com vários adendos inseridos em anos posteriores, conselhos e opiniões de inúmeros médicos a respeito de cirurgias, o que deveria ser feito, o que poderia ser feito para preservar a fertilidade, referências posteriores a uma declaração em consenso sobre gestão de pacientes com diagnóstico de intersexual redefinido para Max, depois uma lista de hormônios aconselhados e em seguida utilizados em tratamento, incluindo a documentação de injeções e sequências de comprimidos ministrados. Então, há as fotos. Max ainda bebê, Max um pouco maior, Max aos quatro anos e um pedaço de papel cobrindo seu rosto para manter seu anonimato, enquanto mãos enluvadas verdes abrem suas pernas. Acabam as fotos. Há uma página cheia de anotações sobre a reação dos pais ao diagnóstico, desde o nascimento e com término dois anos atrás, pouco antes do décimo quarto aniversário de Max. A maioria dos registros parece terminar naquele momento.

Eu tomo nota para me lembrar de passar a ficha de Max para o computador. É muito complicado em papel; nós estamos tentando, devagar, fazer toda a digitalização.

Na minha visão periférica, percebo que Max está me olhando com curiosidade e então olho por cima da ficha.

— Max, você tem certeza de que precisa dessa pílula?

Ele aquiesce com a cabeça, mordendo as unhas. Percebe meu olhar e baixa a mão. — Desculpa.

Eu sorrio. — Eu não me importo se você roer as unhas.

Ele dá de ombros.

— Seus especialistas disseram que você era fértil?

— Eles disseram que havia uma pequena chance.

— Você menstrua?

Ele cora. — Não muito frequentemente.

— Isso quer dizer que você tem um útero?

Ele dá de ombros. — Sim.

— Você não teve o seu útero removido?

Max nega com a cabeça.

— Você está usando algum tipo de contraceptivo?

— Não.

— Só preservativos?

— Não — responde Max, deprimido. Ele abre a boca, como se fosse dizer algo, então a fecha firmemente.

— Os seus especialistas sabem que você é sexualmente ativo?

— Ahn... — Ele não continua; em vez disso, arranca morosamente a pele da ponta de seu dedão.

— Nunca lhe perguntaram sobre isso?

— Eu não os vejo há séculos e eu... não era quando os via. Enfim, eles falavam com minha mãe, não comigo.

Aponto para a ficha. — Essas anotações parecem ter parado cerca de dois anos atrás. Talvez seja do tempo que você os viu pela última vez?

— Talvez.

— Certo — balanço a cabeça e olho as últimas páginas.

De repente, Max eleva o tom de voz, mais alto do que antes: — Eu não sou fértil, tipo... como homem.

Franzo o cenho, sem entender. — Então...

— Não! — Max fica subitamente perturbado.

— O que você quer dizer com "não"? — pergunto, confusa.

— Não é que... Eu não... eu não consigo *me* autoengravidar!

— Autoengravidar? Não, claro que você não consegue, Max. Eu não estava sugerindo isso.

— Hã, sei — ele engole em seco, acalmando-se. — Desculpe. Você... você não pode ser fértil de duas maneiras ao mesmo tempo, né?

— Fértil de duas maneiras? Nunca ouvi falar disso. A medicina nem sempre é uma ciência finita, mas não creio que seja possível. Nos seres humanos — acrescento.

Faço uma nota mental para desencavar meus livros antigos em casa e pesquisar sobre diagnósticos de intersexuais na internet. Há muitos, com muitas causas diferentes. Enquanto a maioria é classificada como "distúrbio", alguns são, até certo ponto, reversíveis, outros são defeitos causados pela falta de hormônios no corpo ou por receptores de hormônios defeituosos, e alguns têm a ver com os cromossomos sexuais. Ao estudar medicina na Inglaterra, nosso currículo nunca se aprofundou muito em transtornos intersexuais. Lembro-me que, nas raras ocasiões em que eram mencionados, nos referíamos a eles como hermafroditismo. As palavras mudaram, e eu me pergunto por quê.

Franzo a testa lendo os arquivos. É verdade que tenho lidado com alguns pacientes com genitália ambígua, mas não a esse ponto. Eu o folheio novamente, tentando encontrar as anotações sobre fertilidade, mas nada se destaca para mim.

Max cobre seus dedos com as mangas do suéter e enxuga o rosto. Sua face está vermelha.

— Max? Você está bem? — pergunto. — Desculpe-me por fazer essas perguntas todas, só estou tentando checar se...

— Eu só preciso da pílula! Não pode me dar uma?

— É claro que posso. Claro.

— Pode me dar também a coisa que impede você de pegar uma DST?

— Como é?

— Não tem nada que impeça isso?

— Quer dizer medicação de prevenção do HIV?

— Sim.

— Você acha que pode ter sido exposto ao HIV?

Max parece confuso. — Eu não sei. Provavelmente não HIV.

— Não temos outra coisa que funcione como medicina preventiva.

— Ah.

— Você quer a medicação?

Max pensa. Não posso ver direito os olhos dele por trás de seu cabelo. Ele olha para os próprios joelhos. Esfrega um olho com a manga do suéter de novo. — Provavelmente não.

— Tudo bem, deixe eu pegar um pacote de Postinor.

Eu me levanto, e ele olha para mim, perdido.

— A pílula do dia seguinte. Vou demorar só um minutinho.

Coloco a minha mão em seu ombro, tranquilizando-o, e atravesso a porta.

Max

Este é o dia mais embaraçoso, mais horrível da minha vida, e se eu simplesmente conseguir passar por ele, permanecer vazio, inspirar e expirar, continuar sorrindo, continuar acenando, ele vai acabar, e amanhã será melhor, e no próximo dia vai ser melhor ainda, e em breve vai ser como se nunca tivesse acontecido.

Eu nunca mais vou andar com Hunter, e em menos de dois anos ele já terá ido para a universidade e não vou mais vê-lo. Talvez nossos pais deixem de ser amigos e se afastem. Talvez a gente se afaste. Não sabemos o que vai acontecer no futuro. Muitas vezes as coisas dão certo, mesmo quando realmente achamos que elas não vão dar certo, como daquela vez, quando eu era pequeno e estava totalmente convencido de que minha mãe não ia mais voltar para casa, e naquele momento eu não sabia por quê, mas sabia que ela não ia voltar, podia estar morta ou ter nos deixado, não sei, mas ela voltou para casa — ela voltou. Meu pai estava zangado com ela, e eu gritei com ele para não ficar zangado, porque pensei que ela iria embora novamente, mas não foi; ela ficou, e tudo o que pensei que iria acontecer não aconteceu. Às vezes, as coisas não são do jeito que a gente acha que são, e, mesmo quando parecem muito ruins, elas podem ser resolvidas. Tudo pode dar certo e voltar ao normal. Se eu conseguir a pílula, vou comprar mais um pouco de Ibuprofeno na farmácia no caminho para casa, posso passar pelo caixa automático e não vou precisar explicar para ninguém por que um garoto da família Walker está fora da escola durante o horário escolar. Portanto, posso chegar em casa, dizer à minha mãe que não estou me sentindo bem e ir dormir.

Então, talvez amanhã eu diga que não vou para a escola porque estou doente. Não, não quero perder a escola amanhã! Eu estava ansioso pelo dia de amanhã havia séculos. Dane-se o Hunter, não vou deixar que ele estrague o meu dia. Ok, amanhã vai correr tudo bem, e eu vou esquecer aquilo, cada minuto daquilo vai evaporar para fora do meu cérebro até que não signifique nada, até que seja como se nada tivesse acontecido.

E se estiver tarde demais para tomar a pílula? Não, ela funciona até 24 horas depois, isso é o que eles disseram em sala de aula. Passaram-se catorze horas. Está tudo bem. Além disso, a dra. Verma parece acreditar que eu não sou fértil. De qualquer maneira, acho que ela pensa assim. Ela é um pouco austera e não demonstra emoção alguma. É do tipo "vamos direto ao ponto", sem rodeios. Acho que é uma boa característica para uma médica, mas isso faz com que eu me sinta ainda mais um merda. Pensei que seria capaz de falar sobre tudo, mas não consigo contar sobre Hunter.

Só tenho que passar pelo dia de hoje. Então, as coisas vão voltar ao normal. Até o próximo ano, quando talvez todos os outros caras já terão pelos no rosto; e, em dois anos, quando todos terão feito sexo, menos eu; e, em dez anos, quando todos estarão casados e com filhos, menos eu. E, com o passar dos anos, os beijos vão perder a graça, porque não vou fazer sexo com as pessoas, porque não vou sair com as pessoas, porque, se eu tiver relações sexuais com alguém, esse alguém vai ver e não vai mais querer sair comigo de jeito nenhum. Porque eu sou uma aberração. Porque sou esquisito.

Archie

— Eu preciso lhe fazer algumas perguntas antes de lhe dar a pílula.

A porta se fechou, e eu tomei o meu assento à frente de Max.

— Tudo bem — ele murmura.

— Ah! — viro-me para encará-lo e falar baixinho: — Não chore, está tudo bem.

Max coloca as duas mãos, agarrando as mangas do suéter, sobre o rosto. Sua pele está avermelhada, e as lágrimas rolam até o colo. Ele soluça alguma coisa entre as palmas.

— O que você disse?

— Eu odeio isso.

Hesito, sem saber o que fazer. Acabo esticando a mão e apertando gentilmente seu braço.

— Você quer dizer ser intersexual? Você fica chateado com frequência por causa de sua condição? — pergunto.

Ele balança a cabeça, e seu cabelo claro oscila para a frente e para trás.

— Isso nunca vem à tona.

— Em casa?

— Bem, nunca falamos sobre isso, mas... isso nunca foi um problema. É só uma coisa. Eu não sei. É uma daquelas coisas que você tem que aceitar.

— Os seus médicos não conversaram com você sobre cirurgias ou medicamentos?

— Não sei. Como eu disse, eles costumam falar com minha mãe e meu pai. Recebi algumas injeções de hormônios e tomei pílulas e outras coisas alguns anos atrás.

— Tudo bem. Bom, se isso perturba você, talvez... a gente deva conversar com seus pais sobre isso? Quer que eu ligue para eles?

— Não!

— Ok, ok, desculpe.

— Você não vai ligar, vai?

— Eu só vou ligar para eles se você me pedir.

— Bom, não ligue.

— Desculpe — digo, tranquilizando-o, acariciando o braço dele. Abro o pacote de Postinor e tiro um pedaço de papel. — Se você puder, leia isto para mim. É uma lista dos possíveis efeitos colaterais da pílula, e eu só preciso que você assine aqui para dizer que entende. Fez sexo sem proteção nas últimas 72 horas?

Max assente com a cabeça e lê o papel, mantendo as mãos sobre as pernas, às vezes levantando uma delas para limpar a trilha úmida de uma lágrima em seu rosto.

— Pode me dar a pílula agora? — ele murmura. Está tão deprimido que é perturbador, mesmo para uma veterana como eu.

Ele parece estranhamente desanimado. Eu o estudo cuidadosamente. Alguma coisa não se encaixa bem nessa cena: o jeito indiferente, o fato de evitar fazer contato com os olhos, essa expressão vazia. Enquanto o observo evitando o meu olhar, revirando-se em sua cadeira, roendo as unhas, preocupado e constrangido, lembro-me de tê-lo visto antes.

Foi no verão passado, e recentemente eu havia lido sobre sua mãe ter vencido um caso marcante. O artigo dizia que Karen Walker, se bem me lembro o nome correto, era advogada; focava na carreira de Karen em vez de no caso, e havia uma foto de sua família, incluindo Max, em uma cerimônia *black tie*.

Naquele mesmo dia, mais tarde, eu estava no cinema e reconheci Max. Ele estava de mãos dadas com Olivia Wasikowski, outra paciente minha que tinha vindo à clínica para colocar um implante contraceptivo algumas semanas antes. Quando notei os dois, Max colocou as mãos nas bochechas de

Olivia, inclinou-se e beijou-a.

Olhando para ele agora, lembrando disso, um pensamento se revolve em meu córtex cerebral como se morasse lá, como um ombro quebrado que volta ao lugar, e eu me sinto tão incrivelmente estúpida que fecho os olhos e balanço a cabeça para mim mesma.

Limpo a garganta.

— Max. Desculpe perguntar isso assim tão diretamente. Você se sente atraído por garotos?

A boca de Max se abre. Em seguida, a mão chega até ela e reprime todas as palavras que estavam se formando. Ele nega com a cabeça.

— O que estou perguntando é: você manteve relações sexuais consensualmente?

O cabelo de Max cai de novo de um lado para o outro.

— É por isso que você está pedindo a pílula anticoncepcional do dia seguinte?

Ele confirma, balançando um pouco o cabelo, e olha para cima, nervoso.

— Você está sentindo alguma dor? — uma lágrima cai sobre seu rosto, ele a limpa, e seu nariz funga. — Ok. Quer subir na maca e me deixar dar uma olhada em você?

Max suspira, como se soubesse que esse momento iria chegar. O pensamento voa através da minha mente: ele deve estar habituado a ter médicos examinando seus órgãos genitais. Um diagnóstico de intersexual não é apenas algo que deve ser estudado visando um prognóstico; para muitos médicos, é interessante. Nós vemos tão poucos casos... Minha curiosidade fica aguçada, mas não deixo transparecer. Os olhos de Max movem-se lentamente para o lado e dilatam-se, tornando-se distantes. Ele assente com a cabeça.

Como médica, descobri que as respostas estão sempre nas entrelinhas, em algum lugar na paisagem do corpo. As evidências físicas falam mais alto do que as palavras. Há evidências espalhadas por todo o rosto de Max. Seu lábio inferior pressiona o de cima nervosamente. Aceno com a cabeça, resolvida.

— Vou lhe dar um minuto para você tirar a roupa. Coloque este lençol sobre o corpo e sente-se na maca, com a cabeça virada para cá, certo?

Dou um tapinha na maca e lhe entrego o lençol. Ele assente outra vez com a cabeça, quase cansado, e eu deixo a sala.

Daniel

Amanhã é o aniversário do meu irmão, então eu quero fazer um cartão para ele, mas a professora, a srta. Jameson, está dizendo que temos que arrumar as nossas coisas agora, porque chegou a hora de contar historinhas.

Por que nós temos que arrumar as coisas agora? Essa é a minha pergunta. É completamente ridículo ter que obedecer a uma programação como se fôssemos bebês que precisam tirar uma soneca, ser alimentados e ter nossos fundilhos limpos. É estúpido. Vou levar essa tesoura e me sentar no canto da sala, assim posso ouvir essa história besta enquanto faço o cartão para o Max. Estou fazendo um desses cartões bobos em que você dobra um pedaço de papel branco A4 em quatro, em seguida, corta a figura de um menino e aí saem quatro meninos, todos de mãos dadas. Depois, vou colori-los e vou fazer a mamãe, o papai, o Max e eu, mas a mamãe vai ficar igual a um menino. Bom, vou desenhá-la de calça rosa e depois posso colar um pedaço de papel para ser o cabelo dela. Enfim, este cartão vai ficar incrível, porque veja só que coisa especial: todos serão robôs, e eu estou dando a cada um uma arma que concebi especialmente para eles.

A srta. Jameson está me cercando como uma pata. A mamãe me disse para não chamar a srta. Jameson de pata. Nós não devemos dizer que a srta. Jameson é uma pata. Nunca mais.

— Daniel, é hora da historinha.

— É. Eu sei.

— Todo mundo está esperando. Você não quer estragar a hora da historinha para todo mundo, não é?

— Não. Eu não estou fazendo o meu cartão *na frente deles*.

— Sim, mas nós não podemos fazer a hora da historinha sem todos sentados em um círculo, podemos?

— Sim.

— Não, não podemos.

— Vocês podem, sim.

— Não podemos, não.

— Olhe, srta. Jameson, se alguém está estragando a hora da historinha aqui é você, porque você pode muito bem fazer a hora da historinha e não está fazendo.

— Bom — a srta. Jameson coloca as mãos no quadril. — Não vou fazer porque você está sendo um moleque muito malcriado. Agora, largue o cartão, ou vou jogá-lo no lixo!

Fecho a cara e resmungo baixinho: — Pata.

— Daniel Walker, largue esse cartão! Você ainda vai querer ficar com ele? Vou jogá-lo fora se você não o largar agora!

Ela segura a minha mão e eu a retiro de cima da minha.

— SÓ ESTOU FAZENDO UM CARTÃO — digo, bem alto para que ela entenda e me deixe sozinho. — Tire suas mãos ESTÚPIDAS de cima de mim.

— Não se atreva a gritar comigo, Daniel! Pare de ser malcriado! Olhem todos para cá! — a srta. Jameson se volta para a classe: — Daniel está me desobedecendo, e por isso não vai ter hora da historinha até que ele se comporte como um bom menino e se sente conosco.

Todos os outros meninos e meninas olham para mim com simpatia. É muito injusto. É culpa da srta. Jameson que as regras estúpidas dela signifiquem que por algum motivo estúpido eu não possa fazer um cartão para o meu irmão e ouvir uma história ao mesmo tempo.

Sento-me em silêncio, seguro meu cartão e não olho para a srta. Jameson, até que ela diz: — Certo! — Ela se abaixa e agarra meu pulso com muita força, e eu a empurro com minha mão direita, e ela começa a gritar e eu também, porém mais alto e mais agudo, como se ela fosse ao mesmo tempo uma coruja e vítima de um tiroteio.

MAX

EU DEITO NA MACA. É esponjosa e apertada. Aguardo até sentir as mãos dela. Olho para o crachá dela: dra. Archie Verma. Quando eles começaram a colocar o primeiro nome no crachá dos médicos? Não me lembro disso em todos aqueles especialistas que visitei. Nunca soube o primeiro nome deles. Sempre falavam sobre mim, para minha mãe ou para meu pai ou para outros médicos. Eles raramente me perguntavam coisas, mesmo quando eu poderia ter lhes dado a resposta. Meu pai me disse que precisávamos ter cuidado com quanto revelaríamos a eles, então eu mantinha a boca fechada, enquanto eles espiavam cada pedaço de mim, me cutucando com seus dedos grossos revestidos de luvas de plástico. Eu era um caso de estudo interessante para eles, uma experiência. Nunca pensei detalhadamente sobre isso antes. Mas, enquanto espero que a dra. Verma me cutuque, me lembro de como me sentia, deitado sobre as mesas de aço frio na clínica em Londres. Os olhos, as cabeças balançando. Eu ganhava sempre um pirulito da minha mãe e desviava meu olhar.

Quando Archie Verma vai me tocar? Prendo a respiração, esperando por ela. Ela coloca o lençol sobre mim outra vez.

— Certo, Max, você definitivamente sofreu uma fissura lá embaixo, mas, sem fazer uma limpeza, não posso dizer onde foi ou se vou precisar dar pontos. Vou colher algumas amostras e então vou limpar você com uma solução salina, ok? E vamos descobrir de onde vem o sangramento.

Concordo, complacentemente, e ela sai e volta com uma garrafa de líquido e mais outras coisas, que fazem barulho quando ela as deposita sobre a mesa.

Então eu sinto um puxão.

— Ai!

— Sinto muito. Vai doer, mas é importante, certo?

— Certo.

Fecho os olhos e tento pensar sobre futebol, corrida ao ar livre, o ar fresco do outono, folhas que estalam sob os nossos pés, meninas, uma noite na fogueira, e aí a sensação desconfortável para e a dra. Verma diz: — Acabamos.

Hesitante, ela usa um pano para me enxugar. Eu observo, ainda sem dizer nada. Ela é muito mais delicada do que os especialistas. Ela olha para mim e entorta a boca, como que se desculpando.

— Estou quase terminando — ela diz, em voz baixa. Ela pega o pano. — Eu só vou pressionar aqui em alguns lugares e você me diz se dói, está bem?

Concordo com a cabeça, e ela pressiona toda a área. — Não... n... n... SIM... Sim... Não.

— Ok, não costumo fazer isso, mas vou dar um ponto. Você é muito corajoso.

Ela se levanta, tira as luvas e busca um par limpo.

— Na verdade, Max — ela vai até sua mesa e me traz uma pílula e um copo de água da torneira —, você pode tomar isto?

Concordo com a cabeça e engulo a pílula.

— Também vou prescrever alguns analgésicos fortes, mas você tem que me prometer que não vai exceder a dose.

— Certo.

— Este é um anestésico local — ela esfrega um líquido em mim e se afasta por um minuto, enroscando a tampa em alguns frascos que contêm pequenos bastões. Escreve nos rótulos em caligrafia miúda e cola-os nos frascos. Depois, se vira para mim e me pede para fechar os olhos.

Sinto um puxão, e então ela me diz que acabou. Visto minhas roupas por trás da cortina e ela me diz quais medicamentos vai me dar. Antes que me deixe sair da maca, arregaça uma de minhas mangas e tira uma amostra de sangue do meu braço com uma agulha.

Enquanto faz isso, ela conversa comigo me dando mais instruções, mas minha cabeça vagueia, e ela olha para mim e diz que vai escrever tudo para que eu não esqueça.

— Max — ela diz, bastante profissional, enquanto desenrola minha manga —, quero perguntar uma coisa a você. — Tento me concentrar, pois a dra. Verma parece séria. — Você acha que isso vai acontecer de novo?

— Não. — Ela olha para mim, como se estivesse tentando avaliar se estou dizendo a verdade.

— Tem certeza? — Concordo com a cabeça. — Max, tenho obrigação de ir à polícia se achar que é provável que você seja violentado novamente.

— Não! — grito de repente, aterrorizado.

— Mas eu não vou — diz ela. — Não sem a sua permissão, porque você me disse que não vai acontecer de novo e eu acredito em você. Mas... você quer que eu entre em contato com a polícia?

— Será que eu quero...? — estou surpreso, estranhamente, acho. Não tinha pensado sobre isso. — Não.

— Eu poderia ir com você.

Faço que não, balançando a cabeça.

— Eu não quero que ninguém saiba.

Ela meio que mordisca os lábios.

— Seus pais não precisam saber — diz ela.

— Meu pai é procurador da Coroa.

Ela respira, retém o ar por um segundo e, em seguida, balança a cabeça, expirando.

— Sim. Eu entendo.

Meu pai julga todos os criminosos que a polícia pega. Ele está no comando. Ele supervisiona todos os casos julgados em nossa área.

— Eu nem mesmo... Eu não quero que ninguém saiba.

A dra. Verma concorda e diz em voz baixa: — Eu colhi algumas amostras. Então eu tenho o DNA dele.

— Você tem? — Olho para os frascos enquanto ela os recolhe e deposita sobre a sua mesa.

— Com certeza.

Faço uma careta e não pergunto como ela pode saber ao certo.

— Eu posso armazená-lo e também posso mandar as amostras para análise; assim, se você quiser ir à polícia, todas as provas estarão aqui. — Ela deve perceber que me sinto incomodado, porque em seguida diz: — Pode ficar só entre nós, a menos que você me diga o contrário.

Concordo com a cabeça.

— Você quer que eu chame alguém da delegacia local? Eles poderiam vir até aqui nos ver. Não precisamos nem sair do consultório. Poderíamos pedir que não contem nada ao seu pai.

Ela olha para mim de maneira gentil, mas estou vazio. Muito cansado. E só quero que tudo acabe.

— Não quero que ninguém mais saiba — digo novamente.

Karen

A PRIMEIRA COISA QUE SAIU da minha boca quando cheguei na escola de Daniel para levá-lo para casa foi tirada direto do Livro de incompetência maternal: — O que há de errado com você?

Que merda!, penso.

— O que há de errado com você, Karen? — ele pergunta imediatamente, e eu resisto a um impulso, um impulso realmente terrível, de lhe acertar um tapa na boca.

Sou uma mãe terrível, penso. *Não fui feita para cuidar de um filho.*

Tento me refazer. O calor do caso que eu vinha defendendo, a indignação, a adrenalina da vitória (quinze anos de prisão), a frustração de ter que sair para buscar Daniel por causa de algo tão insensível, tão abaixo de quem ele é, tão repugnante que terei que pagar por isso me mostrando calma e controlada e bajuladora nas reuniões de pais e professores; todas essas coisas me atravessam, tornando-se um impulso em direção ao futuro, e tenho que me lembrar de dar um passo de cada vez, não encarar o quadro geral, respirar lentamente, me acalmar e me impedir de estender a mão, pular sobre ele e sacudi-lo.

Minha mãe cresceu na Irlanda antes de se mudar para Yorkshire e conhecer meu pai, e eu me sinto infeliz por constatar que às vezes recaio em suas antigas táticas de pais católico-irlandeses quando fico frustrada. Isso acontece hoje, e decido fazer com que Daniel se sinta culpado, em uma tentativa de levá-lo a se arrepender por ter batido no rosto da professora com uma tesoura.

— Você sabe muito bem que não deveria ter feito aquilo, Daniel — digo, balançando a cabeça. — Eu estou tão, tão decepcionada com você!

— Eu não *bati* nela. Eu a *toquei*.

Eu o agarro pelo braço, tentando puxá-lo, para tirá-lo da escola antes que alguém nos veja, e ele me empurra.

Muitas vezes me sinto incompetente para lidar com Daniel. É possível que eu me sentisse exatamente da mesma maneira se Max fosse normal, suponho. Mas ele não é. Se não pensarmos no problema dele, ele é tranquilo. É perfeito e razoável e doce até dizer chega, e às vezes eu desejo que Daniel seja como Max: carinhoso, obediente, sempre por perto.

Tudo é uma luta com Daniel, tudo é um desafio, e tudo me faz pensar que sou uma péssima mãe. Isso me lembra da convicção que tive quando descobri que Max era diferente dos outros bebês — que eu havia falhado como mãe, que eu não era feita para isso —, e sinto meu coração se partir outra vez, como se estivesse de volta ao hospital, dezesseis anos atrás.

Steve diz que fico tão frustrada com Daniel porque me importo profundamente com ele. Se eu não ligasse, não me sentiria tão irritada.

Sento-me ao lado de Daniel, exausta.

— Eu não bati nela — ele diz, entristecido.

Estudo o mural de fotografias dos funcionários na parede. Quando Max estava na escola primária, havia quatro professores ao todo: três que davam aulas e um diretor. Agora eu conto 24 professores e o "pessoal de apoio". Será que as crianças se tornaram exponencialmente piores nos seis anos que separam Max e Daniel? Imagino o pessoal de apoio gritando, histérico, batendo nos pequenos diabinhos.

— Você acredita em mim? — Daniel pergunta.

Dirijo-me a ele. Penso sobre isso por um minuto.

— Sim.

Daniel se vira, infeliz, para o mural.

— Obrigado — diz ele.

— Deveríamos ir logo para casa — digo sugestivamente, como se lhe desse uma opção. *É apenas uma alternativa*, meu tom diz. *Também podemos ficar aqui sentados pelas próximas cinco horas, se você quiser.*

— Ok — ele diz.

De repente, a irritação me abandona e sinto uma onda de empatia por Daniel. Ele não é fácil, mas não é fácil ser ele. Ele é desajeitado com todo mundo, cresceu rápido demais por ter um irmão mais velho, fala como um minipolítico por causa do pai, e seu temperamento é esquentado demais — e isso ele adquiriu de mim. Max herdou todos os nossos melhores atributos, e Daniel, tudo o que temos de pior. Ele é inteligente, mas não se concentra como Max nas aulas. É um aluno mediano. É obsessivo-compulsivo. Fisicamente, Daniel é pequeno, herdou a altura talvez do lado da minha mãe, mas tem ossos largos. Ele tem a minha proliferação de sardas e arranhões de infância e também uma tendência hereditária a ser picado por mosquitos, a tropeçar, a sofrer acidentes. Certa vez, acertou um tiro no próprio olho com a pistola de ar de um amigo, e isso resultou em uma viagem horripilante até o hospital, ele e Steve, enquanto Max e eu esperávamos ansiosamente em casa por eles.

Meu homenzinho engraçado, penso, olhando para o cabelo loiro-arruivado e encaracolado de Danny.

Estendo o braço de maneira espontânea. A parte inferior toca os ombros dele, apenas de leve, apenas o começo de um abraço, suavemente. Meu braço direito surge à sua frente. Eu me inclino para beijar seu cabelo.

— Me larga! — Daniel sacode a cabeça de modo agressivo, batendo-a contra meus dentes, lançando-se para longe de mim.

Solto um grito, minha mão voa imediatamente para a minha boca.

— Vamos lá, então — diz Daniel, deslizando da cadeira. Ele caminha na direção da porta de segurança.

Respiro. Digo a mim mesma que vai ficar tudo bem. Nós vamos para casa, eu vou fazer o jantar, e ele vai se acalmar.

Pego meu casaco e caminho, toco o botão que abre a porta, no alto da parede, acima da cabeça de Daniel. As portas são liberadas, nós passamos e vamos, em silêncio, em direção ao meu carro.

Archie

Torno a sentar à minha mesa enquanto Max se prepara para sair, dobrando o folheto informativo da embalagem de Postinor e colocando-o no bolso do blazer. Agora me sinto um pouco impotente, embora eu saiba que fiz tudo que podia.

— Devo escrever um bilhete de dispensa por doença para amanhã? — sugiro. — Ou para o restante da semana?

— Hum... não — ele desliza sua mochila sobre os ombros. — Só para hoje está legal.

— Não tem problema algum, Max. Tire um dia de folga.

— Hum, eu quero ir amanhã.

Ele sorri, e eu concordo com a cabeça e falo mais suavemente, seguindo a tentativa de ele mudar o tom.

— Está acontecendo algo emocionante na escola? Jogo de futebol?

Ele balança a cabeça e fala timidamente: — É o meu aniversário.

— Claro! — Ergo a sua ficha, que tem a data nela. — Dezesseis?

— É.

— Comemorar os dezesseis. Vai ser divertido.

Ele se vira em direção à porta.

— É isso aí. Eu sou um adulto! — Ele ri um pouco forçadamente.

— Você vai ficar bem?

Max concorda. — Muito obrigado... pela pílula e por tudo.

— Lembre-se de não exceder a dose dos analgésicos. Aplique-os três vezes ao dia. Volte aqui se continuar doendo ou se você mudar de ideia sobre ir à polícia. Eu tenho todas as provas — aponto para os frascos sobre a minha mesa.

Max balança a cabeça. — Eu não quero — ele hesita. — Por favor, não diga nada a eles. Por causa do meu pai. Por favor, não conte para a minha mãe.

Franzo a testa. — Eu entendo por que você não quer que eu vá ao escritório de seu pai, Max. Mas eu realmente deveria. Eu tenho uma obrigação legal.

— Não! Olha, se isso acontecer novamente, aí é diferente. Eu só... Foi só dessa vez.

Paro para pensar. — Você jura que vai me procurar se isso acontecer de novo?

— Eu juro — ele diz, com sinceridade.

— Tudo bem — concordo com a cabeça, ainda incerta. — Ok.

— Ok. Obrigado... obrigado — ele sorri com determinação e se apressa porta afora. Fecho a porta atrás dele e a seguir somos apenas eu e os frascos rotulados de sangue e DNA sobre a minha mesa.

KAREN

A CASA ESTÁ FRIA E tranquila quando voltamos, por volta das 15h30. Nossa entrada principal tem dois andares, e o calor costuma subir do chão até o primeiro andar. Ligo o aquecimento central, programando o relógio para desligá-lo depois de uma hora.

— Podemos acender a lareira? — Danny pede.

— Não.

— Para que ter uma porcaria de uma lareira se nunca a usamos?

— Querido, nós vamos assar aqui dentro se eu acender a lareira. Não está frio o suficiente.

— Então por que você mandou instalar essa em setembro?

— Eu não sei — suspiro, apoiando-me na mesa da cozinha. — Você tem que ir para o seu quarto agora, está bem?

— Estou de castigo? Isso não é justo. Você disse que acreditava que eu não bati nela!

— Daniel... — começo. A culpa é minha. Eu formulei a ordem como uma pergunta. Não sou uma boa disciplinadora. A ordem também pode sair como se eu estivesse implorando ou sendo agressiva.

— No Max você acreditaria — diz ele, sombriamente.

— Isso não é verdade, querido — nego, balançando a cabeça. — Eu não trato você e Max de modo diferente.

Daniel parece prestes a gritar comigo por causa de sua frustração quando a porta de trás se abre, transformando nossa surpresa em silêncio.

A cabeça de Max surge através da abertura, e ele olha para mim nervosamente. Parece exausto e joga sua mochila no chão, ao lado do cabideiro. Antes de dizer qualquer coisa sobre arrumação, noto o conteúdo da minha própria bolsa esparramado sobre a mesa da cozinha.

— O que você está fazendo em casa tão cedo? — eu estranho.

Ele sacode os cabelos. — Ninguém apareceu para dar geografia, então deixaram a gente sair. Estou me sentindo mal.

— Você acredita nele? — Daniel choraminga. — Você acredita!

— O que está acontecendo? — Max pergunta. Nós nos sentamos juntos à mesa, e ele deita a cabeça sobre as mãos. Entrelaço os dedos nos cabelos dele e faço cafuné naquela maciez de bebê.

— Daniel está de castigo — murmuro.

— Eu não quero ficar na porcaria do castigo!

— Não faça grosseria para a mamãe! — Max diz delicadamente, enquanto retiro a mão de seus cabelos e digo:

— Você vai ficar de castigo por mais tempo se o seu pai ouvir o que você acabou de dizer, rapazinho.

— Vou pegar um pouco d'água — Max resmunga, em pé. Ele se inclina sobre o balcão da cozinha ao lado da chaleira e esfrega os olhos.

— Você não está se sentindo bem, querido? — pergunto, observando-o. Escuto um estrondo e me viro para ver Daniel subindo pela superfície do balcão para chegar ao jarro de doces. — Daniel!

— Eu quero um KitKat — ele diz, puxando a alça do armário.

— Você está terminantemente proibido de comer doce hoje! — eu me levanto e o arranco para fora do balcão. — Vá para o seu quarto!

— Tudo bem — Daniel rosna, como o adolescente mal-humorado que Max jamais se tornou. — Então vou jogar Xbox.

— Não, você não vai não, eu vou confiscar o seu Xbox.

— O quê? Não!

— Já para cima, agora! — planto minha mão em suas costas para guiá-lo firmemente até a porta da cozinha. — Ele foi mandado para casa hoje por bater em uma professora — digo a Max, enquanto a porta balança e os passos de Daniel desaparecem.

— Eu não bati nela! — Daniel grita, correndo de volta para a cozinha e enfiando a cabeça pela porta. — Eu *toquei* nela!

— Daniel, suba para o quarto! — digo, olhando para Max.

Daniel bate a porta atrás de si. Posso ouvi-lo batendo firme os pés nos degraus, de forma dramática. Max olha vagamente por baixo das pontas de seus cabelos para a minha cintura, a cabeça ligeiramente abaixada.

— Há algo errado, querido? Você está horrível.

— Eu não sei.

Toco a testa dele. Seu rosto está pálido. — Você pegou alguma coisa? Você não está quente.

— Eu não sei, mãe.

O som estridente de rap e armas explode lá em cima.

— Daniel! Dá para ouvir o Xbox! Desligue-o!

— Não!

Abro a porta da cozinha e grito para cima: — Desligue isso agora!

A música para.

Volto-me para olhar novamente para Max, preocupada, e ele percebe meu olhar, então se vira para encarar a pia, inclinado, e vomita.

Corro até ele, segurando seus cabelos para trás. Seu corpo se curva, e ele se esforça para vomitar. Ele geme, seu maxilar está tenso, as veias aparecem através da pele do pescoço. Esperamos um minuto para ter certeza de que terminou. Ele pega uma toalha de cozinha e limpa a boca com ela.

Um líquido amarelo se acumula em torno de restos de comida e três pílulas.

— Você tomou analgésicos, querido?

Max confirma: — Ibuprofeno.

— Você só deve tomar dois. Não tome demais, está bem?

— Hein?

Toco as costas quentes de Max, e minha mão sobe até seu pescoço dourado. Eu observo as veias, as rugas, a pele mais velha da minha mão. A pele jovem de Max cheira a canela.

— Mãe... — ele geme, em choque por estar enjoado.

— Tudo bem — digo, puxando-o para mim. — Vá se deitar na sala de estar, querido. Termino aqui num minuto. Vou só limpar.

Max concorda com a cabeça, enxuga as lágrimas dos olhos e se arrasta até a porta. Eu ligo a torneira de água quente e o triturador de lixo, e os comprimidos e o líquido grosso e viscoso descem em redemoinho pelo ralo. Olho pela janela, para o meu próprio reflexo e além dele, para o muro baixo na parte de trás da casa. Temos que mandar plantar uma cerca viva antes da campanha, se Steve concorrer. Há muito em que pensar.

Mexo no laptop que está por perto. Ele acende, e eu sintonizo na estação de rádio local que transmite ao vivo sua programação. A renúncia de Bart Garrett foi anunciada hoje, de modo que o posto agora está oficialmente aberto.

Os *paparazzi* perseguiram Bart 24 horas por dia. Eles eram selvagens. Eram jovens repórteres tentando provocar um grande escândalo, tentando desmantelá-lo. Primeiro foram atrás dos filhos dele, depois revelaram alguns segredos — o dinheiro que ele havia repassado para algumas pessoas não era ilegal, mas é desaconselhável em sua posição. Ele votava pela direita, ao contrário do que Steve e eu votamos, porém ele não era uma pessoa má; mesmo assim, eles o fizeram parecer mau. Alegações de sonegação de impostos, acusações de adultério, bebedeiras de seu filho, uma piada racista que sua filha fez...

Se Steve concorrer, Daniel não pode ser mandado para casa outra vez e Max vai ter que ir para a St. Catherine de Hemingway, a escola privada onde eles realmente ficam de olho nos garotos. Leah e Edward mandaram Hunter para lá este ano. Max já está inscrito para fazer o exame de admissão, mas ainda não tive chance de chamar Leah e conversar sobre a escola. Prometo a mim mesma que vou fazer isso hoje à noite.

Às vezes, vejo garotos da escola de Max fumando na cidade na hora do almoço. Faço questão de não procurar por ele ali, porque confio nele. Conheço meu filho e sei o que está acontecendo em sua vida. Ele terá melhor chance de entrar na Universidade de Oxford se for para uma escola particular em vez de uma estadual em Abingdon ou Oxford, e ele merece ir. Ele estuda tanto!

Steve era igual, mas com uma ambição mais direcionada. Stephen Walker para membro do Parlamento, Oxford West, Hemingway e Abingdon. Como tantas outras coisas, talvez eu tenha que me habituar também a isso.

Archie

São dez da noite, final do meu turno, horário em que consigo lidar com os frascos em meu consultório. Fechei a clínica o mais rápido que pude e enviei as amostras que colhi de Max a uma amiga que trabalha em um laboratório de pesquisa na Universidade de Oxford. Ela trabalha em todos os nossos casos criminais, e, geralmente, eu esperaria que o consultório enviasse as amostras, mas dessa vez não consigo esperar.

— Você quer entrar? — Mia me pergunta assim que abre a porta. — Parece que você precisa de uma bebida. Ou três. Eu definitivamente preciso.

— Desculpe, tenho que trabalhar amanhã às oito — digo, empurrando as amostras para ela. — Tenho que voltar. Tem certeza de que não é problema fazer isso por mim?

Mia parece frustrada, mas concorda. — Ligo para você amanhã com os resultados. Tem alguma coisa que eu deva saber sobre isso?

Nego com a cabeça. — É um caso de estupro, mas... fora isso, quero que você descubra o que puder e me conte. Também quero uma análise cromossômica na amostra de sangue, particularmente o frasco cheio. É da vítima. E se existirem dois tipos de DNA nos cotonetes, você consegue os dois?

Mia revira os olhos. — Eu sabia que ia ter mais coisa. Você pede coisas demais, Archie. A cariotipagem para obter a análise cromossômica vai levar uma semana.

— Fico muito grata. Mantenha isso em segredo. É para um paciente jovem.

— Coitado.

— Hum — murmuro. — Falo com você amanhã?

Mia sorri e vai até a porta para fechá-la. — Dirija com cuidado.

As estradas estão tranquilas no caminho de casa, pelos subúrbios de Oxford, saindo do pequeno trecho que se conecta à rodovia, através da escuridão de árvores e campos e de uma noite nublada, e de volta à humanidade, nas pistas residenciais de Hemingway.

Eu me pego pensando em Max, apesar de meus princípios de não levar trabalho para casa.

Max tem dezesseis anos. Tantas coisas mudam quando se é um adolescente. Nos tornamos conscientes do sexo e do amor. Apressamos as coisas, porque achamos que os amigos estão experimentando mais do que nós. Essa é a razão pela qual percebo tantos garotos virem falar comigo sobre sexo desprotegido, sobre drogas, sobre álcool. Todos querem explorar essas novas sensações. Todos os adolescentes na escola de Max estão formando casaizinhos ou experimentando outras coisas, até onde posso ver pela quantidade deles que aparece sem marcar nas sessões de contracepção. Max está despertando para tudo isso, repensando sentimentos sobre sua condição enquanto compreende o que sua parte diferente fará com a sua capacidade de formar relacionamentos. Eu me pergunto se deveria recomendar-lhe um psicólogo.

Será que Max se sente intersexual ou mais como um garoto? Ele parece se identificar com um garoto. Ele certamente fica muito bem naquele terno. Deve partir uma porção de corações.

Solicitei a cariotipagem a Mia porque é isso que vai me dizer que tipo de intersexual é Max e se isso está em seus cromossomos, escrito em sua composição genética. Esse código dita muito do que Max se tornará — sua saúde, como ele funciona e o seu gênero. O arquivo de Max tem informações em excesso, é confuso e com diagnósticos dessas variações de gênero em tal profusão que quero ter certeza de que foi diagnosticado corretamente. A cariotipagem é um teste feito muitas vezes com sangue, que avalia se Max é XX (menina), XY (menino) ou uma combinação de ambos. Pode ser que ele não seja um verdadeiro intersexual e que apresente essa forma fisicamente, mas cromossomicamente seja um garoto, ou até mesmo uma garota. Se for um garoto, isso pode lhe oferecer algum consolo.

Há anotações sobre Max espalhadas por toda parte, em todos os diferentes tipos de caligrafia. Não se sabia muito sobre condições intersexuais, especialmente quinze anos atrás, e não consegui encontrar um diagnóstico preciso de Max em minha rápida varredura dos arquivos. Vou ler sobre isso esta semana, talvez em meus livros antigos, enquanto espero pela cariotipagem.

Um tipo comum de intersexualidade é a síndrome de insensibilidade androgênica, na qual os bebês geneticamente são meninos, mas o corpo, no ventre, não reage aos hormônios, incluindo a testosterona, então eles se parecem com meninas. O único motivo para me lembrar disso é que vi em um documentário. Vasculho a memória, mas não me lembro de tipos específicos sobre os quais tenha aprendido enquanto me formava. Eu me pergunto quais segredos o corpo de Max esconde.

DANIEL

— VOCÊ JÁ NÃO DEVIA ESTAR na cama? São onze da noite — Max diz, entrando no meu quarto. — Você fez a mamãe ficar zangada hoje.

— A mamãe vive zangada comigo — digo, e dou de ombros.

— Ela nunca fica zangada com você — diz Max, e eu ergo as sobrancelhas para ele, porque, para alguém mais velho, ele com certeza não é um bom observador.

— Eu e ela brigamos o tempo todo — digo a ele.

Ele se senta ao meu lado. — Ah, é mesmo?

Eu mato três zumbis e olho para ele. — O que há de errado com você?

Ele puxa pedaços do meu tapete. — Nada. Por quê?

— Não faz isso — eu digo.

— Desculpe.

— A mamãe não disse que você estava doente? Você não devia se deitar?

— Não. Eu estou bem. Eu só... passei um pouco mal hoje. Eu disse a ela que estava bem. Não queria deixá-la preocupada.

— Puxa-saco — digo, provocando-o, do jeito que ele às vezes me zoa.

Max olha para mim e revira os olhos enquanto pensa. Não revira completamente nem nada, só olha de um lado para o outro.

— Só estou brincando — digo.

— Eu não sou puxa-saco — diz ele.

Faço uma pausa no jogo e largo o controle. — Passou mal como?

Max dá de ombros. — Nada. Agora já passou — diz ele, pegando o controle e tornando a ligar a música alta. Ele mata instantaneamente um *Gnomobear*, que vale 65 pontos. É o triplo dos pontos que você ganha para detonar um zumbi. Ele abre um sorriso largo, artificial, como uma linha estendendo-se através de seu rosto e mostrando uma fileira de dentes. Ele ri, pronto para matar outro *Gnomobear*, observando a frustração na minha cara porque eu ainda não matei nem um deles o jogo inteiro.

— Nada — ele repete.

Sylvie

Ele bate e bate e bate, esse animal bestial...

Isso é tudo o que eu tenho. Me veio assim, esta manhã, enquanto eu fazia meu dever de casa no computador na sala de TI. Fica dando voltas na minha cabeça, seguindo um ritmo, mas não me vêm outras palavras. Eu amo escrever poesia, mas às vezes ela vem devagar. Costumo escrever um pouco enquanto faço meu dever de casa na sala de TI pela manhã, ou na hora do almoço. Tenho notado que é o lugar onde todos os garotos sem amigos ficam.

Vamos encarar os fatos: não tenho amigos. Não é por escolha. Eu não sei por quê. Eu tinha uma na escola primária. Vivíamos coladas, inventávamos todo tipo de histórias juntas e jogávamos jogos imaginários o tempo todo. Tivemos cães e gatos imaginários. O meu era um gatinho chamado Tabby, e ela tinha um cachorro chamado Max. Não gosto de parecer arrogante, mas eu era uma boa amiga. Costumávamos trocar presentes que fazíamos uma para a outra o tempo todo. Eu sempre fazia o maior alarde nos aniversários. Mas, quando fizemos doze anos, eu me mudei aqui para Hemingway. Vivíamos em Islington, no norte de Londres. Então, minha mãe e meu pai conseguiram emprego em Oxford, e nos mudamos para cá.

Não vejo mais minha velha amiga. Tudo bem. Já faz quatro anos. Realmente, jamais conheci ninguém na escola como eu. Alguns passaram perto, e muitos passaram bem longe. Não me incomoda ser sozinha agora. Estou acostumada a isso, mas sinto falta de saber que existe alguém por aí que me aguente, que talvez me ache engraçada e que seja engraçado também. Sinto falta de ter alguém com quem possa ser ridícula e morrer de rir junto; sinto falta de ter alguém que faça com que me sinta não esquisita ou, quem sabe, me mostre, não importa quão esquisita eu seja, que existe alguém por aí tão bizarro quanto eu. Às vezes, entro em pânico por causa disso, mas é só maluquice. Eu só tenho dezesseis anos. E vou encontrar alguém legal.

Depois de fazer minha lição de casa, vou para a sala comum[12] da escola. Sento lá sozinha, como de costume. Emma, Laura e Fay estão por perto. Elas são garotas do tipo "a meio caminho". Estão a meio caminho de ser bonitas, a meio caminho de ser populares, meio maldosas e meio bacanas. Às vezes saio com elas quando estou entediada.

[12] As escolas britânicas costumam ter uma *common room*, espécie de sala de convivência para os alunos. (N. T.)

— Oh my God! — Emma exclama. — Ele fez isso mesmo? Ele é tão gostoso!

— Ah, meu Deus, ele é, totalmente — Laura concorda.

— Mas a namorada dele é tããão piranha! — Fay completa.

— Não é verdade, Sylvie? — Emma pergunta, olhando para mim.

— Verdade — aceno com a cabeça. Não sei de quem estão falando. Não sei por que elas me falam dessas coisas. Meu palpite é que sou boa ouvinte. Todo mundo aqui fala mal de todo mundo e fala sobre os caras o dia inteiro. Eu não entendo. Na primeira vez em que vim aqui, pensei que eles estavam brincando, porque quem iria falar tão mal dos próprios amigos pelas costas? E quem faria de garotos como esses, carinhas de Hemingway, o centro de seu mundo? Pessoas sem graça. Pessoas sem graça de cidades pequenas. Então, não digo nada. Só escuto.

Não que os caras sejam tão ruins, mas... eles são só gente. Na verdade, as únicas pessoas com quem me diverti por aqui foram os caras. Mas em Hemingway é estranho para eles passarem tempo com as garotas. Os caras saem com os caras ("cara" = jogador de futebol que gosta de videogame, bebe cerveja, se veste de azul, escuta rock, se amarra em peitos e provavelmente um dia vire um político / trabalhe em finanças e se torne levemente viciado em cocaína), e as garotas saem com as garotas ("garota" = candidata a contadora / mulher de jogador de futebol / dona de casa que pinta o cabelo de loiro, bebe vinho, usa roupas cor-de-rosa e blush alaranjado, dança ouvindo música ruim, gosta de garotos bonitinhos e provavelmente um dia adquira um vício em cocaína).

Então, a maior parte do tempo eu fico comigo mesma, e às vezes Emma Best vem com Laura, Fay e algumas outras pessoas, e elas falam comigo. Elas cavam fofoca descaradamente o tempo todo. Sobre qualquer pessoa. Não aturo essas garotas por muito tempo. Eu simplesmente não fui feita para isso. Não é como se eu não fosse incrivelmente observadora e inteligente (e arrogante); é que não estou interessada só em reclamar sobre ou para as pessoas. Mas por alguma razão Emma, Fay e Laura sempre vêm até mim e sentam ao meu lado. Esta manhã, meti os fones no ouvido assim que elas chegaram, para indicar que estava ocupada.

Quando não estou na sala de TI, geralmente gosto de ficar na biblioteca para evitá-las, mas a biblioteca só abre na hora do almoço, então tenho que vir para esta sala. Não tem muita gente do meu ano fazendo hora aqui, e nenhum dos caras fica na sala de TI ou na biblioteca, é claro (eles dizem: "trabalho = gay"). Max Walker também não aparece na biblioteca.

Penso em Max Walker neste momento porque ele está em pé sob o batente das portas da sala comum. O sol está brilhando sobre ele. E não é que o sol sempre brilha sobre ele?

Max sai do raio de auréola do sol da porta e se move lentamente até um grupo de pessoas populares. Carl se vira e o vê. Ele estende os braços.

— FELIZ ANIVERSÁRIO, MOLEQUE!

— Oi! — Max sorri, e depois Carl corre em torno dele e pula em suas costas, e Max grita e se contorce todo para se livrar dele. Max resmunga alguma coisa e parece um tanto sofrido e ao mesmo tempo um tanto feliz.

— Eu só estava dizendo feliz aniversário — Carl ergue as mãos, fingindo reprovação.

Max sorri para ele. Max fala consideravelmente mais baixo do que Carl, então não consigo entender o que diz.

Não sei por que estou ouvindo o papo. Estou muito entediada. De-sa-co-che-i-o. Tento me distrair assistindo a vídeos de Ash Sarkar e Kate Tempest em meu iPhone. Elas são poetas performáticas pra lá de bacanas, apenas alguns anos mais velhas do que eu. Eu queria ainda morar em Londres. Se a gente cresce por lá, já está no epicentro da cena de poesia performática. Mas reparo que, depois de alguns minutos ouvindo Max falar, deixei o vídeo do YouTube tocar e parar. Em vez de procurar outro vídeo, finjo que ainda estou ouvindo meu iPhone, para que ninguém fale comigo, mas tiro um fone e tento escutar o que ele diz.

Max não parece tão nervoso quanto ontem. Penso em ir até lá e perguntar se ele está bem. Ele provavelmente não contou a ninguém. Afinal, é filho dos Walker. Precisa manter as aparências.

— Eeeeei! — Marc Paulsson grita, passa correndo atrás de mim e vai até Max. — Felizes dezesseis aninhos, companheiro!

Eles se cumprimentam com um *give me five* e depois todos se sentam nas cadeiras confortáveis e conversam mais baixo, então não consigo ouvi-los. Maria e algumas meninas desfilam até lá em suas microssaias plissadas, abraçam Max e lhe desejam feliz aniversário. Ele conversa com

Suzanne e Nikki, pelo que lhe concedo um ponto positivo, porque Suzanne e Nikki são legais. Elas são do tipo intelectual. Fora da escola, usam muitas roupas e acessórios dos anos 1950. Algumas das outras garotas chamam as duas de Pink Ladies, por causa das garotas de *Grease — nos tempos da brilhantina*. Era para ser um insulto, mas, se eu agisse como o Rizzo ou me parecesse com a Sandy, não iria achar ruim.

Observo Max rindo com elas e acenando para as outras pessoas que lhe desejam feliz aniversário, porém ele parece um pouco... controlado, ou reservado, como se tentasse ficar animado, mas não conseguisse ou não tivesse energia para isso. Ele sorri para todo mundo, como um menininho doce de onze anos que não tem a menor ideia de como as pessoas podem ser mal-intencionadas na escola secundária. Acho que Max Walker não sabe como as pessoas podem ser mal-intencionadas. Todas as garotas o amam. Mas, para mim, ele parece tão novinho... Estranho, eu sei. Porém ele parece novo demais.

Olhando para ele agora, Max parece feliz, mas do jeito que alguém fica quando está triste, só que ele faz o seu melhor para permanecer otimista, e eu me pergunto se algum dos seus amigos percebe isso. Sempre me parece estranho como as pessoas reparam tão pouco na vida das outras. Uma coisa boa nisso de ser solitária é que eu observo muito, porque estou do lado de fora de tudo, sem nada para fazer, exceto observar e descrever em poesia tudo o que vejo. Está claro para mim que Max está deprimido, mas seus amigos parecem não ver. Ele dá de ombros diante de algo que Maria diz e ri. Ela se inclina e o beija na bochecha, e ele cora, olhando para baixo, e sorri.

Eu amarro a cara e olho para o outro lado. Não sei por que fechei a cara. É bom que ele goste da Maria. Ela é legal. Um pouco *blasé*, mas ainda assim ok. Ela é o tipo da menina loira, de cabelos esvoaçantes, que poderia ser a namorada do menino de ouro. Os dois são normais, previsíveis e meio chatos: a turma de ouro da escola, e quem sabe de ouro também na vida após a escola? Talvez as pessoas de ouro percam o brilho rapidamente.

MAIS TARDE, no campo da escola, na hora do almoço:

— Os lábios dele eram nojentos e minúsculos. Como se ele não tivesse quase boca alguma — comenta Laura Narne, pensativa, puxando o próprio lábio inferior, cheio, enquanto massageio a minha barriga. Estou com cólica menstrual. Odeio, odeio, odeio. Quem se importa com os lábios dele? Lábios de quem? Eu não estou lendo seus lábios.

— Por que você o beijou, então? — Fay pergunta, sentada na grama em frente ao prédio de arte, inspecionando suas pernas em sua saia nojenta de poliéster da escola.

— Fora isso, ele era bonito.

— Ele era o único ali que não era repulsivo — diz Emma, com um sorriso, e Laura dá um soquinho nela. — Todo mundo lá era PLDF.

— O que é PLDF? — Laura pergunta.

— Pra lá de feio, sua besta — Emma se senta. — Ahn, por que o Garoto Maravilhoso Número Três está vindo nesta direção?

Quem é o Garoto Maravilhoso Número Três? Quem se importa? As minhas costas estão me matando, e fiquei totalmente de mau humor por ouvir Emma se lamuriar durante todo o almoço. Mas eu me rasgo por companhia. Não dá para falar consigo mesma por muito tempo. Você fica doida.

— Max Walker é o Garoto Maravilhoso Número Três? — Laura pergunta. — Pensei que ele era o Número Um.

— Hein? — ergo o olhar até o outro lado do campo. Max Walker está caminhando em nossa direção.

— Não, ele é o Três — Emma diz. — Todd Z é o Garoto Maravilhoso Número Um, Marc Paulsson é o Garoto Maravilhoso Número Dois, e Max Walker é o Garoto Maravilhoso Número Três.

— Max Walker tem um corpo muito melhor do que Marc Paulsson — Laura franze o cenho. — E melhor do que Todd Z.

— Não importa quão atraentes eles realmente são. São todos uns babacas.

— Ems, isso não é verdade. Marc Paulsson é legal. Eu faço aula de biologia com ele — diz Fay.

— Ahn, ele está definitivamente andando para cá.

— OMG — Laura diz.

— Ele é um idiota.

— Cala a boca, Emma! — Fay a cutuca.

— OMG! — Laura solta um gritinho, como se tivesse feito xixi na calça.

— Oi, Sylvie.

— Ahn... oi — digo sem jeito, colocando meu braço acima dos olhos para protegê-los do sol. Encaro Max Walker de olhos cerrados e pisco para ele, hesitante.

— Oi pessoal — Max diz timidamente para Laura, Emma e Fay.

— Oi Max — Fay responde.

— Olá, Max Walker — Emma diz, e ri maliciosamente, olhando para mim como se quisesse que eu cruzasse meu olhar com o dela.

— E aí, Max? — pergunto, do jeito entediado que a gente fala quando está sentada ao lado de um grupo de meninas que vai fazer o *maior* escarcéu se achar que você parece um pouco interessada em um cara.

Vejo Maria no campo olhando para nós. Ela está próxima do campo de futebol, assistindo aos rapazes jogando com o restante de seu grupo de garotas. Tem longos cabelos loiros, perfeitamente lisos. É parecida com uma figurante do *High School Musical*. Não, a atriz principal. De uma versão erótica dele. Ela se vira para ver o futebol. Eu não sei por quê. Os jogadores fazem a mesma coisa toda vez que tem a porcaria da hora do almoço.

— Eu só queria ver se, hã... — Max murmura. Ele limpa a garganta. — Se por acaso você quer sair?

— Ah — digo, tirando lentamente os olhos de Maria. Ela balança seus cabelos para afastá-los do rosto, e eu me lembro de Max ficando vermelho antes. — Eu só estou... ocupada — concluo, sem convicção.

— Ah, tudo bem — Max dá de ombros e olha para os próprios pés. Em seguida, respira fundo, levanta a cabeça e me abre um grande sorriso. É o seu sorriso de sempre, mas hoje parece que lhe exige um grande esforço. — Talvez a gente possa sair outro dia. Nós vamos ao cinema no sábado, para comemorar o meu aniversário, quer vir?

— Quem vai estar lá?

— Humm... — ele olha em torno do campo de futebol vagamente, como se estivesse com dificuldade de lembrar. — Marc, Carl, Todd, Grant, Maria, Olivia, Karina... Algumas outras pessoas. Eu não sei.

— E você está me chamando porque precisa de outra menina, cujo nome termina em "a"?

— Ah, sim, Sylvia — diz ele, como se nunca tivesse pensado que esse pode ser o meu nome correto. Todo mundo me chama de "Sylv*ie*". Vejo nele o indício de um sorriso genuíno. Ele ri um pouco. — Sim, precisamos de simetria. O mundo é apenas... muito ilógico para que lidemos com ele sem simetria. Suas amigas são bem-vindas também — acrescenta, apontando para as meninas. — Eu acho que depois vamos para o Café Panqueca.

Há um silêncio enquanto penso em ir ao Café Panqueca com aquela gente toda; vai ser tão esquisito estar com eles — não sei o que dizer e não falo o tempo todo, e, quando estou na escola, passamos nos corredores e não sei se os cumprimento ou não, então não cumprimento, e aí eles acham que eu sou uma escrota.

Em seguida, Max diz: "Eu compro a sua pipoca!", o que soa um pouco desesperado e pode ou não significar que ele realmente quer que eu vá.

Acho tudo isso confuso e não tenho certeza de como reagir. Não posso dizer que não gosto de pessoas. Essa provavelmente não seria a resposta correta. Por algum motivo, Max parece nervoso me convidando também. Ele parece tão insanamente mais jovem, mas é só uma semana mais novo que eu. Meu décimo sexto aniversário foi na última quarta. Toby e eu fomos para a boate.

Max Walker me faz dizer coisas na minha cabeça que soam como se eu fosse uma vovó. Como "abençoado seja". Ele tem essa qualidade muito infantil de expressar alegria. Como um filhote de cão. Embora hoje pareça mais com o filhote de um cachorro que foi chutado, tem a cauda para baixo e está relegado a um canto. Acho que a palavra é "bonitinho". É quase uma distração essa fofura. Ele tem um sorriso incrivelmente ensolarado. Outras garotas, é claro, acham isso absolutamente perturbador. Não eu. Porque eu sou um indivíduo.

Retorço o rosto formando uma careta. — Acho que não vou mesmo conseguir ir no sábado.

Emma e Laura me encaram como se eu fosse louca. Max sorri, mas — e aqui me sinto um pouco mal — parece frustrado. Ele percebe, obviamente, que estou mentindo. Dá de ombros.

— Ah, tudo bem, não se preocupe — ele coloca as mãos nos bolsos. — Vou indo, então. Acho que eles precisam de mim lá no campo — ele aponta para o jogo de futebol. — Mas, se você tiver tempo, o filme começa às

18h45, no Kinema. Vou adorar se você aparecer, mas não se preocupe se não puder. Tchau.

Ele diz essa última parte de maneira pouco convincente e acena com a mão, então se vira e segue para o campo.

— Max! — Eu grito e reviro os olhos para mim mesma. — Escuta, fica para a próxima, ok?

Ele sorri, e de repente seu rosto se ilumina, e eu vejo um grupo de alunas do sétimo ano que passam por ele praticamente desmaiando.

— Ok! Tchau, Sylvie.

Ele vaga lentamente até o campo de futebol e corre um pouco para cima e para baixo com os amigos, chutando a bola sem entusiasmo. As meninas tagarelam animadamente atrás de mim, mas eu observo Max. Ele olha em torno do campo, e para mim, se vira de novo, diz algo a Maria, então pega seu casaco e caminha pelo campo até o edifício da biblioteca, de cabeça baixa, parecendo meio solitário e melancólico.

— Sylvie! Não é aniversário dele? — Emma pergunta, em um tom que sugere que elas estavam falando comigo e eu não estava escutando.

— Huumm, talvez — eu digo.

— Ele queria sair com você no aniversário dele e você disse não!! — ela ri. — Você é maluca, Sylvie. Eu amo isso. Você falou "Não, eu não estou nem aí se está na cara que você gosta de mim ou não" — Emma me abraça.

— Ele não gosta de mim! — eu protesto.

— Ele se acha o máximo — Laura diz.

— Totalmente — Emma concorda. — Ele se acha o gostosão.

— Sério? — pergunto lentamente, tomando meu iPhone de volta. — Eu não acho que ele pense isso.

— Ah, meu Deus, ele superpensa.

— Então...

Solto um gemido audível para elas, que não entendem por que estou gemendo, por isso não importa. Ligo meus fones de ouvido e abro o aplicativo do YouTube novamente.

Então Max Walker quer sair comigo. Espero que tenha ficado tudo bem com ele na clínica no outro dia.

Max

Não consigo dormir.

Tive um dia muito bom hoje, acho. Todo mundo falou comigo o dia inteiro porque era meu aniversário, ganhei cartões, e algumas garotas me levaram presentes na escola. Não tive tempo para ficar pensando em nada. Eu havia planejado ficar no piloto automático, tentando não pensar sobre aquilo. Você sabe. *Aquilo*. Mas, enfim, todo mundo estava fazendo piadas e me abraçando, então não tive que me preocupar com isso.

Agora, tarde da noite, não tem ninguém aqui para quem eu precise me forçar a parecer bem, a sorrir ou me controlar, e eu me sinto muito mal. Tento fazer o que minha mãe sempre diz para fazer — pensar em como sempre tem alguém que está pior do que eu no mundo e que eu deveria ser grato pelo que tenho —, mas hoje à noite isso não me ajuda a parar de pensar em tudo. Eu mudei os lençóis, mas tive que fazer isso na noite de domingo, logo depois que aconteceu, por isso ainda tem um lençol com sangue em um saco plástico no fundo da gaveta. Um monte de sangue. É estranho como o sangue fica empapado daquele jeito.

Ainda sinto dor quando me mexo. Senti dor durante a maior parte do dia, apesar de ter tomado as doses certas de analgésicos. Não consegui jogar futebol no almoço. Eu disse que meu tornozelo estava doendo. Mentiroso, mentiroso.

Sylvie Clark estava sentada no campo da escola, então decidi ir lá dizer "oi". Ela estava muito bonita. Fiquei mais tímido do que tinha ficado antes. Geralmente, sou um pouquinho tímido, mas tento me esforçar com as garotas. Só que hoje fiquei nervoso por causa do domingo e tudo o mais. Enfim, não tenho certeza de que sinto alguma coisa por ela. Quero dizer, eu não conheço Sylvie de verdade. Mas ela foi legal no outro dia na clínica e é, obviamente, muito, muito bonita, então pensei que talvez, se eu a conhecesse melhor, poderíamos chegar lá.

Hoje o cabelo dela estava uma bagunça encaracolada cor de caramelo ao redor do rosto e caindo sobre os ombros. Sylvie tem a pele cor de caramelo também. Ela se parece com um doce. Eu queria fazer carinho na pele dela. Deus!

Ela disse que estava ocupada.

Nem consegui pensar em alguma coisa para dizer, porque ela não parecia nem um pouco ocupada, mas eu disse que tudo bem e que talvez pudéssemos sair outro dia. A habilidade de falar parece ter me abandonado hoje. Continuei sorrindo o dia inteiro e parecendo todo animado e tal, mas achei que falar desse jeito já era demais. Tive acessos de pânico, achando que alguém ia descobrir. Estou evitando minha mãe e meu pai pela mesma razão. Fico pensando que eles vão olhar para mim e descobrir, ou que eu vou sangrar um pouco ou algo assim. Na escola, eu ia ao banheiro toda hora para dar uma olhada na minha calça, para ver se não tinha marcas. Se minha mãe e meu pai descobrirem sobre aquela noite, não só eu seria seu filho intersexual, como também aquele garoto que sempre que me olhassem iriam pensar nos meus genitais e no Hunter fazendo aquilo comigo e em como não o enfrentei. Eu tentei, mas como eles iriam saber? Será que iriam acreditar em mim? Se eles soubessem que foi Hunter, será que iriam pensar que estou com ele esse tempo todo, desde que éramos crianças? Argh!

Depois que Sylvie disse que estaria ocupada, perguntei se ela queria ir ao cinema no sábado, e ela disse que também estaria ocupada. Acho que estava mentindo. Ela é meio maluca.

Sorrio para mim mesmo no escuro, em minha cama, e me imagino acariciando os cabelos dela. Doido.

Depois que conversamos, tentei jogar uma partida de futebol, mas, como estava com muita dor, fui para a biblioteca e fiz minha lição, portanto não teria que fazer o trabalho ao chegar em casa. Quando acabaram as aulas, fui para a casa de Marc com Carl e fiquei bêbado. Eles me deram o presente deles, um *Fifa Soccer 12* (!) e um pacote de preservativos e um lubrificante.

— Para fazer sexo gay — Marc disse. — Porque você é gay.

Ele só estava brincando, mas eu quase chorei. Em vez disso, eu o agarrei, enterrei o rosto em seu ombro e fingi que estava expressando o meu amor eterno por ele, dizendo: — Só com você, Marc. Só com você.

Cheguei em casa muito tarde, senão eu teria mostrado o jogo ao Daniel. Ele adora videogames. Tem um conhecimento enciclopédico sobre todos os lançamentos do momento e quantas estrelas a *Gaming Magazine* deu para cada um. Ele vai ficar empolgado. Amanhã eu o chamo para jogar comigo.

Marc, Carl e eu jogamos o game, e toda vez que alguém marcava um gol, tinha que beber. Eles estavam um pouco bêbados, mas eu fiquei completamente estragado, ainda que tenha bebido a mesma quantidade que eles. Sempre fico bêbado mais rápido do que todo mundo. Eu me pergunto se é o meu organismo.

Eles tiveram que me fazer sair escondido, para a mãe de Marc não me ver. Quando cheguei em casa, subi os degraus com muito cuidado e vomitei na privada. Dei a descarga e em seguida chorei no banheiro feito um idiota, sentado no chão ao lado da banheira. Ninguém viu. Normalmente, não sou emotivo assim. Acho que só estava chateado com o que aconteceu no domingo, apesar de não estar pensando naquilo.

Como Hunter pôde fazer aquilo? Ele era o meu melhor amigo...

Andei com isso atravessado na garganta o dia todo.

Algo realmente grande aconteceu, seu imbecil, meu cérebro diz. *Você pode ficar chateado. Ainda é terça-feira.*

Eu sei. Eu só odeio isso. É muito chato.

Você está entediado?

É. Eu não quero mais pensar nisso. Por que eu deveria? Eu não mereço.

Não. Mas só se passaram 48 horas.

E daí? Eu não mereço isso de jeito nenhum. Eu não vou pensar sobre isso. Vou fechar os olhos e dormir. Pensar em outra coisa.

Na Sylvie...?

Talvez.

Podíamos... você sabe...

Por que tudo sempre tem a ver com sexo?

Hein?

Como alguém pode ser seu amigo por tanto tempo, sempre pensando em fazer sexo com você? Isso simplesmente arruinou cada lembrança que eu tenho dele. Então ele vivia pensando nisso? Mesmo quando era pequeno? Será que ele sempre quis me tocar? Será que para ele eu sou essa coisa curiosa?

Você disse que não ia pensar nisso.

Não estou pensando nisso.

Sim, você está.

Meu Deus, CALA A BOCA! Cala a boca.

Você está gritando com a sua própria cabeça. Retardado.

Eu sei. Argh. Por que ele fez aquilo?

É. Argh. Espero que a gente não o veja por aí tão cedo.

Não diga isso.

Desculpa. Max? E se nós fizermos...? Max?

Por favor, para de falar.

Ok.

Karen

— Oi — digo, surpresa ao entrar na cozinha depois do trabalho na quarta-feira.

Steve está em casa, sentado à mesa da cozinha. Os modelos para os cartazes de campanha estão espalhados sobre ela. Existe um novo, um maior: Stephen Walker: o único independente *Independente*.

— Eu não sabia que você tinha saído do escritório — digo.

Ele se levanta da mesa da cozinha. — Pensei em vir para casa e trabalhar nisto. Ouvi dizer que o caso Murphy correu bem hoje.

Ele abre os braços para mim e me puxa para o seu ombro. É uma sensação estranha ficar tão perto dele depois de passarmos o dia inteiro como colegas. Ainda estou no modo de trabalho, forte, no controle e pronta para qualquer coisa, mas isto — receber um abraço tão apertado de um corpo muito maior que o meu, sentindo-me pequena e protegida — é uma inversão de papéis, e eu sempre levo um minuto, todo dia, para passar de um modo para outro.

Steve parece nunca notar minha rigidez. Logo relaxo. Sinto seu cheiro familiar, sinto seu peso familiar sobre mim, sua cintura, sua massa muscular, seu calor. Mas na primeira vez que nos tocamos depois do trabalho, eu sempre endureço, e ele não percebe, e penso: *Como você não percebe isso? Você não me conhece nem um pouco?*

— Humm, correu tudo bem — digo, e ele me beija.

— *Sexy* — ele murmura. — Gosto de mulher poderosa.

— Steve — eu murmuro, entre os lábios dele.

— Hum?

— Precisamos mandar instalar logo o portão automático se você for concorrer — ele para, hesita.

— Desculpe — digo. — Talvez eu já tenha falado disso antes. Só estou pensando nos meninos.

Ele balança a cabeça, lambe os lábios. — *Se* eu concorrer?

— Ah. Você definitivamente vai concorrer?

Ele recua um passo e se senta na borda da mesa. Suspira. — Eu não acho que possa voltar atrás agora.

Concordo com a cabeça.

— Sei que da última vez que conversamos não concordamos em nada.

— Você sabe — balanço a cabeça, repetindo a frase familiar para ele.

— Sim, eu sei. Aonde você vai?

Caminho até a porta da cozinha, mecanicamente me dirigindo para o coração da casa.

— Não sei — digo, voltando-me para Steve. Ele parece tão cansado... Sorrio para ele.

— Eu te amo — diz ele.

— Também te amo.

— Você está... — ele faz uma pausa. — Tudo bem se eu concorrer?

Eu penso. — Sim. Desde que nos preparemos.

— Podemos instalar o portão. Vou arranjar isso.

Concordo com a cabeça. — Você falou com sua irmã?

— Ela está satisfeita. Ela não gostava de Bart — ele diz, rindo.

— Ele não é um cara ruim — murmuro.

— Eu sei. Disse isso a ela. A gravidez dela está correndo bem, pelo jeito. Ela parece bem. Eu a vi no almoço na segunda-feira.

— Bom — concordo com a cabeça.

Ele sorri, colocando o braço em torno de mim. — Parece que há dias não conversamos sobre nenhuma coisa, exceto trabalho.

— Você chegou em casa tarde todas as noites.

— Eu sei, desculpe.

Faço uma careta ao ouvir o "eu sei", mas seguro minha língua.

— Como estão as crianças? — Steve pergunta.

Bem, penso. — Max vomitou na pia na segunda-feira, mas desde então parece melhor. Esqueci de mencionar isso ontem.

— Ele chegou bem tarde ontem à noite. Onde estava?

— Na casa do Marc ou do Carl, acho. Eu sabia que você não ia chegar tão cedo, então eu lhe disse que podia ir quando ligou. Podemos juntar a família para jantar no final da semana e comemorar.

— Ok. Então o enjoo dele era só uma virose?

— Provavelmente. Ele parece bem agora. Você vai assistir ao jogo dele no sábado?

— A que horas vai ser? — Steve pergunta, pegando sua fina agenda preta.

— Nove e meia.

Ele fecha o livrinho preto com um gesto rápido. — Posso ir, sim.

— Não convide a imprensa — digo, em voz baixa. — Não é um momento para fotografarem você.

— Eu sei. Eu não faria isso. Eles simplesmente aparecem — Steve dá de ombros e passa a mão pelo cabelo. — Ele vai fazer alguma coisa de aniversário com os amigos neste fim de semana?

— Ele vai ao cinema. Sábado à noite. Com Marc, Carl e algumas garotas.

— Garotas?

Sorrio. — Ele está crescendo.

Steve sorri de volta. — Talvez seja a hora de ter uma conversa com ele.

— Sobre o quê? Ele só vai ao cinema.

— Karen — Steve diz, como se eu devesse saber.

— O quê?

— Ele é diferente.

Eu suspiro, em desaprovação. — Ele está bem.

— Humm — Steve parece incerto, e eu franzo a testa para ele. — Mais alguma coisa?

— Mais? — pergunto.

— Qualquer outra coisa... sobre a minha candidatura? Qualquer coisa que você precise que eu faça?

Mordo o lábio, lembro que estou usando batom e passo a língua em volta dos dentes. — Eu me preocupo com o Daniel...

— Daniel?

Olho para ele, incrédula. Às vezes parece que ele não vê nada. — O comportamento dele, Steve.

— Não fale isso desse jeito. Não estou alheio a tudo, Karen. Eu sei que passo mais tempo no trabalho do que você, mas ainda estou ciente do que acontece em minha própria casa.

— Não estoura comigo. Só estou perguntando o que você acha.

— Sobre Daniel? É uma fase. Ele vai crescer, e isso vai passar.

— Max nunca foi assim.

— Max era diferente. Eles são pessoas diferentes — diz Steve, de um jeito repreensivo.

— Eu não estou dizendo... — suspiro, exasperada. — Você tem que admitir que ele é difícil. E Max é tão fácil...

— Bem, Daniel tem todo tipo de hormônios correndo pelo corpo dele. Max nunca teve isso.

— Argh! — eu estouro, frustrada. — Max não é do jeito que é só porque é... você sabe.

— Eu sei, eu sei. Quero dizer... — Steve para. — Bem, de certo modo ele é, não é?

— Steve. Isso é tão injusto!

— Não digo isso de modo ruim — diz ele, balançando a cabeça. — É só que... ele é o que é.

— Ele é um bom menino. Sempre foi bom.

— Bem, ele se esforça para isso. Ele quer ser perfeito para você.

Ouço o tom de sua voz. — *Para mim*? O que você quer dizer com isso?

— Karen, você tem padrões exigentes. *Nós* temos padrões exigentes. Isso não é uma coisa ruim. Max... ele não quer que a gente fique pensando nele como um intersexual.

— Não diga essa palavra, ela é horrível. Não é isso, de maneira alguma. Ele é um bom garoto, só isso. Não tire seu mérito por causa da doença dele.

Steve suspira. — Não é uma doença.

— *Eu* tenho padrões exigentes? — pergunto, balançando a cabeça. — *Eu* tenho padrões exigentes?

Eu tenho?

Ele não tem que ser perfeito para mim. Eu só quero que seja perfeito para si mesmo, porque assim será mais fácil para ele. Isso é ter padrões exigentes? Eles são padrões inalcançáveis? De repente, me sinto muito cansada. Steve tem um jeito de conseguir isso, de discutir até que eu fique completamente confusa.

— Não era isso que eu queria — afirmo, sem saber se quero dizer para esta noite, para Max, ou para mim.

Steve ri, de repente. Sua risada ilumina o ar. Ele sorri para mim, e eu me derreto um pouco, então sinto raiva de mim mesma por desistir tão facilmente.

— O que você quer dizer com isso? O que você quer? — ele se levanta e caminha na minha direção. Ele toca minha cintura. — Vamos subir — ele murmura.

Concordo com a cabeça enquanto ele se aninha em meu pescoço. — Ok. Num minuto.

Eu o observo passando pela porta, afrouxando a gravata. Olho para trás, para os cartazes espalhados sobre a mesa da cozinha. Olho para os adesivos para carros — pacotes cheios deles. Então percebo: não são modelos. Há muitos, e eu sabia antes. Sabia que ele iria concorrer. Eu deveria ter falado com ele antes, mas deixei passar. Deixei isso acontecer. Eu me deixei levar pelo plano de Steve, como de costume. Acho que não posso culpá-lo, já que eu não tinha um plano alternativo.

Max

Minha mãe e meu pai estão sentados na lateral do campinho quando eu marco o gol da vitória no sábado de manhã. Marc e Carl correm na minha direção, me abraçam, e batemos *five* com as mãos. Quando soa o apito, dois minutos depois, batemos as mãos novamente.

Penso por alguns instantes depois do jogo, enquanto comemos nossas laranjas e estamos em pé no campo batendo papo, e meus pais acenam para mim no meio da multidão, que a minha vida é perfeita. Que eu tenho muita sorte.

Então, um *flash* atravessa o campo e tudo meio que se quebra.

O fotógrafo está em pé perto de minha mãe e meu pai, tirando fotos deles. É o cara de sempre do jornal, o que cobre as partidas. Ele sempre aparece, mas normalmente só tira uma foto da equipe vencedora no final. Ele diz alguma coisa para meu pai, que se vira para ele e lhe dá um aperto de mão. Meus olhos deslizam para o lado, e eu vejo minha mãe, e percebo as pessoas com quem ela está conversando: tia Cheryl e Leah. Passo os olhos nervosamente pela plateia, procurando o rosto de Hunter, mas não o vejo.

Eu me viro por um minuto quando Matt, nosso treinador, começa a me falar sobre o jogo da semana que vem e eu concordo com a cabeça e tento prestar atenção. Mas, de repente, me sinto mais exposto. Tudo começou quando o *flash* espocou, e eu me pergunto se as pessoas podem ver. Se parte de mim se dividiu, se abriu e se mostrou para eles na minha cara. Será que todos percebem isso em mim? Todos sabem o que aconteceu? É como uma linha divisória bem estreita entre todos sabendo e ninguém. Uma pequena frase, uma palavra, uma palavra como a que Hunter usou, e acabou-se o segredo. Eu poderia contar agora, um deslize freudiano, e todos saberiam.

Hunter. Examino a multidão atrás de Matt, olhando, procurando um rosto com olhos castanhos. Mas de algum modo sei que ele não está aqui. Eu seria capaz de senti-lo. Em todo caso, quando Matt se afasta, circulo pelo campo outra vez, com olhar desconfiado, virando-me para minha mãe e meu pai. Uma luz me cega temporariamente. Quando ela enfraquece diante dos meus olhos lacrimejantes, tornando-se rosa, e depois desaparece, surge o rosto do fotógrafo na minha frente.

— Rapaz bonitão — diz ele.

Eu pisco. — Como é?

— Você vai ficar bonito na capa do jornal. Grande foto! — ele sorri e mantém a câmera erguida. — Vai ser notícia de primeira página na próxima semana. Eu soube que o seu pai está anunciando sua candidatura para MP de Oxford West, Hemingway e Abingdon na segunda-feira.

Eu escuto, enrugo a testa e engulo em seco. *Eu não sabia disso*, penso.

E então eu concordo, balançando a cabeça. — É — digo, com meu melhor sorriso. — Vai ficar ótimo.

— Perfeito — diz ele, tirando outra foto. — Perfeito.

DANIEL

É MUITO, MUITO TARDE NA noite de sábado. Ouço meu irmão chegar de sua farra de aniversário no cinema, mas não ouço o Carl nem o Marc, então espero um pouco e depois escuto ele indo ao banheiro e, em seguida, as ondas da descarga e a porta do banheiro se abrindo novamente.

— Max?

O topo da escada está silencioso. Não ouvi Max abrir a porta dele, então acho que ele está prestando atenção para ver se realmente me ouviu, e sussurro novamente:

— Maaaax.

Minha porta se abre.

— Ei, cara — diz Max.

— Oi.

— O que você está fazendo acordado tão tarde?

— Não consigo dormir — digo a ele. — Você está cheirando a cerveja.

— Você está me acusando de ter bebido? — ele pergunta, com uma voz engraçada, ajoelhando-se ao lado da minha cama. Tenho uma cama-beliche, mas estou dormindo na de baixo esta noite.

— Pare de fazer essa voz boba — digo.

— Ok — ele diz, e suspira.

— Cadê o Marc e o Carl?

— Hum, eles levaram umas garotas para casa. Ou ficaram por aí com umas garotas. Eu não sei. É assim que começa, acho — ele dá de ombros e parece um pouco irritado.

— Por quê?

— Por que o quê?

— Por que eles ficaram por aí, ou levaram umas garotas para casa, em vez de estarem com você?

— Bom, quando as pessoas vão se tornando mais velhas, elas gostam de estar em pares de mulheres e homens, hã, ou homens e homens, e mulheres e mulheres, e, em seguida, em algum momento elas escolhem uma pessoa para ficar junto por muito tempo, e elas se tornam uma mamã e um papá.

— Mas mamã e papá são nomes bobos que os bebês usam.

— Tudo bem, então, mamãe e papai.

— Ou mãe e pai.

— Sim — Max geme um pouco e enterra a cabeça na minha coberta. — Ou mãe e pai.

— Mas um homem e um homem não podem ser uma mamãe e um papai.

— Os dois podem ser pais.

— Podem mesmo?

— Sim — Max fala, como se estivesse distraído e cansado. — É normal. É só que você vê... com menos frequência, acho.

— Mas isso significa que não é normal.

— Bom, nem sempre é importante ser normal.

— O Marc e o Carl são normais?

— São.

— Nós somos normais?

— Não.

— Ai — eu digo e fico um pouco triste. — É porque eu sou esquisito?

— Quem te disse isso?

— A Kelly, na escola.

— Você não é esquisito. De jeito nenhum — Max diz. — É porque nós somos super-heróis! — e ele me faz cócegas, e eu não consigo não rir, apesar de ele estar abobalhado e cheirando a cerveja, o que é horrível.

Quando ficamos quietos de novo, digo: — Você está chateado com o Marc e o Carl?

Max pensa e depois sorri e balança a cabeça. — Não, não estou chateado com eles. É bom que eles estejam se divertindo. O Carl sempre gostou da Maria, e o Marc e a Olivia se dão bem, então...

— Então qual é o problema?

Max limpa a garganta e olha para baixo; em seguida, olha para cima e balança a cabeça de novo.

— Não existe problema. Eu tive uma noite legal. A garota que eu esperava que aparecesse não foi, mas eu não ia conseguir convidá-la para vir aqui em casa mesmo.

— Por que não?

— Humm...

— Max?

— Desculpe — ele geme novamente e cruza os braços e coloca a cabeça sobre eles na minha cama. — As garotas querem fazer coisas que... Eu não posso fazer ou... elas não iriam querer fazer comigo se soubessem de... coisas. Eu não sei. É que neste ano todo mundo começou a namorar. É estranho. Acho que sempre soube que isso iria acontecer.

Max parece falar para si mesmo em vez de explicar as coisas corretamente.

— Que coisas as garotas querem fazer? — pergunto, impaciente.

— Ah! — ele ri, olhando para o meu rosto como se estivesse surpreso em me ver. — Estou tão doidão... Bêbado, quero dizer. Hã, é como jogar certos games no computador.

— Tipo aquele negócio, *Dance Factor*, daquele programa de televisão?

— É, exatamente como o *Dance Factor 2012*.

— Eu sei. Esse programa é horroroso — eu lhe dou um tapinha para consolá-lo.

— Obrigado, Daniel — Max diz. — Então... quer ouvir uma história de terror?

— Quero! Posso ir para a sua cama?

— Não, porque você vai ficar com medo e depois você não vai querer andar no escuro até o seu quarto, vai?

— Isso não vai acontecer!

— Foi o que aconteceu da última vez. E aí você gritou, e a mamãe me deu bronca porque você estava acordado depois das dez.

— Que horas são agora?

— Meia-noite.

Eu penso. — Está bem, vamos ouvir a história de terror na minha cama.

— Ok. Me dá a lanterna.

Eu entrego a minha lanterna verde ao Max, e ele sobe no edredom ao meu lado.

— Você está deixando entrar todo o ar frio!

— Shh! Vou cobrir você. Pronto, está melhor assim?

— Sim.

— Ok — ele coloca a lanterna debaixo de seu queixo. — Tudo começou em uma noite escura e tempestuosa, pouco antes do Halloween, quando um mutante se arrastou do túmulo cheio de feridas abertas por chupadas de sangue...

— Legal! — grito.

— Shh! — Max ri.

Meu irmão conta as melhores histórias de terror.

Archie

É domingo, antes de Mia ligar. Ouço o telefone tocando quando volto da ioga e corro para atender.

— Archie Verma — murmuro, ofegante, fazendo minha bolsa deslizar pelo ombro e me deixando afundar na poltrona da entrada.

— Por que você não me contou que a vítima era intersexual? — Mia diz, sem rodeios.

— Eu não sabia o cariótipo. Eu queria que você me dissesse.

— Dissimulada.

— É mais fácil desse jeito.

— Vou te mandar a análise inteira por fax. Você recebeu o meu e-mail sobre o agressor?

— Sim, obrigada. Apareceu alguma coisa no banco de dados da polícia?

— Não encontramos nenhum perfil de DNA correspondente, não. Você vai à polícia agora?

— É uma situação muito complicada, e eu quero ver como se desenrola.

— A vítima é menor de idade?

— Não. Fez dezesseis agora. Eu tinha esperança de que encontraríamos um DNA correspondente no banco de dados. Isso teria facilitado as coisas. Eu realmente não quero fazer nada, a não ser que ele me peça.

— A vítima se identifica como homem?

— Sim.

— É muito ruim que ele simplesmente não possa se identificar como intersexual. Você sabe que há alguns anos existe um novo protocolo sobre como devemos chamá-los? Parece que só se falam em definições.

— E como devemos chamá-los? Não é intersexual?

— Não, ainda é intersexual. Mas agora identificamos suas variações como DDSs.

— DDSs?

— Significa Distúrbios do Desenvolvimento Sexual.

— Ah. Acho que não gosto disso.

— Por quê?

— Não sei ao certo. Acho que "distúrbio" soa como se afetasse a saúde da pessoa. Sei que às vezes afeta, mas...

— É, acho que sim — diz Mia. — Então qual é o plano?

— Vou falar com ele novamente sobre a polícia se ele voltar à clínica. Eu espero que volte.

— Boa sorte.

— Obrigada. Alguma doença foi detectada no frasco grande de sangue que lhe dei?

— Nada. Ele está limpo.

— Maravilha. Isso é um alívio.

— Bem, mantenha-me informada. Vou lhe enviar o consenso a respeito da redefinição das condições intersexuais como DDSs e mais alguns estudos que encontrei ontem à noite. É uma leitura interessante.

Desligo o telefone. Ontem à noite reli meus antigos livros, esperando encontrar uma seção inteira na qual eu talvez não tivesse reparado antes, mas não havia nada. Nem havia muito sobre sexualidade. Ela surgiu nas aulas básicas sobre endocrinologia e anatomia; doenças sexualmente transmissíveis foram cobertas nas aulas de doenças infecciosas; a disfunção erétil foi coberta de maneira bastante puritana dentro de seções sobre urologia, diabetes e efeitos colaterais de medicamentos. Os intersexuais propriamente ditos não recebem sequer menção em nenhum dos meus livros.

Em minhas anotações de aula havia algumas referências a testes genéticos e genética. Talvez seja um assunto exclusivo demais para especialistas, para que fosse coberto na formação básica de um médico. Mas seria útil, nesse caso, conhecer algo sobre a psicologia de crescer com a condição de ser intersexual, ou a logística da cirurgia, ou de grupos de apoio.

De repente, tenho uma ideia e ligo para Greta Pettigrew. A jovem enfermeira de nosso distrito pega seu celular e me cumprimenta alegremente e, embora tenha se formado há apenas dois anos, admite nunca ter estudado intersexualidade em qualquer nível de fato. Quando estou prestes a desligar o telefone, ouço sua voz me chamando.

— Espere, Archie! Archie? — ela grita.

— Sim?

— Você já tentou dar um Google nisso?

— Achei que você ia dizer isso mesmo.

A maioria dos médicos confia no Google, mas tenho um pé atrás em relação à internet. Pode me chamar de tecnófoba, mas me parece pouco seguro.

Depois de me trocar e tomar um café, sento em meu escritório. Cerca de 3,8 milhões de entradas surgem *on-line* quando eu digito "intersexual" no Google. Sinto-me imediatamente atropelada pela quantidade de sites, então escolho navegar por uma livraria *on-line*, mas, quando procuro lá, não há nenhum livro médico sobre intersexualidade disponível no site. Sentindo-me culpada, clico na Wikipédia. Descubro que o termo "intersexual" surgiu em meados dos anos 1990, graças ao ativismo. Uma grande parte do artigo é dedicada a analisar se condições intersexuais são normais ou se deveriam ser chamadas de "distúrbios", "mal desenvolvidas ou subdesenvolvidas", "erros de desenvolvimento", "genitais defeituosos", "anormais", ou "erros da natureza".

Eu hesito, mas leio.

Um médico enfatiza que todas essas condições são biologicamente compreensíveis, embora estatisticamente incomuns. A Wikipédia alega que a pesquisa no século XX levou a um crescente consenso médico de que isso seria verdadeiro para, logo em seguida, passar a falar sobre a redefinição da condição intersexual como "distúrbio do desenvolvimento sexual", um termo que parece colidir com sua definição de algo biologicamente compreensível. Fiquei confusa.

Li sobre a história do hermafroditismo, li sobre os gregos, sobre os hermafroditas da era vitoriana. Li sobre abordagens diferentes para as normas de gênero, li sobre as cirurgias. Li que os especialistas no Reino Unido começaram, em 2001, a aconselhar redução de cirurgias em crianças. Max nasceu cinco anos antes.

No arquivo de Max havia cinco páginas escritas sobre a reação de seus pais à sua doença e tudo o que os médicos disseram. Os pais foram incentivados a tratar Max como uma menina e, depois, foram estimulados a atribuir-lhe o gênero masculino. As notas foram interrompidas dois anos atrás. Ele estava com quase catorze e tinha acabado de receber doses de hormônios masculinos.

— Ele era uma menina no momento do nascimento, então? — murmuro para mim mesma, percorrendo a página da Wikipédia. — Qual cariótipo Mia terá encontrado?

Não consigo esperar até amanhã, então dirijo até a clínica e entro com a minha chave, desativando rapidamente o sistema de segurança. Ali, na minha máquina de fax, está a chave para a intersexualidade de Max. Ligo meu computador de trabalho, digito a análise de Mia em um navegador e clico em "Buscar". Três horas mais tarde, ainda estou me arrastando por websites, absorta.

Imprimo cada documento que encontro, uma pilha de papel se amontoa na bandeja da minha impressora. Grampeio as folhas distraidamente, prendo outras em pastas com furos. Tenho um devaneio em que dou tudo isso a Max no caminho dele para a escola, ou talvez passando por sua casa. Fico ali sentada me perguntando quanto ele sabe sobre sua condição.

Em nosso encontro, pareceu-me que ele sabia muito pouco. Eu me pergunto se os pais pretendem lhe dizer mais coisas quando ele crescer. Tenho a sensação de que explicar tudo a ele seria o melhor, mas será que isso iria contra a vontade deles?

É o meu dever, como médica, lhe dizer tudo o que sei? Eu poderia contar, se ele perguntasse, mas e se ele nunca perguntar? Será que é melhor para ele passar a vida sem saber, mas sendo relativamente feliz? Ou será que ele só aparenta ser feliz, mas silenciosamente busca por algo, uma sensação de pertencimento, de seu "eu", de um lar dentro de seu próprio corpo?

Eu poderia dar tudo isso a Max e arruinar a sua vida. Ou poderia dar isso a ele, e ele se sentir aliviado em saber quem e o que ele é. Eu poderia transformar seu décimo sexto ano em um caos, ofender uma família local bastante poderosa e arruinar a maneira como ele vê a si mesmo. O que Max quer que eu faça?

Quinze dias depois, com a pilha de papéis em meu escritório na clínica ainda esperando por ele, Max não entrou em contato comigo novamente. Encaro isso como uma pista e, com pesar, silencio minha ideia de lhe revelar os segredos tão bem guardados de seus pais.

Max

Na metade de outubro acontece o exame de admissão para a St. Catherine, a escola preparatória privada de Hemingway. Outras escolas fazem seus exames pouco depois, mas, como sou local, tenho uma vaga reservada para fazer o teste antes.

Todo mundo que vai fazer o exame para a St. Catherine tem que ficar sentado num salão enorme. O exame determina quem entra, então preciso me dar muito bem. Sou um dos alunos com melhor desenvolvimento no meu ano, academicamente, mas ainda assim fico nervoso com o exame.

Bom, isso não é totalmente verdadeiro. Fico nervoso por causa das notas que vou receber depois de fazer o exame! Esses testes para valer são muito bons, porque:

1. Você acaba logo com isso, e, se for sobre um tópico que não vai estudar quando ficar mais velho, nunca mais vai ter que se lembrar para que estudou aquilo de novo.
2. É mais legal do que qualquer dia de aula.
3. Como é preciso um bom tempo para chegar até St. Catherine e se acomodar na sala onde acontece o teste, você ganha basicamente uma tarde inteirinha de folga na escola.

Mas não me sinto tão feliz pelo exame hoje, porque Hunter estuda aqui. Apesar de as notas dele terem caído muito este ano, e de eu saber que os pais dele estão chateados por causa disso, Hunter é muito inteligente. Ele acertou 98 por cento das questões do exame de admissão, quando o fez.

Esperamos no corredor, e procuro por ele, alerta, ansiosamente, mas não o vejo. Fico aliviado quando o meu grupo faz uma fila para entrar no grande salão. Somos chamados em ordem alfabética de sobrenome; por isso, quando entro, entre os últimos, Sylvie Clark já está sentada logo na frente, na primeira fila. Sorrio ao passar por ela. Eu sorri para ela várias vezes nas últimas semanas, mas ela sempre olha para outro lado. É engraçado, porque, fora da escola, ela não teve nenhum problema em falar comigo. Dentro dos corredores da escola, ela parece evitar os olhos de todo mundo. Hoje está com os cabelos pendendo em duas mechas cacheadas, uma de cada lado do rosto. Quando sorrio para ela, suas íris descem até a página diante dela, e ela mastiga a ponta da caneta. Ela está usando uma saia cinza plissada que cobre bem suas pernas, meias cinzentas e alguns bótons em seu suéter preto. As meninas da minha escola têm que usar cinza, e os meninos se vestem de preto. Nós todos usamos suéter preto, porque não se acha nenhum modelo cinza com gola em V e está muito frio para sair sem nenhum. Sylvie balança o tornozelo como se estivesse ouvindo música em sua cabeça.

Eu sorrio e sussurro para mim mesmo: *maluca*.

Meu lugar é a segunda carteira ao lado da última cadeira do salão, na frente de Todd Z. Todd se dava muito bem na escola, mas ultimamente vem decaindo. É o que tem acontecido com a maioria dos caras, porque agora todo mundo está saindo com alguém. Marc estava resmungando comigo sobre Olivia outro dia. Acho que ele quer sair com ela, depois do que aconteceu no lance do meu aniversário no sábado.

Eles saíram na mesma hora em que todos nós, e ela foi para a casa dele e ficou lá um tempo. Eles não entraram, parece, mas "conversaram" lá fora. "Conversaram" quer dizer que ficaram se agarrando, não importa quão inocentemente Marc tenha me contado isso. Eu andava com a Olivia, então acho que ele se sente mal por causa disso. Mas eu não me importo. Eu realmente gosto dela, mas não poderia sair com ela de verdade, é claro. Então eu disse a ele que estava tudo bem, se ele quisesse, mesmo sem ele perguntar. Aí Olivia passou um tempo comigo ontem no campo de futebol. Ela disse que gostava mesmo de Marc, que esperava que eu não ficasse mal por causa disso e tudo o mais, e eu disse que Marc gostava dela e que ela devia sair com ele. Eu não disse que tinha gostado dela de verdade. Isso só ia fazer com que ela se sentisse culpada. Ainda gosto muito dela. Só não gosto de pensar sobre isso. Ela é muito legal e engraçada. Eu sempre gostei de andar com ela. Era muito divertido. Senti uma pontada de arrependimento quando disse que ela deveria sair com Marc. Mas os dois gostam um do outro, então estão livres para sair juntos. Eu disse que isso não tornaria as coisas estranhas entre mim e Marc, que tinha sido eu quem dissera que não podia sair com ela, então eu não podia dizer nada. Eu disse isso para os dois. Vamos ver o que acontece.

O inspetor avisa que ele vai esperar cinco minutos para começarmos na hora. Temos que ficar sentados em silêncio, então deito a cabeça sobre minha mão e penso sobre ontem à noite, quando Daniel disparou a falar do exame.

E então eu o vejo. Ele está passando pela janela. De alguma forma, eu o senti antes de tê-lo visto. Ele está caminhando, conversando com um amigo. Está de uniforme: terno preto, camisa branca e gravata preta. Sua cabeça se vira para mim, como em câmera lenta. Quando me vê, continua andando, mas Hunter toca o nó da gravata, seus lábios se abrem, sua testa faz movimentos minuciosos e seus olhos se estreitam para se certificar de que sou eu. Em seguida, ele sorri.

Daniel

Eu só fiquei irritado porque o Max acha tudo tão fácil e eu acho tudo tão difícil e acho isso injusto. O tempo todo eu preciso tentar “controlar o meu comportamento”, como diz a srta. Jameson, mesmo não sabendo o que eles não gostam no meu comportamento. Ela só me deixa muito irritado, e então eles não gostam que eu fique irritado, mas como eu poderia não ficar irritado se eles agem feito idiotas e me tratam como um bebê?

E com esse exame de admissão, minha mãe estava dizendo que tinha certeza de que o Max ia se sair muito bem e entrar para a escola boa, e eu perguntei se ela achava que eu faria esse exame e iria para a escola boa.

E ela disse: — Tem muitas escolas, querido.

E eu disse: — Eu quero ir para a escola BOA.

E a mamãe suspirou como se fosse minha culpa que as coisas sejam mais difíceis para mim. Sou muito bom em matemática. Não vejo por que não passaria no exame. Então ela pediu desculpas por ter soltado um suspiro, que era porque estava cansada, e eu gritei: — MAX não deixa você cansada!

E Max suspirou e esfregou as mãos no rosto, e eu perguntei: — Por que você está suspirando?

E ele disse: — Desculpe, eu não estava suspirando para você, Daniel. Só estou tentando revisar as matérias.

Eu disse: — Tudo bem, eu saio daqui.

E fui lá para cima. Mais tarde, desci e gritei para a mamãe que eu poderia fazer o exame, e se o Max acha que é tudo tão fácil, por que eles simplesmente não lhe davam uma bolsa, sem fazer o exame. Perguntei para o Max se ele achava que eu era mais burro que ele, e ele disse que não, porém depois disse que tinha que estudar e que falava comigo mais tarde, mas ele não falou, e a mamãe não leu a minha história para dormir, porque eu ficava perguntando o tempo todo quando o Max ia entrar e falar comigo. Eu disse para ela que não queria ouvir o que ela tinha para me dizer, que eu queria ouvir o que o Max tinha para dizer, porque somos irmãos e ele nunca mente para mim.

A mamãe ficou magoada e disse "Eu nunca mentiria para você", mas disse isso meio confusa, como se não soubesse mesmo. E, então, ela foi para a cama.

Hoje de manhã eu disse para o Max que fiquei decepcionado com ele porque ele não foi me ver na hora de dormir.

Ele disse que estava arrependido. Aí ele falou: — Eu gosto de conversar com você sobre essas coisas, mas às vezes tenho que revisar as matérias e fazer o trabalho da escola. Por que você não escreve, durante o dia, se você sentir que vai pirar por causa de alguém, e depois você vai se lembrar de conversar sobre isso comigo à noite, e se eu faltar alguma noite, nós compensamos no dia seguinte.

Fiz uma careta. — Continue.

— E procuramos uma solução juntos. E conversamos sobre a coisa. Eu não me incomodo — ele disse, sorrindo. A mamãe olhou para ele como se ele fosse incrível. Revirei os olhos. Mas eu gosto de conversar com o Max.

Então pensei sobre isso por um minuto e aí eu disse: — Ok.

Max me deu um grande abraço. Ele foi de carro conosco hoje de manhã para poder revisar as matérias antes do exame. No carro, a mamãe colocou o CD dos Strokes do Max, que todos nós gostamos, por isso estávamos felizes quando chegamos à escola.

A mamãe me deu um beijo e eu acenei para eles enquanto o carro ia embora. Virei-me e dei uma olhadela na escola. A srta. Jameson, minha arqui-inimiga, estava em pé na janela. Eu ia olhar feio para ela, mas me lembrei de que tinha prometido ao Max que ia tomar nota dessas coisas em vez de pirar. Então, coloquei minha mochila no chão do estacionamento, tirei meu caderno e escrevi: "A inimiga srta. Jameson me observa de seu quartel-general do mal (sua sala)".

Percebi uma movimentação pelo canto dos meus olhos e vi a srta. Jameson vindo em minha direção, então guardei cada uma das coisas na minha mochila e a coloquei nas costas.

— O que você está fazendo aqui fora, Daniel? — pergunta a srta. Jameson.

Sorrio para ela como um anjo e digo "Só fazendo anotações para uma história para a escola, srta. Jameson", e ela parece confusa, e eu passo por ela, sorrindo para mim mesmo, e vou para a sala de aula.

Max

— Podem largar suas canetas — Ouço a ordem chegar da frente da sala de exame.

Estou tremendo e suando. Ainda tenho que terminar a minha resposta. Estou largando a minha caneta e me ocorre um pensamento: eu sou tão obediente... Acabei de largar a caneta. Eu simplesmente fico lá deitado à disposição do Hunter.

Olho para a frente da sala. O inspetor pega os papéis das pessoas e não olha para cá. Rabisco rapidamente o restante da minha resposta. Coloco a caneta em meu bolso. Concluído.

Vejo a cabeça caramelo-acobreada de Sylvie lá na frente. Ela repousa o queixo em sua mão e olha pela janela por onde Hunter passou antes. Posso ver o contorno de seus lábios e sua bochecha. Eu olho pela janela.

— Obrigado — murmura o inspetor, quando passa por mim. É a nossa deixa para nos levantarmos. Fazemos uma fila nos fundos da sala, para sair por uma porta diferente.

— Ei, olha lá o seu primo — Todd diz.

Hunter está diante de mim, recostado na porta de uma sala de aula. Ele está esperando por mim, bem na saída da sala, em um corredor forrado de piso verde-claro. O piso dá um tom frio a tudo. Hunter parece impetuoso, alto, composto, tranquilo. As pessoas abrem caminho para que a gente ande um em direção ao outro. Ele levanta a mão para saudar Todd, que o cumprimenta com a cabeça e, em seguida, nos deixa em paz. Todos sabem que Hunter é como se fosse meu primo. Enquanto me aproximo, sinto como se estivesse sendo puxado ao longo de uma pista, e é inevitável que eu caminhe até ele. Como poderia ser diferente? Todo mundo está vendo. Todo mundo sabe que somos chegados. Eles esperam que a gente diga "oi". Sinto os olhares recaindo sobre nós. Todos nos encaram. A um metro de distância, ele me olha de cima a baixo lentamente, engole em seco e ajusta a gravata novamente.

— Oi — ele murmura, sua voz grave, sua mão tocando a parte de trás do meu blazer com firmeza e alcançando meus ombros. Sinto sua mão me acariciando por trás do meu ombro direito até o esquerdo. Sinto que ele me puxa para perto. — Tudo bem com você? — ele pergunta lentamente.

Concordo com a cabeça, sem saber o que dizer.

— Sentiu minha falta?

Não respondo. Percebo que algumas pessoas estão nos observando, então dou um sorriso e aceno com a cabeça para Hunter. Tento dizer algo, mas descubro que não consigo. Eu mordo o lábio e lembro de continuar sorrindo enquanto sinto meu rosto ficar cada vez mais quente.

— Você não vai dizer nada? — ele pergunta.

Eu abro a boca. Olho para o lugar de onde as pessoas nos observam enquanto passam, dezenas de estranhos passando por nós feito um rio correndo para as salas de aula. Tento falar. Tento de novo. Balanço a cabeça. Meu corpo inteiro está quente. Sinto que estou suando nas axilas e nos pés.

— Eu não consigo — digo baixinho.

Ele franze a testa. — O que há de errado com você? Por que está tão tenso?

Dou de ombros, ainda sorrindo. Sorrindo como se a minha boca fosse recortada no formato de um sorriso. Imagino os cantos cortados afastados dos lados, os lábios fechados em um sorriso de palhaço perpétuo.

Ele se inclina e sussurra em meu ouvido: — É porque eu vi o seu pauzinho? — ele se afasta do meu ouvido e sorri para mim. Como se fosse engraçado. Como se não fosse grande coisa.

Imagino Hunter novamente em cima de mim, olhando para aquilo. Toda a minha bagunça. Minhas bochechas queimam, e eu sinto que meu rosto está prestes a explodir. Tiro o meu cabelo de cima dos olhos com a mão e me viro para Hunter, para que as pessoas que passam só vejam as minhas costas.

— Max, não fique preocupado — ele diz, mudando para um tom mais baixo, e seu sorriso desaparece. — Eu estava tão doidão que nem me lembro.

Eu olho para ele. Ele parece sincero. Não parece mentir. Parece preocupado porque eu não estou falando.

— Sério? — pergunto, engolindo em seco. Minha garganta parece que está inchada.

Ele abre lentamente um sorriso, e seus olhos passeiam de cada lado das têmporas, passam pela minha testa, descem até chegar aos meus lábios.

— Claro. Mas foi divertido, apesar de tudo, não foi?

Ele é maluco? Balanço a cabeça, incrédulo. — Não! — sussurro, e minha voz está embargada.

Hunter sorri e me cutuca no estômago. — Que é isso, você adorou. Você gemeu e tudo.

— Cale a boca! Não, eu não gostei — digo, num silvo.

— É, você adorou! — ele zomba, parecendo um pouco confuso, meio sorrindo, meio carrancudo. Ele olha para os meus lábios de novo e engole em seco. Está nervoso também. Ele dá de ombros, como se dissesse "Bom, não importa, foi só uma brincadeirinha".

Um pensamento passa pela minha mente, e eu murmuro baixinho, horrorizado: — Você não contou para ninguém, né?

Ele dá de ombros.

— Por favor, Hunter, por favor, não, ok?

Ele começa a sorrir, como se estivesse me provocando, e dá de ombros novamente.

— Por favor! — digo muito alto e, em seguida, olho para baixo, olho em volta, remexendo o fundo do meu blazer. Encontro os olhos dele e imploro: — Por favor, por favor, não conta para ninguém. Se você fizer isso, todo mundo vai saber a meu respeito.

— Shh, Max — Ele balança a cabeça.

— Por favor, por favor, por favor — eu imploro, me aproximando dele, prestes a chorar.

Ele fica com pena de mim. — Shh, calma! — ele toca o meu braço levemente. — Eu não vou contar para ninguém. Deixe de ser doido. Sou eu, o Hunter. O seu segredo está seguro comigo, Max.

Quando ele diz essa última parte, o timbre de sua voz se torna sombrio e ameaçador. Olho para ele absolutamente plantado no chão de tanto terror, mas ele parece normal. Como se realmente não houvesse nada errado, como se ele não conseguisse entender por que estou tão assustado.

Hunter franze os olhos para me sondar. — Nós estamos bem, não estamos? — ele pergunta. Sinto a mão dele sobre o músculo do meu braço. Ele o aperta suavemente.

Eu mordo o lábio, estudando-o. Abro um grande sorriso para ele. — Sim, estamos bem, Hunter.

Sylvie

Terminado o exame, entediada, dispersa, relaxada, olho pela janela para o dia que estou perdendo.

— Em pé — murmura o cara à frente da sala, como se eu fosse um cão treinado. Ergo as sobrancelhas e lentamente, muito lentamente, giro os pés para o lado da minha cadeira e me levanto para ir embora. Olho para ele com raiva e caminho pelo corredor até a porta no fundo da sala, pela qual quase todo mundo já passou, menos eu.

Passo vagarosamente por ela, abrindo-a, e paro, segurando a porta. Eu sinto que estou em um filme, então a cena diante de mim é cinematográfica. No fundo do corredor, vejo um rio de alunos mais velhos uniformizados que o atravessam até uma sala de aula. Um outro rio, menor, passa para o outro lado, fora do corredor. Essas são as pessoas que estavam na sala do exame.

Sou a única pessoa no final do corredor, mas entre mim e o rio estão Max e o primo dele. Eu sou observadora e tenho uma sensação estranhíssima, como se essa fosse uma cena em uma peça e essa cena estivesse me dizendo algo. Tudo parece encenado: Max e Hunter estão a meia distância um do outro, com as outras pessoas ao longe; eu, equidistante tanto deles quanto das outras pessoas. Max está ereto e frio, encarando Hunter, e a luz baixa confere um brilho muito bonito, amarelado, ao seu cabelo. A luz cobre todo o seu rosto, um véu confuso. Hunter está rindo, e seu rosto impetuoso está virado para Max. Eles parecem compartilhar uma piada secreta. Parece simplesmente teatral por um instante. E, então, alguém empurra a porta atrás de mim e esbarra no meu ombro, e o instante se foi, a simetria da cena foi quebrada.

Hunter olha para mim, percebe que observo os dois, e Max nota que Hunter me viu. Eu o vejo seguir o olhar de Hunter caindo sobre mim e ergo a mão para acenar casualmente.

— Oi — Max diz, vacilante, os olhos em mim.

Hunter retira seu olhar de mim e sorri para Max. — Eu pego você mais tarde.

Ele começa a se afastar, mas depois se inclina para trás, tentando chamar a atenção de Max. — Tudo certo, Max? Hein? — ele toca seu braço. — Max?

— Sim — Max sorri dá de ombros de leve. — Certo.

— Tchau — diz Hunter, exatamente no mesmo tom doce com que Max dissera "tchau" para mim no campinho.

Quando Hunter se afasta, vou até Max. Sei que pareço muito firme, mas estou escondendo meu nervosismo. Sou muito boa em esconder meu nervosismo.

— Vocês não se parecem muito, mas dá para dizer que são primos — digo, quando chego perto dele.

Max fecha a cara. — Nós não somos primos — ele diz. — Nossos pais são só amigos.

— Ah, eu pensei que...

— Não somos — ele repete, e observa Hunter ir embora. Eu me pergunto se posso passar por Max e fugir. Mas ele se vira para mim e irradia um doce sorriso.

— Como você está?

Max

Na sexta-feira, antes do aniversário de dez anos de Daniel, estou de mau humor.

Volta e meia tenho ficado assim, de mau humor. Só de vez em quando mergulho fundo no ódio e na depressão, pensando em Hunter e no fato de eu ser intersexual e tudo o mais. Lembro-me de Hunter em cima de mim, usando aquela palavra horrível, "garoto-mocinha" (horrível, horrível, horrível!), e sinto como se isso importasse ainda mais agora. Sinto que por anos a minha família fingiu que eu era normal. E na verdade não sou.

Em geral consigo lidar com isso, guardo tudo nas profundezas da minha mente e sorrio para todo mundo. Mas, com essas variações de humor que tenho tido, não sinto vontade de jogar futebol ou de estar perto das pessoas. Estar perto das pessoas quer dizer que tenho que fazer um enorme esforço para parecer feliz, quando me sinto muito infeliz.

Estou exausto, mas tenho dormido pesadamente. Não tenho vontade de fazer muita coisa. Então, na sexta-feira na hora do almoço, vou para a biblioteca fazer minha lição, na esperança de terminar logo a coisa toda, para que eu possa apenas dormir quando chegar em casa.

Sylvie Clark está lá, para minha surpresa. Eu raramente a vejo na hora do almoço. Não é como se eu nunca tivesse procurado por ela, se me faço entender. Eu a procurei.

Coloco meus livros suavemente sobre uma mesa próxima à dela e me afundo na cadeira, pegando meu livro de história. Estou fazendo literatura inglesa, língua inglesa, matemática, tecnologia, física, química e biologia. Todas essas matérias são obrigatórias em nossa escola. Temos também que aprender outra língua, então estou fazendo latim. Temos três disciplinas opcionais, e escolhi história antiga, política e psicologia. Eu queria fazer arte, porque gosto de desenhar, mas não sou tão bom assim, então o orientador de carreiras me disse para não ir a essa aula. Ele disse que, se eu tirasse um B ou um C nessa matéria, isso iria atrapalhar a minha candidatura às universidades. Na época, esse aviso me assustou a ponto de eu não fazer arte, mas agora acho que ele só estava falando um monte de merda. Isso é a GCSE. Ainda tenho que fazer os A-Levels e depois obter um diploma antes que alguém leve a sério o que faço. Mas os professores vivem na escola, então acho que para eles a escola é o universo e o fim de tudo. Notícia de última hora para eles: há coisas maiores acontecendo na vida.

— Ei — alguém sussurra sobre o meu ombro.

Eu olho para trás. Sylvie Clark se aproximou de mim. — O que você está fazendo? — ela pergunta lentamente, em sua voz rouca.

Dou de ombros e fico vermelho. — Nada — digo, massageando minha cabeça.

— Você está bem? — ela pergunta.

— Só uma dor de cabeça — respondo, e sorrio automaticamente.

— Eu vi você no jornal — ela diz. — Então o seu pai vai ser o nosso MP?

— Ah — dou de ombros e me volto para o meu livro. — Acho que sim. Bem, ele está concorrendo. Só tem mais um candidato, um conservador.

— Aposto que o seu pai vai ganhar. Você vai ficar famoso — ela diz, de maneira engraçada.

— Não é verdade.

— Bom, não vá virar um depravado feito o garoto do MP anterior. Eles não apareceram em todos os jornais porque ele usou algum tipo de uniforme fascista numa festa à fantasia?

Fecho os olhos por um momento e penso como seria se Hunter fosse até os jornais e tudo acabasse na primeira página, e ele dissesse que sou intersexual e que fiz aquilo com ele, e todo mundo ia ler e ninguém ia conseguir olhar para mim sem imaginar Hunter dentro de mim.

— Acho que não devo virar um depravado, então.

Há um minuto de silêncio e a cadeira ao meu lado é puxada; Sylvie se senta e traz suas coisas.

— Você não está bem, está?

Franzo a testa e dou de ombros. — Por que você não foi ao meu aniversário? — pergunto.

Sylvie parece intrigada. — Hein?

— Você não estava fazendo nada — reclamo. — Você mentiu. Era óbvio.

Ela cerra os lábios. — Ah.

— Você acha que não percebi?

— Desculpe, Max. Eu não queria fazer você se sentir mal.

— Por que você mentiu?

— Eu... não sou boa quando tem... gente por perto.

Paro para pensar por um minuto. — Mas você também nunca sorri para mim no corredor quando eu sorrio para você. Você me ignora.

— Ah! — Ela ri.

— Eu não acho isso engraçado — murmuro, confuso.

— Não, a principal razão de eu não dizer "oi" é que tenho a vista muito ruim.

— Hein?

— Eu preciso de óculos, mas eu não quero usar, porque seria como um reconhecimento da minha vulnerabilidade. Basicamente, não quero acreditar que não consigo ver as coisas. Então, mantenho a cabeça baixa o tempo todo para o caso de alguém acenar e eu não saber quem é.

— Isso é um motivo besta! Você precisa usar óculos!

— Eu sei, tenho uma consulta marcada. Espero não ficar esquisita com eles.

Largo meu livro e penso sobre a possibilidade de dizer o que quero. Olho de lado para ela. — Você nunca ficaria esquisita — digo, apesar da minha timidez.

Sylvie para. — É. A coisa de não dizer "oi"... Eu em geral também sou meio esquisita. Tímida.

— Você não pareceu tímida ou esquisita quando a conheci no pátio da igreja, nem depois do exame — afirmo.

— Hum — ela dá de ombros. — Não notou que eu saí quando Marc e Carl chegaram?

— É, acho que sim — Penso, me lembrando. — Escuta, se você é tão sem jeito que não sabe nem como funciona a etiqueta social normal, então... acho que eu deveria dar alguns conselhos a você.

Ela franze a testa. — Está beeeeeeem. Estou ouvindo.

— As regras são: se você conhecer uma pessoa, diga "oi" para ela, mas se você quiser ficar de bobeira só comigo, e não com outras pessoas, basta me dizer. — Eu sorrio, um pouco tímido, um pouco preocupado que a provocação não caia bem. Com Sylvie Clark, não dá para dizer ao certo. Murmuro a última parte expirando: — Sua maluca.

Ela ri. — Eu não sabia que as regras eram essas, mas, agora que você me contou, prometo que vou dizer "Oi, tudo bem?".

— Ok — murmuro, sorrindo.

A bibliotecária faz "shh", para Sylvie ficar quieta.

— Desculpe — digo à bibliotecária. Ela franze a testa.

— Shh — ela sussurra, dessa vez só para mim.

— Não se preocupe — Sylvie diz, enquanto soa a campainha para o quinto período.

— Essa bibliotecária odeia todo mundo. Mesmo o seu charme angelical não vai funcionar com ela.

Observo Sylvie arrumar a bolsa e junto meus livros nos braços.

Ela se levanta, a blusa escapa na frente, para fora da saia. Os joelhos dela estão arranhados e os punhos de sua camisa, puídos.

Respiro profundamente.

— Sylvie, você gosta de garotos de dez anos de idade?

— Hein?

— Amanhã é a festa de aniversário do meu irmão. Ele me liberou um convite para levar um amigo — digo, pescando o convite em meu bolso.

— Huummm... — ela morde o lábio.

— Não diga que vai estar ocupada — sussurro, meio que aparentando estar chateado, como se dissesse "Eu-sei-que-você-vai-dizer-não", e ela ri de mim. — Desculpe — digo, envergonhado. Sorrio, como se dissesse "Eu sou um idiota". — Você não tem que ir.

— Claro, ok — ela diz. — Eu vou.

Deixamos a biblioteca.

— Legal! — digo, com gratidão, deixando escapar um suspiro. — Você tem que ir vestida de fantasma.

— Humm. Você esperou para me contar isso depois que eu disse que ia, assim era mais provável eu concordar em ir? — Sylvie fala, enquanto descemos a escadaria da biblioteca, cada um para sua sala de aula.

Dou "tchau" para ela quando nos separamos. — É — rio. — Eu esperei, sim.

Daniel

Meu irmão trouxe a namorada para a minha festa de aniversário hoje. Pelo menos acho que ela é namorada dele. É o que a mamãe diz.

Não entendo qual é a diferença entre uma namorada e um amigo que é uma menina. Max disse coisas sobre elas serem atraentes, mas essa é a única diferença? As pessoas têm amigas e amigos na minha escola, mas eles ficam juntos só como amigos normais. Às vezes, eles dão as mãos. Às vezes, quero ficar de mãos dadas com a Ratinha na escola, acho, mas ela é só minha amiga. Seu verdadeiro nome é Mel, mas ela é pequena, com orelhas grandes, por isso a chamo de Ratinha. Ela acha isso engraçado. Ela não fica zangada comigo, feito a burra velha da cara de pato da srta. Jameson.

Mas eu acho que assim que você fica mais velho isso passa a ser diferente, como acontece com a mamãe e o papai, e suponho que você queira beijar e abraçar e fazer outras coisas. Fazer sexo e bebês. Não sei por que todo mundo anda tão obcecado com sexo. Parece nojento.

Max não fez com a Sylvie nada do tipo que se faz com as namoradas. Ele nem mesmo deu um beijo nela. Eles só ficaram olhando eu abrir os presentes e depois jogaram Xbox conosco um pouco, a seguir ajudaram a mamãe e o papai a preparar o jantar. Aí a Sylvie foi para casa quando os meus amigos também foram. Max foi até a casa dela, e quando ele voltou eu perguntei se ele a beijou.

Ele sorriu e ficou vermelho, mas disse que não, não a beijou.

Eu perguntei: — Por que não?

E minha mãe disse: — Daniel!

E o Max disse "Talvez da próxima vez", mas muito baixo, como se achasse que eu e a mamãe não fôssemos ouvir. Acho que minha mãe não ouviu, mas eu ouvi.

Max

Nós rolamos sobre o chão úmido em um dia frio de outubro. Os lábios dela têm gosto de batom hidratante sabor laranja e chá de frutas. Sua língua é quente. Enterro o rosto em seus cabelos cor de mel, mordo seu pescoço, ela ri alto, corremos um atrás do outro, caímos no chão. Sylvie Clark está me enchendo de vida, e eu não pensei sobre setembro por mais que um dia, e a luz branca do outono clareia o rosto dela e deixa seus olhos azuis elétricos, e eu me curvo sobre ela e faço cócegas em sua pele com meu cabelo, e a beijo delicadamente e sorrio.

Sonhar é tão bom quanto a coisa de verdade, sem correr nenhum risco.

Nada aconteceu na festa de aniversário de Daniel, nem quando fui à casa dela. Ela estava tão bonita, bonita demais para dar só um beijo e ir embora e fingir que havia sido só um beijo. Os cabelos dela ficaram dourados sob cada raio da luminária. O sol já tinha baixado. A brisa ainda estava um pouco quente, mas, quando a abracei, sua bochecha morena estava fresca e macia contra a minha. Fico tímido perto de Sylvie, como nunca fiquei com outras garotas. Talvez tenha a ver com a coisa do Hunter. Às vezes me pergunto o que ela pensaria de mim se soubesse. Tanto faz. Ela só estava muito bonita.

Ela estava bastante quieta durante a festa. Nós estávamos ali, passando o tempo juntos, sem falar muito. Ela conversou com Daniel, foi doce com ele. Ela lhe trouxe um cartão com algum dinheiro dentro, e eu olhava para ela e, quando ela olhava para mim, eu parava de olhar. Lembrei-me de todas as meninas que já beijei e percebi que não sou exatamente muito atirado. Elas sempre mantinham certa distância de mim, e então eu fazia algum esforço para conhecê-las. Com Sylvie, ela ficou ali, sentada, sendo agradável e amigável, mas um pouco tímida, e isso fez eu me sentir mais tímido. Eu não queria que ela... Eu não sei, sei lá. Me rejeitasse. Ou me beijasse. Se me beijasse, tudo avançaria muito rapidamente, e eu teria que parar o que estivéssemos fazendo por causa do que eu tenho dentro da minha calça.

Eu não sabia o que ela estava pensando. Lembro-me de ter achado que aquilo era suficiente, estar com ela, e ocasionalmente roçar meu braço contra o dela, quando estávamos colocando a mesa ou jogando no Xbox.

Novembro passa na correria de trabalhos escolares e jogos que vencemos. Sylvie continua a me ignorar quase todos os dias nos corredores, mas agora eu sei que é porque ela é esquisita. E algumas vezes — às vezes — ela sorri para mim. E isso faz com que eu me sinta vivo em cada célula do meu corpo.

Estou indo bem em todas as matérias, um bom prognóstico para os simulados da GCSE, que vivem nos lembrando que estão cada vez mais perto. Vamos saber se eu ganharei a bolsa para a St. Catherine em janeiro, depois que chegarem os resultados dos meus simulados. Eles baseiam a entrega da bolsa de estudos tanto pelo exame de admissão quanto pelos simulados da GCSE.

Passo novembro estudando muito, revisando tudo à noite e fazendo todos os meus trabalhos, a maior parte deles antes do tempo, ou pelo menos dentro do prazo. Às vezes me pergunto por quê. Penso muito sobre frequentar a mesma escola que Hunter, ter que vê-lo todos os dias. Tento não pensar sobre isso, mas, quando estou na cama à noite, penso.

Daniel não teve mais nenhum incidente na escola, e conversamos praticamente todas as noites sobre as coisas que o incomodam. Às vezes, as coisas que o perturbam são engraçadas (por exemplo, "Andrew pegou a melhor tinta na aula de arte"), algumas são alarmantes (por exemplo, "eu quis empurrar a Ratinha em um lago hoje, depois que ela passou a excursão inteira da escola conversando com Rasheed em vez de mim"), mas a maioria delas, estranhamente, consigo compreender. É bom conversar com ele, e isso distrai a minha mente do meu lixo particular.

A campanha do meu pai foi anunciada e está esquentando. Mas, quando chega dezembro, já parece uma rotina. Parece que ele está cuidando de mais um de seus grandes casos, só isso, com advogados e assistentes em nossa casa, sempre até tarde da noite, pedindo comida pelo telefone e fazendo intermináveis bules de café.

Lawrence é o braço direito do meu pai, e há assistentes e voluntários, e uma estagiária nova, Debbie, que tem dezenove anos e está na universidade, e parece estar sempre por perto agora. Ela é agradável e bem gostosa, mas não consigo pensar em mais ninguém além de Sylvie.

A sala de estar da frente foi reformada e está ainda melhor do que antes, e parece que foi redecorada por essa equipe meio *black ops* de decoração em questão de horas. Isso para que meu pai possa trazer as pessoas em casa e conversar com elas para convencê-las a lhe dar dinheiro e apoio. As pessoas continuam falando comigo sobre isso fora da escola, mas na escola ninguém se preocupa muito.

E eu ainda fico de mau humor. Às vezes não quero sair da cama. Eu me sinto exausto. Não acho que seja tudo por causa da coisa com Hunter. Talvez seja só o inverno, a falta de sol e de calor.

Nada aconteceu desde que vi Hunter na escola. Os pais de Hunter, Leah e Edward, vieram aqui uma vez no mês passado, e eu fui para a casa de Carl, caso Hunter aparecesse para buscá-los, mas Daniel disse que ele não apareceu. Às vezes, Leah, Edward e Hunter vêm nos ver no dia de Natal, mas no Natal deste ano eles vão para a casa dos pais de Leah, em Yorkshire, e nós vamos passar em casa com o meu avô, o pai da minha mãe, com tia Cheryl e Charlie, a irmã do meu pai, Julie, o namorado de Julie e o bebê de Julie, que deve nascer dentro de uma semana e meia, no dia 7 de dezembro. Os pais do meu pai vão para a Austrália no Natal, e minha avó materna morreu quando minha mãe tinha a minha idade.

Estamos todos muito animados com o bebê da tia Julie. Vai ser legal ter um primo. Não temos nenhum primo de verdade. Além disso, ele vai ser muito bonito. Eu amo bebês. Dá para vê-los aprendendo, escutando, observando você, tentando entender o que você é por trás de seus olhinhos. Nunca estive com um bebê muito pequeno, recém-nascido.

Eles não sabem o sexo. Acho que é porque a tia Julie sabe a meu respeito. Quando ela veio aqui no outro fim de semana, ela disse que não se importa se é menino ou menina. Não a olhei nos olhos. Não sei se ela estava olhando para mim. Espero que seja uma menina. Ainda não temos nenhuma na família. Acho que Julie, secretamente, quer uma menina. Ela só não conta que quer uma menina para não dar azar. Dá para entender. Mas acho que uma menina seria perfeito. Acho que vamos ficar sabendo em breve.

Karen

Sexta-feira. A culpa é minha que hoje a casa está uma bagunça. Todo mundo está nervoso. Sugeri uma foto de família, daquelas meio bregas, com um fundo branco e todos sorrindo. Steve disse que poderia incluí-la como parte da campanha, cobrir o custo, conseguir alguns cliques diferentes.

— Quero usar a foto como cartão de Natal, por isso temos que fazer isso agora — eu disse.

Sempre que recebo cartões assim por e-mail dos amigos e colegas nessa época do ano, me junto aos garotos para dizer como são "bregas" (Max), "bobagem" (Daniel) e "um pouco anos 1990 demais" (Steve), mas, secretamente, acho que são tão bonitos... Com essa imagem, quero captar algo, um momento na vida da nossa família, quando tudo está perfeito, alguns exemplos de felicidade que todos poderíamos aspirar a alcançar todos os dias, para o caso de um dia esquecermos como fazê-lo ou o que estamos buscando. Talvez isso seja ridículo. Tudo o que eu disse ao Steve foi que precisávamos fazer isso, então apanhamos os meninos na escola pela manhã.

De todo modo, Steve concordou.

— Uma foto vai pegar muito bem, uma foto enorme na parede no *hall* de entrada — ele disse. — Linha de frente unida. Valores de família. Talvez uma na escada.

— Humm — murmurei. — Bom, não era exatamente assim que...

Steve desapareceu para encomendar as fotos.

Daniel parece ter se transformado. Max tem conversado muito com ele sobre suas frustrações na escola. Acho que Max está um pouco doente. Ele vive cansado e quer ficar bastante em casa depois da escola, em vez de sair e jogar futebol, por isso é bom que ele tenha Daniel como um pequeno projeto seu. Ele é um bom exemplo, e não posso deixar de sentir muito orgulho dele, de certa forma presunçosamente maternal. Não sei o que faria sem ele.

O novo e doce Daniel me ajuda a lavar a louça depois do almoço e fica na cozinha para conversar. Ele me conta sobre um projeto que está fazendo para a aula de história, sobre os antigos egípcios, quando Max entra casualmente, vestindo seu jeans e uma velha camisa de flanela. Ele despenca ao meu lado na mesa da cozinha e começa a mexer em todas as peças de roupas passadas.

— Mãe, onde está o meu suéter azul?

Tiro os olhos do jeans que estou passando e olho para ele. — Ah, você tem que vestir isso, Max?

— Hein?

— Essa camisa é tão velha e os jeans estão rasgados. Não, desculpe — digo com firmeza. — Você precisa trocar de roupa.

— Ok — diz ele, em dúvida, olhando para as suas roupas.

Puxo da pilha uma calça cáqui recém-passada, ainda quente. — Coloque isto e esta camisa.

— Eu não usaria isto aqui com uma camisa — ele resmunga, me censurando.

— O que você usaria com uma camisa?

Ele pensa. — Acho que não usaria uma camisa.

— Bom, um dia você vai ter que se vestir assim para trabalhar, então vá se acostumando.

— Só se eu fizer alguma coisa como advocacia — ele diz, irritado.

Eu o encaro franzindo a testa, surpresa demais para dar uma bronca nele. Max nunca é assim, temperamental. — Bom, escolha uma camiseta.

Ele hesita e escolhe uma da pilha já passada.

— Me dê isso que você está vestindo para eu lavar. Vou passar essa calça só mais uma vez, porque ainda está um pouco enrugada.

Ele olha para baixo.

— Vamos lá, não tenho o dia todo, Max — eu ordeno, enfatizando: — Temos que estar lá às nove.

Max, obedientemente, puxa a camisa de flanela por cima da cabeça e põe as mãos sobre o peito.

Ele veste a camiseta.

— Vamos — eu o apresso.

Ele balança a cabeça e desabotoa a calça jeans, mas lentamente. Tira a calça.

— Qual é o suéter azul?

— Humm...

— Qual deles, querido? — olho distraidamente para a cesta de roupas lavadas.

— Por que você está passando a calça do Max e o seu jeans? — Daniel me pergunta.

Max me pede para pegar a calça, mas mal posso ouvi-lo. Estou pensando em não me atrasar, em fazer a maquiagem, sobre onde Steve pode estar, sobre prolongar esse precioso intervalo de paz com Daniel.

— Para tirar os vincos, querido — respondo a Daniel, parecendo mais calma do que me sinto. — Você quer que eu passe a sua?

— Humm — ele pensa, bebericando suco de laranja de uma caixa. — Não.

— Pode pegar a minha...

— Qual é o suéter azul, Max? — repito, impaciente.

— Mãe, meu único suéter azul — Max estoura comigo. — Me dê a calça!

Daniel e eu nos viramos para encará-lo.

— O que há de errado com você? — Daniel pergunta.

— Eu só quero a minha calça — Max reclama, desconfortavelmente. Ele cruza os braços sobre a cueca e parece estressado.

— Querido, eu estou *passando* a calça — digo. — Você quer passá-la?

Ele nega com a cabeça, desanimado.

— O que há de errado?

— Nada — Max murmura. — Só quero a minha calça e o meu suéter.

— Quando foi a última vez que você vestiu o suéter?

— Argh! — ele passa as mãos pelo cabelo e torna a colocá-las sobre a cueca. — É ÓBVIO que eu já pensei nisso. Não consigo encontrar o suéter!

— Max! Não fale assim comigo! — franzo a testa. — Querido, o que há de errado?

— Nada. Falar assim como?

— Você está gritando — digo, calmamente. — Você nunca grita.

— Daniel grita o tempo todo e muito mais alto!

— Sim, mas você não faz isso — diz Daniel.

— Eu só quero colocar a merda da minha calça — Max rosna tão comicamente que não consigo evitar o riso.

— Eu troquei as suas fraldas, Max. Não precisa ficar envergonhado! E não diga "m...".

— Ei, Max — diz Daniel.

— O quê?

— Você falou palavrão para a mamãe. Agora você é um menino mau.

Max estica um braço e sacode a cadeira de Daniel. É apenas um movimento leve de seu braço, mas a cadeira se inclina para o lado por um momento, balançando como se fosse se endireitar, para em seguida Daniel deslizar por ela, o peso mudar de lado, e ela cair no chão.

— Ahhh! — Daniel explode em um soluço. — Minha cabeça!

— Max! — grito, consternada, correndo em torno da mesa para ajudar Daniel.

Max contorce o rosto, e não sei dizer se está prestes a chorar ou a gritar. Ele pega a calça na tábua de passar.

Observo-o, incrédula, enquanto abraço Daniel. — O que deu em você?

— Não era para a cadeira cair — ele murmura, puxando a calça por cima das meias.

— Você empurrou seu irmão — digo, balançando a cabeça. — Estou muito desapontada com você.

— O que está havendo? — Steve diz, entrando na cozinha.

— Max empurrou Daniel — me ouço dizendo, sem compreender, como se a lei da gravidade tivesse sido suspensa.

— Sinto muito — murmura Max, a calça já vestida.

— Por que você fez isso, Max? — a voz grave de Steve se sobrepõe ao choro de Daniel. Steve pega Daniel e o segura, grande como ele é, pela cintura. Daniel coloca os braços em torno dele.

Volto a atenção para Max. Ele olha para Steve, tentando falar, mas não sabe o que dizer. Seus dedos se tocam, e ele rói as unhas compulsivamente.

— Sinto muito — diz ele. A situação é estranha para ele, para nós. Max torna a entrar na linha. Ele é assim mesmo.

De repente, me sinto tão diminuída! Eu queria que esse dia fosse especial para nós. Max olha para mim, cabisbaixo, e lê minha expressão.

— Não é engraçado quando o Max é o mau? — Daniel comenta, fungando.

Max olha para mim e depois para Steve, como se não soubesse o que vai acontecer em seguida.

— Você empurrou Daniel da cadeira? — Steve pergunta.

Max não diz nada.

Estamos em silêncio, um retrato de família.

Finalmente, limpo a garganta. — Temos que sair em dez minutos.

— Max não pediu desculpas ao Daniel — diz Steve.

Max olha para Daniel nos braços de Steve. Seus lábios se abrem. Daniel abraça Steve mais forte. Max franze o cenho. Ele não fala.

— Max! — Steve grita.

Max engole em seco. Ele olha para Daniel, mas não consegue se desculpar. Vamos esperar. Max olha para mim. Desligo o ferro.

— Desculpe, Danny — Max diz baixinho.

— Ok — eu digo. — Encontrei seu suéter azul. Vamos.

Max

No dia das fotos, o último dia de novembro, eu estava congelando e me sentia estranho, mal, infeliz. Eu me levantei, andei até o banheiro para fazer xixi, me olhei no espelho do banheiro e fiquei enjoado. Não tinha acontecido nada, mas acho que foi alguma coisa sobre a maneira como o meu cabelo e a minha boca apareceram no reflexo. Pareciam... não sei. Sedutores. Meio inocentes. Aconteceu rápido demais entre a olhada no espelho e o vômito para que eu pudesse racionalizar. Só dei uma olhadela, então me virei para o vaso sanitário e meu estômago soltou tudo, de só uma vez, mas pensei brevemente sobre como as pessoas que sabiam da minha condição me enxergavam. Hunter é um dos únicos que sabem, e ele não conseguiu evitar fazer aquilo comigo. É estranho pensar em si mesmo como essa coisa sedutora, sem nenhuma preocupação com você mesmo, sobre como você é. É como se a minha sexualidade não me pertencesse ou não tivesse nada a ver comigo, só com Hunter, ou com as outras pessoas que olham para mim, e como elas me veem.

Por um momento pareci um ser de outro mundo no espelho. Não é sempre que você realmente olha para si mesmo. Não é sempre que você encara um espelho. No banheiro, esta manhã, vi lábios andróginos cheios, uma suavidade ao longo da curva da minha mandíbula, olhos ambíguos, de cílios cheios sem maquiagem, por detrás dos meus cabelos. Não pareço afeminado. Pareço um garoto. Mas não me pareço com um homem. Eu estou em algum lugar no meio e normalmente não vejo isso. Foi só o ângulo de quando me virei, quando olhei para cima. Isso me fez recuar. Isso me fez pensar se eu seria o tipo de pessoa que excita pervertidos.

Isso me fez pensar, por um breve momento, se esse era o único tipo de pessoa que eu poderia deixar excitado. Então me lembrei de como Sylvie olha para mim às vezes e me senti bem novamente. Isso foi depois que eu já tinha vomitado, depois que lavei o rosto, enquanto estava sentado na tampa fechada do vaso sanitário, a porta trancada, roendo as unhas, me questionando. Me sentindo inadequado, perdido e indefinível. Não existem palavras de verdade para mim. Intersexual significa estar entre duas coisas reais.

Levantei-me e virei para fazer xixi. Puxei a cueca e coloquei meu pênis para fora. Nunca tive problema de verdade com meu pau. É o único pau que já tive. Não conheço outra coisa diferente. Mas me pergunto se Sylvie ficaria com nojo dele.

Quando eu era pequeno, os médicos me chamaram de hermafrodita. Essa palavra tem muito estigma, mas como palavra, por si só, prefiro essa. É uma coisa. Não é algo entre duas coisas. É uma antiga palavra grega. Me faz parecer antigo, como se nós, hermafroditas, já estivéssemos por aí há muito tempo. Gosto disso.

Depois de receber a fotografia tirada...

— Incrível, lindo, perfeito — a fotógrafa, uma mulher, ficava dizendo. Danny e eu trocamos olhares nervosos.

— Incrível, incrível, perfeito.

Suspirei e vi seus ombros pequenos na minha frente se levantarem e caírem. Sorrimos até nossas bochechas doerem.

— Eles nos levaram de volta à escola. Eu poderia ter ficado em casa, mas tinha jogos no período da tarde. Não queria perder o futebol. Estamos em um torneio amistoso com cinco de nossa equipe divididos entre cada time.

— Ei, capitão, cuidado!

Eu me viro e pego a bola com a ponta da minha chuteira. Eu a faço girar e sigo campo acima, driblando e correndo com ela.

— Grande Tom, toma! — chuto para Tom, que está livre do outro lado do campo. Ele a recebe e toca para a meta, passa para o Pequeno Tom, então tenho que correr até perto do gol do outro lado do campo, e o Pequeno Tom a repassa para mim. Chuto e marco gol.

— Boa, Grande Tom, boa, Pequeno Tom! — grito.

— Obrigado, capitão!

— Tudo bem, seu babaca, vou pegar você — Marc ri, correndo de volta para me marcar.

Marc é o capitão da outra equipe. Eu, Carl, Grande Tom, Pete e o Pequeno Tom estamos indo bem, dois gols contra um, com vinte minutos de jogo pela frente.

O treinador regional, Matt Baxter, está no banco com o nosso treinador da escola, o sr. Harvey.

Meu peito está doendo, e tento me lembrar se fui atingido por uma bolada, mas não consigo. Olho por baixo da blusa para ver se estou machucado, mas não consigo ver nada.

— Max, pare de olhar para os seus peitinhos e corra atrás da bola! — o sr. Harvey grita.

Matt não diz nada, de cócoras na linha lateral. Olho para Matt e faço uma careta quando o sr. Harvey não está olhando. Matt concorda.

Marc tem o chute e toca a bola de volta para Jim, seu melhor cara na defesa, que toca para Gary, que já correu à frente e está perto da meta. Felizmente, Carl também está ali e manda a bola de volta em nossa direção.

Eu pego e passo a bola para o Grande Tom, que a repassa diretamente para mim, enquanto Marc dispara até ele. Passo a bola de volta para Pete, que chuta para o Pequeno Tom, que corre com ela. Então, Jim fica em cima dele e atira a bola de volta para Marc. Viro-me e corro atrás dele, depois chego na dianteira e o driblo. A bola desliza de volta para mim, Marc a rouba de debaixo dos meus pés, se vira e tenta uma arrancada até o seu objetivo final. Eu mergulho na frente dele, e ele me acerta bem no peito.

— Ai!

A bola quica, e vejo Marc disparar a metros de distância, enquanto me seguro com os braços e me contorço.

— Deixe de frescura, Walker! — o sr. Harvey grita.

Eu tento me levantar, mas meu peito está dolorido. Está machucado. Olho por cima do ombro. Marc mete a bola no gol. Estamos empatados.

Fico parado, tentando recuperar o fôlego.

Matt corre até mim. — Você está bem, capitão?

Concordo com a cabeça.

— O que aconteceu com seu peito?

— Achei que tinha me machucado — suspiro. — Não foi nada.

Matt faz um gesto com os dedos, e eu deixo que ele olhe meu peito.

— Ele machucou os peitinhos? — pergunta o sr. Harvey, aparecendo por trás de Matt.

— Estou bem — murmuro.

Matt pressiona meu peito.

— Ai! Merda!

— Você não está legal — Matt diz. — Substituto! — ele chama.

O sr. Harvey resmunga e revira os olhos, e olho para ambos.

— Eu estou bem, sério.

O treinador da escola balança a cabeça negativamente. — É a porcaria da sua constituição física, Max. Eu avisei que você precisa criar músculos, ou não vai sobreviver aos testes para o time sub-18 — ele diz, tentando me enfurecer. Dá as costas e vai para a linha lateral, preparando-se para soprar o apito enquanto Mike Dante entra como meu substituto. O sr. Harvey fala por cima do meu ombro: — Seja macho, Max.

Fecho a cara para ele.

— Não dê ouvidos a ele, saia do campo — Matt resmunga. — Você não quer quebrar as costelas pouco antes do Natal!

— Ele é um babaca.

— É, ele não decide quem fica no time ou o que acontece no jogo, companheiro. Você é quem manda.

— Argh — gemo, sentando na grama ao lado do Matt enquanto todo mundo recomeça a jogar. — Mal posso esperar para cair fora dessa escola.

— Quanto tempo falta para a sua licença para estudo[13]?

— Seis meses.

— Demais! — diz Matt. — Você vai para a St. Catherine?

— Espero que sim — digo, desalentado. Penso no dia do exame, a mão de Hunter tocando meu ombro, como se pertencesse a ele.

Marc chuta a bola longe, e a sigo com a cabeça enquanto ela voa fora do campo. Do outro lado do campo vejo Sylvie em pé, encostada na cerca das quadras de *netball*, longe das outras garotas.

Eu iria até ela, mas tenho que assistir ao jogo. Não fica bem eu me afastar, especialmente com Matt aqui. Mas levanto a mão e aceno para Sylvie.

Sylvie

— Oi, Sylvie!

Max Walker parece surgir do nada, enquanto estou saindo pelos portões da escola. É sexta-feira e as aulas acabaram agora. Esta tarde ele acena para mim de novo feito uma criança. Parece estar com o humor melhor hoje. Aceno de volta, sorrindo.

— Oi, Max, como vai? — digo, casualmente.

— Aaaah! — Emma zomba ao passar por nós. — Max Walker foi rejeitado, mas tenta outra vez com Sylvie Clark! É isso aí, Maxwell!

Viro-me para Max e giro os olhos. — Ela é uma idiota — murmuro. Ele sorri. — Em todo caso, meu nome não é Maxwell.

— Eu não achava que fosse mesmo.

— Então... — ele move os ombros como se estivesse se preparando para algo grande.

— Você vai me chamar para sair de novo?

Ele deixa escapar um suspiro e olha para longe, sorrindo. — Ai, meu Deus, como você sabe? Eu sou tão transparente assim?

[13] Período a que os alunos têm direito, em alguns países, para que se preparem em casa para suas provas. (N.T.)

— Igual a vidro — eu lhe dou um empurrãozinho de brincadeira e ele fica ofegante. — Merda, eu te machuquei?

— Não, sinto muito. É uma lesão do futebol.

— Você machucou seus peitinhos?

— Eles gostam de jogar sujo.

— Aposto que sim — lanço de volta um sorriso e ficamos juntos por um momento em uma bolha que é algo completamente desconhecido para mim. *Então é isso*, penso. *A bolha do menino de ouro*. Sorrimos um para o outro, como se soubéssemos o que vai acontecer.

Merda. Merda.

Olho para os lábios dele. Seus cabelos lindos tremulam ao vento diante de um olho verde.

Merda.

Eu gosto de Max Walker.

Antes que eu perceba que isso está saindo da minha boca, digo: — Podíamos ir para a minha casa.

Max hesita, seus olhos desviam para o lado por um momento, e eu imagino que devo estar com aparência de ofendida, porque ele parece entrar em pânico, sorri e diz: — Hum, ok.

— Sim? — pergunto, sem saber direito o que eu quero, o que espero que vá acontecer, um pouco preocupada com seu olhar de pânico.

— É, parece legal! — Max diz. Ele sorri meio inexpressivamente e segue à minha frente pelo caminho até a cidade.

— Você sabe onde eu moro? — pergunto, confusa.

— Sei, você me disse.

— Quando?

— Há uns três anos, na aula de natação.

— Que merda é essa? Como você se lembra dessas coisas? — pergunto, sem conseguir acreditar, e Max solta uma risada e assume a liderança, e eu o sigo, feito um maldito cordeirinho indo para o matadouro, como um garoto adolescente cheio de tesão atrás de qualquer menina que respire, como Emma dando risadinhas, ou Laura ou Maria atrás de um menino de ouro.

Merda.

Max

A casa de Sylvie é uma bela construção vitoriana, geminada, que meu pai adoraria. Como na nossa casa, eles têm uma porta da frente que praticamente não usam, com um adorno bonito de pedras em volta. Nos fundos, uma porta se abre para a cozinha, também como na nossa. Quando entramos, em vez de tirar suas botas aos chutes, como fazemos assim que chegamos em casa, ela vai até a cozinha, passa por um fogão gigante e uma enorme mesa de jantar de carvalho cru e segue até um pequeno conjunto de degraus que servem para subir pelos fundos da casa. Mais tarde vou descobrir uma escada muito maior na sala da entrada e entender que estamos subindo pela escada que teria sido a dos criados nos tempos vitorianos.

— Seus pais estão em casa? — pergunto.

— Não — ela diz. — Porém, no caso de eles chegarem, o nome dele é David e o dela é Bennu. Mas provavelmente eles vão ficar na universidade até tarde. Meu pai está fazendo pós-graduação em egiptologia e minha mãe é professora de arqueologia.

— Sua família é egípcia?

— Hum, sim, a família da minha mãe. Mas meu pai está fazendo um projeto de pesquisa superenorme sobre o Egito antigo. Ele está obcecado por isso.

— Legal. E sobre o que é?

— O papel, hã, de Ma'at no Egito antigo aplicado à filosofia moderna sobre a sociedade democrática.

— Uau!

— Ma'at[14] é o conceito de destino e do equilíbrio universal. Não é um tapete.

— Ah, claro — sorrio.

Ela sorri de volta e franze a testa. — Bem, *acho* que não.

Vamos para o quarto dela e eu olho em torno, antes de lembrar que não devo ser intrometido. Tiro os sapatos e o casaco e, em seguida, sento em sua cadeira.

— Você pode sentar na cama — ela diz.

[14] Jogo de palavras: "Ma'at" soa como "mat", que em inglês quer dizer "tapete". (N.T.)

— Ah, obrigado.

— Você é só um garoto simples e agradável, não é, Max? — Sylvie diz, sorrindo estranhamente.

Sorrio, embora não tenha certeza do que ela quer dizer com isso. — Você acha que eu sou simples? — pergunto, e dou risada.

— Eu não quis dizer burro — ela emenda.

Em seguida, seus olhos ficam meio vagos, e ela se inclina para mim como se estivesse prestes a me beijar e eu digo: — Você tem algum tipo de bebida alcóolica?

— Hein?

— Podíamos criar um jogo — digo, olhando em torno do quarto à procura de uma garrafa de qualquer coisa. — Teríamos que beber toda vez que a Meg falar em *Family guy*[15]. Você tem TV a cabo?

— Isso pode virar um jogo bem longo. Vi que você fica muito louco nas festas. Você bebe bastante?

— Na verdade, não. Eu só... não consigo beber muito — dou de ombros, sorrindo. — Sou peso leve.

Ela ergue as sobrancelhas. — Estou tentando parar. Mas amo rum escuro. Vou descolar alguma coisa.

— Ok — digo, de modo excessivamente alegre, e ela diz:

— Espere aí — e sai do quarto.

Ponho meus braços em volta dos joelhos e fico paciente, obedientemente, sentado em sua cama.

É um quarto muito legal. As paredes são em tom vermelho-escuro, como o de uma cereja, com madeira quase da mesma cor. O quarto não é grande, mas também não é pequeno — é de bom tamanho. Sylvie tem uma cama de casal, o que me deixa um pouco preocupado, e o quarto, duas janelas: uma sobre a mesa e uma do outro lado da cama. Aquela janela tem um banco para sentarmos junto a ela. Sylvie tem um monte de livros de poesia e toneladas de roupas, todas penduradas em uma arara. Uma esfinge negra está sentada na janela me observando.

[15] No Brasil, *Uma família da pesada*, seriado de animação. (N.T.)

Estou meio ansioso. Já estou curado lá embaixo, esse não é o problema. É que... ainda é esquisito, obviamente. De maneira alguma eu faria qualquer coisa, então está tudo certo, mas as meninas sempre ficam muito decepcionadas quando entramos em uma situação em que talvez eu deva partir para o ataque e então me afasto, ou retiro a mão, ou não deixo que elas se ajoelhem, ou o que seja. Isso aconteceu algumas vezes.

Quando comecei a sair com garotas, sexo e sexo oral não eram um problema, porque tínhamos catorze anos e ninguém fazia essas coisas. A gente só beijava. Eu tive uma namorada legal chamada Anna durante um ano inteiro, e então ela se mudou, e eu saí com uma garota chamada Lee por uns dois meses. Cerca de seis meses atrás, todo mundo começou a esperar mais coisas.

Lee era muito boa e engraçada e realmente era diferente. Ela gostava de surfar e tinha cabelos castanhos longos, meio *hippie*, com reflexos naturais loiros na frente. Íamos muito ao parque, ou à loja de doces da cidade, ou ao Kinema, o cinema de filmes independentes de Hemingway. Ela também gostava de games de computador. Lee falava palavrão o tempo todo, e não podíamos falar palavrão em casa, então é claro que eu adorava isso nela. Ela era ótima com Daniel também.

Numa noite de fevereiro eu estava no parque com Lee. Estaria o maior breu se não fosse pelas luzes das casas próximas. Estávamos nos beijando, como de costume, e, como de costume, estava ótimo, quando de repente ela retirou minha mão de cima de seu peito e a colocou sob a saia. Naturalmente, pensei que aquilo era uma maravilha. Já estávamos saindo fazia um tempo, e eu estava pronto. Tentei ser bem delicado. Eu nunca tinha tocado a mim mesmo do jeito que estava fazendo com ela naquele momento, então foi uma surpresa e muito sensual. Fiquei duro. Antes que me desse conta, ela abriu minha calça e começou a baixar minha cueca. Quando sua mão pegou em volta do meu pênis, gritei e dei um pulo para longe dela.

— O que aconteceu? — Lee disse, o cabelo flutuando na brisa, a respiração visível no ar.

Não consegui dizer nada. Eu não ia deixar que ela me tocasse, descobrisse o que havia ali, descobrisse o que faltava. Eu não tinha como explicar aquilo, não tinha nenhuma terminologia. Àquela altura nunca sequer tinha pensado sobre como isso afetaria minha vida com as meninas. Tudo o que eu sabia é que eu era intersexual, mas não sabia o que isso significava. *Eu ainda não sei, de fato*, penso, com uma ruga na testa.

Então Lee me perguntou outra vez:

— Que merda é essa, Max? Eu machuquei você?

Balancei a cabeça.

— Não quer que eu toque você? Fale alguma coisa!

Eu não conseguia encará-la. Estava muito envergonhado. E pensava: *Lee, se você soubesse o que há lá embaixo, nunca teria chegado perto dele. Ia ficar com nojo.*

Os gays são zoados na escola, travestis são zoados, meninos que vestem camisetas apertadas e meninas que fazem esportes são zoados. O que eles fariam comigo? Eu confiava em Lee, mas se contasse a ela e de alguma forma a coisa se espalhasse, eu ia morrer. Minha vida ia acabar. Ninguém ia olhar para mim da mesma maneira. Lee não ia olhar. Seus pais não olhariam. Eles iriam me odiar.

Lee ficou muito zangada.

— Você sabe, esse negócio fez eu me sentir realmente mal — ela sussurrou para mim. — Era uma coisa muito íntima que eu ia fazer com você, e você tinha acabado de enfiar os dedos em mim, e agora não quer falar disso?

Coloquei a mão na testa para proteger os olhos. Balancei a cabeça novamente, como um pedido de desculpas silencioso, me virei e fechei o zíper.

Quando tornei a me virar, ela estava no portão trancado do parque, pulando e aterrissando do lado de fora.

Depois de Lee, decidi brincar com as pessoas. Eu não queria partir o coração de alguém outra vez, então agiria de forma amigável e beijaria as pessoas que tanto eu adorava a ponto de ter que beijá-las no final da noite. Quando eu começava, dizia logo "vamos devagar", mas o que eu não sabia era que isso queria dizer que eu era um garanhão que tinha feito de tudo, e não achava grande coisa ter que esperar. Todo mundo sabia que eu tinha namorado Lee e achava que eu era experiente. Isso era um problema por duas razões:

1. Porque fez parecer, para as garotas que estavam a fim de uma pegação mas não queriam namorar, que eu definitivamente topava transar com elas, depois de duas horas, dias ou semanas, quando já tivéssemos passado por beijos, punhetas, sexo oral etc.
2. Porque, mesmo se eu realmente — realmente — gostasse da pessoa com quem estava ficando e se achasse que ela gostava de mim, eu não poderia me apaixonar por ela, nem deixar que ela se apaixonasse por mim, porque ela iria querer transar de qualquer maneira, iria achar que eu já tinha feito aquilo, igual aos outros.

E, se eu fizesse sexo com ela, todo mundo na escola ia descobrir o que eu sou. E todo mundo ia me crucificar, como fizeram com Samuel Collins quando ele saiu do armário no ano passado, ou quando Ellie Panger beijou Katie Fox na festa neste verão, e Katie espalhou para todo mundo que Ellie tinha gostado um pouco demais da coisa toda. Seria outro lance de sexualidade/gênero que ia deixar as pessoas enojadas, não adianta perguntar por que algumas questões de sexualidade e gênero deixam as pessoas enojadas, não adianta botar a culpa na sociedade e afirmar que ela precisa mudar, porque nada vai mudar na escola, nem as vadias que fazem fofoca, nem os caras que ficam apavorados achando que rapazes como Samuel querem transar com todo o time de futebol. Nada vai mudar na minha escola no próximo ano e vai fazer com que esteja tudo ok para as pessoas que sabem a verdade sobre mim. Nada mudaria o fato de que se elas soubessem sobre mim parariam de falar comigo ou se sentiriam... enojadas, acho.

Agora, quando beijo uma garota, eu só afasto as mãos dela daquela área, ou paro de beijar totalmente e sugiro que ela vá buscar uma bebida. Em todo caso, acho que já perdi a virgindade. Acho que há um bônus nessa coisa de Hunter: eu não vou morrer virgem. Dane-se. Perdi a virgindade. Nunca imaginei que seria desse jeito.

O eufemismo do século.

Descanso a cabeça sobre meus joelhos e viro para olhar as enormes almofadas vermelhas de Sylvie e seu ursinho de pelúcia apoiados na cabeceira da cama. A coisa com Sylvie tem sido diferente. Ela é diferente. Eu sou diferente com ela. Não é que não queira beijá-la, porque eu realmente quero, mas é que quero outras coisas mais. Quero namorar Sylvie. Quero conversar. Quero ser seu melhor amigo. E isso complica muito mais as coisas, porque significa que ela me convida para ir à sua casa e eu vou, minhas pernas animadamente me carregando, apesar de minha mente estar apreensiva sobre o que vai acontecer. Não quero ofendê-la. Não quero que ela me odeie. E, sim, mesmo que eu não tire a roupa e não possa ir mais além de beijar, dessa vez eu realmente — realmente — quero. Meu corpo inteiro estremece com isso.

Você está no quarto de Sylvie, diz o meu cérebro.

Sim.

Você vai transar com ela?

Não. Como poderia?

Ah, vá em frente. Você quer tanto enterrar o rosto nos cabelos dela... Qual a pior coisa que pode acontecer?

Ela pode gritar e correr e sair contando para todo mundo.

Que isso! Ela gosta de você. Talvez não aconteça nada disso. Como você sabe qual vai ser a reação dela?

Eu sei.

Mas...

Por favor, pare de falar sobre isso, ou você vai me fazer chorar no quarto dela.

Você anda tão emotivo ultimamente...

Eu sei.

Você anda emotivo, seu peito dói, você anda vomitando. Tem certeza de que não tem nada errado? Você está pensando sobre aquela noite em setembro de novo? Com Hunter?

Calado!

— Ei — Sylvie entra no quarto. — Cuba-libre?

Faço que sim com a cabeça, sorrio, estendo a mão para pegar um copo e percebo que estou tremendo.

— Definitivamente preciso de uns dois ou três desses agora — digo. Acho que ela percebe que estou nervoso, por isso demonstra pena e liga a TV para mim.

— Eu estava pensando sobre o que podíamos fazer. Você quer jogar *Tech dog*?

— Claro — digo, observando-a enquanto configura o game. — Meu irmão adora videogames. Jogamos o tempo todo.

— Legal — ela diz, e me passa um controle. Sentamos juntos no chão. Nossos joelhos estão se tocando, sinto seu perfume e não posso deixar de pensar: *É muito bom, e eu não quero ir embora.*

Sylvie

— Você está tão bêbado!

— Eu não estou!

— Ah, Max... — mexo no cabelo que cobre o rosto dele e o provoco. — Você é mesmo um peso leve.

Isso acontece depois que jogamos *Tech dog* e tomamos algumas cubas--libres, e estou surpresa em ver que Max ficou bem doidão. Ele está todo largado e carinhoso e, durante as últimas partidas, colocou a cabeça no meu ombro.

Eu falei: — Isso não é jeito de jogar se quiser ganhar de mim!

Ele disse: — Eu nunca vou ganhar de você; você é muito boa.

— Você está cansado? — perguntei.

— Não — Max balaçou a cabeça. — Eu gosto do seu cabelo.

— Você gosta do meu cabelo?

Ele balança a cabeça e olha cuidadosamente para a tela, um sorriso aos poucos se formando em seu rosto. — Você é linda.

Rio alto pelo tanto que ele está sendo tímido.

— Eu sou bonita? Cadê aquele Max Walker que beija todas as garotas nas festas do primeiro ano? Não vai me atacar?

— Eu não ataco as garotas!

— Sei, claro!

— Eu não ataco! Elas é que se jogam em cima de mim! — ele diz e ri, de um jeito nada arrogante, mas alegre e histericamente, como se soubesse que soa ridículo, e foi por isso que ele disse aquilo, como piada.

— Você sabe — murmuro, olhando para ele —, as pessoas estão erradas sobre você.

— Por quê? O que elas dizem?

— Ah, você sabe. Só isso... que você é cheio de si.

— Como? — Max parece realmente ofendido. — Quem diz isso?

— Hã... — dou de ombros, pensando que não deveria ter dito isso. Por que eu tenho que ser tão babaca com todo mundo? — Só as pessoas.

— Mas eu me dou bem com todo mundo com quem falo. Faço o maior esforço para ser agradável com as pessoas e prestar favores — resmunga. — Quem disse isso?

— Só... a Emma e a Laura.

— Ah — Max diz, com tristeza. — Isso não é legal. Por que elas acham isso?

— Hã...

— É essa a impressão que eu passo?

— Bom... não.

— Então qual é? Não entendo.

Eu olho para ele. Ele está daquele jeito superperturbado quando bebe demais.

— Olha, sinceramente, ah... merda! — coro, envergonhada, algo que não combina comigo. — Só acho que é porque você é... bo-ooo...

— O quê?

— Hã... — limpo a garganta. — Bonito.

De repente, Max abre um sorriso enorme e se vira para mim. — Você acha que sou bonito?

— Bem... Eu quis dizer que a Emma e a Laura acham.

— Ah — ele diz, sentando na ponta da cama e sacudindo seu controle do videogame. Seu personagem pula sobre uma cerca e come um cogumelo. Ele parece confuso. — Ah.

Eu suspiro.

— Max?

— Sim?

Com os dentes cerrados, admito: — Eu também acho você bonito.

Max olha para mim e faz um cálculo mental.

— Ah — ele sorri com o que parece ser alívio. — Legal. Quando você disse que elas achavam, pensei que talvez você não achasse.

— Deixe de ser maluco — eu o observo, e ele se vira para mim lentamente, encara meus olhos e, então, olha para baixo timidamente e fica um pouco vermelho. Decido que a hora é agora e jogo meu controle para o lado, me aproximo dele e o puxo para mim. Posso ser muito direta quando quero. Ele luta para retomar uma posição ereta, e então eu o empurro de volta para a cama, e ele ri.

É quando acaricio seu cabelo e digo que ele é um peso leve.

Então, sinto aquele nervosismo repentino que a gente sente quando começa a ficar com alguém novo, o medo de estragar tudo, de se abrir às possibilidades de ter seu coração partido novamente. Fecho os olhos e, na minha mente, atropelo todo esse medo como um trator. Abro os olhos e encaro Max. Inclino-me sobre ele.

Ele sorri para mim, e seu rosto fica relaxado de repente, mas parece vagamente nervoso, como já aconteceu várias vezes durante esta noite, e ele percebe minha mão se afastando de seu rosto, e ambos vemos enquanto ela desliza sobre a camiseta até a sua barriga lisa. Sinto os músculos duros sob minha mão e estremeço, excitada. Meus dedos vão parar sobre o zíper de sua calça do uniforme da escola. A palma da minha mão repousa sobre o tecido fino e, em seguida, faz pressão para baixo, intencionalmente, envolvendo seu pênis. O tecido se move e uma forma se revela sob ele. Sinto que está a meio caminho entre mole e duro. Max deixa escapar um pequeno suspiro, e eu mexo nele delicadamente.

Ele deita de costas na minha cama de casal, com os braços para cima, contorcendo os dedos. Seu braço esquerdo segura a extremidade do colchão. Seus olhos se movem da minha mão para os meus olhos e sua garganta faz um ruído enquanto ele engole a saliva, e nos encaramos, e olhamos de novo para a minha mão. Seu peito arfa enquanto ele respira profundamente e a camiseta mostra um esboço de costelas, de uma barriga firme, de um peitoral um pouco musculoso e uma linha dividindo o peito. Seus olhos se fecham por um instante, e vejo seus lábios rosados se abrir. Ele olha para mim. Seus olhos são de uma cor verde incrível. Como um verde dourado. Ele coloca a mão direita sobre a testa, enquanto minha mão se move mais para a base de seu pau, e ele franze a testa e se vira para mim e se ajeita, apoiado sobre o braço direito, e seus lábios rosados me tocam, e ele retira sua mão esquerda do colchão e toca o meu pescoço. Os lábios de Max

Walker se fecham sobre os meus e gentilmente beijam meu lábio superior, depois o inferior, então ambos. Ele tem um gosto mais doce que Toby. Seus lábios são mais macios. Sem barba cerrada. Seus dedos seguram meu pescoço delicadamente, me puxando para ele, e seu polegar acaricia o meu rosto. Ele põe um pouco de sua língua em minha boca, depois um pouco mais, então entramos em um ritmo, trocando beijos de língua, seus lábios tão macios e doces e cheios. Eu pressiono a língua em sua boca e ele a abre, me aceitando, me convidando, como se não tivesse controle sobre ela. Uma ruga surge em sua testa e ele fica um pouco ofegante, antes de mover a mão do meu pescoço até a minha mão, que está sobre sua calça, e entrelaça nossos dedos. Ele se inclina sobre mim, nossas pernas se enlaçam, e ele guia minha mão até o travesseiro atrás de mim, então eu fico deitada de costas. Ele faz isso com facilidade, sem se afastar de meus lábios. De cima, seu cabelo louro acaricia minha pele. Eu levo a mão esquerda até seu rosto e seguro sua bochecha e a parte de trás de seus cabelos. Sinto seu peito rígido contra o meu. Sinto uma outra coisa dura também. Faço um movimento para tocá-lo de novo com a mão direita, mas Max, gentilmente mas com firmeza, me segura contra o travesseiro. Eu franzo a testa. Tento mover a mão esquerda, mas ele a toma também e a segura e sorri para mim docemente. Desisto, paro de tentar passar a mão em seu pau e torno a beijá-lo.

Max

Uau. Onde estou?

Acordo me sentindo lerdo e nauseado.

Ah, com Sylvie. Ela é tão bonita... Ela cheira tão bem...

Ai, meu Deus, são oito e meia da manhã! Dormimos umas oito horas. Eu ainda estou tão cansado! Não quero me mexer. Ela está dormindo sobre o meu braço. O cabelo dela fica dourado sob a luz do sol e lindamente encaracolado. A casa está silenciosa.

Alcanço meu celular com a mão livre. Ótimo. Mandei uma mensagem de texto para minha mãe ontem à noite dizendo que estava no Carl, e ela disse que tudo bem. Uau, devo ter bebido muito para não me lembrar disso.

Eu olho para o chão.

Ah. Só alguns copos de cuba-libre. Sobrou bastante rum. Estou enjoado. Vou retirar meu braço... lentamente... lentamente. Pronto. Estou mesmo sentindo enjoo? Nããããão.

Espera.

Ai, meu Deus.

Eu rolo vagarosamente para fora da cama e levo a mão à boca. Fico em pé, trêmulo, me sentindo tonto e estranho. Abro a porta do quarto dela e vejo um chão de azulejos sob a porta em frente. Aliviado, me jogo pelo corredor, levanto o assento da privada e vomito nela.

Epa. Eu vomitei na outra manhã também.

Eu me viro e baixo o assento, me sento na tampa e dou a descarga.

Epa.

Penso por um minuto. Eu estava grogue e cansado um segundo atrás, mas agora estou bem desperto. Faço um cálculo mental.

Inclino-me sobre a pia e lavo a boca; em seguida, volto pisando de leve, em silêncio, para o quarto de Sylvie. Ela acaba de acordar.

— Tenho que ir — sussurro.

— Ah — ela franze a testa. — Você está bem?

— Sim. Eu só tenho que ir. Nós vamos... ver meus avós hoje.

Ela senta-se, piscando, sonolenta. — Sério?

Faço uma pausa. — Bom, não, na verdade, não. Estou passando mal. — Visto meu suéter, pego a gravata e o blazer do uniforme da escola e coloco tudo na minha mochila. — Desculpe.

— Ah. Eu acho que... bebeu demais?

— Ahn, sim — eu digo, jogando a mochila sobre as costas.

— Ok. — ela parece duvidar.

Quero dizer mais, mas estou com pressa. Eu lhe ofereço meu sorriso mais simpático, segurando o estômago com a sensação de que posso vomitar de novo. Resmungo um "Tchau. Desculpe" e saio de lá.

A farmácia é no caminho de casa. Eu poderia ir ao supermercado, mas lá teria um monte de gente que conhece os meus pais. Posso até não conhecer essas pessoas, mas elas sabem quem eu sou. A farmácia é pequena e quase ninguém vai lá. O mal-estar passou, mas meu estômago está sensível. Entro discretamente pela porta da farmácia, olhando em volta para me certificar de que ninguém está me observando.

Os testes ficam no corredor dos preservativos. Pego um rapidamente e o coloco em cima do balcão, a cabeça baixa.

— Oi, Max.

Olho para cima, chocado.

— Oi, Emma — consigo dizer, depois de alguns segundos. Eu sorrio para ela, vacilante.

Emma Best sorri para mim, digitando o preço. Ela pega o teste e apanha uma sacola de plástico debaixo do balcão.

— Sacola?

— Sim, por favor.

— Então, para quem é isto? — ela estica a mão com a sacola para mim, então a puxa de volta quando estendo a mão para apanhá-la. — Você está saindo com a Sylvie para valer agora, é?

Minha mandíbula está tensa. Paro de sorrir.

— Por que você pergunta?

— Certo. — Ela revira os olhos. — Por motivo nenhum, Max, por motivo nenhum. O teste de gravidez custa 15 libras. Muito obrigada.

Eu lhe dou uma nota de 20 e ela segura a sacola enquanto coloca o dinheiro no caixa.

— Só para a sua informação, Max: nós, garotas, tomamos conta umas das outras, então não vá pensando que é só largar a Sylvie e que depois disso vai conseguir descolar outra.

— O quê? — digo, incrédulo. — Só estou comprando um teste de gravidez, Emma. Isto não é prova conclusiva de nada.

— Só estou dizendo. Se a Sylvie estiver *grávida*, todo mundo vai saber que foi você.

Ela me passa o troco e eu estico a mão até o balcão e arranco de Emma a sacola plástica com o teste.

— É, seja o que for, não interessa, só não conte para ninguém — digo, bruscamente. — Em todo caso, não é para Sylvie — acrescento, resmungando.

— O quê? Com quantas pessoas você *anda dormindo*? — ela se exalta, com a voz esganiçada, e eu começo a sair imediatamente, incapaz de lidar com ela. — Vou me lembrar de alguns nomes de garotas que você pegou, Max, seu galinha!

Ouço a voz dela me chamando, recitando uma lista enquanto deixo a loja, praticamente correndo: — Maria, da turma 11S, Marissa King, Sam Baines, Carla Hollis, Nats B., Karina C., Anita Singh, Olivia Wasikowski, Becky P., Anna Svensson, Coralie, da 11B, Sarah M., Rosie C. ...

Vadia estúpida.

Karen

Os primeiros dias de dezembro trazem os raios de luz mais intensos: delicados, pálidos feixes concentrados que atingem a poeira caindo no ar e a revelam. Amo essa época do ano: o sol baixo, a felicidade aguda de dias curtos e ar frio. A poeira é o meu amor especial. Li uma vez em algum lugar que a poeira em nossas casas é quase toda feita de pele humana morta. Nós somos poeira: Steve, meus meninos e eu. Vivemos mergulhados em um turbilhão de nossa própria pele, fazendo desta a nossa casa, dando-lhe as nossas impressões digitais. Nosso DNA repousa sobre a lareira.

Ao menos até a faxineira chegar amanhã e espaná-lo.

Na manhã de sábado, não posso evitar de me deitar na sala de estar pequena, suspirando de cansaço e de alívio, e trancando bem silenciosamente a porta grande e antiga com a estranha chave de metal, para que a equipe de Steve não possa entrar. Não consigo evitar me fundir ao conforto do velho sofá e reservar um momento para apreciar a luz passear erraticamente por toda a sala, a poeira visivelmente caindo através dela. Além dos raios de luz repousa uma das novas fotos da minha família, sobre a cornija da lareira, a foto que tiramos num dia tão agitado e corrido. Quando olho para todos nós, ainda não consigo acreditar que fiz essa família, que sou esta velha, que sou responsável por esses dois rapazes, um já adolescente.

Max já era Max desde o momento em que nasceu. Ele deu um grito assustado, depois sorriu, e continuou sorrindo. Ele dormia a noite inteira, raramente chorava e se mostrava feliz com muito pouco. Steve se preocupava com isso, às vezes. Max ficava feliz com nada. Steve queria que ele quisesse coisas. Eu entendo, mas acho que é importante ser grato e não fazer estardalhaço, e Max é muito grato e não faz estardalhaço.

Então veio Daniel, que choramingou e resmungou e fugia de nós para não tomar leite e atirava longe seus brinquedos.

É verdade que eu os enxergo de maneira um pouco diferente: Daniel é uma bomba-relógio hormonal, Max... não é.

Max é a arma que não pode disparar. Ele não tem os mesmos problemas hormonais que os outros adolescentes; é simplesmente constante e imutável. De certa maneira, nunca vai crescer. Nunca vai ter filhos. Isso é horrível. É horrível que eu o veja desse modo, mas nunca tive motivo para vê-lo de outro jeito. Ele é estável e imutável e nunca me deixou na mão.

Pego um lenço do bolso e enxugo as lágrimas que começam a escorrer pelo meu rosto. Tenho pensado muito ultimamente sobre o que poderia dar errado com meus meninos, e é por eu ter detectado uma mudança de humor em Max que isso me assusta. A qualquer momento que me sinto alarmada por causa de Max, meu estado emocional reverte-se imediatamente, para o modo como me sentia no primeiro ano de vida dele, quando eu não conseguia me segurar, quando ficava doente de preocupação por causa dele. Eu me sinto como aquela mãe que nem pôde dar à luz um bebê normal, saudável, por mais que eu soubesse que isso era ilógico. Lembro-me da expressão dos médicos, horrorizada, preocupada, severa.

Sim, Max tem estado de mau humor ultimamente. Talvez seja a testosterona, que finalmente começou a funcionar, de maneira natural, mas acho que não quero aceitar isso. Eu me vejo balançando a cabeça com preocupação. Eu nunca o tinha visto deprimido, nunca o tinha visto ser grosseiro. Houve aquela única noite, quando ele estava prestes a fazer catorze anos, depois de todas aquelas injeções de hormônio, mas foi uma das razões que nos fizeram impedi-lo de tomá-las. Se Max não tem naturalmente todos esses hormônios percorrendo seu organismo, então para que adicioná-los? Eu não quero um menino temperamental. Não quero que ele me odeie. Não quero ser aquela que lhe administra algo que o deixa zangado. Eu gosto que ele não seja como os outros adolescentes. Gosto que sejamos tão próximos e não quero perdê-lo para a adolescência. Ele não está cheio de testosterona, ele não vive com tesão o tempo todo, ele não sente necessidade de se tornar o tipo de animal constantemente no cio que os adolescentes em geral são, tomando drogas, criando problemas para as garotas. Ele é só o Max. Ele é simplesmente o meu pequeno Max, perfeito, sorridente, sem queixas, inteligente, doce, confiável. Odeio que recentemente ele esteja nesse estado de espírito. Odeio isso bem dentro do meu eu. Isso faz com que eu me sinta desconfortável, desnorteada, aterrorizada. E percebo, terrivelmente, que ao pensar nisso não quero que ele cresça. Não quero que ele se afaste de mim, como Danny faz.

Tenho que parar de pensar nisso porque sei que nada que eu faça pode impedi-lo de crescer e de acabar se afastando de mim. Posso resistir a isso, mas um dia Max vai se mudar para longe de nós e eu não o conhecerei como o conheço agora. Tento ignorar meu pânico interior, para me acalmar.

Escuto os sons da minha casa. Eu me torno consciente dos ruídos da manhã de sábado, que mudaram muito pouco ao longo dos anos, mas agora estão começando a se tornar bastante diferentes. Em vez de crianças, posso ouvir Lawrence e Debbie na cozinha discutindo a campanha com Steve. As bolhas fervem na chaleira e o tilintar de copos sendo colocados na mesa se misturam com murmúrios. Tem um encanador aqui, tirando a antiga caldeira. Ouço grunhidos resignados e o som metálico de ferramentas se tocando. O rádio está ligado, baixinho, no parapeito da janela atrás da pia. Falta Max no andar de cima, mas os jogos de futebol tornam isso uma coisa frequente em um sábado, e vou assisti-lo jogar ou fico aqui na expectativa de seu retorno. Estou ansiosa por seu abraço, suas bochechas geladas, vê-lo andar com lama nas meias e na camisa e, depois, vê-lo limpar tudo novamente. Acima de mim, ouço o som de pequenas armas e vozes ásperas sendo interrompidas e sei que Daniel cansou de jogar videogame. Estou certa, porque seus pés pisam levemente os degraus escada abaixo — Daniel e seus pés leves e lentos; Max e seus ruídos suaves e rápidos, porém mais pesados; Steve e suas batidas firmes e bem audíveis. Acho que tenho um andar mais pesado do que gostaria de ter.

Há uma batida na porta.

— Um minuto, querido! — grito.

Eu miro o rosto no espelho, limpo resquícios de rímel debaixo dos olhos e abro a porta. A cabeça cacheada de Daniel aparece.

— Olá, mamãe-robô.

— Oi, filho-robô — respondo, deixando-o entrar, fechando a porta atrás dele. Daniel olha em volta, como se não morasse aqui. — Você quer um abraço de robô? — pergunto, esperançosa.

— Robôs não respondem à afeição humana.

— Eu soube que os robôs têm sistemas de energia que respondem ao calor do corpo humano. Talvez se você deitar comigo, a sua energia ganhe uma recarga para o próximo nível do *World of war*.

Sento-me no sofá e bato com a palma da mão sobre o assento ao meu lado.

— Não, obrigado — diz ele. — Estou jogando *Living dead10: the annihilator*.

— Ah, entendi — retiro a mão do sofá e a coloco sobre meu colo. — Como está se saindo?

— Estou destruindo a todos e mutilando a família deles, para que não ataquem a minha.

— Meu Deus!

— É um jogo violento mesmo.

— Suponho que você esteja se saindo bem, então.

— Estou, sim.

— Bem... obrigada pela proteção.

— Você é minha mãe, não há de quê — finalmente, Daniel se senta ao meu lado e se enrosca junto ao meu ombro. Deito minha cabeça sobre a dele e sinto o cheiro mentolado do xampu em seu cabelo.

— Será que quando eu for mais velho posso jogar futebol como o Max?

— Eu não vejo por que não. Você já pode começar a treinar, se quiser.

— Com o Max?

— Eles organizam as equipes de treino de acordo com a idade, querido.

— Ah.

Ouço outra batida na porta e Daniel se levanta para abri-la. Uma cabeça loura aparece.

— Max?

Ele abre a porta, hesitante, ainda vestindo seu uniforme escolar, todo amarrotado. Atrás dele, a estagiária de Steve ergue a mão e acena para mim.

— Bom dia!

— Oi — digo a ela, sorrindo, e então me dirijo a Max: — Pensei que você tivesse ido para o futebol, querido.

— Não, eu cheguei já faz algum tempo.

— Por que você está chateado? — Daniel pergunta, bem alto. — Max olha por cima do ombro da estagiária e fecha a porta.

— Eu não estou chateado, só cansado — Max esfrega o rosto. Seus olhos estão vermelhos.

Eu me endireito no sofá e Daniel pula de cima de mim e passa por Max correndo. — Vou preparar o *Word of war* lá em cima para jogarmos, Max! — Ele bate a porta.

Max assente com a cabeça e olha para os pés.

— O que há de errado, querido? Onde você estava?

Ele balança a cabeça e faz menção de deixar a sala, então parece mudar de ideia e fecha a porta. Ele se vira para mim.

— Mamãe...

Ele faz uma pausa, depois vai até o sofá e senta com as pernas cruzadas sobre ele, de frente para mim. Ele inclina a cabeça e eu alcanço seus cabelos e subo meus dedos pelo seu pescoço através dos fios loiros, macios, suaves. — Você é tão adorável! — digo.

Max levanta a cabeça. — Mamãe, posso contar qualquer coisa para você, certo?

— O que há de errado?

— Mãe — ele geme, deixando escapar um soluço que me deixa alarmada. É o soluçar de alguém que não costuma chorar muito, um soluçar meio reprimido que caracteriza todas as suas esporádicas explosões de tristeza. Ele para, um segundo após começar. É assim que Max chora. A extensão de seu sofrimento. Ele se inclina para a frente, me abraçando.

— Querido — eu sussurro, em pânico por dentro e calma por fora. — É claro que você pode me contar qualquer coisa. Podemos falar sobre qualquer coisa. A mamãe está aqui.

— Hum — ele murmura em meu pescoço. — Ai, que merda, mãe. Me desculpe pelo palavrão. Eu só estou... — ele senta novamente, enxuga as lágrimas de seus olhos verdes e volta a se inclinar para mim, baixando a cabeça e fazendo cócegas com seus cabelos em meu pescoço, e então sua testa repousa sobre a minha clavícula. — Eu estou grávido.

— Não! — todo o meu corpo enrijece contra a minha própria vontade e de uma só vez. Tiro as mãos de seus ombros, tão rapidamente como se estivesse largando algo quente e repito com firmeza, como para detê-lo, como para fazê-lo parar de falar, parar de fazer isso, apenas parar. — Não — eu digo. — Você não está.

Segunda parte

Karen

Observo Max pelo espelho retrovisor. Ele está curvado sobre si mesmo, recostado na porta, com as mãos sobre o rosto. Apesar disso, não parece que está chorando. Só fica ali sentado, sem dizer nada. Nunca o vi tão quieto e pálido.

Ele tira as mãos do rosto e seu olhar de pura incredulidade reflete os meus pensamentos.

— É inacreditável — murmuro, olhando para a estrada, segurando o volante. — Isto é uma loucura.

— Karen — Steve sussurra do banco do passageiro. — Devagar. Você está a 70 numa estrada de 50.

Paramos em um sinal vermelho, e eu olho por cima do ombro. — O que aconteceu? O que você estava pensando? — quase grito.

Os olhos de Max se arrastam em torno do carro, evitando os meus. Ele dá de ombros. — Você acabou de *dar de ombros*? — grito.

— Karen! — Steve diz.

Volto-me para o volante, tentando me acalmar, mas acelerada em direção à histeria. — Eu só... Eu pensei que você gostasse de garotas.

Steve faz um ruído com a boca em desaprovação e torna a encarar Max. — Você quer ter o bebê?

— Steve!

— O quê?

Franzo a testa e pressiono o acelerador novamente. — Não faça essas perguntas estúpidas.

— Nós temos que perguntar — Steve murmura.

— Ahn, não — Max responde do banco de trás, em uma voz mínima e clara.

— Graças a Deus! — explodo.

Sempre que há um problema na vida de um de nossos filhos, meu instinto é correr para Steve. Sei que isso é verdade e estou ciente de que não é nada saudável, sob muitos aspectos, mas faço isso pensando em minha mãe, sua incapacidade de nos punir sem ser muito severa, sua incapacidade de despersonalizar nossas ações. Tudo o que fazíamos de errado, ela via como uma afronta a ela mesma, e eu nunca quis dar a Max ou a Danny essa impressão, mas sei que sempre encaro as coisas como pessoais. Lembro-me do nascimento de Max, e a primeira noção de mim como mãe foi de uma péssima mãe, e entro em pânico.

Como sempre, quando Max me contou, eu procurei Steve. Afastando Max de mim, e ao mesmo tempo agarrando seu braço, eu praticamente saí correndo da sala, procurando desvairadamente pelo pai dele, esbarrando na estagiária atordoada e subindo a escada. Ouvi Danny jogando *World of war* enquanto passamos às pressas pela porta de seu quarto.

— Max! — ele gritou, ao nos ouvir lá de dentro. — Você vem?

— Agora não, ele está fazendo uma coisa com a mamãe — respondi apressadamente.

Eu me virei e Max estava ali, olhando para mim, hesitante.

— Vamos! — eu o apressei em direção ao meu quarto.

— Não quero que o meu pai fique sabendo! — ele disse, em pânico.

Balancei a cabeça para ele, como se dissesse "Agora não", abri a porta e quase o joguei lá dentro, tão forte era a minha necessidade de tirar aquilo do meu peito, para não ser o único adulto responsável pelo meu filho.

Steve estava fazendo a barba.

— O que houve? — perguntou ele, vendo meu rosto.

Fiz um gesto para que me seguisse, e ele lavou o queixo com um olhar ansioso. Peguei o telefone da minha mesa de cabeceira e fomos para o quarto de Max.

Max sentou-se na cama.

Olhei para ele. Ele olhou para mim com horror. Ele balançou a cabeça.

— Max, o que é? — perguntou Steve.

Ele coçou a cabeça e sussurrou naquela voz mínima, aguda: — Eu estou grávido.

Steve respirou fundo, esfregou os lábios, soprou o ar para fora. Eu o amei por permanecer tão calmo naquele momento, mas também fiquei com inveja. Eu queria cair no chão e me despedaçar, soluçar, me partir completamente em pedaços.

No entanto, eu só tivera de suportar o fardo sozinha por três minutos. Meus membros relaxaram um pouco, então tirei as roupas de Max de uma cadeira e me sentei.

— Tem certeza? — perguntou Steve.

Max assentiu.

— Ok — disse Steve. — Você já foi ao médico?

— Eu falei com a dra. Verma há alguns meses. Eu tomei a pílula do dia seguinte.

Por que a médica não ligou para nós?, pensei de imediato, mas depois me dei conta: é tudo confidencial, por isso não posso ajudar meu filho a não cometer erros que possam arruinar a vida dele.

— Mas não funcionou? — Steve disse suavemente, a testa enrugada.

— Acho que posso ter vomitado a pílula. Eu não tinha noção naquele momento. Na pia, lembra? — Max me disse calmamente. Balancei a cabeça e olhei para o chão.

— Isso não está acontecendo! — resmunguei.

Steve olhou para mim. Pegou o telefone da minha mão, apertou-a de leve, depois se virou para Max.

— Você gostou da dra. Verma?

Max disse que sim, balançando a cabeça.

— Vou ligar para ela então e vamos vê-la.

— Hoje — eu disse, levantando a cabeça. — Vamos acabar com isso.

Felizmente, a clínica está aberta nos fins de semana. Marcamos uma consulta para as três da tarde com a dra. Verma.

Enquanto Steve falava ao telefone, eu observava Max sentado na cama. Ele estava encolhido em um canto do quarto, de pernas cruzadas, cabeça curvada, com o rosto escondido pelos cabelos. Ele piscou e olhou para cima lentamente, direto para mim. Percebemos o olhar um do outro sem dizer nada, ambos impedindo qualquer expressão em nossos rostos.

— Sim — Steve dizia ao telefone. — Obrigado, você é muito gentil.

A boca de Max estirou-se em um pequeno sorriso.

Tentei sorrir de volta, para que ele soubesse que ia ficar tudo bem, mas não consegui. Eu simplesmente não conseguiria fazer aquilo sem explodir em lágrimas. Pela minha visão periférica, percebi a cabeça dele baixar ainda mais. Suas mãos ergueram-se sobre o rosto, esfregando-o, e caíram novamente.

— Se você puder ser discreta, seria muito gentil de sua parte — disse Steve. — Sim, tenho chamado muita atenção com a campanha.

Max e eu olhamos para ele. Vi Max revirar os olhos, exatamente do jeito que eu faço, e me senti mal.

Este é o meu filho. *Este é o meu filho*, pensei. Por um momento breve, e horrorizada, eu o imaginei tendo relações sexuais. — Ai, meu Deus! — murmurei.

Max inclinou a cabeça contra a parede e começou a roer as unhas. Steve desligou.

— Foi um acidente — Max disse baixinho.

Steve se sentou à cabeceira da cama. — Está tudo bem, Max, essas coisas acontecem.

— O quê? — virei-me para Steve, incrédula.

— Adolescentes engravidam. Acontece.

— Não — eu disse friamente. — Isso não acontece assim, simplesmente. — Eu me virei para Max. — Com quem você fez sexo?

Steve olhou para Max.

— Eu não quero falar sobre isso — Max murmurou rapidamente.

Antes que eu pudesse dizer qualquer coisa, Steve assentiu. — Ok, somos nós três e a dra. Verma. Troque de roupa, e vamos todos comer alguma coisa antes de ir.

Eu me levantei e fui até a porta. Eu queria lhe fazer mais perguntas, porém, mais do que qualquer coisa, queria sair do quarto de Max. Queria sair dali voando.

— Max? — ouvi Steve dizer. — Você quer descer para almoçar? Posso lhe trazer alguma coisa?

Fechei a porta atrás de mim.

Steve mandou a estagiária e Lawrence para casa, e tivemos uma conversa discreta na sala de estar, sobre a campanha, sobre privacidade, sobre o que faríamos se isso vazasse para a imprensa, se a situação piorasse.

— Você acha que eu deveria contar a Lawrence sobre Max? — perguntou Steve.

— Não! — sussurrei. — Para quê?

— Gestão de crise, conter o assunto se ele vazar?

Ficamos em silêncio por mais ou menos um minuto.

— Como diabos você pode pensar desse modo?

Surpreso, Steve levantou os olhos de seu chá para mim. Eu podia sentir meu corpo estremecer de raiva.

— Pensar de que modo?

— Ele é nosso menino. Temos que protegê-lo, não importa o que aconteça — tornei a sussurrar.

— Karen, ele é um adulto. Ele não vai viver o resto da vida sob a nossa proteção. Ele vai sair para o mundo e vai ter não só que aprender a viver com isso e ser feliz, mas também a lidar com a situação se de alguma forma as pessoas descobrirem a respeito dele, se isso se tornar um problema. Evitar discutir isso com ele agora só vai piorar as coisas. Estou muito empolgado com a campanha e em tentar melhorar o governo. Não podemos mudar o que somos por causa de Max. Isso só faria com que ele se sentisse mais diferente.

— Então deixamos que ele simplesmente cometa esses erros, lide com o escrutínio de uma campanha política pública? Nós fizemos a cama dele e agora ele tem que deitar nela?

— A culpa não foi nossa. Essas coisas acontecem.

— Elas não acontecem por acaso.

— Não foi sua culpa.

Eu me sentei, arrasada, segurando meu copo, sentindo o calor que saía dele.

— Ele é muito jovem para fazer suas próprias escolhas. Ele mostrou isso hoje. Nós temos que protegê-lo melhor.

— Nós não podemos protegê-lo de tudo. Pode ser que a campanha nem mesmo...

— *Dane-se* a campanha! — soltei, entredentes. — Pare de falar sobre a campanha. Não quero mais ouvir sobre isso. Eu disse que era uma má ideia. Eu avisei.

Comecei a chorar, pensando no momento em que Max nasceu, tão pequeno e inocente em relação a tudo. Agora ele vai para o mundo sozinho e eu estou impotente. Ele não sabe como são as coisas, quanto importam as escolhas que a gente faz, quanto as coisas vão mudar se as pessoas ficarem sabendo, se descobrirem.

O que foi que eu fiz?, pensei. *O que Max fez*?

Tranquei-me na sala de estar, incapaz de olhar para Steve, seu poder de calma transformado em uma atitude *blasé* que me fez querer atacá-lo.

Poucas horas depois, Steve, Max e eu saímos. Quando fui buscá-lo, Max estava sentado no canto da cama. Estava pronto. Tinha vestido seu suéter verde, calça jeans, tênis e um casaco verde.

— Vamos? — ele perguntou, como se estivesse querendo saber o que eu tinha preparado para o jantar.

— Sim, vamos indo! — eu disse com firmeza, e ele me seguiu.

No caminho até a clínica, deixamos Daniel na casa de Leah e Edward.

— Karen! — Steve adverte, no carro. — Fique nos 50, amor.

Concordo, distraída. Olho de novo para Max pelo espelho.

— Max, não mastigue as mangas do casaco.

Ele olha para o meu reflexo no espelho com raiva, tira a manga do casaco da boca e se afunda ainda mais no assento.

Paro o carro no estacionamento da clínica e desligo o motor.

Ficamos sentados em silêncio por um minuto.

— Isto não está acontecendo — sussurro.

Steve olha para mim e eu olho para ele. Por um momento, tento esquecer que Max está no carro. — Ele só tem dezesseis — sussurro, dilacerada. Steve pega a minha mão. — Com quem ele andou dormindo?

— Karen... — Steve diz, me censurando. Penso em Max e sei que Steve está certo. Não precisamos saber. Não devemos pressioná-lo. Mas então eu penso: *não*. Esta é a minha vida também. Esta é a nossa vida, como uma família, e Max fez algo que nos abalou, que abalou minha alma. Nós merecemos saber como isso aconteceu conosco, com o nosso time. Viro-me para Max, às lágrimas.

— Com quem você dormiu?

Ele revira os olhos e olha pela janela, voltando a morder a manga do casaco.

— Você tem namorado?

Ele coloca as mãos sobre os olhos e não responde.

— Por que você não contou para nós?

— Não tem motivo, não tem problema, vamos acabar logo com isso — Max diz calmamente. — Não, eu não tenho namorado.

— Mas você tinha?

— Não! Você pode parar de disparar essas perguntas? — Max grita.

— Não grite com a sua mãe, Max — Steve diz. — Acidentes acontecem, mas você não vai se safar com essa irresponsabilidade e gritar com a sua mãe quando ela está acabada. Estamos compreensivelmente tristes, por você e com você, e ela está lidando com isso da melhor maneira que consegue.

Balanço a cabeça, viro para o meu lado do carro e encosto a cabeça na janela.

— Então vamos manter a calma e ver a dra. Verma — Steve diz.

Pelo espelho retrovisor, vejo que os olhos de Max se abrem e olham para mim. Encaramos um ao outro, como se não nos conhecêssemos. Como se fôssemos estranhos. Seu lábio inferior se projeta em um biquinho, como se ele fosse começar a chorar. Torno a balançar a cabeça e deixo escapar uma lágrima.

— Estou tão decepcionada com você...

Archie

Já se passaram três meses desde que vi Max Walker pela última vez, então, quando chego à clínica, já estou preocupada. A recepcionista gesticula bastante e move os lábios, antes de duas cabeças emergirem para me observar da sala de espera. A terceira cabeça, entre as duas que se apresentam levantadas, está baixa, e os cabelos louros de Max estão caídos à frente. Levanto a mão em resposta e aguardo no balcão pela ficha dele.

Stephen Walker parece ter ombros ainda mais largos e ser ainda mais impassível do que aparenta na televisão. Lembro-me quando o vi pela primeira vez na BBC, falando sobre um caso relacionado a mídia e privacidade, do qual tinha sido promotor. Na televisão, ele estava muito bem, do jeito que se espera que um advogado seja — um pouco presunçoso e sem muita personalidade. Inesperadamente, na vida real ele tem um rosto agradável, atraente, uma expressão preocupada, mas calorosa. Ele ocupa muito mais espaço do que Max, suas pernas são mais longas, seu corpo em forma, porém maior. Seu casaco é grosso e parece ter custado um bom dinheiro, o casaco de alguém sempre consciente de sua aparência. Suas mãos são grandes. Seus cabelos já estão grisalhos, mas são bonitos. Seus olhos parecem acinzentados também. É difícil ver qualquer semelhança entre ele e Max, exceto por aquele meio sorriso permanentemente agradável, algo afável também em seus olhos. Ambos têm muito carisma.

Stephen coloca uma mão protetora sobre o pescoço de Max para avisá-lo sobre a minha chegada. É estranho ver uma *persona* diferente em uma pessoa pública. Esse é Stephen Walker, o pai.

Por presumir que Stephen telefonou porque Max quer saber mais sobre sua condição, dirigi rapidamente até a minha casa para buscar toda a minha pesquisa sobre intersexualidade.

Eu aponto para a minha bolsa, embora os Walker não entendam por quê, e eles se levantam ao mesmo tempo.

Stephen é quase dez centímetros mais alto que Max, mas, quando Karen Walker fica em pé, noto que ela também é bastante alta, tem a mesma altura que o filho. Max se levanta da cadeira com lentidão, então toca a própria barriga delicadamente.

Eu observo através do vidro enquanto Stephen se dirige à porta da sala de espera, abrindo-a para a sua família. Ele toma minha mão e me cumprimenta.

— Obrigado por nos receber tão em cima da hora — ele diz, em voz baixa, com um sorriso agradecido e um pouco aliviado.

— Claro, sr. Walker.

— Pode me chamar de Steve — ele diz.

Concordo com a cabeça, indicando o emblema em meu peito. — Archie. Sigam-me.

Quando entramos em meu consultório, Karen e Steve se sentam nas cadeiras de plástico, posicionando-as de modo que cada um fique de um lado de Max, que se acomoda na cama onde o limpei quase três meses atrás.

A semelhança é muito mais forte entre mãe e filho. Karen Walker cruza as pernas na altura dos tornozelos, as costas eretas, maquiagem impecável, camisa cor de creme bem passada, uma saia verde-escura revelando pernas longas e magras que parecem tonificadas possivelmente por corrida ou ioga. Ela usa sapatos de salto baixo, elegantes. Seu cabelo é loiro-escuro com reflexos cor de mel, de muito bom gosto. Suas unhas estão feitas e pintadas de *nude*, e seus brincos são pequenos pingentes de diamantes. A semelhança com Max começa por suas pernas longas e magras e continua até o seu rosto. Seus olhos são verdes, exatamente como os de Max, mas estão definidos com delineador perfeito, rímel e um fio de sombra marrom-claro. A metade inferior de seu rosto é em formato de coração, como o de Max, com uma mandíbula definida e lábios carnudos. Quando retira devagar os cabelos do rosto e os coloca atrás das orelhas, ela o faz exatamente como Max fez em setembro. Ela lança um olhar para si mesma enquanto se senta, alisando a camisa, a saia, cruzando os pés, os tornozelos finos, revestidos por meia-calça cor da pele. Seu rosto ainda não denuncia nada.

— Sentimos muito por tirá-la de seus pacientes habituais — Karen diz, com voz suave, mas firme.

— Está tudo bem. Temos uma sessão especial nas tardes de sábado, para mães em pós-natal e seus bebês.

Um flash de algo semelhante a raiva atravessa o rosto de Karen e então desaparece. — Ah — ela diz educadamente.

Max esfrega o nariz, sem ouvir.

— Então... — Steve começa. — Nós queríamos vê-la porque sabemos que Max chegou a vir aqui há alguns meses.

Olho para Max, surpresa. Ele encara fixamente o chão.

— Em primeiro lugar, nossa preocupação é que isto não se torne... de conhecimento público.

— Público? — pergunto, confusa.

Steve e Karen compartilham um olhar, e Steve suspira, cuidadosamente. Karen balança a cabeça rapidamente para Steve. Isso também não denuncia nada. Começo a me dar conta de que não se trata de algo sobre a condição de Max, mas não consigo imaginar o que mais poderia ser.

— Nossa preocupação é que isto não saia daqui, pelo bem de Max — diz Steve.

— É algo relacionado à campanha? — pergunto, confusa.

Steve limpa a garganta. — Não exatamente. Max está com problemas. A pílula do dia seguinte que você deu a ele não funcionou. Não... — ele diz, segurando meu olhar, erguendo a mão — que eu esteja dizendo que havia algo de errado com a pílula. Max acha que ele pode ter vomitado e a pílula pode não ter sido digerida.

Concordo com a cabeça, compreendendo.

— Estamos aqui porque queremos lidar com esta situação de maneira rápida e privada, e para descobrir quais opções Max tem — acrescenta Steve, batendo no joelho de Max.

Karen se inclina e acrescenta: — Eu quero saber como isso pode ter acontecido, com a condição de Max.

Enrugo a testa. — Me desculpem, só para esclarecer: Max está grávido?

— Sim — Steve concorda.

Nós todos observamos Max por um momento. Ele parece exausto e desconfortável, remexendo-se lenta e vagamente, seus olhos passeando ao redor da sala.

— Como isso pôde acontecer? — Karen pergunta.

Inclino-me para a frente. — Ser intersexual não significa que se é infértil. As pessoas intersexuais são mais suscetíveis a se tornar inférteis se fizerem alguma cirurgia para "corrigir" seus genitais. Hoje, a cirurgia é muito mais comum do que no passado, por isso é provável ouvir falar menos de pessoas com a condição de Max capazes de ter filhos.

— Nós deveríamos ter feito o procedimento — diz Karen imediatamente, batendo em seu colo com uma pequena nota de autorrepreensão.

— Bem — digo. — Não necessariamente.

Olho para Max, mas ele não parece ouvir enquanto Karen me pergunta quanto tempo vai demorar para agendar um aborto.

— Cerca de duas semanas — respondo, meus olhos ainda sobre Max. — Não se costuma esperar mais do que três.

— Acha que pode demorar três semanas?

— É... — concentro-me em Karen e Steve. — Pode ser, mas, com Max, os médicos provavelmente decidirão fazê-lo antes cedo do que tarde.

Karen concorda. — Bom.

Max esfrega os olhos. O pai olha para ele com expectativa, mas ele encolhe os ombros, os lábios estão firmemente cerrados. É como se tivesse desligado a parte de si mesmo que lida com a fala.

— Você acha que seria melhor passar pelos especialistas dele em Londres? — Karen pergunta. — Os médicos que fazem o aborto são especialistas?

— Em geral, os médicos do Reino Unido não têm muito treino para trabalhar com intersexuais, mas os médicos que realizam abortos têm experiência suficiente para lidar com configurações anatômicas variadas. Tendo estudado os arquivos de Max e pesquisado sua condição, acho que eles serão capazes de lidar com ele. Se, no entanto, você se sentisse mais confortável...

— Não estamos mais vendo aqueles especialistas — Steve interrompe.

Karen e Steve se entreolham por sobre a cabeça de Max. Ele percebe e olha para os dois interrogativamente.

— Bem... — Karen murmura, olhando para Steve. Eu detecto uma pequena ruga se formando no rosto de Steve.

— As abordagens mudaram muito desde que Max nasceu, se é com isso que vocês estão preocupados — acrescento. — A cirurgia corretiva não é mais defendida para todos os casos. Eles não vão forçar nada além do que um aborto.

Eu observo os cantos da boca de Max se contraírem. Ele rói as unhas nervosamente.

Steve balança a cabeça. — Obrigado, mas não. Não queremos os especialistas. Não gostamos da maneira como trataram Max. Sua ideologia era diferente da nossa.

Max finalmente levanta a cabeça, surpreso. — Como é?

— Em casa nós vamos falar sobre isso, querido — Karen diz.

Max lança um rápido olhar para mim, antes de se concentrar em mastigar as unhas novamente.

— Tudo bem. Então, entrarei em contato com ambas as clínicas em Oxford e verei qual pode ficar com Max.

— Por que não pode ser aqui? — Max pergunta baixinho.

Karen balança a cabeça.

— Eu receio — respondo, olhando diretamente para Max — que não temos os recursos para fazer isso com segurança em Hemingway, então terá que ser ou no hospital John Radcliffe ou no hospital Manor, em Oxford.

— Existe a possibilidade de realizar tanto o aborto quanto uma histerectomia de uma só vez? — Karen pergunta.

— Geralmente não se fazem as duas coisas juntas — digo, enquanto Steve comenta:

— Nós ainda não conversamos sobre isso.

— Talvez devêssemos ter conversado sobre isso há tempos — Karen responde calmamente.

— Não é necessário agora.

— Agora? Agora é relevante.

Steve solta um pequeno resmungo, uma nota de advertência com a boca.

— Assim ele vai poder ter uma vida normal — murmura Karen.

— Se quiserem ou não considerar uma histerectomia, provavelmente devem discutir esse assunto com Max em detalhes em casa — tento segurar o olhar de Max, sem sucesso. — Façam pesquisas na internet, leiam alguns livros.

Karen balança a cabeça novamente.

— Max — digo. Ele finalmente me olha nos olhos. — Você deve saber que existe, dentro da comunidade médica e da sociedade como um todo, uma falta de compreensão acerca das questões de gênero e sexualidade, e, em um caso como o seu, os médicos podem se mostrar muito dispostos a cirurgias forçadas em vez de ajudá-lo a decidir o seu gênero sem cirurgia. Você precisa estar preparado.

— Por que ele tem que optar por um gênero? — Steve questiona.

— Ou não decidir, o que preferir — concordo, com um sorriso discreto.

Max parece ter saído de si novamente.

— Parece um bom conselho, Max — Steve diz, virando-se para ele. — Quando chegarmos em casa vamos conversar sobre isso?

Max assente com a cabeça, sem entusiasmo.

— Quando vamos ter tempo para conversar sobre isso? — Karen pergunta, quase para si mesma, antes de se virar para mim. — Como você disse, os médicos, hoje, são provavelmente muito melhores em tratar esses casos e não vão querer estudá-lo feito um macaco, espero — ela acrescenta.

— *Mãe* — Max geme baixinho.

Cerro os lábios e faço pressão sobre eles. — Os princípios de tratamento mudaram bastante desde os anos 1990. Tenho feito algumas pesquisas. É difícil encontrar informações relativas à intersexualidade. Geralmente elas se encontram soterradas por informações sobre transexuais. Eu também procurei grupos de apoio na área, mas só encontrei grupos que atendem a jovens LGBT.

Max limpa a garganta. — LGBT?

— Lésbicas, gays, bissexuais e transgêneros — respondo.

— Sim, eu sei, mas é que... — Max olha para os próprios pés. — Esse não é o meu caso.

— Eu sei — digo. Ele olha para mim e sorri um pouco pela primeira vez. É bom ver isso.

— Você quer ver um psiquiatra? — Karen pergunta a Max.

— Por quê?

— Para discutir coisas como sexualidade, se você estiver confuso.

Eu mordo o lábio e olho para os meus arquivos. Um rápido olhar para a expressão vazia de Max me diz que ele não teve coragem de contar aos pais que o sexo não foi consensual.

— Eu não estou confuso — murmura Max.

— Sempre achei que você gostasse de garotas, mas...

Max corta Karen. — Eu não quero falar sobre isso.

— Você podia ver um psiquiatra no Serviço Nacional de Saúde.

— Não!

— Karen — diz Steve. — Ele não quer falar sobre isso.

— Tudo bem — Karen concorda com a cabeça, calma, sorrindo para mim como se dissesse: "Não tem nada errado acontecendo aqui".

— Então — ela diz —, nós vamos fazer a cirurgia em Oxford e pensar sobre a histerectomia.

Steve concorda. — Certo. Tudo bem, Max?

Max morde o lábio. — Ok.

Max

HÁ UMA PAUSA ENQUANTO ARCHIE Verma digita algo em seu computador e o barulho de um e-mail estala nos alto-falantes com aparência de coisa fabricada nos anos 1990.

— Eles vão me responder a respeito das datas — diz ela casualmente, como se não fosse grande coisa. Estou muito grato a ela agora. Ela está agindo de maneira totalmente tranquila sobre a coisa toda. Tão calma... Eu tenho vontade de gritar para ela: "Me leva para a sua casa! Me leva com você"!

Ao meu lado, posso sentir minha mãe e meu pai, duros feito camisas engomadas, rígidos; minha mãe com raiva, mas na aparência mortalmente tranquila, meu pai ocupado em lidar com isso, fazer o que tem que ser feito, revirando o problema como se fosse um monte de papéis. Eles debatem a situação como se se tratasse de um caso, por todos os ângulos possíveis. É tão embaraçoso!

Sinto que fico mais vermelho enquanto penso sobre o hospital e todo mundo olhando para mim, refazendo a cena, com mais perguntas, mais explicações, e o grupo de pessoas que sabem se torna cada vez mais extenso, e é mais fácil de vazar e acabar em um blog em algum lugar, como o filho do ex-MP com a roupa nazista. Max Walker, o filho adolescente bonito do eminente Stephen Walker, um garoto-mocinha grávido. *Tranquem em casa seus filhos e filhas, Oxfordshire; esse garoto é bizarro, confuso e, aparentemente, viril.*

Observo Archie digitando e gostaria que ela pudesse fazer o aborto. Gostaria que pudéssemos manter isso apenas entre nós. Ela é a única que sabe como isso aconteceu.

— Eu sempre quis perguntar isso, mas se Max tivesse um filho, é provável que a criança herdasse sua condição intersexual? — meu pai pergunta, do nada.

— O quê? — minha mãe e eu perguntamos simultaneamente.

— Só estou... — ele encara nós dois, como se tivesse esquecido por um segundo que estávamos ali. — ... perguntando.

É como se isso fosse *interessante* para ele. Eu tinha esquecido a merda que era estar num consultório médico, com as pessoas falando sobre mim. Todo mundo acha tão *interessante*! Olho para meu pai me perguntando se a engenharia genética estivesse disponível naquela época, se eles teriam me modificado. Ou talvez se tivessem descoberto antes de eu nascer, se teriam se livrado de mim. Quero perguntar a ele: "Se você soubesse que eu seria assim, pai, você me deixaria nascer?".

Mas essa é apenas uma coisa de uma longa lista que passa pela minha cabeça durante a consulta e que, agora que penso nisso, passou pela minha cabeça ao longo dos anos, sem que eu dissesse uma palavra. Porque iria balançar o barco da nossa vida perfeita.

— Qual é a importância disso? — minha mãe sussurra, censurando-o. — Vamos abortar essa coisa.

Essa coisa. Uma coisa sem sexo, vaga, que não é nem ele nem ela. Eu acho que meu filho e eu temos isso em comum. Uau! Meu filho. Merda.

— Qual é a probabilidade de que isso aconteça de novo? — minha mãe pergunta a Archie.

— Por quê? — meu pai questiona.

— Porque, se for possível que aconteça, ele provavelmente vai precisar de uma histerectomia.

— Por quê? — meu pai pergunta sombriamente.

— Para ser realista — Archie se inclina para a frente, felizmente se intrometendo —, Max tem um ovário que funciona perfeitamente. Não há nenhuma razão para ele ser infértil.

— Uau — sussurro. — Sério?

— Max — diz minha mãe, firmemente, querendo dizer com isso: "Pare de falar".

Eu olho para minhas unhas novamente e empurro as cutículas para trás. Archie ignora minha mãe e me responde: — Sim, Max. A grande surpresa é que ficamos sabendo de mais casos assim, mas isso é porque os bebês com o seu tipo de intersexualidade com frequência são operados assim que nascem. Por se apresentarem fisicamente como meninos, os médicos tentam transformá-los em meninos, o que significa que os ovários e o útero são retirados.

Penso sobre isso e fico enjoado.

— Conforme expliquei antes, muitas vezes o intersexual é infértil, mas não como um efeito colateral da condição, é mais como um efeito colateral da cirurgia.

Olho para cima. — De que tipo eu sou?

— Agora não, Max, não vamos entrar nesse assunto — minha mãe balança a cabeça.

— Espere, mas... eu sou normal?

— Max! Claro que você é normal! — meu pai mente, mais para si mesmo do que para mim.

— Quantos tipos existem?

— *Max* — meu pai diz com firmeza, o que significa "Chega". — Podemos conversar sobre isso em casa.

— O quê? — sinto que minha voz sobressai na sala. — Por que não podemos falar sobre isso agora? Eu quero saber!

Os olhos amendoados de Archie Verma se movem de mim até meu pai, até minha mãe, então de volta para mim. Nossos olhares se cruzam, e eu desvio o meu, corando.

Eu me sinto uma merda. — Desculpe — digo.

— Você sabe — Archie diz, inclinando-se com os cotovelos na mesa —, posso falar sobre isso mais detalhadamente com Max outro dia, se ele quiser.

Minha mãe e meu pai se entreolham, em dúvida.

Archie tenta outra vez. — É importante, quando as pessoas vão ficando mais velhas, que saibam sobre a sua genitália, por razões de higiene, e também para evitar acidentes como esse. Max precisa dos contraceptivos certos para ele e talvez de alguns conselhos.

Minha mãe retira uma poeira imaginária de sua saia e olha para meu pai. Sinto meu pai me encarando e me mantenho ocupado, olhando os gráficos na parede e cartazes engraçados de aconselhamento médico e imaginando outros, diferentes: "Se você está enfrentando a menopausa, não pegue fogo — fale com seu médico..."; "Sentindo coceira lá embaixo? Não fique se contorcendo na calcinha — nós podemos ajudar..."; "Envelhecendo? Com disfunção urinária? Coloque algo extra em suas lingeries — nossas novas luxuosas fraldas para incontinência...".

Estamos simultaneamente fingindo que nada está acontecendo, nos esquivando da culpa e evitando a responsabilidade. Eu me pergunto se me pareço mais com meu pai ou com minha mãe.

— Eu coleciono esses cartazes — Archie diz, com um sorriso. Olho para ela e sorrio de volta. — Max, você gostaria de vir aqui algum dia depois da escola para eu explicar mais sobre a sua condição?

Concordo com a cabeça. — Sim, claro.

— Certo, vamos checar a agenda e marcar algo para a próxima semana. Antes da avaliação.

— Qual avaliação? — minha mãe interpela, impaciente.

— Max precisa passar por uma avaliação no hospital antes de fazer o aborto.

— Vai demorar muito?

— Não muito. É um procedimento-padrão. Eles devem fazer um ultrassom.

— Ok — meu pai diz.

— Por que ele precisa fazer um ultrassom? — minha mãe continua, calmamente, a disparar questões maléficas, questões de advogada, como se ela fosse da Gestapo. Eu só quero que o dia de hoje acabe.

— Porque os médicos provavelmente vão querer determinar, no caso de Max, onde está localizado o feto, seu tamanho, e como isso corresponde à anatomia única de Max para decidir a forma de aborto pela qual devem optar. Vamos ver as opções agora, para ficarmos todos cientes?

Archie

— Se o feto tem até nove semanas, o procedimento é bastante simples, mas não acho que essa seja uma opção, dado o tempo que temos.

Max balança a cabeça. Ele ainda está deprimido, porém presta atenção agora.

— A interrupção cirúrgica pode ser realizada entre nove e treze semanas. Normalmente, você estará sob anestesia geral. Um tubo é colocado no útero através da cérvix, e a sucção é feita para interromper a gravidez. Creio que essa seja a melhor opção.

Max olha para seus joelhos e morde o lábio. — E se... se quiséssemos esperar um pouco?

— Para quê? — Karen parece alarmada.

— Essa é uma boa pergunta, Max — respondo. — Algumas pessoas preferem dispor de um pouco mais de tempo para ficar confortáveis com a ideia do aborto, e por isso existem procedimentos para fases de gravidez mais avançadas. De catorze a dezenove semanas, o procedimento é basicamente o mesmo, exceto que o chamamos de dilatação cirúrgica, na qual o colo do útero é aberto e esticado, e o médico usa uma pinça para retirar o feto.

Todos balançam a cabeça, olhando para baixo, como crianças levando bronca. Somente Steve me encara. Ele sorri com pesar.

— E depois? — Max murmura.

— Provavelmente não vamos chegar a esse ponto em sua situação.

— Eu só queria saber.

Hesito, mas continuo: — Entre vinte e 24 semanas, você pode tomar comprimidos diferentes, e o bebê passaria pela vagina. Isso pode ser muito doloroso.

Max assente com a cabeça, nervoso.

— Você vai permanecer no hospital, se isso acontecer, e receberá remédios para dor. A última opção é a cirurgia, isto é, se o feto for muito grande. E, novamente, o feto é aspirado do útero, mas primeiro o colo do útero será amolecido, e os batimentos do coração do feto serão paralisados.

— Não quero essa opção — Max sussurra.

— Como eu disse, você não precisa escolher essa.

— Não quero essa — Max diz, quase que para si mesmo.

— Acho que só queremos que o aborto aconteça o mais rápido possível — Karen interrompe.

— Estamos definitivamente descartando a primeira opção? Já se passaram nove semanas? — Steve diz, voltando-se para Max.

Max dá de ombros.

— Eu acho que foi há cerca de dez semanas que Max veio me ver.

— Por que você esperou tanto tempo, Max? — Steve pergunta a ele.

Max dá de ombros novamente. — Não percebi — resmunga.

— Por que você não usou contraceptivos? — Karen pergunta.

Max dá de ombros.

Enquanto Steve e Karen se encaram aborrecidos, Max levanta a cabeça e olha para mim através das mechas de seu cabelo.

Concordo com a cabeça, o que significa: "Não, eu não vou contar a ninguém". Ele sorri com gratidão, pesaroso, aliviado.

Depois de algum tempo, Steve se vira para mim. — Acho que enquanto estamos aqui com a médica, você deveria pegar alguns preservativos. Você não acha, Max?

Max dá de ombros.

— Max?

— Sim, ok.

— Certo — viro-me para o computador, jogo alguns preservativos nas sacolas roxas que fornecem para nós, enquanto olho meu e-mail. — O hospital provavelmente me dará retorno ainda esta tarde, com uma data para a avaliação e uma provável data para a cirurgia.

— Ótimo. Obrigado, dra. Verma — Steve se levanta, e Max e Karen tomam isso como sugestão para segui-lo.

— Vou manter contato — digo, e aperto as mãos deles.

Enquanto a palma da mão de Max desliza pela minha, sinto uma tentação súbita de dizer algo mais, oferecer algum conforto. Ele parece tão assustado! Acena com a cabeça discretamente para mim, como se quisesse me tranquilizar, e em seguida Karen coloca a mão em seu ombro, enquanto Steve abre a porta. Karen e Max passam por ela. Antes de sair, Karen me dá um sorriso. Steve faz o mesmo.

— Obrigado, mais uma vez — diz ele, calmamente, e fecha a porta atrás de si.

Karen

Quando Max foi diagnosticado, eu não conseguia fazer outra coisa senão chorar silenciosamente. Lembro-me de ouvir os médicos sussurrarem para Steve sobre a cirurgia. Balancei a cabeça uma e outra vez, sem ouvir as palavras de verdade, apenas esperando que eles pudessem consertá-lo, perguntando o que eu tinha feito, por que aquilo havia acontecido. Eles não sabiam nos dizer.

Max era, obviamente, ainda um bebezinho. Ele se parecia bem com um menino, quando nasceu, com hematomas no rosto por causa do fórceps. Steve o apelidou de Pequeno Bandido, e esse foi o nome que ele usou até que perdeu a paciência comigo e passou a chamá-lo de Max. Eu não queria um nome de gênero neutro. Eu achava que todos soavam estranhos e propositais, como se quiséssemos chamá-lo de alguma outra coisa, mas só tivéssemos opções limitadas. Gostei de "Max", porque me parecia o nome de um menino, mas Steve sentiu que era de gênero neutro, pois sempre pode ser apelido de "Maxine", portanto, ficamos ambos felizes com a escolha no final.

Logo que Max nasceu, a enfermeira o levou para longe de nós. Naquele momento, eu soube que havia algo errado, porque eles costumam colocar o bebê no colo da mãe.

Foi a jovem enfermeira que o levou. Ela era da minha idade na época, 26, e seu nome era Anna. Anna, que tinha um rabo de cavalo castanho, pequenos brincos de argola de prata e um entusiasmo parecido com o de chefe de torcida enquanto trabalhava — tinha acabado de se formar. Imediatamente imaginei se havia sido Anna quem fizera algo errado. Enquanto limpava o bebê, ela chamou a enfermeira mais velha, Barbara, que estava ao meu lado. Anna a chamou com um aceno, como se não quisesse dizer nada em voz alta.

Barbara foi até ela e começou a esfregar o bebê e a conversar com ele. Elas estavam de costas para mim. Ele ainda estava gorgolejando, então eu não sabia o que poderia estar errado. O médico com o fórceps ainda estava ali, dr. Horvath, falando comigo, e então Anna chegou e levou o médico até o bebê.

Tudo ficou em câmera lenta. Não por minutos ou horas, mas durante anos. Tudo se tornou lento e doentio e improvável. Primeiro, eles pensaram que poderia ser uma daquelas doenças que podem matar o bebê se ele não receber tratamento. Nunca vou esquecer o nome: hiperplasia adrenal congênita (HAC). Eles disseram que a doença podia se apresentar inicialmente na forma de genitália ambígua, então, dentro de semanas, o bebê poderia ter dificuldades de alimentação, vomitar bastante, ficar desidratado. Se não fosse tratado, poderia morrer.

Depois de terem eliminado a possibilidade de HAC, pensaram que ele deveria passar por uma cirurgia que o transformasse em uma garota, pois ele tinha um falo pequeno e órgãos sexuais internos. Mas pensei que ele se parecia o suficiente com um menino. Steve relutou em permitir que o cortassem. Então, quiseram lhe dar hormônios. Eles tiraram fotos e mais fotos do bebê. Mais tarde, pensaram que ele deveria ser menino, porque parecia se identificar dessa maneira. Acima de tudo, eles queriam que nós escolhêssemos. Disseram que ele seria desajustado, sexualmente confuso, ou sofreria de disforia de gênero. Falaram que era melhor operar enquanto era bem jovem, que as crianças maiores se tornavam mais resistentes, que era melhor confirmar seu gênero o mais rápido possível. Concordei com eles, em parte. Quem gostaria que seu filho tivesse que passar por aquilo tudo? Não deveríamos ser nós a carregar o fardo por ele? Mas Steve não quis lhes dar ouvidos.

No dia do nascimento de Max, lembro que eu estava na cama, olhando para os azulejos no teto. Steve me abraçava, e eu tremia de medo e de dor. Meu peito doía. Meu estômago doía. Meu peito parecia partido, como se todos os ossos tivessem se esfarelado dentro de mim. Eu tinha falhado em minha primeira tarefa como mãe. Algo dentro de mim havia machucado o meu bebê. Eu não podia olhar enquanto o médico o examinava.

— O que há de errado? — Steve perguntou, levantando-se, soltando a minha mão.

O médico se virou e tirou as luvas de plástico que eu não o tinha visto colocar. Ele nos encarou e falou suavemente, mas com firmeza, sobre a genitália ambígua. Disse que levaria Max para fazer alguns testes.

— Sim — balancei a cabeça, ansiosa, apavorada, ainda com dor. — Apenas leve-o.

— Que tipo de testes? — Steve quis saber.

— Apenas alguns testes-padrão, para decidir se o bebê é menino ou menina. Eu não gostaria de dizer agora se será preciso fazer algum procedimento cirúrgico para melhor encaixar o bebê no sexo que a ele ou a ela for atribuído, mas queremos apenas verificar e nos certificar de que isso não precise realmente ocorrer.

Balancei a cabeça.

Steve falou de novo: — Tem que ser feito agora? Ela ainda nem o segurou no colo!

O médico hesitou, disse algo como "o bebê pode ter algo errado internamente que cause essa ambiguidade externa. Eu gostaria de levar o bebê agora. Posso deixar o bebê com você por um minuto enquanto peço à enfermeira para preparar os testes, mas estarei de volta muito em breve". Ele pegou a sua prancheta. — O bebê tem um nome?

Ele continuou dizendo "bebê", como se fosse essa coisa, esse monstro, essa anomalia que não tem alma, sexo, definição.

— O nome? — ele repetiu, olhando para mim.

Steve olhou para mim, depois para o médico. — Vamos decidir mais tarde — ele respondeu.

Steve segurou Max um pouco e, em seguida, sentou-se na beira da cama. Ele tentou passá-lo para mim, porém eu não conseguia parar de chorar.

— Eu sei que você está cansada — ele disse. — Mas você tem que segurá-lo. Vamos, Karen. Controle-se.

Sentei-me, engasgando, a mão cobrindo a minha boca. Foi a primeira vez que olhei para ele, e hoje não consigo ver como — não em termos de altura, obviamente, mas de todas as outras maneiras —, não consigo ver como ele mudou. O Max que eu vi é indistinguível do Max de hoje, ou melhor, de ontem. Ele era tranquilo, doce, ele me observava, esperava a minha reação. Ele estava quente, um pouco surpreso, mas olhava para mim como se eu fosse o centro de seu mundo. Naqueles primeiros anos, me senti, em determinados dias, doente de tanta responsabilidade para com ele. Quando costumávamos conversar sobre a cirurgia, gostaria apenas de fugir à necessidade de fazer uma escolha tão grande por ele e concordar com o que os médicos diziam, pensando que sabiam o que era melhor. Acho que Steve pensou que era parte de uma ideologia que eu tinha, mas não era. Tivemos grandes brigas por causa disso — não conseguíamos concordar em nada. Mas, realmente, eu não poderia fazer esse tipo de escolha.

Acidentalmente, eu havia engravidado um ano antes das provas finais e tive um aborto. Os meninos não sabem disso. Depois que me formei, engravidei novamente. Não sei se poderia chamá-lo de acidente, porque as coisas entre Steve e eu eram muito passionais e despreocupadas. Éramos os garotos de ouro da faculdade: ambos tínhamos conseguido os melhores empregos que poderíamos obter na época e nos formado com notas excelentes. Nada poderia dar errado, e é por isso que tudo foi mais aflitivo quando tivemos Max.

O choque de ter Max pairava sobre mim como uma nuvem, mas, no final, ele se tornou tão brilhante, tão bom, tão feliz, que era simplesmente impossível ficar triste com ele por perto. Concordamos que nunca iríamos deixar que ele se tornasse "o problema". Concordamos em não falar sobre o assunto perto dele. Então, nós não falávamos — e não falamos —, e a bomba que eu achava que estava por vir nunca explodiu. Portanto, parei de esperar por ela. Pensei que estivéssemos a salvo.

Tivemos uma série de conversas difíceis com Max, mas Steve sempre assumia a liderança. Quando Max tinha seis anos, contamos que ele era intersexual. Os médicos tinham começado a usar o termo recentemente, substituindo "hermafrodita", e achamos que o novo nome soava bem o suficiente para contar a ele. Isso parece uma razão estúpida — e daí? —, porém foi esse o motivo de contarmos a ele.

Max aceitou aquilo sem complicações. Ele estava mais preocupado com seu Pokemon; ser intersexual não significava nada para ele. Ele deu de ombros e disse "Ok, mamãe, está tudo bem", porque eu estava obviamente chateada, então o abracei e mandei que fosse brincar, e ele correu da conversa para um jogo de futebol com Steve.

Quando ele fez treze anos, tivemos uma noite terrível. Steve e eu tivemos uma briga, por não concordarmos sobre a forma de lidar com aquilo, e Max ficou chateado. Viemos do hospital para casa, depois das injeções de hormônio, e Steve começou a gritar no jardim, rugindo como se estivesse perdendo totalmente a cabeça. E eu gritei:

— Que diabos você está fazendo? Todos os vizinhos estão ouvindo você gritar!

— O que estamos fazendo com ele? O que estamos dizendo a ele com essas injeções todas? Isto não está certo! Não é justo!

— Steve, cale a boca!

Max estava chorando na cozinha.

— Steve!

— Eu estou tão frustrado, Karen. Estou com tanta raiva!

— De quem?

— Eu não sei. Deles, de nós, do mundo inteiro. O que estamos fazendo?

— Cale a boca e entre! Todo mundo está ouvindo.

— Você não fica frustrada, Kaz? Não? Você simplesmente não tem vontade de botar tudo pra fora? Vamos, meu bem. Deixe sair. Não segure nada, fale comigo sobre isso, grite comigo.

Eu estava entrando em casa, dando as costas para ele. Eu estava envelhecendo e não queria mais falar sobre Max ser intersexual.

Aquela foi a única vez que vi Steve perder a linha de verdade, que ele esteve fora da linha. O que eu gostava nele era aquilo: a linha. Ele sempre fora confiável, firme, forte. Sentia-se agradecido, mas ele nunca questionou nosso direito à vida que quisemos. Ele nunca vacilou. Sempre se manteve seguro de si. Aquilo foi o que me fez falta em casa quando meu pai foi embora.

Naquela noite, Max chorava e chorava sem parar. Nós entramos e saímos de seu quarto a noite inteira. Steve teve de sair por volta das 22 horas, por causa de uma emergência com um caso de assassinato. Eu segurei Max até cerca de quatro da manhã. Ele chorou até dormir. No dia seguinte, tinha esquecido. E foi só. Esse tinha sido o único drama. Até hoje.

Eu me sinto... tão estúpida. Achava que ele ia ser um adolescente terrível por causa de todos os problemas, mas nunca foi. E então acontece isso, e eu nunca — nem uma única vez — tinha esperado por isso. Max não se queixa, mas está confuso, quieto, tímido, desajeitado e deprimido.

O que foi que fizemos de errado? O que foi que Max fez para merecer isso? Nada. Eu não fumei nem bebi durante a gravidez. Max não é viciado em drogas, nem um moleque inconsequente, nem um sem-vergonha. O que foi que fizemos?

— Jesus — murmuro, cobrindo a boca com a mão.

— Karen, é a quinta vez que você diz isso desde que entrou no carro.

— Steve, cala a boca!

Ele estala a língua, me reprovando.

— Desculpe — murmuro.

— Não vamos fazer isso agora — diz ele, o que me enfurece.

— Sim, você está certo. Por que não voltamos e você vai trabalhar, e assim você pode não ter de lidar com isso, mas eu vou ter de lidar?

— Eu não vou trabalhar neste fim de semana.

— Nós temos um jantar hoje no Rotary. Dissemos que iríamos.

— Podemos cancelar.

— Ai, meu *Deus*, Steve, vamos lá. Esse jantar vai nos distrair, ao menos. Nós não vamos ganhar nenhum prêmio de Pais do Ano por ficar em casa em vez de ir a um jantar. É o fim. Já perdemos as medalhas de bons pais.

— Não seja dramática — diz ele, pegando a minha mão.

Ah, não. As rachaduras estão começando a aparecer. Sinto que estou de volta lá, esperando que eles me digam o que há de errado com o nosso bebê. Não posso reviver aquilo tudo de novo. Eu simplesmente não consigo.

Olho para Max pelo retrovisor. Ele colocou seus fones de ouvido e está olhando pela janela. Ele olha para a frente, e eu encontro seus belos olhos verdes no retrovisor. Desvio meu olhar cheio de lágrimas.

Steve vira a cabeça para trás. — Você está bem, Max?

— Sim, obrigado, pai — a boca de Max se estira nos cantos, e ele aquiesce, complacente, mas sei que só faz isso por nós. Seus olhos demonstram confusão e fragilidade, voando para longe do espelho até as casas por onde passamos. Todas as vidas dessas pessoas estão sendo vividas por trás de portas fechadas. Eu me pergunto o que elas iriam achar se pudessem ver a minha família. Eu me pergunto o que os meninos de que Max gosta vão pensar dele. Eu me pergunto o que as pessoas vão pensar se isso vazar, quais manchetes os blogueiros e os vídeos do YouTube e os sites de notícias iriam usar. Uma lágrima foge pelo canto do meu olho e eu a afasto com a mão.

Deixe ele, penso com determinação, e minha mente retorna para aquele pequeno bandido feliz que segurava o meu dedo, enquanto meus olhos observam a dança do sol sobre a pele encantadora, macia e dourada de Max na parte de trás do carro. *Ele já não teve que suportar o suficiente? Deixem meu bebê em paz.*

Daniel

Duas coisas estão acontecendo em nossa vida: em primeiro lugar, papai é candidato a membro do Parlamento de nossa região.

Isso é extremamente emocionante. A Debbie, que trabalha para o papai, está por aqui o tempo todo, assim como o Lawrence, que também trabalha para o papai.

Lawrence é alto e velho, com um rosto magro e cabelo amarelado, mas não do tipo de amarelo brilhante como o do Max; é uma espécie de amarelo--cinza-fosco. Ele não achou legal quando eu lhe disse isso.

Sei disso porque ele me disse: — Não acho legal que você diga isso, jovem Daniel.

— Ok — eu disse.

Lawrence basicamente diz ao papai o que ele deve fazer, ou, às vezes, ele dá conselhos ao papai, que o papai não segue. É como se os dois estivessem concorrendo juntos ao cargo de MP, mas o papai é o cara mais legal, de quem todo mundo gosta, então ele é o homem que está à frente.

É igual a quando Max e eu jogamos *World of war* e ele vai à frente para tomar o fogo inimigo, porque ele é melhor em se esquivar. Da mesma forma, o papai é melhor em dizer coisas para se esquivar das perguntas dos repórteres.

— Não repita isso para ninguém além de mim — Lawrence disse quando eu lhe falei sobre essa teoria.

Debbie é muito, muito mais jovem. Ela tem dezenove anos e é muito legal, com os cabelos castanhos encaracolados, e ela é magra, mas com bunda e seios grandes.

— Eles não são tão grandes — ela me disse.

— Qual o tamanho? — perguntei, mas a mamãe me fez sair da mesa depois que eu disse isso, e a Debbie riu e me chamou de "encargo". Vou ter que procurar isso no dicionário.

A Debbie basicamente é quem faz grande parte do trabalho que o papai e o Lawrence não querem fazer, como fotocópias, dar telefonemas e correr de um lado para o outro. O papai e o Lawrence andam por toda parte, mas a Debbie corre por toda parte, porque não há tempo suficiente para ela fazer tudo o que tem de fazer.

— Por que você trabalha para o meu pai? — perguntei a ela.

E ela disse: — Eu concordo com a política dele. Odeio o outro cara, e o seu pai é o único cara que se ofereceu para me pagar.

— Humm, quanto? — perguntei.

Acredito que ele deveria pagar mais a Debbie do que ao Lawrence, porque ela corre muito mais.

— Vou anotar isso — o Lawrence disse, quando sugeri.

Uma coisa interessante sobre o fato de o papai estar concorrendo a MP é que temos de ir a muitas festas. Eu nunca tinha imaginado que as pessoas dessem tantas festas. Esta semana, a mamãe, o papai, eu e o Max fomos ao jantar do Rotary (noite de sábado) e a um churrasco para um cara velho (domingo), ao jantar do Lions (segunda-feira; não havia leões), e ontem o papai e eu fomos a uma festa em um asilo de idosos, que surpreendentemente tinha um bom sorvete de creme e geleia e música. O papai falou sobre alguém chamado *Cold train* com uma senhora de idade. Eu só dancei, e todo mundo disse que eu dançava muito bem. A mamãe ficou em casa porque ela disse que estava com dor de cabeça, e o Max ficou em casa também, por causa da segunda coisa que está acontecendo na nossa casa no momento.

A segunda coisa é que o Max está doente e às vezes ele até vomita. Esta manhã, eu estava esperando no carro com a mamãe, e, em seguida, ele entrou e imediatamente correu para fora outra vez, dizendo: — Desculpe.

E então esperamos um século por ele.

Perguntei: — E se ele tiver morrido?

E a mamãe não se mexeu, mas olhou pela janela como se estivesse hipnotizada.

— Vá lá ver se ele está bem, mamãe!

— Por quê? — a mamãe deu um pulo no banco e disse isso como se estivesse com raiva, mas em seguida soltou o cinto de segurança, e, assim que ela abriu a porta do carro para sair, o Max voltou.

Perguntei: — Você está bem, Max?

Max respondeu: — Sim, está tudo bem.

Então, ninguém disse nada durante todo o tempo que seguimos para a escola, exceto quando chegamos na minha escola e eu disse: — Obrigado pela conversa, pessoal.

Coloquei minha cabeça de volta no carro.

— Daniel! Não faça isso, querido. Eu poderia ter atropelado você — disse a mamãe.

— Eu disse: Obrigado pela conversa, gente.

— Ouvimos o que você falou — a mamãe disse.

— Eu amo vocês.

— Eu também amo você — minha mãe disse. — Seja bonzinho na escola.

Esperei que o Max dissesse alguma coisa, mas ele não disse, então eu falei: — Eu amo você, Max.

E ele disse: — Eu te amo — e sorriu. Mas ele parecia muito triste.

O Max não costuma vir conosco no carro, mas esta semana ele tem vindo todos os dias. A mamãe disse que não tem nada de errado, ele só não quer ir no ônibus porque cheira a gasolina e aquilo estava fazendo ele ficar enjoado. Ela disse que ele está com uma virose.

Estou um pouco preocupado que o Max seja fraco demais para o meu exército. E se ele morrer?

As crianças têm câncer. Eu vi em um programa na televisão. Um menino ficou doente e vomitava tudo o que comia e não tinha cabelo. As crianças ficam com leucemia. Não quero que o Max tenha leucemia. Não quero que o Max não tenha cabelo. Não quero que meu irmão morra. Pensar nisso me deixa nervoso o dia inteiro. Fico roendo a manga do meu casaco, porque eu me lembro de ter visto na TV um menino no hospital da Great Ormond Street que parecia um pouco com o Max, e ele ficou franzino e doente e tinha um tubo em seu rosto, e ele morreu. Então, vou e me sento na casinha no recreio, porque fico chorando e não quero que ninguém veja.

Hoje é quarta-feira, e o Max nem veio no meu quarto, apesar de saber que ele está em casa e não na escola, porque dá para eu ouvir música vindo do seu quarto. Ele não tem conversado muito comigo, mas eu continuo perguntando se ele está bem. Porém ele não tem jogado comigo. Tem alguma coisa errada.

Além disso, a mamãe e o papai fingem não perceber que ele anda muito quieto.

Ele nem mesmo termina a comida nos jantares a que vamos. E nós sempre terminamos a nossa comida, porque se não comemos tudo a mamãe diz que as crianças na África vão morrer.

No jantar do Lions, que estava cheio de pessoas, na maioria velhos, a mamãe estava falando sobre irmos visitar a tia Leah e o tio Edward, e o Hunter, nosso primo, e que nós não os vemos há séculos. Ela perguntou ao Max se ele queria sair com o Hunter, e o Max disse que não, porque o Hunter toma drogas e outras coisas. Então minha mãe disse "shh" e olhou para mim. Como se eu não soubesse o que são drogas! Eu não sou burro.

Então, ela disse para o Max terminar a comida, e o Max concordou e tentou comer mais, mas ele não conseguiu, e eu disse: — Ele poderia colocar em uma quentinha.

— Para que isso, querido? — mamãe perguntou.

— Para as crianças.

— Quais crianças?

Fiz uma careta. — Da África.

— Ah — a mamãe pareceu confusa e sorriu como se tivesse que se desculpar com as outras pessoas que estavam sentadas conosco por eu ser esquisito.

— Para as crianças da África, né, Max? — repeti, e ele olhou para mim e concordou com a cabeça e sorriu, mas foi um sorriso do tipo não-estou--sorrindo-de-verdade. Seus olhos estavam tristes, como olhos de cachorros, só que os olhos dos cachorros são castanhos e os do Max são verdes.

Ele disse que a barriga dele estava doendo. Hoje à noite não vamos sair. Não sei o que vai ter para o jantar. Mas estou ansioso. Espero que seja brócolis. Sou fã de brócolis.

A música que o Max anda ouvindo esta semana também é triste. Geralmente ouvimos rap e rock, porque é a trilha sonora do *World of war*, mas ele tem escutado músicas muito lentas, estilo excêntrico, que me deixam cansado. Eu realmente espero que ele não esteja morrendo.

Decidi ir vê-lo, porque ele sempre vem me ver quando estou me sentindo mal.

Bato à sua porta, uma, duas, três vezes, como a mamãe me ensinou a fazer, e aí, como não ouço nada, abro a porta.

Ele está enroscado sob o edredom com o rosto no travesseiro. Vou até ele. Ele está muito quieto.

— Max? — chamo, e eu chego e o cutuco.

Ele não se move, então verifico se ele está respirando, colocando a mão sob o nariz dele para sentir a respiração. Costumo fazer isso com a boca, mas ela está fechada.

— Ai! — ele geme. — O que você está fazendo?

— Verificando se você está vivo — digo.

— Eu não consigo respirar quando você faz isso.

— Foi mal — peço desculpas educadamente. — O que tem de errado com você?

— Nada — ele diz com a boca no travesseiro.

Cerro os olhos. — Eu não sou burro.

Ele geme e vira, e aí fica de frente para a parede. — Isso não tem nada a ver com você, Daniel.

— Eu sei — franzo a testa, porque o Max está explicando o óbvio, como ele diz que eu faço o tempo todo. — Mas eu estava preocupado com você.

— Eu estou bem — Max murmura.

Começo a me preocupar muito, porque tenho me preocupado o dia todo na escola, e para o Max não me dizer nada é porque é coisa grande, porque nós contamos tudo um para o outro. Se pergunto a ele, ele sempre me conta as coisas.

— Por favor, Max — digo, limpando o nariz na minha manga, porque começou a escorrer. — Você vai morrer?

— O quê? — ele se vira, e o seu cabelo está todo arrepiado e o seu rosto está todo vermelho da cama.

Eu coloco a minha mão sobre a dele. Está muito quente.

— Você está com febre! — eu choro.

— Não, não — ele esfrega os olhos. — Eu só estava dormindo na cama quente. Vem aqui — ele diz, e me puxa para o lado dele na cama. — Eu não vou morrer. Não estou doente de verdade.

— Mas você está triste e fica vomitando! — dou uma fungada.

— Estou um pouco cansado — diz ele, me abraçando. — Minha barriga dói, mas é só isso.

— Você quer dormir? — pergunto.

Max concorda.

— Posso dormir na sua cama com você? — peço.

— Claro — ele diz, mas então, quando vou entrar debaixo das cobertas, ele olha em torno da cama e diz: — Na verdade, vamos para a sua.

— Por quê? — pergunto, enquanto ele pega minha mão e me puxa atrás dele através da porta do quarto.

— Porque eu gosto mais da sua cama. É mais confortável — Max diz, e nós dois subimos nela.

Ele adormece muito rapidamente, e eu faço carinho em seu cabelo macio sobre a sua testa, e desço da cama e coloco o Ursinho Daniel debaixo do braço do Max, porque assim ele não fica sozinho. Então, eu e Pingu, dei esse nome a ele por causa do pinguim da televisão, jogamos *World of war* com o som baixo, para não acordar o Max.

O bebê da tia Julie ia nascer hoje, mas não queria sair ainda. Espero que venha logo. Vou recrutá-lo para o meu exército.

Max

Vi Sylvie enquanto eu saía pela porta do novo prédio da escola com Marc e Carl hoje cedo. Estávamos na sala de música. Carl toca guitarra, por isso fomos ouvi-lo. Marc ficou batucando na bateria. Ele é terrível. Ele estava me dando a maior dor de cabeça, mas foi bom também para fazer bagunça. Distrai a minha mente das coisas. Eu só quero me sentir normal. Só quero me sentir meio bêbado. Mas não sou realmente um *bad boy*. Eu estava entubando M&Ms em vez de beber. Entubar é quando você coloca o tubo inteiro de M&Ms dentro da boca, como se fosse beber os doces.

Estava perto do fim da hora do almoço. Tenho deixado minhas lições de casa um pouco de lado — eu deveria ter feito os trabalhos. São só mais duas semanas, e então acaba tudo. Vou ser capaz de pensar com clareza novamente sem sentir dor, como se meu cérebro fosse as minhas entranhas retorcidas. Saímos da sala de música para a chamada da tarde. A campainha começa a tocar enquanto Carl está abrindo a porta do novo bloco.

— Eeeeeei, Sylvie — o ouço dizer. — Como vai?

— Ahn, tudo bem — diz ela, olhando para ele de cima a baixo, como se ele fosse um alienígena.

— Sylvie! Minha irmã de outro pai — Marc diz. — Bata aqui! — Ele levanta a mão. Sylvie só olha para ele.

— Desculpe — digo.

Ela dá seu meio sorriso engraçado, com o lado direito da boca, e bate a palma na de Marc. — Tudo bem — ela me diz.

Sorrio, mas coro ao mesmo tempo. Imagine se os pais dela soubessem o que eu sou, o que aconteceu. Eles iam vomitar mais do que eu tenho vomitado.

— Ei, Marc, temos aqueeele negóóóócio... — Carl pronuncia vagarosamente.

— Ahhhh — Marc concorda. — Isso mesmo, aqueeeeele negóóóóócio. — ele fala comicamente. Eles me deixam com Sylvie em pé ao lado da porta e correm para fora do prédio. Balanço para trás sobre meu pé direito.

— Oi — digo timidamente, sem olhar para ela.

— Oi — ela diz.

Ela me olha por inteiro — meu rosto, meu cabelo, meus olhos, meu pescoço, meu peito e todo o meu corpo. Não gosto disso. Mudo o peso sobre meus pés e largo minha cabeça para baixo, e, de repente, preciso engolir a saliva, mas acho isso difícil de fazer.

Sylvie chega mais perto de mim, vagarosamente. Seu braço desliza em torno do meu pescoço do lado esquerdo, os seios encostam no meu peito. Ela é quente e macia e convidativa. Coloco a mão automaticamente em torno de sua cintura.

— Não sei por que você está sendo tão tímido, mas isso me dá um enorme e maldito tesão — ela diz.

Sorrio, impotente, enquanto ela se inclina e desliza sua língua entre meus lábios. Sua boca se fecha ao redor do meu lábio superior. Sinto que estou ficando duro. Ela aperta seu corpo contra o meu, puxando minha cabeça para ela com o braço. Beijar Sylvie Clark é totalmente delicioso. Ponho meu outro braço ao redor dela e a puxo mais para perto, então a levanto do chão e para cima de mim, me inclinando para trás. Ela grita e ri em minha boca, ainda me beijando.

Eu a devolvo ao chão, e ela se afasta um pouco. — Você está tão gracinha hoje! — diz ela.

— Gracinha? — pergunto.

— Gracinha — ela confirma.

Olhamos por um momento um para o outro. Eu estudo sua pele, as sardas salpicadas sobre seu nariz, os lábios enormes.

Se ela soubesse o que você é, diz o meu cérebro, *ela iria pirar. Ela ia contar para as pessoas. Ela iria contar para o próximo namorado dela, o outro depois de você.*

Não, digo.

Sim. O próximo depois de você.

Shh.

Max, você é nojento.

Como de repente é "você" e não "nós"?, pergunto ao meu cérebro.

Não há resposta.

— Max? — Sylvie está me olhando com curiosidade. Ela ri. — Sonhando comigo, é?

Fecho a boca. Tenho que lhe dizer que não posso mais sair com ela. Não é justo com ela. Se ela soubesse o que eu sou, não ia querer sair comigo. Se isso vazar — se explodir —, todo mundo vai falar dela também. Ela vai ser a pessoa que saiu com o hermafrodita grávido.

Ai, meu Deus, reflito, o pensamento fazendo eu me sentir como se estivesse enjoado.

— Você quer ir lá em casa hoje à noite? — ela pergunta.

Eu abro a boca. Torno a fechá-la. — Hum, não posso. Outro jantar com o meu pai.

— Ah, a fase de jantares da campanha. Você está superpronto para isso?

Dou de ombros e sorrio.

— Bom... — ela se inclina para mim. — Você me diz quando quiser sair de novo, ok?

Engulo em seco e fico de boca fechada. Mas nossos rostos estão próximos, bem juntos, e olho em seus belos olhos, e ela olha de volta para os meus, e eu concordo.

Ela se afasta um pouco, então torce o nariz. — Eu estava tentando não pedir isso, mas posso só agarrar a sua bunda?

Solto uma risada rápida, chocado, depois coro. — Sim.

— Posso? — ela pergunta, brincando. Sylvie se inclina, verificando o corredor atrás de mim para garantir que ninguém está vindo, coloca os braços em volta de mim e apalpa minha bunda.

— Humm — digo, de repente me sentindo realmente excitado. Eu largo minha cabeça em seu ombro e abraço a parte de cima de suas costas, meus braços sobre os dela. Eu rio em seu pescoço.

— Ai, meu Deus! — ela grita, girando por trás de mim em direção ao novo bloco. — Tão gostoso. TÃO gostoso!

Eu rio, olhando enquanto ela vai embora.

Ela se vira para mim, andando para trás. — Tchau — diz.

— Tchau — respondo, impotente, e aceno um pouco.

Você não contou para ela, meu cérebro diz.

Não.

Eu a vejo ir e mordo os lábios. Sylvie Clark é absurdamente sensual. Eu pressiono minha cabeça contra a maçaneta da porta e solto um gemido de frustração. Merda.

Penso sobre isso na cama no final da tarde, para onde vou assim que chego em casa, como tenho feito todos os dias desta semana. Ando tão cansado ultimamente... Eu deveria ter contado a ela, não deveria? Estou mentindo se não conto para ela. Eu não iria contar para ela sobre o bebê ou sobre ser o que eu sou. Gostaria só de lhe dizer que não posso mais vê-la. Talvez pudesse dizer a ela que não posso vê-la por algumas semanas. Mas por que alguém diria isso?

Danny entra, chateado, porque acha que estou doente. Vou para a cama com ele, durmo um pouco, depois acordo em torno de onze horas, vomito no banheiro, volto para a minha cama e durmo de novo. — Enjoo matinal — a frase é um equívoco total.

Futebol amanhã. Isso é legal. Distrai minha mente. Mas se alguém me pedir para correr para trás, me curvar, ou se chocar contra o meu estômago, solto a porra do vômito todo em cima deles.

SYLVIE

— VAMOS LÁ, CONTINUE, GAROTADA! — o sr. Harvey grita pelo campo inteiro. Estamos jogando *netball* nas quadras, mas estou de fora, no banco, com Carla

Hollis, esperando que o nosso professor chame uma substituta. Carla é legal, e muito estranha, mas não fazemos muitas das mesmas aulas, então não passamos muito tempo juntas. Nós só fazemos arte e jogos na mesma classe. Carla está esparramada no cimento ao meu lado e faz uma escultura de chiclete que pretende usar em sua GCSE de arte.

— Você é esquisita — Emma diz a ela.

— Eu sei — Carla responde.

Eu sorrio.

Lá no campo principal, os meninos estão correndo em torno de um grupo. Max está com eles. Aceno para ele, e ele acena de volta. Carla me cutuca e sorri. Contei a ela sobre a outra noite.

— Então, Sylves — Emma diz. — O Max é bem gostosinho, né?

— Hein?

— Você *sabe*... Tipo, na cama — diz ela, piscando.

Faço uma careta. — Eu não transo e saio contando por aí.

Ela balança a cabeça. — Eu sabia. Vocês não fizeram nada, fizeram?

Reviro os olhos. — Por quê?

— Nenhum motivo — diz ela, olhando para Laura. Emma balança a cabeça com uma expressão que parece audaciosa e olha para Max no campo.

— Ele beija muito bem, né? — Carla sussurra, do chão, ao meu lado.

Concordo com a cabeça. Carla ficou com Max no ano passado.

— Ele é muito bom — diz Carla. — Gosto de vocês dois juntos. Acho legal.

— Por que vocês se separaram? — pergunto.

— Foi um amor temporário — ela suspira. — Nós nos conhecemos, nos amamos, nos perdemos, e por umas três horas nos levamos à loucura. — Ela sorri para mim. — Eu estava dando um tempo do Dean.

— Dean, que trabalha na pizzaria?

— É. Foi um tempo muito rápido. Como se eu tivesse dado uma saidinha por três horas. Ele ficou muito puto com o Max, mas aí eles conversaram, e Max fez Dean ronronar feito um gatinho. Ele é um futuro político.

— Quem, Max? Nããão.

— Totalmente — Carla diz, fingindo ser Emma. — Totalmeeeeeeeeentee.

Emma olha em nossa direção e me lança um olhar estranho, triste. Ela balança a cabeça e sussurra algo para Laura.

Dou de ombros e torno a olhar para Max. — Ele só é muito legal, é isso.

Tento compor versos na minha cabeça. É mais difícil escrever coisas quando a gente gosta de alguém. É mais fácil quando se odeia alguém. Ódio gera um bom material.

Os caras estão bem lá para trás no campo, mas ainda posso ver, pela minha visão periférica, aquele cabelo loiro misturado entre todos os castanhos. Há poucos loiros de verdade na nossa escola.

Viro-me decidida para o jogo de *netball*, e tento não ser uma daquelas meninas que ficam olhando para os meninos. É claro que não quero essa merda de me transformar na Emma, entre outras. Eu tenho uma vida.

A bola quica para cima de Carla e de mim, e nos afastamos como se uma bomba tivesse sido jogada. Odeio jogar *netball*, especialmente no frio. Meus dedos doem. É difícil sentir qualquer coisa além de dor quando a gente pega a bola. Além disso, as meninas que jogam são superagressivas, como se tivessem tomado esteroides. Elas cochicham maldades para você e empurram sempre que o árbitro não está olhando. Machonas malucas que gostam de botar banca. Já fui boa em *netball* na minha antiga escola, mas desde que passei para o segundo grau não dou uma dentro. Aqui todo mundo é maior, mais rápido, mais malvado, com olhar de doido. A maior parte do tempo isso não me incomoda, mas na aula de educação física é realmente irritante. Na semana passada, fui derrubada pela centroavante. Meus joelhos ainda estão arranhados. Em todo caso, isso me dá um visual legal e punk.

— Ei, Walker! Fique em pé e comece a correr!

Como que involuntariamente, minha cabeça gira noventa graus para a direita, e eu olho por cima do ombro. Max parou um pouco atrás do grupo. Seu corpo está dobrado, como se ele tivesse sentido uma pontada repentina de dor. O sr. Harvey se aproxima dele.

— Vamos logo com isso, seu bunda-mole de merda!

Ele pisa ao lado de Max, e este recua um pouco. O sr. Harvey lhe diz alguma coisa, e ele balança a cabeça, ainda dobrado.

Eu ouço as frases "está com uma merda de hérnia?" e "seu veadinho" atravessarem o campo. O sr. Harvey é um babaca. Um babaca total e absoluto. Não faço ideia de por que ele ainda tem esse emprego. Mesmo que não fosse pelo fato de ser idiota, ainda há todos os boatos sobre pedofilia. Mas talvez todo professor de educação física viva com esses boatos, porque na minha outra escola também havia isso. Talvez seja o que se espera deles. Talvez seja um *pré-requisito* para o cargo.

— Fracoooote! — o sr. Harvey resmunga para Max e aponta diretamente para fora do campo. Max ainda segura a barriga com uma das mãos, a outra pressionada contra o joelho, mantendo-se firme enquanto se inclina mais. Sacode a cabeça e se move lentamente para a lateral do campo. O sr. Harvey aponta outra vez para a escola, mandando que Max volte lá para dentro.

Em seguida, Max grita com ele. Eu não consigo ouvir o que ele diz, mas Carl e Marc surgem com mais alguns meninos, e eles começam a gritar com o sr. Harvey.

Vejo Max cada vez mais irritado. Seu rosto está mais vermelho, e sua mandíbula, mais... meio que endurecida. Então, quando parece que não aguenta mais, ele se vira e vomita no chão atrás dele.

— Ah, ótimo — ouço o sr. Harvey dizer.

Carl se inclina sobre Max, com a mão em suas costas, mas Max limpa a boca e fica em pé, e a mão de Carl cai de cima dele, e Max se inclina para o sr. Harvey e estoura, o rosto dele parecendo mais cruel do que jamais vi (pensando bem, nunca o vi parecer cruel), e grita algo para ele. É curto e mordaz, e não pesco tudo o que diz, mas o que consigo ouvir é ouvido por todos no campo e nas quadras, porque ninguém nunca diz isto:

— Bundão!

Literalmente todo mundo se vira para olhar.

O sr. Harvey olha para todos os meninos em campo. — Detenção! — eu o ouço dizer, em meio a uma saraivada de insultos. Marc coloca o braço sob o ombro de Max, e Carl continua a gritar com o sr. Harvey, enquanto Max pressiona a barriga e eles começam a carregá-lo vagarosamente. Max é amado, isso precisa ser dito. Os outros meninos formam um bloqueio atrás do trio e impedem que o sr. Harvey se meta no caminho do Max. Eles riem e mostram o dedo médio para o sr. Harvey, mas Max parece agonizar.

Eles estão perto das quadras. Torço para que Max levante a cabeça, mas ele não levanta. Ele sabe que estou aqui, e deduzo que esteja me evitando porque não quer que eu o veja assim. Max não parece zangado. Agora seu rosto está totalmente sem cor. Ele parece exausto.

— Você precisa vomitar? — Marc pergunta.

— Sim — Max diz calmamente, em uma voz meio fraca e confusa.

Olho para Emma, e ela ergue as sobrancelhas para mim e faz beicinho. Balanço a cabeça para ela, em reprovação.

Eu não tenho ideia do que você quer dizer, sua maluca, digo a ela silenciosamente.

Observo a cena entre as mechas do meu cabelo enquanto Max e seus amigos caminham lentamente até a escola.

Max

— Você está bem?

Mal posso olhar para cima. Acho que, se eu fizer isso, vomito. De qualquer maneira levanto os olhos, hesitante. É Sylvie. Emma vem chegando atrás dela. Desvio rapidamente o olhar.

Estou sentado do lado de fora do escritório da escola, onde você tem que esperar quando vai para casa porque está doente. A recepcionista tenta falar com a minha mãe.

— Não fale com ele, Sylvie — Emma diz, lá do corredor.

Sylvie a ignora.

— Ei, Max, está tudo bem, garoto? — Sylvie sussurra, sentando ao meu lado, colocando o braço em volta de mim. Sinto seu perfume e me inclino para ela. Não consigo evitar. — Eu vi você saindo do campo.

— Foi só uma pontada de dor — murmuro, sem olhar para cima, esperando que Emma só passe por ali. Dá para ouvi-la se aproximando cada vez mais, com sua pequena multidão de seguidoras. Posso ouvi-las cochichando.

Merda. Ela vai dizer alguma coisa para Sylvie sobre o teste de gravidez. Eu sei. Sinto um engulho subir à garganta.

— Então por que você está sentado do lado de fora do escritório? — Sylvie me pergunta. Ela roça o joelho no meu de maneira suave e provocante. — Idiota. Só me conte o que está acontecendo.

— Ei, Max! — ouvimos. Sylvie e eu olhamos para Emma, que nos observa de cima, em pé com as mãos no quadril. Laura e Fay estão atrás dela. — É a sua barriguinha que está doendo? Doendo por empatia?

Por que você não vai cuidar das suas próprias merdas?, eu grito na minha cabeça, franzindo a testa.

Em vez disso eu digo, cheio de sarcasmo: — Ah, oi, Emma. Obrigado pelas fofoquinhas que ouvi hoje.

Melhor enfrentá-la logo agora, porque sei que ela vai atacar, e tentar negar tudo antecipadamente.

— De nada.

— Fofoquinhas? — Sylvie pergunta.

— Nada, está tudo bem — digo, e deslizo meu braço até envolver a cintura dela.

Não estou olhando para Sylvie, mas posso senti-la estudando meu rosto. — Tenho que ir para a aula de TI — ela diz.

Emma parece esperar por ela.

— Ok — trinco os dentes e então sussurro em seu ouvido: — Só não acredite em nada que ela disser.

— Hein? — ela franze a testa.

— Mais tarde eu conto — murmuro. — Por favor, não acredite nela.

Sylvie franze a testa, balança a cabeça e se levanta para seguir com Emma até a aula de TI.

— Vamos, Sylves, você pode se sentar ao meu lado — diz Emma.

Sylvie parece meio irritada com Emma, mas eu me preocupo. Falo depois que elas dão as costas para mim, enquanto uma cãibra quase me dobra outra vez: — Ela não é sua amiga, Sylvie.

Sylvie

— O QUE ELE QUIS DIZER com aquilo? — dirijo-me a Emma, logo que chegamos à sala de TI. Nós nos sentamos diante de uma fileira de computadores e fazemos o *login*.

— Eu o vi comprando um teste de gravidez no sábado — ela diz, imediatamente, como se a informação tivesse feito pressão contra seus lábios, tentando escapar. — Eu lhe disse que se ele simplesmente desse o fora depois que causou o problema a você, eu não ia deixar ele se safar — ela baixa a voz. — Mas eu sabia totalmente que ele estava traindo você. Ele é um galinha. Ele disse que não era para você. É por isso que perguntei no campinho se vocês tinham transado ou não. E então, quando você falou "não", eu soube que ele estava traindo você. Ele é um arrogante que se acha um grande macho, Sylvie, e não merece você.

Congelada, com a boca aberta, observo o rosto de Emma por um momento, sem saber o que dizer. — Bom... — digo, finalmente, o ar escapando por entre os dentes. — Eu nunca disse que não fizemos — olho para o meu teclado. Meus olhos ficam embaçados com as lágrimas.

Não acredite nela, digo a mim mesma, lembrando o que Max disse.

— Sylvie — ela diz, com pena. — Ele comprou um *teste de gravidez*.

— Emma, isso é muito, muito importante, ok? Esse não é o tipo de coisa sobre a qual se mente.

— Eu não estou *mentindo*! — ela sussurra. — Eu nunca faria isso com você.

— Olhe nos meus olhos! — digo. — Você jura *pela vida da sua mãe* que viu o Max comprar um teste de gravidez?

— Sylves, juro pela vida da minha mãe — ela ergue três dedos e põe a mão no coração, como uma maldita escoteira. — Vendi um teste de gravidez para aquele garoto. Entreguei o teste em uma sacola plástica, e ele me deu o dinheiro.

Nós retemos o olhar uma à outra, enquanto meus olhos se enchem de água.

— Eu juro — ela sussurra. — Ah, Sylves! — Emma exclama de repente, de um jeito dramático, e me abraça.

— Cai fora! — eu cuspo.

Fay se intromete: — Não presuma nada, Sylvie. Ele pode ter comprado para um amigo.

— Será que todo mundo sabe? — sussurro, olhando para Emma.

— Eu andei perguntando às pessoas, porque eu não sabia o que fazer com essa *informação crucial* — enfatiza Emma. — E claro que sabem! — ela se vira para Fay. — Isso é tão *ridículo*. Quem poderia pedir a Max Walker para comprar aquilo, a menos que ele potencialmente tivesse engravidado alguém?

Eu reflito, arrancando a ponta da minha unha. Quase engasgo no esmalte preto. — Quando você o viu comprar o teste?

— Sábado de manhã — Emma responde de pronto.

— Merda — minha boca despenca, aberta, e digo imediatamente, sem pensar: — Ele estava comigo na noite de sexta-feira.

— Vai ver ele recebeu uma mensagem de texto de alguém com que tenha saído nas últimas semanas — Emma coloca o braço em volta do meu ombro. — Não acredito que ele fez isso com você.

Eu me desvencilho dela e, desnorteada, entro no Facebook, tentando conter as lágrimas.

É só um engano. Ele vai explicar mais tarde, eu tento me tranquilizar. *Ele me falou*.

— Eu quero saber com quem ele transou — Emma diz, mais para o resto da sala do que para mim.

— Ele pode não ter... — Fay começa a comentar.

— É claro que transou! — Emma responde. — Além do mais, deve ter feito sexo sem proteção!

— O preservativo pode ter furado... — diz Fay, em dúvida.

— É o Max Walker, gente — Emma diz, de forma sarcástica. Ela balança a cabeça de modo ameaçador e diz, com gravidade, sinistramente, como uma espécie de adivinha: — Ele está virando o próximo Todd Z. Significa: garoto-escória.

Tento enxugar os olhos discretamente, mas o olho-que-tudo-vê da Emma percebe.

— Não se preocupe, Sylvie. Vamos contar para todo mundo o que ele fez, e depois ninguém vai querer nada com ele, nem que ele apareça pintado de ouro.

— Humm — Fay diz.

— Não! — interrompo Emma.

— Hein? — ela sussurra.

— Não conte nada para ninguém.

— Por que não? Ele merece, Sylvie! Ele não pode dormir com todo mundo e enrolar você e ficar com ela!

— Não conte para ninguém — repito.

— Eu tenho que avisar as outras garotas! — Emma praticamente grita.

— Emma — dirijo-me a ela, limpando a última lágrima dos meus olhos. Meu delineador preto sai todo em minhas mãos —, se você disser para todo mundo que Max transou com alguém além de mim, ou mesmo que Max transou comigo, vou dizer para todo mundo que você fez sexo anal com Todd no campinho da escola.

Emma fica sem ar, e Fay solta um gritinho. — O quê? — Emma urra.

— E que, depois — acrescento —, você se cagou toda.

— Ai, meu Deus — Fay murmura, levando a mão à boca.

— Você me entendeu? — pergunto, enérgica. — Juro por Deus que eu faço isso, Emma.

Emma lança um olhar de soslaio. Ela percebe que eu estou falando sério. — Você é tão esquisita! — ela me diz, mas concorda balançando a cabeça, provavelmente porque agora pareço alguém capaz de matá-la.

Fay e Laura me observam boquiabertas enquanto me levanto, arranco da tomada o fio do computador de Emma e depois saio feito louca da sala, como uma criança determinada. Max não está mais do lado de fora da recepção. Eu olho em volta, impotente.

— Gente assim merece tudo o que acontece com elas — ouço o murmúrio de Emma através da porta aberta da sala de TI.

Max

A RECEPCIONISTA NÃO CONSEGUIU FALAR com a minha mãe nem com o meu pai. Minha mãe estava no tribunal e meu pai não estava atendendo o celular pessoal, então acabei ficando na sala da enfermaria, indo às vezes vomitar no banheiro adjacente, até o ônibus chegar, às quatro da tarde. Até o fim do dia, parece que todo mundo na escola achava que eu tinha engravidado alguém, exceto Marc e Carl. Enquanto caminho até a sala comum para pegar minha mochila, os caras continuam levantando as mãos para eu bater nelas em *give me five*, e as garotas me olham como se eu estivesse sujo.

Até Maria vem e pergunta: — Você está bem?

— Sim, estou bem — murmuro, tentando pegar a droga da minha chave para abrir o meu armário.

— Você... precisa de ajuda? — ela pergunta.

— Hein?

— Tipo um conselho? Sobre o que fazer?

Olho para ela sem entender.

— Com aborto e outras coisas?

— Ai, meu Deus — eu me viro para o meu armário. — É um boato, Maria. Não é verdade.

— Mas todo mundo está dizendo que a Emma viu você comprar um teste de gravidez.

Escancaro o armário. Finalmente. — Sim, tudo bem, essa parte é verdade, mas eu estava comprando para um amigo, então você pode, por favor, contar isso para todo mundo?

Maria se afasta de mim. — Claro que eu conto. Mas você não precisa gritar comigo, Max. Só estava tentando ajudar.

Revolvo meu armário ruidosamente e fico de boca fechada. Quando encontro meus livros e os retiro, me sinto chateado. Eu me viro para pedir desculpas, mas ela já se foi.

Merda — sussurro para mim mesmo. Fecho os olhos e repouso a cabeça contra o metal frio do meu armário. — Merda.

Enfio os livros na mochila com um suspiro, penduro-a sobre os ombros e me arrasto até o ponto de ônibus.

O cheiro de gasolina parece encharcar os assentos do ônibus. Eu me sento na frente, sinto vontade de vomitar, e corro para casa quando o ônibus me deixa perto. Odeio o jeito como todo mundo me olha. Odeio como todo mundo sempre olha para mim. Eu costumava gostar disso, das pessoas olhando para mim como se eu fosse incrível, impressionante, o capitão do time de futebol. Agora percebo que ser popular é uma bosta, por um bom motivo: você não pode se livrar da popularidade.

Vou direto para o meu quarto, me sentindo um merda por causa de Sylvie, Emma, Maria, sr. Harvey e praticamente todo mundo que deixei chateado.

Minha mãe está no meu quarto quando chego lá em cima, sentada na minha cama com um livro cujo título, sob detalhado escrutínio, parece ser *Práticas parentais: gênero e sexualidade*.

— Ah, oi, Max — ela diz, como se fosse uma surpresa me ver no meu próprio quarto.

— Ah, oi, mãe — digo, um pouco sarcástico. Nós não conversamos de verdade desde que fomos ver Archie. Ela tem estado meio com... raiva de mim, acho. Tipo, furiosa. Ela nem sequer olha para mim. É como se tudo o que ela visse fosse o fato de eu estar grávido, toda vez. Sei que ela pensa sobre isso. Ela não consegue parar de falar palavrões em voz baixa sempre que estou no quarto com ela.

Nessa noite, ela sorri para mim, hesitante, e mostra o livro como uma espécie de explicação. — Achei que você poderia querer discutir algumas coisas.

Largo a mochila no chão, e meu queixo fica tenso. — Tipo gênero e sexualidade?

— Sim, querido.

Eu a encaro como se ela estivesse louca. — Por que diabos eu iria querer fazer isso?

— Max, não seja agressivo. Só estou sugerindo discutirmos se... — ela fica mais calma. — ... se não determinaram o seu sexo de forma errada quando você era bebê.

— Ai, meu DEUS! O que é isso? É o Dia de Despejar Merda no Max? — Prendo um grito de frustração, consciente dos sons de zumbis implodindo e de vários *bips* porque Daniel está por perto.

— Querido, só achei que você poderia querer pensar se quer ser, você sabe, *não* um menino...

— Como se eu pudesse escolher quem eu sou?

— Muitas crianças intersexuais, tempos depois, rejeitam o sexo que lhes foi atribuído.

— JEE-sus, só porque estou grávido não significa que de repente vou me tornar uma pessoa completamente diferente.

— Bom, como eu não sabia que você estava namorando rapazes... Pensei que poderia haver outras coisas que você tivesse medo de nos contar.

— Eu não gosto de caras! Eu não estou namorando caras! DEUS! Você não esteve perto de mim toda a minha vida? Eu tenho que soletrar isso para você? Você acha que toda a minha existência é uma mentira? Que eu estou encobrindo uma obsessão secreta por bonecas e penteados e Justin Bieber e dando o maior duro para ficar entre os onze primeiros e jogar videogames e assistir a *Hanna* com Saoirse Ronan umas dez vezes?

— Como posso saber se você não me conta nada, Max? — ela pergunta, chorosa. — Sinto como se eu não o conhecesse mais.

— Não tenho mais nada para contar! Eu já contei tudo! — reclamo.

— Só estou dizendo que você não tem que aceitar uma identidade de gênero masculino se não quiser — ela aponta para a minha barriga, e eu coloco uma mão protetora sobre ela, sem pensar. — Se isso estiver fazendo você se sentir diferente. Está, Max?

— Não, mãe, não está. E não estou mentindo sobre gostar de futebol e garotas! — levanto-me em direção a ela, com raiva. — Agora saia do meu quarto! — eu praticamente a empurro porta afora. — E não entre de novo sem bater!

Eu a escuto reclamar no corredor e o ranger dos passos do meu pai subindo os degraus.

— Max, você acabou de bater a porta?

— Não — minha mãe resmunga.

— Tenho pessoas lá embaixo.

— São os hormônios da gravidez.

— Nem tudo são os hormônios da gravidez... Espere, o que você está fazendo?

— Nada! Só achei...

— Karen, o que é esse livro?

— Eu só achei que podíamos discutir o sexo dele e se ele quiser, você sabe...

— É por isso que o Max está batendo a porta de novo?

— Parem de gritar comigo, vocês dois! Vocês vivem fazendo isso, e eu só estou tentando ajudar, merda!

— Você está exagerando, e isso o irrita. Olhe, é o Max, ele não tem que escolher sexo ou mudar de gênero por causa disso. Ele está bem como é, desde que você o deixe em paz! — sua voz cai para um sussurro. — Desculpe, eu não quis dizer isso. Estou cansado.

— Bom, estou cansada também — minha mãe diz. — Estou cansada de cuidar dele e arrumar a bagunça dele e de me esforçar tanto para fazer tudo direito por dezesseis anos e depois ver que ele *pôs tudo a perder*!

— Shh! — meu pai diz, preocupado não comigo, mas com Lawrence e Debbie lá embaixo. Ele adverte minha mãe: — Fique calma. Essa é a primeira e única coisa que ele já fez de errado.

Minha mãe faz um som como se estivesse bufando.

— Karen, vai acabar logo — meu pai diz. — A gente só precisa enfrentar a tempestade. Isso não vai mudar nada. Ele ainda é o Max. Vamos para o hospital, nos livramos disso, e tudo vai voltar ao normal. Ele não vai mudar de sexo só por causa de um acidente. Ele ainda é o Max, certo?

Minha mãe está chorando. — Ele é gay.

Prendo a respiração e rolo para o chão, apoiando a cabeça contra a parede. Eu suspiro, instável. Odeio Hunter. Eu o odeio por tudo o que está fazendo contra minha mãe e contra mim e contra minha família.

— Com quem ele está *transando*? — ela geme.

— Vamos para o quarto — ouço o murmúrio do meu pai. — Pare de fazer rebuliço no corredor.

Então a porta se fecha e as vozes param.

Sinto uma lágrima escorrendo pelo meu rosto. Eu a limpo e me concentro em minha respiração. Meu quarto está frio. Não ouço nada, exceto minha respiração subindo e descendo.

Meu pai é bem-intencionado. Mas tudo mudou. Ou talvez nada tenha mudado, a não ser porque agora admitimos isso. Sendo que *isso* sou eu.

Daniel

— Max, você está satisfeito com o que está vestindo?

— Como? — Max pergunta. Ele está encarando a tela, não desvia os olhos dela. Esta noite foi muito boa para mim. O Max parece um pouco melhor, embora ele tenha passado mal na escola hoje. Mas ele jogou *Deadland 2* por três horas direto e não me parece doente. Ele está jogando melhor do que nunca, e bastante concentrado, o que é bom, porque às vezes tenho que dar bronca nele por se distrair facilmente com as coisas ao redor do meu quarto. Ele é um curioso, esse cara. Ele gosta de mexer nas coisas.

— Você está vestindo uma camiseta que diz Occupy[16], *chinos*[17] e tênis Converse — digo.

— Sei o que estou vestindo. O que eu quis dizer é: por que você está me perguntando isso? — ele diz. — E não chama isto de *chinos*. Parece gay.

— Tipo homossexual?

— Não — ele balança a cabeça, desaprovando, e resmunga: — Humm. — Ele para o jogo e larga o controle e olha para mim. — As pessoas dizem que alguma coisa é gay quando acham que ela é idiota. Mas eu realmente não deveria dizer isso, porque não é legal. Quero dizer, para os gays.

— Por que não?

— Bem... é como se você os comparasse a uma coisa besta. Como a palavra *chinos*.

— Mas do que você quer que eu chame?

— Sei lá — ele balança a cabeça e aperta o botão *play*. — Chama de calças. *Chinos* é só uma palavra idiota.

— Isso quer dizer que eu sou gay?

— Como é?

— Por eu ter dito uma coisa gay?

— Não. Não é gay, é só idiota. Esquece isso.

[16] Referência ao movimento Occupy Wall Street, iniciado em setembro de 2011 em Nova York, EUA, que protestava contra a desigualdade social, o desemprego em alta e a corrupção. (N.T.)

[17] Nome fashion dado a calças de algodão um pouco folgadas. (N.T.)

— Mas o que faria de mim um gay?

— Gostar de meninos significaria que você é gay.

— Você gosta de rapazes?

— Ai, meu Deus — Max resmunga, colocando as mãos no cabelo e coçando a cabeça. — Aaaaaargh.

— Que foi?

— Nada. Não, eu não gosto de rapazes.

— Ok. — pegamos nossos controles de novo e prosseguimos com o jogo, mas eu continuo olhando para ele pelo reflexo da tela, e ele percebe e aos poucos vai ficando mais agitado. Dá para perceber, porque ele está matando menos zumbis e levando mais tiros.

— Por que você me perguntou isso?

— Se você gosta de rapazes? — pergunto.

— É.

— Porque a mamãe estava falando essas coisas. Como seria se você fosse uma menina e usasse vestidos, ou se você fosse gay ou algo assim. Eu ouvi pela parede do seu quarto.

— Ela não estava falando sério! — Max eleva o tom de voz. — Ela... ela estava brincando.

— Por que ela ia brincar com isso?

— Porque a mamãe é maluca, Daniel — ele pega um zumbi líder. — Ela tem problemas psicológicos graves.

— Sério? — pergunto, preocupado.

— Não. Quero dizer... — ele olha para mim. — Ela tem problemas psicológicos mas... não são graves.

Eu mato um anão zumbi e um cachorro zumbi enfiando uma lâmina de barbear em suas vísceras. Mas ainda estou confuso. — Será que ela pensa que você quer ser menina?

Max fica vermelho e se cala por um tempo. — Mais ou menos.

— Você não pode ser uma menina.

— Não.

— Você é um menino.

— Bom... eu sou.

— Seria impossível! — eu digo.

— Bom... argh — Max diz. Ele pega um pterodátilo.

— O quê?

— Nada.

— Por que você disse argh?

Max dá pausa no jogo.

— Não congela! — choramingo, desanimado. — Eu estava quase detonando o quartel-general dos mortos-vivos.

— Você quer que eu conte uma coisa importante para você ou não?

— Ah. Eu quero. Sempre quero ouvir coisas importantes.

— Ok.

— Porque elas são importantes.

Max suspira. — Claro. Tudo bem. Então. Às vezes, os homens se vestem de mulher, ou mulheres se vestem de homem — ele olha para mim para ver se estou acompanhando, o que acho um insulto, porque até agora isso tudo é muito simples.

— Ok. Eu estou acompanhando — digo, que é a coisa que o Max me pede para dizer, só para ele não passar meia hora me explicando um negócio e depois ter que voltar para o começo, como daquela vez que eu perguntei o que estava acontecendo no espaço sideral, e, depois de ele ter falado sobre a Via Láctea durante 35 minutos, eu disse que o que eu queira dizer era o *Espaço sideral* do *World of war,* que é o quinto nível do jogo.

— Porque às vezes as pessoas acham que nasceram no corpo errado.

— E elas nasceram no corpo errado?

— Olha, não sei. Mas, enfim, hã, elas se sentem assim, e depois às vezes tentam ter outra aparência, usando vestidos e maquiagem, e às vezes até fazendo cirurgias.

— Cirurgias?

— É, lá nas partes deles. No sexo masculino ou feminino deles.

Demonstro surpresa: — Eca.

— Ahn, sim. De qualquer forma...

— Como?

— Como o quê? Como são as cirurgias?

— É.

— Bom, se um cara quer ser uma mulher, ele tem a sua coisa lá, hã, removida, e aí eles fazem as partes dele ficar iguais às de uma mulher.

— ECA!

— Não é *eca*...

— ISSO É MUITO ABSURDAMENTE NOJENTO!

— Quer calar a boca? Não, não é. Às vezes, as pessoas nascem com algo que não é o que elas querem, e elas decidem mudar o negócio.

— Mas isso é nojento!

— Não, é tipo uma cirurgia plástica; quando alguém quer fazer um *lifting* e vai lá e faz.

— Mas isso é nojento também!

— Não, não é! Shh! A mamãe e o papai vão ouvir você gritando.

— Mas e quanto ao Sylvester Stallone?

— Hein?

— A cara dele!

— O que é que tem a cara dele?

— Está nojenta! É isso que acontece com as partes íntimas dessas pessoas?

— Argh. Deixa de ser burro. Não se faz um *lifting* na virilha, né? — ele coloca as mãos sobre o rosto e geme novamente. — Jesus! Eu vim aqui para ficar longe de toda essa merda.

Faço uma pausa. — Você falou palavrão!

— Eu sei — Max diz, como se tivesse perdido a paciência comigo. — Mas será que você não ouviu nada do que eu disse? Estou tentando explicar que algumas pessoas apenas nascem erradas e elas...

— O quê?

— Elas se sentem tristes ou erradas até que sejam consertadas. E coisas ruins podem acontecer quando as pessoas têm coisas que não se encaixam nelas. Assim, tudo precisa ser removido, de modo que... para que as pessoas não fiquem mais tristes — ele senta com as mãos sobre o rosto, e ficamos um pouco em silêncio. — Você não quer que ninguém fique triste, né?

Penso sobre isso, porque o Max parece muito sério.

— Não, Max — digo, depois de uns trinta segundos. — Não quero que ninguém fique triste.

— Ok — ele diz, as mãos ainda sobre o rosto, e engole como se tivesse um Haribo[18] dentro da boca, só que ele não tem um Haribo na boca, a menos que tenha um sem eu saber, mas eu seria capaz de sentir o cheiro do doce. — Então, às vezes, há situações em que a coisa não é exatamente assim, mas... é isso.

— Max?

— Sim?

— Eu não estou entendendo.

— Às vezes, as pessoas precisam escolher se querem ser um menino ou uma menina quando eles são as duas coisas.

— O quê? Pessoas que são meio menina e meio menino?

— Mais ou menos.

— Uau. Eu adoraria ver uma delas. Eu me pergunto como devem ser.

— É.

— Devem ser totalmente esquisitas.

— Humm.

— Então, por que eles precisam escolher?

— Entre ser um menino ou uma menina? — ele pergunta.

Concordo com a cabeça.

— Eles simplesmente precisam escolher — diz ele, retirando uma das mãos do rosto e olhando para o sapato e riscando-o com a unha. — É assim que as coisas são.

— Como?

— Ai, Deus, não sei — ele deixa cair a outra mão de seu rosto e torna a amarrar os cadarços do seu Converse. — Quando você preenche um formulário que diz masculino ou feminino, ou quando você tem isso marcado na sua carteira de motorista e no passaporte, ou no uniforme escolar, ou quando você joga um jogo e são os caras contra as garotas. Ou quando você se casar e tiver que ser um menino ou uma menina, porque o casamento entre pessoas do mesmo sexo não é reconhecido em alguns países.

[18] Doce de amendoim, aveia, açúcar mascavo, proteína de soja e passas. (N.T.)

— Não é? — pergunto, mas o Max parece não me ouvir. Ele continua falando com seus tênis.

— É estranho, e as pessoas não sabem como tratar quando você é meio isso e meio aquilo. Eles acham que você vai fazer merda com a cabeça deles e corromper suas crianças e seus adolescentes... coisas assim....

— Você disse a palavra com "m".

— Desculpe.

— Então, afinal, você é um menino e não quer ser uma menina?

Ele pega seu controle, olha para a parte inferior esquerda do canto da tela, mesmo quando não há zumbi nenhum ali, e depois volta a encarar o visor.

— Não. Eu não quero ser menina.

— Você quer ser menino? — pergunto.

Max ainda olha muito fixamente para a tela e depois franze a testa, como se tivesse acabado de lembrar que eu estou ali. — Humm — ele diz, e dá *play* de novo no jogo e mata outro zumbi. Então, ele parece confuso, como se tivesse perdido algum zumbi, mas eu verifico, e ele não perdeu, ele matou todos eles, cinco de cinco.

Pego meu controle e explodo o quartel-general do mal. Esse jogo é brilhante, porque é o único em que eu sou quase tão bom quanto o Max. Podemos escolher entre muitos personagens também, e avançar com eles por todos os níveis. Eu costumo pegar o Xylar, que é um menino pequeno, cuja arma especial é o fogo que sai das suas mãos. O Max geralmente joga com a Defender, que é uma mulher com seios grandes e pele escura. Olho para o meu irmão.

Eu decido tentar uma tática diferente ao lhe fazer perguntas sobre o que aconteceu antes, porque o Max diz que quando você está enchendo o saco das pessoas para lhes arrancar a verdade, esse é um bom caminho a seguir.

— Quando a gente joga este game — digo —, você sempre escolhe a Defender, e ela é uma menina, então você quer ser uma menina igual à Defender?

Max suspira, como se estivesse muito, muito zangado comigo, e percebo que eu estava fazendo aquela coisa de jogar perguntas o tempo todo para ele, que ele educadamente me pediu para não fazer várias vezes antes, então eu digo: — Desculpe.

Ele me olha como se tivesse acabado de reparar em mim, balança a cabeça negativamente e murmura: — Tudo bem. — Aí ele suspira de novo e diz: — Não, eu não quero ser uma menina como a Defender.

— Ok — digo. — Mas por que quer ser a Defender toda vez que você joga, então?

Ele olha para mim, depois olha para a tela. — Ahn, porque ela é gostosa.

— O que realmente significa "gostosa"?

— Ai, meu Deus! — Max arremessa seu controle no chão e se inclina para trás, contra a cama, como se estivesse mesmo exausto, e aí ele chora e grunhe ao mesmo tempo, como se eu o estivesse aporrinhando de verdade. — Quer dizer sexualmente atraente! Pare de me fazer essas perguntas!

Fico quieto, que é o que faço quando as pessoas gritam, porque não gosto disso. Agora é a vez de o Max pedir desculpas, mas ele não pede.

— Você gritou comigo, Max — digo.

— Ok — ele resmunga. — É que você faz umas perguntas burras.

Jogo meu controle no chão porque estou com raiva.

Odeio o Max porque ele anda tão mal-humorado e reclamão esta semana. Ele nunca fica mal-humorado, e agora ele ficou mal-humorado comigo, e eu não fiz NADA. Tudo o que eu fiz a semana toda foi me preocupar se ele estava doente, e agora ele está sendo horroroso comigo e eu não AGUENTO mais, então grito "Mas você dá respostas burras!", e eu pego o controle e o atiro com força no rosto do Max, e o controle atinge sua sobrancelha, e depois me viro e fico na cama e falo para ele sair do meu quarto e não paro de gritar para ele sair.

— Ei! — Max se levanta, vem e agarra os meus ombros. — Ei! Pare com isso!

No começo, acho que ele está lutando comigo, então eu o chuto com muita força, mas aí percebo que ele está tentando me segurar no lugar, então o chuto ainda mais forte.

— Ai! Daniel, se acalme, me desculpe! Ok, Daniel, está tudo bem!

Grito para ele: — Eu não quero uma irmã, quero um irmão!

— Eu sei, sinto muito! — Max fala, como se estivesse muito angustiado. Parece que ele vai chorar.

— Eu quero um irmão! — uivo.

— Eu sinto muito! Eu sou seu irmão, não vou ser irmã. Ai, pare de me chutar, Daniel! AI!

Max me solta e vai até a TV da parede. Eu me viro para pegar um livro e o atiro contra ele e acerto bem na testa, mas agora o Max está segurando a barriga.

Quando o livro o acerta, Max coloca um braço sobre a cabeça e se agacha. Sua sobrancelha está com o arranhão que eu fiz nele com o controle. Tem um pouco de sangue, mas não muito.

— Eu disse que a minha barriga estava doendo — Max diz calmamente, com uma voz áspera, como se estivesse recuperando o fôlego. — Eu disse isso no outro dia. Por que você me chutou?

Paro de gritar e, mesmo com o peito arfando, fico muito quieto, bem rapidamente.

— Eu não consigo lidar com você quando você fica desse jeito — Max diz.

— Você consegue, sim! — digo.

— Você me machucou de verdade.

— Bom... — franzo a testa. — Você é grande.

— Eu não sou assim tão grande, Daniel.

— Você é tão grande quanto a mamãe e o papai.

— Não...

— Você é, sim!

— Eu sou quase do tamanho deles, mas eu sou muito, muito mais novo que eles. Você não pode gritar assim comigo e me empurrar e me chutar. Isso dói, e eu não sou adulto o suficiente para lidar com isso — ele diz de um jeito bem calmo, como se estivesse completamente exausto. — Não tenho energia para lutar com você. E você não pode me pedir para fazer isso. Não sou seu pai.

Dou de ombros. — Você é velho o suficiente para ser pai.

— Não! — e depois é a vez de Max gritar comigo. — Eu não sou!

Eu ainda estou com raiva dele, mas parece que ele está muito bravo, então ando até ele, me agacho ao seu lado e coloco meu braço sobre seus ombros.

— Ok, Max, você não é — digo, para confortá-lo, mas acaba surtindo o efeito contrário, porque ele solta o choro de uma vez, em voz alta, debaixo do braço. Então, ele se levanta e sai do meu quarto, e eu não tenho mais ninguém para jogar *Deadland 2* comigo.

Eu suspiro, muito profundamente, do jeito que o Max tinha feito antes, e observo como os nossos suspiros soam muito, muito parecidos mesmo, e acho que provavelmente é porque somos irmãos e somos as pessoas geneticamente mais próximas no mundo, e por isso mesmo nossos suspiros têm o mesmo som, e acho que isso é uma ideia muito profunda, então escrevo tudo isso no meu caderno.

Archie

— Eu quero saber — ouço, ao entrar em meu consultório, na manhã de sexta-feira, e quase dou um pulo ao ver Max em pé ao lado de minha tabela de consultas.

— Max! Você me assustou! — retiro minhas fichas com cuidado da mesa. Max vem e me ajuda a equilibrar a pilha, pegando várias delas que escorregam da mesa. — O que você está fazendo aqui? Temos consulta marcada na próxima semana.

— Eu quero saber agora — diz ele, quase de um jeito petulante.

Suspiro e olho para o relógio na parede. — Você tem que marcar uma consulta. Tenho muitos pacientes para ver hoje, e todos eles precisam da minha ajuda também. Sei que o que está acontecendo em sua vida é devastador, mas...

— Archie! Por favor! Eu quero saber! — Max não consegue me olhar nos olhos. Ele cobre o rosto com as mãos e fala muito rápido — Por favor, Archie. É tão vergonhoso! Eu não sei nada sobre mim e *nunca* pedi nada a ninguém, *nunca* fiz confusão por isso, eu só quero... Só quero saber. Por favor.

Ele retira as mãos do rosto, como se precisasse delas lá somente para conseguir falar.

Penso um pouco e depois fico envergonhada, envergonhada por estar com tanta pressa. Fecho a porta e sento à minha mesa. — O que você quer saber?

— Eu quero saber... se eu sou um garoto ou uma garota.

Ele parece destruído, como se não dormisse há semanas. *Alguém deveria ter dito a verdade a ele*, penso. Suspiro e decido a questão de maneira simples.

— Você não é nem uma coisa nem outra.

— Não — Max balança a cabeça. — Eu dei um Google nisso. Ser intersexual significa que, para um médico, você não se parece nem com um nem com outro. Isso não significa que você não seja uma coisa nem outra.

— Isso... — esfrego os lábios um contra o outro, tentando encontrar as palavras certas. — Nem sempre é verdade. Sente-se — digo, fazendo um gesto com a cabeça em direção à cadeira à minha frente. Max está em pé, inflexível, com os braços cruzados. Ele engole em seco, olha em volta e então vai até a cadeira do paciente.

— Desculpe pela invasão — ele murmura.

— Está tudo bem — respondo. — Como estão as coisas em casa?

Ele olha para mim como se fosse uma pergunta estúpida.

— Entendo — digo, balançando a cabeça. — Max, antes de falar sobre isso, eu queria perguntar. O menino que atacou você... — vacilo. — Aconteceu de novo? Você acha que ele vai tentar outra vez?

— Não.

— Tem certeza?

— Tenho certeza.

Concordo com a cabeça.

Max olha ao redor da sala e morde seu lábio superior.

— Ok — começo. — Se um médico não pode decidir se um recém-nascido é um menino ou uma menina, há três coisas que eles podem verificar: os cromossomos sexuais, ou seja, se você é geneticamente um menino ou uma menina; as gônadas, ou seja, se você tem testículos ou ovários; e como o corpo responde aos hormônios. Às vezes, eles fazem a cirurgia de atribuição de gênero imediatamente. Às vezes, é necessário, às vezes... não.

Max limpa a garganta.

— Você quer fazer alguma pergunta?

— Não. Desculpe — ele olha para os joelhos e se contorce desconfortavelmente. — Continue.

— Nos casos em que as pessoas intersexuais fazem a cirurgia quando são recém-nascidas, algumas não ficam felizes com o sexo que lhes é atribuído; algumas dizem que a cirurgia é uma mutilação genital; outras experimentam sensibilidade reduzida; e muitas acabam precisando passar pela cirurgia só bem mais tarde na vida.

— Mas eu não fiz a cirurgia.

— Não, você não fez.

— Por que não?

Faço uma pausa. — O seu pai não quis que você fizesse.

— Meu pai?

— Sim.

— Não foi minha mãe?

— O seu arquivo registra apenas o seu pai.

— Então... meu pai não queria que eu fizesse porque eles iam me transformar em menina?

— Não sei, Max.

— Não consigo imaginar meu pai querendo que eu ficasse deste jeito — diz Max, mais para si mesmo do que para mim. — Ele é um cara tão cheio de valores familiares...

— O que você quer dizer com isso?

— Eu não sei. Ele sempre me pareceu o mais tradicional. Foi ele quem quis comprar a casa grande e ter dois filhos e outras coisas. É o que minha mãe diz.

— Você e sua mãe conversam muito?

Os olhos de Max desviam para o lado. — A gente costumava conversar. Eu não sei. Ultimamente, não.

— Então... — tento continuar, mas Max me interrompe.

— Qual sexo o médico queria me atribuir?

— Quando você nasceu, menina, mas quando você fez nove anos eles sugeriram que se atribuísse a você o sexo masculino e, novamente, fizeram pressão para que você fosse operado quando fez treze anos.

— Por quê?

— Várias cirurgias são feitas com base no que você tem do lado de fora, por isso muitos intersexuais perdem a capacidade de ter filhos. Quando você nasceu, em meados dos anos 1990, a cirurgia estava sendo aperfeiçoada, e por isso os médicos ainda queriam que você fosse operado, mas em vez de querer lhe atribuir o sexo masculino, com base na sua aparência exterior, aconselharam que lhe atribuíssem o sexo feminino, com base em seus órgãos sexuais. Quando você nasceu, você apresentava uma vagina. Dentro do seu corpo, você tinha duas gônadas. Um era um *ovotestis*, ou seja, metade tecido ovariano e metade testicular. Até onde entendo, os *ovotestis* muito raramente funcionam, e acredita-se que tenham propensão a desenvolver certos tumores, por isso muitos médicos optam por removê-los. O seu, como o de muitas pessoas, foi removido logo depois do nascimento. Você também tinha um útero e um ovário, mas não tinha testículos. Você está acompanhando a explicação?

Max geme. — Sim.

— Max? — ele olha para mim. — Sei que você está um pouco envergonhado, mas lembre-se de que sou uma médica. Lido com todos os tipos de coisas constrangedoras, muco e espinhas e verrugas, e também recebo muitos jovens aqui depois do horário de funcionamento da clínica para conversar sobre essas questões. Então, para mim, esta realmente não é uma conversa estranha. Certo?

Ele concorda com a cabeça, timidamente. — Obrigado, Archie. Desculpe.

— Não se desculpe, por favor.

Ele faz um esforço para sorrir.

Pobre garoto, penso, involuntariamente. E depois: *Não se envolva emocionalmente*.

Limpo a garganta. — Quando você nasceu, também apresentava um pequeno falo, e não se pôde atribuir a você um gênero de imediato. Seu pai não permitiu que você fosse operado, com exceção da remoção do *ovotestis*. Aqui diz em seu arquivo que os seus pais escolheram o nome de Max porque acharam que era um nome de gênero neutro. Então você cresceu e começou a agir como menino, e todo mundo tratou você como um menino. Tudo isso de acordo com as anotações feitas sobre você. Então, aos nove anos, os médicos sugeriram que você fizesse a cirurgia para ser transformado em menino.

— Por que aos nove?

— Bem, em primeiro lugar, o falo parecia mais masculino naquela época.

Max cora. — Ah.

— Eles sabiam porque...

— Por causa das fotos.

— Você se lembra disso?

Max revira os olhos e dá de ombros com tristeza. Eu continuo:

— Você se identificava com os meninos, agia como um menino e, em especial, você não estava se desenvolvendo como uma menina. Você não mostrava sinais de seios, seu pênis tinha aumentado, e um especialista em cirurgia sugeriu que se removessem todos os seus órgãos femininos internos quando você estava com nove anos, e depois novamente aos treze. Então, quando os seus pais não consentiram, sugeriram lhe dar uma série de hormônios masculinos, e eles concordaram.

— É, eu me lembro disso. Por que os meus pais concordaram com os hormônios se não concordaram com a cirurgia?

Tento me lembrar. — Não sei. Não diz aqui no seu arquivo. Talvez tenham feito uma concessão.

Max assente com a cabeça, e nós ficamos sentados em silêncio por um momento, enquanto ele pensa. Ele olha para mim por entre as mechas de seu cabelo e solta um longo suspiro. — Então — ele pergunta —, o que eu sou?

Ele me olha nervosamente, seus olhos verdes sinalizando pensamentos turbulentos.

— Em primeiro lugar, só quero que você saiba que acho que os seus pais não lhe contaram isso por não quererem sobrecarregar você. Como a intersexualidade é rara, muitas vezes os pais podem se sentir isolados e confusos, e acho que eles não queriam que você se sentisse assim enquanto crescia. Além disso, Max, talvez o motivo de seus pais não permitirem que se fizesse a cirurgia quando você era mais novo fosse que, às vezes, quando os pais escolhem o sexo do bebê, o bebê pode crescer e sentir que é de outro sexo. Ou não se sente confortável em nenhum dos sexos. Muitos médicos e pais erram na escolha.

— Archie — Max interrompe. — Diga o que eu sou.

Paro um instante, depois concordo com a cabeça.

— Não posso lhe dizer por que você é o que você é, mas você é o que é conhecido como um hermafrodita verdadeiro, nascido tanto com ovário quanto com tecido testicular. Pessoas com hermafroditismo verdadeiro podem ter três diferentes cariótipos, ou seja, a combinação de cromossomos. Os cromossomos sexuais, X e Y, definem se você é cromossomicamente masculino, feminino ou ambos. Em hermafroditas verdadeiros, os cariótipos possíveis são 47,XXY, 46,XX/46,XY ou 46,XX /47,XXY. Os intersexuais, assim como pessoas do sexo masculino ou feminino, nascem de todas as formas e tamanhos, por isso mesmo um diagnóstico semelhante atribuído a uma outra pessoa poderia significar que vocês são bastante diferentes entre si.

— Espere... — Max começa, então vacila, segurando as laterais de sua cabeça com as mãos, como se não conseguisse se concentrar. — Então, XX é fêmea?

— Sim, e o sexo masculino é XY.

— Você pode, por favor — Max abaixa a cabeça, arrasado —, me dizer se eu sou um menino ou uma menina?

— Max, eu lhe disse, você não é nenhum dos dois. Seu cariótipo é 46,XX /46,XY.

Ele leva a mão trêmula até os lábios e me olha. Deixa escapar um ruído, como se lhe faltasse o ar.

— Minha opinião pessoal é que os seus pais resistiram quanto à cirurgia não porque não conseguiam decidir se você deveria ser um menino ou uma menina, mas porque sabiam que você não precisava escolher entre um e outro.

— Merda — Max se inclina sobre os joelhos e coloca as mãos no rosto. — Merda — eu o escuto murmurar por trás das lágrimas. — Merda. Desculpe.

— Você vai vomitar? — pergunto.

— Eu... eu não sei.

Pego o balde que guardo para essas situações no canto do meu consultório e o coloco no chão, abaixo de Max. Eu me abaixo e toco seu cabelo, sem jeito. Ele treme sob meus dedos. Lágrimas caem de seu rosto e batem no balde de metal como chuva.

— Max — sussurro. — Isso é uma coisa boa. Você não precisa escolher, você não precisa fazer a cirurgia, você pode ser apenas você.

— Eu não quero... — ele sussurra, então sua voz desaparece, e ele balança a cabeça. Ele se senta, e torrentes de lágrimas descem por suas bochechas. — Não quero ser eu.

— Ah, Max — eu me esforço para encontrar palavras que o confortem. — Sinto muito. Olhe, eu não deveria ter contado tudo isso desse jeito, eu deveria ter deixado seus pais fazerem isso, mas achei que você deveria saber, especialmente por causa do bebê.

— Ai, merda, o bebê! — ele soluça.

— Max... — seguro sua mão e ele aperta a minha ferozmente.

— Jesus, eu tinha tanta certeza de que eu poderia vir aqui e resolver todos os problemas e fazer as cirurgias e ser apenas um irmão normal, sabe? — ele esfrega os olhos com a palma da outra mão e vejo como está pálido e como seus olhos estão vermelhos. — Dei uma busca em "intersexual" na internet na noite passada e vi como as meninas podem se parecer com meninos e os meninos podem se parecer com meninas, e tive certeza de que eu viria aqui e você me diria que sim, eu era um menino, e que tudo o mais não passou de um engano, que eu poderia ignorar e me livrar disso. Eu quero me livrar disso.

— Do bebê?

Ele limpa o braço em seu rosto. — Não. Não sei. Quero dizer, de tudo. Eu quero me livrar de tudo o que faz de mim uma aberração total.

— Você não é uma aberração, Max! Não diga isso.

— Archie!... — ele grita, e ponho meus braços em torno de sua cabeça.

— Tudo bem, tudo bem... — digo, confortando-o. — Por favor, não chore.

— O aborto já está marcado? — Max pergunta baixinho, enxugando suas lágrimas, se acalmando. — Desculpe pelo choro — ele murmura.

— Está tudo bem — digo. — Eu ia telefonar esta noite. O aborto está marcado para a próxima sexta-feira, às 9 horas, no hospital.

— Ótimo. Quero que tudo seja removido.

— Você quer uma histerectomia?

— Tudo — ele me corta, observando o próprio rosto no espelho sobre a minha mesa. — Como a minha mãe disse.

— Ok — digo, hesitante. — Se é isso que você quer, posso arranjar para você ver um especialista e discutir a remoção de toda a sua anatomia feminina. Então, talvez eles possam agendar uma operação antes do Natal.

— O que vai acontecer comigo?

Franzo a testa. — Na operação?

— Não — ele fica em silêncio, agoniado. Parece exausto.

— O que você quer dizer?

— Eu vou ficar mais masculino? Vou ter barba? Eu não sei de nada. Vou ficar mais feminino?

— Honestamente, Max, eu não sei — respondo. — Talvez existam alguns testes...

— Esqueça isso, está tudo bem — Max diz, abruptamente, corando. — Desculpe. Tenho que ir — ele enxuga o rosto com a manga de seu casaco uma última vez. — Obrigado por me contar tudo e desculpe por ter aparecido aqui de repente. Eu só queria saber. Isso estava me incomodando — ele se levanta. — Desculpe pelo choro — murmura novamente, correndo para a porta.

Salto da cadeira e agarro a porta antes que ela se feche atrás dele.

— Max! Venha me ver a qualquer hora! — grito pelo corredor. Mas o corredor está vazio. Ele já fugiu.

Max

Depois de ver Archie, decido matar aula. Eu ia voltar para a escola, mas saio da clínica e viro no muro do cemitério no final do estacionamento, caminhando em direção a ele feito um zumbi. Agarro o topo do muro, arranhando as palmas das minhas mãos, dou um impulso, passo por cima da pequena cerca deformada de ferro enferrujado e deito sobre a grama fria. Está muito frio, mas não consigo me mover, deitado de costas, com minha parca azul, o capuz sobre a cabeça e a pele falsa sobre todo o meu rosto. Meu peito arfa, mas eu forço os olhos a permanecerem secos. Engulo o choro, todo ele, sufocando-o enquanto ele desce. Não penso em nada, só me concentro em nada, nas formas que se movem através de minhas pálpebras quando fecho os olhos. Quero ir para a escola ver Sylvie e tentar explicar as coisas para ela, mas estou muito triste, muito humilhado, totalmente incapaz de funcionar direito.

Sylvie acaba me encontrando.

Com os olhos fechados, sinto um corpo em movimento perto de mim e dou um salto, pensando que poderia ser Hunter.

— Obrigado pela reação acolhedora, Walker.

— Sylvie... — tento me sentar.

— Não — ela diz, colocando firmemente a mão sobre meu peito. Nós trocamos um olhar, e eu resolvo voltar para o chão. Ela deita ao meu lado, o rosto virado para o meu, sua respiração no meu ouvido, da mesma forma que Hunter ficou comigo em minha cama depois que aconteceu aquela coisa.

Eu vejo o céu, as nuvens deslizando sobre ele. Tudo parece cinza e esbranquiçado. Depois de alguns minutos, Sylvie murmura: — O que há de errado?

Eu limpo as lágrimas dos cantos dos meus olhos. — Nada. Sinto muito.

— Bundão.

— Bundão? — olho para ela. Ela reforça o comentário, balançando a cabeça. — Bundão.

Eu me remexo onde estou. — Ok. Tem uma coisa errada. Mas não posso contar o que é.

Ela estala a língua e retorce a boca com desdém, fica de lado, vira-se para mim. — Você engravidou alguém?

— *Não* — enfatizo, fechando os olhos. — Não, não, não.

— Ok, Max, ok — ela diz, balançando-me gentilmente. — Eu acredito em você.

— O teste era para...

— Não era para um amigo, né?

— Ahn, eu não posso contar para você.

— Mas não era, era? Então, o que mais poderia ser? Você fez sexo com alguém na outra semana?

— Ah! — de repente, me dou conta de algo. Retirando as mãos de cima da boca, noto que uma unha está sangrando. — Você acha que eu transei.

— Ahn... — ela diz.

— Ai, meu Deus! — fico de olhos arregalados. — *Você* já transou?

— Bom, já. Pensei que você também já tivesse transado.

— Não. Achei que você *também não tivesse*.

Ela pensa por um minuto. — Como você não fez sexo? Você pega todo mundo!

— Pegar — esclareço — quer dizer que eu beijo.

Ela se acomoda sobre um cotovelo e se inclina para trás, em dúvida. — Você virou um *carola* cristão maluco, agora que o seu pai é um político conhecido? Tipo, nada de sexo antes do casamento? É isso que está rolando aqui?

— Não — sorrio calmamente. — Eu não virei um *carola* cristão.

— Você engravidou alguém?

— Não, eu não poderia... — respondo, com sinceridade.

— Então, para quem era o teste de gravidez?

Hesito. — Eu não posso contar para você. Mas... Espero que esteja tudo bem, porque... — enterro a cabeça no meu casaco. Eu não deveria dizer isso. Eu tinha que dizer que ela não deve andar comigo, que é nojento. Quer dizer, eu *estou grávido*. Argh.

Tenho vontade de chorar, mas olho nos olhos dela, porque não quero ser covarde. Molho os lábios e a beijo rapidamente.

— Porque eu realmente gosto de você — digo, soltando um pequeno suspiro de tensão e fazendo fumaça no ar. — Gosto de você mais do que já gostei de qualquer pessoa em toda a minha vida. Você é incrível, e eu penso muito, muito, muito em você. E... realmente não quero que você me odeie ou pense mal de mim.

— Eu não poderia pensar mal de você — Sylvie diz. — O que é irritante.

— Por que é irritante?

— Eu não gosto de depender das pessoas. Não gosto quando as pessoas podem afetar as minhas emoções.

— Uau! — brinco. — Você é tão sofisticada... Você até já tem barreiras contra compromisso.

— Bem, eu sou uma mulher mais velha.

— Uma semana mais velha!

— Claramente, eu sou muuuuito mais experiente.

Bato o joelho no dela, rindo. — Caaaaalaboca. Você é tão bizarra! Alguém diz que gosta de você, e você responde que isso é irritante e que já transou mais do que ele.

Sylvie dá de ombros. — Eu sou má. Sou durona.

— Você é.

— Isso é *sexy*.

— É, mas acho que eu é que tenho que dizer isso.

— Diga lá, então.

Faço uma pausa, timidamente. — Você é *sexy*.

— Você é *sexy*, Max.

— Obrigado.

— Vamos embora.

— Tudo bem.

Karen

Max chega da escola e entra pela porta principal. Ainda é uma surpresa quando alguém passa por ela, já que usamos a porta dos fundos há muito tempo. Estou na sala de estar maior, com um café, lendo um depoimento. Vejo Debbie passar por ele rapidamente.

— Oi, Max, como você está? — ela pergunta, toda saltitante e alegre e disparando energia idealista, o que acho muito cansativo de ver no momento.

— Tudo bem, Debbie — ouço Max dizer educadamente. — Como vão as coisas?

— Ah, muito bem — ela responde. — Todo mundo ama o seu pai. Ele é basicamente uma aposta certa para MP, mas no fim ele sempre quer ir lá e apertar a mão de todo mundo. É, tipo, "Stephen, você não pode apertar as mãos de *todo mundo*!".

Às vezes me pergunto se Debbie tem uma queda por Steve. Às vezes me pergunto se Steve repara nisso. Ele não é desse tipo, realmente, mas... Não sei. O poder corrompe, é o que dizem.

Nós não conversamos mais sobre Max fazer o aborto ou a histerectomia desde a consulta com Archie, porque Steve de repente ficou ainda mais ocupado. Acho que é de propósito. Suponho que eu também fiquei.

— Você está animado com o debate no Centro George Lloyd? — ela pergunta a Max.

— Com certeza — ele responde, sem certeza alguma.

— Virá muita gente. Dois candidatos debatendo na frente de um público tão grande, tudo transmitido pela internet. É tão emocionante o jeito como as novas tecnologias transformaram a política. Na verdade, criam uma expectativa em torno do debate. Se Stephen se revelar como a possibilidade mais emocionante para MP, ele conquista as pessoas. Essa é a nossa verdadeira tática. Você vai estar lá para apoiar Stephen, certo?

— Steve — Max a corrige, distraidamente. — Mas, sim. Maravilha.

Eu o vejo passar pela porta da sala e subir a escada.

Cinco minutos depois, ele desce de novo, com roupas diferentes: um casaco roxo com capuz e zíper, da Topman, que eu lhe dei de aniversário, uma camiseta azul e jeans cinza da All Saints. Espero que ele passe direto por mim, mas ele para e enfia a cabeça na sala de estar.

— Mãe? — ele diz calmamente. — Podemos conversar?

Largo o depoimento, trêmula, sorrio para ele e concordo com a cabeça. Uma semana atrás, eu achava que sabia tudo o que havia para saber sobre ele. Agora acho que não sei nada. Ele foi e transou com rapazes, ou quem sabe só um rapaz. Ele está mentindo para nós, para mim.

Debbie passa pela porta de novo, e Max e eu a observamos com reservas.

— No meu quarto? — ele sugere.

Eu o sigo, subindo a escada, suavizando a expressão no meu rosto, me acalmando, ainda que o meu coração esteja batendo muito rapidamente. Ele vai pedir desculpas, acho. Eu vou perdoá-lo, mas vou definir novos limites, um toque de recolher, vou fazê-lo admitir quando, onde e com quem tem estado.

Ele abre a porta de seu quarto e aponta para a cama. Eu me sento na ponta, e ele se senta à cabeceira, em seu travesseiro.

— Então... — diz ele.

— Então... — eu digo, meu sorriso desaparecendo. Sua expressão é fria. Max nunca foi frio nem sequer por um dia em sua vida, mas hoje ele olha para mim como se eu não fosse a mãe dele e não estivesse do seu lado; como se eu fosse um inimigo.

— Por que você me deu esse nome... Max?

Hesito. — Como?

— Por que você me deu o nome de Max se eu poderia ter me desenvolvido tanto como menino quanto como menina?

— Eu...

— Eu me sinto como um menino porque você me trata como um menino?

— Eu... foi uma concessão. Nós...

— Eu fui ver a Archie.

— Quem?... Você foi ver a dra. Verma?

— É. Fui — Max diz calmamente.

Eu molho os lábios. — Nós nunca guardamos segredo sobre você ser as duas coisas, Max.

— É — ele diz, e se inclina para a frente, me implorando com as mãos. — Mas você nunca me disse que *tipo* eu era. Eu não sabia que era tão raro, que era um dos únicos verdadeiramente intersexuais. Eu não sabia que não tenho escolha, que eu sou ambos e sou nenhum, e que nunca poderia ser nem um nem outro. Nunca soube exatamente o que eu era, que nunca poderia ter filhos como homem, que o meu sexo é apenas uma construção criada pela forma como você me tratou.

— Max, eu não sei... — olho para a porta, pensando em Steve. — Talvez o seu pai...

— *Por que* não me operaram? — ele pergunta, a voz embargada.

Entro em pânico. — Eu queria que você fizesse a cirurgia para ficar igual a todo mundo! Foi seu pai...

— Você queria que eu fizesse a cirurgia?

— Sim! Eu disse a ele, mas depois... nós concordamos que iríamos esperar.

— Esperar o quê? — Max explode. — Eu decidir o que eu era? Eu não era nada! Você deveria ter tomado a decisão em vez de jogar isso em cima de mim!

— Seu pai estava preocupado que você tomasse a decisão errada. Pensei no pior quando decidimos que você não faria a cirurgia até que ficasse mais velho. Pensei que você seria muito confuso, mas até agora você viveu sempre tão bem...

— Bom, eu não estou bem, estou, mãe?

— Max! — grito, quebrando minha fachada de tranquilidade. — Você não pode me culpar por isso! Você transou sem proteção!

Max parece chocado, como se fosse uma surpresa, como se eu não devesse dizer isso. Ele abre a boca para dizer algo, mas o interrompo:

— Você não lembra que tivemos uma conversa quando você estava quase com catorze anos, e você disse que não queria fazer a cirurgia?

— Não! — Max diz, parecendo não ter certeza.

— Bom, nós conversamos. Você tinha tomado hormônios, e todos concordamos que, por não ter havido problemas antes e porque os hormônios estavam fazendo você passar mal e ficar agressivo e rebelde, seria melhor parar de tomá-los.

— Eu não me lembro disso.

— Você odiava tomar os hormônios. E, na verdade... apesar de o seu pai ter me convencido antes a não fazer a cirurgia, concordei com ele na época porque você sempre viveu tão feliz, e então, depois dos hormônios... Fiquei preocupada que o fizessem sentir que não o amávamos do jeito que você é... — minha voz fica embargada. — Sinto muito, Max. Talvez eu tenha errado.

— Por que tomei hormônios quando tinha treze anos? — Max franze a testa.

— Hein?

— Por que o médico disse que eu tinha que tomar os hormônios na época?

— Ele queria que você fizesse a cirurgia, mas nós dissemos que não. Disseram que você poderia desenvolver seios se não tomasse os hormônios. Pensamos que seria angustiante. — Deixo escapar um soluço.

— Angustiante para quem, mãe? Para mim ou para vocês?

— Ah, Max — balanço a cabeça, enxugando os olhos. — Não fique assim. Eu me esforcei tanto por você! Estávamos sob muito estresse. Era sobre a sua *vida* que tínhamos que decidir. Não queríamos que todo mundo falasse de você, olhasse, dissesse coisas. Você acha que deveria ter continuado com os hormônios?

Olho para Max. Ele me encara com uma expressão que não consigo interpretar.

— Você acha? — ele pergunta, depois de um minuto.

— Agora, talvez sim — digo baixinho. — Talvez devêssemos ter feito as cirurgias quando você era pequeno. Mas eles queriam fazer de você uma menina quando nasceu. Teria sido terrível. Ou poderia ter sido bom.

— Não me sinto uma menina — Max sussurra, franzindo a testa. — Mas... Não sei. Sinto que não sei mais quem eu sou.

— Mas você transou com um menino — eu digo. — Não é?

— Mãe... — Max fecha as mãos, uma sobre a outra. — Para de dizer isso. Foi um erro, ok? Foi... — Ele suspira profundamente, fica vermelho e murmura: — Foi só uma vez e foi um erro.

Graças a Deus, eu penso. *Graças a Deus*. Ele já é diferente. Não quero que ele seja mais diferente do que isso. Eu o observo por um minuto para verificar se está falando a verdade. Ele não se move. Concordo com a cabeça.

— Você quer fazer as cirurgias para ser menino? — Max permanece em silêncio. — Max, o que você está pensando? — digo calmamente.

— O que isso quer dizer?

— Quer dizer que você terá tudo retirado. O... — esforço-me para dizer as palavras. — Ovários, útero, tudo. Não sei muito bem como eles fazem, mas eles se livram da... da vagina, e então você pode passar por outra cirurgia para colocar as coisas do sexo masculino, como os testículos falsos que os homens que tiveram câncer de testículo colocam.

Max põe as mãos sobre o rosto e fala por entre os dedos. — Eu pedi à Archie para marcar a cirurgia de retirada do útero e tudo o mais.

— Ah! Bom, muito bom, querido — digo, aliviada.

— Mas não sei se é isso que eu quero! — Max diz. — É... eu sinto...

— Sei que é muita coisa, Max, mas em algum momento você precisa tomar essas decisões. Não é mais fácil acabar com isso logo? — sorrio para ele, encorajando-o. — Vai ser como tirar um gesso. Você acha que vai ser doloroso, mas depois vai se perguntar para que tanta confusão por causa disso. Você sempre foi menino. Nós sempre tentamos ajudá-lo a crescer de modo a poder se tornar quem você quisesse ser.

Max não olha para mim e fica quieto por um instante, concentrando-se em fazer uma bolinha com um fio solto de sua camiseta entre os dedos.

— Nunca pensei sobre nada disso antes — ele murmura.

— Acho que você deveria, Max. Acho que você deveria mesmo — digo. — Você anda tão deprimido! Estamos todos tristes por você. Todo mundo está infeliz.

Percebo uma lágrima gotejar de sua cabeça inclinada para baixo. — Venha cá, meu bem — digo, e vou até ele, abraçá-lo. Ele deita a cabeça no meu peito e soluça, e eu fico triste por ter andado tão distante dele desde a visita à clínica. — Sinto muito, querido. Você está certo. Devíamos ter sido mais responsáveis. Deveríamos ter tomado essa decisão há muito tempo, em vez de deixar você lidar com tudo. Achamos que podíamos adiar até que você fizesse dezoito anos, mas acabamos criando um fardo para você. Sinto muito. Vamos fazer as cirurgias e fazer de você... um bom menino.

Steve abre a porta.

— Ei, acabei de chegar — ele diz baixinho. — Debbie disse que ouviu gritos. Tudo bem?

Penso em pedir que ele se sente na cama para conversar com Max. Mas penso sobre como ele se sente a respeito das cirurgias e sobre a decisão de Max. E faço um gesto para que Steve saia.

Max

— Pegue o seu casaco, vamos viajar até Londres.

— O quê? Todo mundo?

— Não, só você e eu.

— Por quê?

— Shhh! — minha mãe sussurra. — Não me faça perguntas até chegarmos no carro, e eu compro para você qualquer coisa que quiser da Topman.

— Eu preciso de mais camisetas.

— Não, você não precisa, mas tudo bem, se você entrar no carro nos próximos dez minutos.

Pensei que a manhã de sábado ia ser uma bosta, porque não estou autorizado a jogar futebol no momento, então estou perdendo as partidas. Eu ia até lá para ficar sentado no canto do campinho, mas me levantei, tomei banho, me vesti e estava terminando a última parte do meu dever de casa na mesa do meu quarto quando minha mãe entrou.

— Shh, não vá acordar o seu pai! — ela sussurra enquanto desço a escada.

Debbie já está na cozinha. Ela tem uma chave agora, e muitas vezes chega antes de Lawrence e fica aqui para deixar tudo pronto para as reuniões.

— Ei, Max, ouvi dizer que você e a sua mãe vão viajar!

— Oi, Debbie — digo, pegando o suco de laranja da geladeira. — É, vamos sair. Vou comprar umas roupas para o ano que vem.

— Você fica muito bem nisso que está vestindo — Debbie diz, com a voz baixa, e eu me volto para ela, segurando o suco, e a encaro, tipo "Hein?".

Ela sorri. — Divirtam-se.

— Obrigado.

— Max, pegue os sanduíches na geladeira; eles estão embrulhados em papel-alumínio — minha mãe diz, entrando já vestida com o seu casaco.

Pego os sanduíches e amarro o Converse, enquanto ela os coloca em uma bolsa térmica.

— Você quer uns doces? — ela aponta para o armário onde fica o jarro de guloseimas.

Concordo com a cabeça. — Legal.

Ela está melhor do que antes. Eu adorava fazer coisas só com minha mãe, porque, como eu era um pouco mais velho quando eles tiveram Daniel, já tinha me acostumado a passar bastante tempo só com meus pais. Ela e eu ainda escapamos para fazer coisas juntos às vezes, isso não é incomum, mas dessa vez é um passeio pós-clínica, pós-guerra. Estou animado e ao mesmo tempo hesitante. Eu me levanto e pego a mão dela e a aperto.

— Para onde estamos indo, mãe?

— Surpresa! — ela pisca, apertando minha mão de volta.

Dormi muito bem na noite passada, depois da minha conversa com ela. Foi como se um monte de ruído tivesse sido silenciado na minha cabeça, quando ela tomou a decisão por mim. Vou ser menino. Está resolvido. Depois que conversamos, ela me colocou na cama e me trouxe uma garrafa de água morna, porque estava frio. Acho que ela ficou até eu adormecer. Acordei às oito, então dormi por quase dez horas. É engraçado como uma boa noite de sono pode fazer a gente se sentir novo.

Entro no carro e ligo o motor para ir aquecendo-o. Ela ainda faz alguma coisa dentro da casa. Ela deve ter começado a aquecer o carro antes, porque as janelas estão claramente molhadas com água quente para derreter o gelo. Todos os outros carros na rua estão com as janelas cobertas de gelo azulado.

Minha mãe tem um Jaguar. Não é o tipo superchamativo, é um X-type com bancos de couro brancos com aquecimento nos assentos da frente. Ligo o aquecimento tanto no meu banco quanto no dela, para que ela tenha um assento quente quando chegar, e viro o espelho do carona para mim, procurando espinhas em meu rosto.

Nem uma. Nem mesmo no meu couro cabeludo. Não tenho e nunca tive muitas. Mas, pensando agora sobre isso, tive um pouco quando estava tomando hormônios. A minha pele é muito suave, sem espinhas no rosto. Mas o meu bronzeado desapareceu. Estou dourado-esbranquiçado agora.

Pergunto-me como eu seria se tivessem feito a cirurgia para eu ser menina. De certa forma, depois de ontem, não parece uma ideia horrível. Não que eu queira ser menina, é só que chorei tudo o que tinha para chorar ontem à noite e agora não tenho mais energia para sentir medo. Além disso, agora que minha mãe está do meu lado, não me sinto tão sozinho. Mesmo que eu não saiba exatamente o que quero, em seu coração ela quer o que é melhor para mim, e ela me viu crescer e sabe o que vai surtir efeito. Acho que ela está certa. Preciso escolher entre ser um ou outro. Isso vai tornar tudo muito mais fácil: namorar, crescer, assinar documentos oficiais. Sei lá.

Eu projeto os lábios e jogo meu cabelo para um lado do rosto, então a parte mais loira dos fios forma uma meia franja, igual à que muitas meninas na escola usam. Inclino o queixo para cima e lanço ao espelho um olhar desafiador com meu olho esquerdo. Provavelmente eu teria me dado bem com o visual garota-andrógina. Mas me pareço muito mais com um garoto. Especialmente o meu corpo.

Minha mãe entra no carro e me entrega as bolsas. A porta se fecha com um baque estrondoso, e ela suspira, antes de pousar as mãos no volante. Ela olha para mim, estende a mão esquerda e acaricia o cabelo em torno do meu rosto.

— Você quer mais alguma coisa, querido, antes de sairmos?

— Não, estou bem.

— Sim, mas você sempre diz isso. Você tem certeza?

— Sim — sorrio.

— Ok — ela sorri de volta, satisfeita comigo, e coloca o cinto de segurança.

— Mãe? — chamo, enquanto ela sai pelo acostamento.

— Sim?

— A única vez que tomei hormônios foi aos treze?

Ela dirige o carro para a estrada e pisa no acelerador.

A coisa mais legal sobre viver nos subúrbios de Hemingway é que podemos dirigir rápido em todas as estradas próximas a nós.

— Sim.

— Eu não tomei mais hormônios além daqueles?

— Bom, você tem os naturais.

— Agora a minha aparência é quase exatamente como a que eu acabaria tendo, afinal?

— Hum, mais ou menos — ela diz, sem olhar para mim. — Você cresceu um pouco enquanto tomou os hormônios, mas não foi em altura nem nada, apenas o seu peito. Você atingiu a altura completa por conta própria, acho.

— Eu tenho 1,77 m.

— É uma altura boa.

— Quanto você tem de altura, mãe?

— 1,75 m.

— Você sempre parece bem alta.

— Eu uso saltos para trabalhar.

Estamos acelerando pelo interior, até a A-40.

— Então... — olho-me no espelho novamente. — Eu nunca teria me parecido com uma menina, na verdade.

Ela limpa a garganta. — Provavelmente não.

— Você é mais magra do que eu — digo.

— Sim, graças a Deus.

— Hein?

Nós rimos loucamente, como quando a gente segura a respiração por muito tempo e depois solta tudo.

Ela me dá uma olhadela. — Foi uma boa ideia fazer você entrar para o futebol. Seus músculos cresceram desde que começou no time regional.

— É — concordo. Há um silêncio, enquanto olho para o meu peito. — O que teria acontecido se eu tivesse feito a cirurgia para ser menina?

— Humm... — ela me lança um olhar.

— Você disse ontem à noite que queria a cirurgia assim que eu nasci.

— Ah, não sei. Eu estava chateada. Acho que estou contente que você não tenha feito. A essa altura você já teria passado por uma série de tratamentos hormonais.

— Por que não cresceram tetas em mim?

Minha mãe fecha a cara. — Não diga tetas.

Olho para a minha camiseta.

— Não gosto de pensar nisso — ela diz.

— Ok.

Isso me deixa calado por um tempo. Alguns minutos se passam, e ela começa a falar novamente:

— A coisa com as cirurgias é que o seu pai ficou preocupado porque os médicos disseram que você ia perder, ahn... — ela suspira, como se realmente não quisesse falar sobre isso. — Tecido sensível. Você sabe como é, lá embaixo.

— Sim, mas... — mordo o lábio, pensando que provavelmente nunca mais vou fazer aquilo, tirando Hunter. — Sexo não é tudo, não é?

— Bom... — ela sorri. — É um negócio muito importante!

Dou de ombros e olho para fora, pela janela, com tristeza, pensando em todo o sexo que eu nunca vou fazer. — Então por que estamos indo a Londres?

— Nós vamos ver um dos especialistas que trabalhavam com a gente. — ela olha para mim. — Vamos ouvir uma segunda opinião. Não se preocupe. Vou ficar do seu lado.

— Eu não estou preocupado.

Eu a vejo olhar por cima do ombro e colocar a sexta marcha, entrando na M-40. Ela está vestindo um longo *camel coat*[19], um lenço lilás e brincos de ouro, e seu cabelo está penteado para cima, muito bonito. Minha mãe tem um cabelo loiro-escuro em que ela faz mechas cor de caramelo. Ela faz isso no cabeleireiro. Tenho cabelos mais claros que ela, como o pai dela tinha. A mãe do pai dela era da Suécia, então seus olhos são verdes, e os cabelos, loiros. Daniel tem o cabelo avermelhado, um pouco como o cruzamento entre o cabelo que meu pai usava e o cabelo da minha mãe, e os olhos dele são azuis. Meu pai tem cabelos grisalhos agora. Costumavam ser castanho-escuros.

— Mãe?

— Sim?

— Quando você marcou a consulta?

— Eu marquei esta manhã, às sete, assim que abriram. Foi fácil conseguir uma consulta para você. Ele se lembrou de você. Você é uma celebridade entre os especialistas.

— Uau — murmuro. — Esses especialistas devem ser muito fodidos da cabeça mesmo... — minha mãe olha para mim e solta um *tsc* em reprovação.

— Max, não fale palavrão!

— Desculpe.

— Pegue um sanduíche. Fiz o seu preferido. Você tomou café da manhã?

— Não — respondo, revirando a bolsa térmica até encontrar um sanduíche de atum, maionese e pão integral. Dou uma mordida. — Obrigado, mãe.

— Escute — minha mãe diz, olhando para mim. Começa a cair chuva sobre a janela, e os limpadores estão rangendo. — Posso fazer uma pergunta?

Mastigo vagarosamente e engulo. — Hum, sobre o quê?

Minha mãe cerra os lábios. — Sobre com quem... com quem você... — Ela meio que bate os dentes uns contra os outros. — ... ficou?

Eu encaro meus joelhos.

As gotas de chuva apostam uma corrida para ver qual chega primeiro à parte inferior do vidro. Penso em quantos feriados passamos com Leah,

[19] Casaco camelo, moda lançada na Europa em 2010; geralmente são casacos longos ou médios, em tom bege-claro. (N.T.)

Edward e Hunter e em quantos vamos passar no futuro; minha mãe e Leah rindo e saindo juntas para tomar banho de sol, meus pais e os pais de Hunter conversando até tarde da noite na varanda de diferentes *villas*, enquanto ouvíamos de nossas camas, com as janelas bem abertas, e o ar frio da noite entrava, refrescante. Hunter e eu costumávamos subir na mesma cama e conversar até adormecer, anos antes de Danny nascer. Eu me pergunto o que aqueles momentos significavam para ele.

— Quem é ele? — minha mãe pergunta novamente.

— Ninguém.

— Max... Realmente preciso saber — ela me encara, e depois olha de volta para a estrada, e de volta para mim. Eu observo a chuva.

— É alguém da escola?

Eu balanço a cabeça lentamente, negando.

— É alguém... é alguém que eu conheço?

Penso a respeito.

— Max?

Balanço a cabeça novamente.

Ficamos sentados em silêncio. A chuva cai mais forte sobre o teto do carro.

— Podemos ouvir rádio? — peço.

Ela me encara e me observa. Mantenho a expressão muito tranquila. Ela suspira, como se estivesse impaciente, mas diz: — Sim, tudo bem.

Archie

O telefone toca duas vezes antes de uma voz feminina responder: — Residência dos Walker.

— Olá. Com quem estou falando?

— Sou Debbie Mackenzie, assistente de Stephen Walker. Posso saber quem fala?

— É a dra. Verma, da clínica. Eu estou procurando pelo sr. Walker. Você pode colocá-lo no telefone, por favor?

— Ah, creio que ele está na outra linha neste instante...

— Você pode dizer a ele que estou ligando? — digo, um tanto impaciente. — É urgente.

— Eu não sei se...

— Debbie, é sobre o filho dele, por isso coloque Steve agora na linha.

— Ah! Desculpe, sim, vou chamar o Stephen imediatamente.

Ouço os sapatos dela batendo no chão e, em seguida, uma troca de palavras em tom baixo.

— Está tudo bem? — Steve diz de imediato.

— É... — vacilo. — Sei que eu não devo me intrometer. Mas eu não poderia deixar de ligar.

— Tudo bem. O que há de errado?

— Eu só queria ver... Creio que você sabe por que um centro médico particular, chamado Flint, Stamford e Associados, na Harley Street, teria solicitado os arquivos do Max esta manhã, não é?

Eu o escuto respirar fundo do outro lado da linha. — Não — Steve diz. — Não, não sei.

Max

— Se você quiser fazer as cirurgias aqui, isso pode ser arranjado. Gostaríamos de remover o feto, o útero, a passagem vaginal e o óvulo. Obviamente, o *ovotestis* já foi removido. É claro que seria melhor se você tivesse feito a cirurgia de atribuição de gênero antes de ter entrado para a escola, como lhe foi recomendado, porque hermafroditas adultos muitas vezes ficam confusos quanto ao seu gênero, com elevado risco de depressão e suicídio.

— Uau! — murmuro, mas o dr. Flint nem olha para mim.

Minha mãe assente com a cabeça.

Por mais frio e pouco convidativo que seja o consultório do dr. Flint, seu jeito monótono de falar é muito pior. Tento ouvi-lo falar sobre como a minha vida é uma droga.

— É claro — ele diz, como se o que está prestes a falar fosse tão óbvio que devo ser retardado para ainda não saber — que é uma maravilha que Max possa ter filhos, afinal. Muito lamentável que tenha descoberto isso assim. — Ele coça o bigode branco manchado e literalmente aponta para a minha barriga com o dedo indicador, como se quisesse dizer "Advogado: evidência número um".

Ele faz isso sem olhar para mim. O dr. Flint dirige-se apenas à minha mãe. É um homem pálido, velho, com uma voz grave, lábios cerrados e pintas negras em sua pele. Ele toca os lábios e coça o rosto o tempo todo enquanto fala conosco, olha para suas anotações e prossegue com seu discurso contra não termos feito a cirurgia nos meus genitais.

— Eu teria lhe atribuído o sexo feminino antes dos seus quatro anos de idade e teria feito uma clitoroplastia e uma vaginoplastia. Meu entendimento da situação é que, quando Max nasceu, havia certo grau de masculinização da genitália, um falo, que levou a uma falta de consenso entre você, seu marido e os médicos sobre como proceder. No entanto, o meu ponto de vista é que, mesmo que não tenha sido atribuído um gênero específico a Max naquela fase, a vagina deveria ter sido fechada, e a menstruação, mais tarde, impedida por medicamentos. Como eu lhe disse durante as várias consultas de seu filho conosco, eu preferia ter estado junto a ele desde o seu nascimento, em vez de ter sido chamado apenas na fase infantil. Esta tragédia poderia ter sido evitada. Ele aponta na direção da minha barriga o tempo todo, sem que tenha olhado para o meu rosto desde que entrei, e então olha para mim apenas uma vez e resmunga: — Maçãs do rosto salientes.

— Max sempre se comportou como menino — minha mãe diz calmamente.

O médico sussurra entredentes, concluindo: — Provavelmente mais pela criação do que pela natureza.

— Hum — digo, olhando para a minha mãe.

— Shh — ela faz, ouvindo com seriedade.

Ele continua, apontando de novo em minha direção, dessa vez com uma caneta, ao dirigir seu discurso à minha mãe: — Eu diria que um tipo como este, apresentando órgãos sexuais femininos funcionais, deve ser criado como menina, porque meninas têm potencial de fertilidade, e é isso que tentamos preservar, tanto quanto podemos, embora existam, de fato, muito poucos hermafroditas verdadeiros com algum nível de fertilidade. Talvez por isso os médicos tenham achado aceitável não fazer nada a respeito. Mas, claro, não estavam certos.

— A dra. Verma disse que os hermafroditas se tornam inférteis sobretudo porque passam pela cirurgia — minha mãe diz calmamente.

— Os clínicos gerais são muito ignorantes sobre o tratamento dos hermafroditas.

Quando você fez residência, cara?, penso. *Nos anos 1960?*

— Você deveria ter sido avisada a respeito de que, por conta da aparência feminina combinada com as dosagens de hormônios, a criança intersexual — e ele aponta para mim — teria um visual andrógino, algo que é muito atraente entre os jovens, principalmente adolescentes, porque é menos ameaçador que homens e mulheres totalmente desenvolvidos, e, por isso, ele ou ela pode muito bem ser mais sexualmente ativo na metade da adolescência. Esperamos que isso desapareça no final desse período, quando seus colegas começam a apresentar gostos mais voltados para as extremidades do espectro masculino e feminino. No entanto, é muito mais segura a decisão de optar por uma cirurgia de mudança de sexo agora, o mais rapidamente possível.

— Humm — minha mãe diz.

Começo a me sentir uma bosta, pensando na fase em que as pessoas vão deixar de me achar atraente.

— Mãe — sussurro, cutucando-a. Ela pega a minha mão, mas não olha para mim.

— Se tivesse sido feita antes, então Max seria do sexo feminino, e isso seria um mero caso de gravidez na adolescência.

Essa é a única coisa que o dr. Flint diz que me toca. Se eu fosse uma menina, isto não seria um problema. Eu só não sou normal. Sou natural. Não passei por nenhuma cirurgia. Esta gravidez é natural, mas não "normal". Por isso tem de ser interrompida. É um pensamento estranho.

— Eu recomendo uma forte dosagem de hormônios — o dr. Flint diz a minha mãe. — Talvez duas ou três sequências, para garantir que o peito dele não se torne feminino, e tudo o mais.

— Já não teria acontecido por agora? — minha mãe pergunta.

— Talvez sim, talvez não — diz o dr. Flint, que, enfim, se vira para mim. — Você conversa com alguém na sua cabeça?

— Sim, às vezes — murmuro.

— Isso é um sinal de disfunção de gênero. Você está confuso. Disfunção de gênero é notadamente reconhecida por levar à esquizofrenia.

— Mas... — digo — ... todo mundo não conversa dentro da própria cabeça?

— Ou — o dr. Flint prossegue, voltando a me ignorar — pode ser que você tenha absorvido o seu gêmeo no útero, o que lhe deu tanto seus órgãos genitais femininos como sua genitália masculina, e você está conversando com seu gêmeo morto, de quem ainda se lembra.

Fico olhando para ele, apavorado.

Os cantos da boca do dr. Flint se viram para cima, e percebo que ele está sorrindo para mim. — Do jeito que você está, nunca vai arranjar uma namorada, não é, meu filho? Vamos costurar logo essa coisa.

Posso sentir meu rosto desmoronando e tento mantê-lo firme.

A sala fica em silêncio por um momento. Em seguida, uma voz vem da porta:

— Isso é um monte de bobagem! — olho ao redor, chocado, e vejo meu pai.

Karen

Caminhamos em silêncio pelo corredor do consultório do dr. Flint, olhando um para o outro por trás da cabeça de Max, enquanto ele anda um pouco à nossa frente. Steve se vestiu às pressas, com um velho jeans e um suéter marrom grosso, um cachecol e uma fina capa de chuva pendurada nos ombros. Ele parece um gigante atravessando o corredor. Apesar de sua altura, os nossos passos têm o mesmo comprimento. Eu tenho pernas mais longas.

— Como você soube que estávamos aqui, pai? — Max pergunta delicadamente, virando e andando em nossa direção. Seu cabelo cai sobre um dos olhos. Ele parece belo e um tanto feminino. Penso sobre o que o dr. Flint disse.

Steve sorri para ele, firmemente. — A dra. Verma telefonou para me avisar que os seus arquivos haviam sido solicitados pelo escritório do dr. Flint. Ela achou que eu gostaria de saber.

Eu franzo a testa.

— Ah — Max responde, ainda de um jeito delicado. — Eu gosto da Archie.

— Eu também — Steve diz, enquanto caminhamos em direção ao elevador. — Então, Max, o que você acha do dr. Flint?

Max dá de ombros. — Eu não sei. O que você acha, mãe?

— Foi interessante — digo, pressionando o botão do elevador para o térreo, encarando Steve. O elevador dá alguns solavancos quando começa a descer.

— É, acho que foi.

— Jamais gostei daquele bode velho — diz Steve, colocando um braço em volta de Max. Ele olha para mim. — Não sei o que sua mãe estava pensando ao trazer você aqui.

— Bom, por isso mesmo que você não foi convidado — murmuro.

— É, eu notei — Steve diz calmamente.

Quando as portas do elevador tornam a se abrir, Max salta, como se não pudesse esperar mais um segundo para sair. Eu o sigo, mas Steve agarra meu pulso.

— Karen... — ele começa.

— Não — digo, livrando-me de seu aperto. — Eu só queria uma segunda opinião. Archie Verma não sabe nada sobre intersexuais, e eu não gosto da atitude dela. Quem ela pensa que é, ligando para você em casa para que saiba o que estou fazendo com *o meu próprio filho*? Será que ela acha que está *me dedurando*? Karen malvada, que não quer que Max tenha que viver confuso, que prefere que ele seja normal e feliz. Max não deveria ter que lidar com isso.

— Shh — ele sussurra, enquanto caminhamos vagarosamente atrás de Max, fora do alcance de seus ouvidos. — Em primeiro lugar, Karen, se você quisesse uma segunda opinião, poderia ter me contado, e eu teria vindo, sem perguntas. Em segundo lugar, Max escolheu Archie. Ele gosta dela.

— Pare de segurar meu braço! — digo, entredentes. — Não quero falar com você, agora que veio correndo atrás, como se não confiasse em mim, conversando com Max desse jeito a meu respeito. Steve, o herói, voando para resgatar Max da bruxa má.

— Você saiu sem me dizer nada! — Steve argumenta. — Tínhamos concordado a respeito desses médicos. Eles querem cortá-lo todo e ver o que há lá dentro!

— Acho que os seus sentimentos pessoais estão interferindo no que é melhor para Max. Se acabarmos com isso agora, nunca mais será um problema!

— Karen! — Steve grita, em desespero. — Você não pode controlar tudo! Ele sempre vai ser intersexual e tem de lidar com essas questões. O fato de alguns cirurgiões tarados por facas colocarem suas mãos nos órgãos genitais dele não significa que tudo vai desaparecer.

— Argh! Não diga isso.

— Sinto como se tivéssemos voltado dez anos atrás e você estivesse tentando controlar tudo de novo, e nós dois sabemos que fim aquilo levou.

— Não! — viro-me abruptamente e o enfrento. — Não se atreva a trazer aquilo à tona. Foi há muito tempo. Eu não vou embora de novo. Basta, pare com isso.

— Só estou dizendo — Steve grunhe para mim — que você não pode controlar quem ele é com um bisturi, e é melhor você *não levar de novo* o Max ao consultório daquele maluco sem me informar para onde está carregando o nosso filho.

Afasto-me dele, e caminhamos em silêncio, chegando perto de Max, que aguarda na porta da rua. Nossos olhares se cruzam. Steve abre e fecha a boca, então desvia os olhos de mim. — Nós precisamos conversar.

Eu faço que não com a cabeça, mas respondo afirmativamente: — Sim.

Alcançamos Max, à porta.

— Tudo bem? — ele pergunta, a voz baixa.

— Claro, querido — digo, sorrindo para ele. — Por que não estaria?

Max

Depois da consulta com o dr. Flint, minha mãe diz que vamos almoçar. Meu pai parece não querer, mas em todo caso ele vai. Eles até me deixam beber um pouco de vinho, e então vamos à Regent Street fazer algumas compras de Natal.

A conversa se esgota durante o almoço, e depois meus pais começam a discutir sobre algum caso em que ela está trabalhando. Não parece que eles estão falando sobre aquilo, mas sobre mim. Eu viajo, pensando sobre as cirurgias, as cicatrizes e outras coisas mais. Ocorre-me que não sei muito sobre o trabalho da minha mãe. É nas coisas do meu pai a que nós todos comparecemos e sabemos do que se trata. Tudo o que sei sobre minha mãe é que ela me ama e ama o Daniel. E às vezes, agora, que talvez não me ame.

Não, provavelmente isso não é verdade, penso. *Você não poderia odiar seu próprio filho.*

Começo a pensar no meu filho. Será que eu o odiaria por ser de Hunter? Eu o odiaria se ele nascesse com cabelos escuros e fosse parecido com Hunter?

Roo as unhas enquanto caminhamos em fila de três pela Oxford Circus.

— Então... — digo, em uma pausa da conversa entre eles. — Nós não vamos fazer nada com o dr. Flint em Londres?

— Talvez — minha mãe diz, enquanto meu pai devolve:

— Não. Só vamos fazer em Oxford, onde todo mundo é são.

Eles se entreolham, depois encaram o chão. Ambos parecem muito cansados.

— O que você quer fazer, Max? — meu pai pergunta.

Dou de ombros.

— Ele não quer... — minha mãe diz, enquanto ele pede:

— Diga lá, Max!

Cruzo os braços e digo: — Bem, as consultas já foram marcadas em Oxford...

— Você quer fazer isso lá? — meu pai pergunta.

— Ok — eu digo, muito calmamente.

— Max, não chore, não tem problema — meu pai diz e me puxa para debaixo de seu braço.

— Desculpe — digo.

Andamos mais um pouco e minha mãe diz, meio que para si mesma: — Eu me pergunto se todos os pais surtam tanto quando seus filhos crescem.

— Você admite que está surtando? — meu pai pergunta.

— Você admite que eu estou crescendo? — pergunto, e meu pai ri. Minha mãe olha para ele, me ignorando.

— Ninguém lhe dá um livro de regras dizendo como lidar com tudo isso. Os primeiros dois anos terríveis, a primeira briga na escola, a puberdade, os adolescentes irritadiços — ela desvia o olhar para a rua, evidentemente pensando em Daniel. — E garotos raivosos de dez anos.

— Nós somos um pé no saco, acho.

— Humm.

— Seria melhor se eu fosse normal.

— Ah, Max — minha mãe diz. Ela hesita.

— É — eu digo.

Ela balança a cabeça. — Só por você. Eu queria que você tivesse uma vida fácil — ela se inclina e sussurra: — Se fosse só por mim, eu não mudaria nada em você.

O que é bom, mas ao mesmo tempo me confunde. Em todo caso, sorrio.

Caminhamos e chegamos à Hamleys, onde uma garota está vestida como a Cinderela, sobre uma plataforma, fazendo bolhas de sabão para as crianças. A multidão em volta dela atrasa nosso passo. Há um mar de rostos na altura do meu joelho, e de repente começo a vê-los todos individualmente.

Há uma menina chinesa bem pequena, em pé, mal se equilibrando sobre seus brilhantes sapatos afivelados e um vestido roxo com alças, como se fosse um avental, observando a Cinderela com olhos indecisos. Ela estende a mão, apontando para a princesa, e olha para trás, para os pais dela. Sua mãe sorri e acena e seu pai tira uma foto.

Perto dela há duas crianças negras, um menino e uma menina, com suéteres e chapéus cinza. Eles estão completamente embrulhados em cachecóis e casacos, e apenas seus dentes brancos, enormes olhos castanhos e narizes pequenos estão visíveis. Eles sorriem um para o outro, encantados.

À frente de mim e da minha mãe há três meninos loiros. Um é quase da altura de Daniel, o segundo tem uns cinco anos, e o outro, cerca de três.

Olho para as crianças que parecem suecas, para as crianças negras, para a menina chinesa. *É igual a um anúncio de merda da Gap*, eu penso. Meu rosto está quente. Talvez tenha sido o vinho.

Há mais um monte de crianças, que formam um cordão fechado em torno da Cinderela. Uma mulher segura um bebê para assistir ao truque das bolhas. O bebê balança os pés e gorgoleja, feliz. Ele olha para a mãe interrogativamente, depois olha para a Cinderela, como se dissesse: "Você também consegue vê-la, mamãe?".

O bebê parece bem novinho, mas seu rosto é muito inteligente. É como uma pessoa adulta, presa em um pequeno corpo que não pode controlar, olhando para um mundo novo onde nunca esteve antes. A personalidade está toda lá. Ele franze a testa, segue uma bolha à medida que cresce a partir da varinha, então ri e se vira para a mãe, para verificar se ela está rindo. Deve ter no máximo seis meses.

Há uma mulher grávida também, é mãe dos irmãos negros, acho.

De repente, percebo que estou com a mão sobre a barriga. Logo a arranco de lá, mas então me pergunto: *Eu senti ele chutar?* Deslizo a mão para dentro do meu casaco, um pouco constrangido, observando minha mãe e meu pai para me certificar de que eles não estão olhando. Já se passaram quase três meses desde que Hunter entrou no meu quarto, e sob minhas costelas há uma pequena barriguinha que não existia antes. Minhas bochechas ficam mais quentes à medida que abro os dedos sobre a barriga. Olho para o meu casaco. Olho para a mulher grávida. Olho para o bebê.

Penso que o potencial para uma vida inteira, o sonho de uma vida, está dentro de mim neste exato momento, e que abortar não seria apenas se livrar de um problema, mas se livrar desse potencial. Penso sobre o que o dr. Flint falou, que, se eu fosse uma menina, esta seria apenas uma gravidez na adolescência, só uma coisa que eu talvez desejasse, mas tivesse ocorrido um pouco mais cedo do que o esperado. De repente me sinto mal.

— Mãe — murmuro, para meu pai não ouvir —, esse bebê aí pode ser só um ano mais velho do que o meu.

Ela se vira para mim, me dá uma olhada e me leva para longe da multidão. Meu pai vem atrás de nós. Retiro a mão que está sob o meu casaco e vejo a pequena menina chinesa aplaudindo enquanto passamos por ela. Seguimos até a Regent Street, passando por outra menina, de galochas e casaco azul.

— Max, se você pensar no feto como um bebê, vai ser mais difícil fazer a interrupção — ela murmura, tomando meu braço. — Nunca contei isso a você, mas fiz um aborto quando era mais jovem.

— Ah — eu digo calmamente.

— Não foi uma grande coisa, realmente, Max — ela diz. — Eu tinha vinte anos, e seu pai e eu ainda estávamos estudando. Mas o técnico de ultrassom e os médicos falavam "bebê", e eu só... Isso me deixava desconfortável. Então... chame de feto ou coisa assim. Você entende por quê?

Concordo com a cabeça. — Alguma vez você pensou em não fazer?

— O aborto? — ela faz que não com a cabeça e em seguida muda de ideia. — Bem, uma parte de mim pensou romanticamente sobre ele por alguns minutos. Mas sempre acreditei que só devemos ter filhos quando pudermos dar a eles uma boa vida, você não acha?

— Acho — digo. — Eu nunca imaginei que ia, tipo, ficar grávido, então nunca pensei como seria se eu tivesse que ter um filho.

Minha mãe concorda, e continuamos andando. Um minuto depois, ela pergunta: — Aquela garota que você levou na festa de aniversário do Daniel é sua namorada?

— Hum, mais ou menos.

— Eu realmente gostei dela. É uma graça — ela se vira para mim. — Mas, Max, é um pouco errado sair com alguém enquanto você estiver... assim.

— Eu sei.

— Basta esperar até que você faça a cirurgia.

— Eu ainda vou ser intersexual depois.

— Não depois de cirurgia de mudança de sexo.

— Bom... por dentro eu ainda vou ser intersexual.

Ela franze a testa. — Mas em que isso importa se você se parece com um menino e se sente como um menino?

— Hum — murmuro.

— Você sempre se sentiu como um menino, não é?

Dou de ombros.

— Não é?

Olho para a minha mãe. Ela parece preocupada. — É, acho que sim — digo, para acalmá-la.

Mas, para ser honesto, nunca pensei de fato sobre isso. Só tenho sido o Max. E Max é um pouco diferente. Não é bem um menino.

— O que vocês estão conversando? — meu pai diz, inclinando-se para se aproximar de nós. — Não consigo ouvir com esse barulho todo.

— Nada — minha mãe diz.

Ele balança a cabeça e fica ereto novamente.

— Mãe — hesito, sussurrando. — Por que meu pai não quis que eu fizesse a cirurgia quando nasci?

— Ah... — ela desvia o olhar.

— Ele queria um menino e não quis que me transformassem em menina?

— Não, claro que não.

— Bom, ele obviamente ia preferir que eu fosse menino.

— Isso não é verdade — minha mãe diz. Ela suspira.

Entramos na Topshop e subimos a escada rolante até a Topman. — Agora dá para ouvir vocês. Do que estão falando? — meu pai pergunta.

— De você — minha mãe responde, secamente. — Conte ao Max o que você fez quando ele nasceu.

— O que eu fiz?

— A respeito de ele ser intersexual.

— Bom, nada. Decidimos que estava tudo bem do jeito que você era.

Minha mãe suspira novamente quando chegamos lá em cima e se inclina contra uma arara repleta de jeans. Ela olha para meu pai com tristeza, como se estivesse prestes a dizer uma coisa legal sobre ele, mas não quisesse. Em vez disso, ela se vira para mim:

— Eu fiquei despedaçada quando você nasceu. Seu pai lidou com todas as coisas: os médicos, os exames, as consultas marcadas no hospital. Eu não conseguia levar você lá. Achava perturbador demais. Estava preocupada com o modo que você cresceria e que tudo aquilo voltaria para nos assombrar, o que... — ela dá de ombros — ... acabou acontecendo.

Mordo o lábio. — Provavelmente não teria acontecido sem... você sabe.

— Mas algum dia aconteceria, Max.

— Talvez não — meu pai diz.

Dou de ombros. — Mas eu estava bem. Passei um bom tempo muito bem.

— Bom... — minha mãe cerra os lábios e mexe na etiqueta de uma calça de veludo. — Você sabia que o seu pai pintou o quarto do Daniel de amarelo porque era uma cor unissex?

— É mesmo? — pergunto ao meu pai.

— Sim. Queríamos que Danny fosse quem ele quisesse também. Não devemos falar sobre isso aqui — ele diz, parecendo desconfortável. — Vamos falar sobre isso em casa.

— É — minha mãe concorda, sentindo a manga de uma camiseta. — Isto é macio.

— Meu pai sempre fica com a equipe de campanha quando estamos em casa — digo à minha mãe, enquanto ele se afasta para olhar cintos. — O que mais ele fez?

— Ele... — ela anda sem rumo — ... impediu que tirassem fotos de você sem calça. Depois dos hormônios, quando você tinha treze anos, ele me convenceu de que não devíamos levar você de volta aos médicos. Ele disse que eles só queriam documentar o seu caso e colocá-lo sob observação e escrever artigos sobre pessoas como você para crescer na carreira. Ele disse que eram pervertidos doentes, querendo cutucar, repuxar e arregalar os olhos para você. E... — ela meio que estremece — ele foi o único que disse que não podiam fazer cirurgias até que você pudesse decidir por si mesmo. Ele disse que era mutilação. Ninguém iria cortar seu bebê, que funcionava perfeitamente bem. — Ela faz um gesto amplo com as mãos quando diz essa última parte, como se o estivesse imitando, palavra por palavra.

— Meu pai disse isso? — paro de andar. Minha mãe se vira para mim, evitando meu olhar, passando as mãos sobre o jeans *skinny* preto perto de mim.

Ela dá de ombros. — Ele queria que você pudesse ter filhos se quisesse.

Devo parecer atordoado, porque ela diz: — Obviamente, ele pensou que você poderia ser mais andrógino do que é.

— Mas ele sabia que havia possibilidade de eu me parecer mais com um menino — digo.

— Max — meu pai diz, voltando para perto de nós. — Vamos, podemos falar sobre tudo isso em casa.

— Ninguém vai reconhecer você aqui! — minha mãe lhe diz, entredentes, venenosamente, e sai caminhando toda confiante.

Meu pai segue em outra direção.

Meu pai queria que eu pudesse ter filhos?, pergunto a mim mesmo.

Fico onde estou, chocado, franzo a testa, reflito. *Angel*, de Sarah McLachlan, jorra pelas caixas de som do ambiente. Eu levo a mão aos meus lábios, roo minhas unhas e sinto os cantos dos meus olhos lacrimejando.

Meu pai se sentia bem, a princípio, com o fato de eu ter um bebê. Ele achou que estaria tudo certo, mesmo quando soube que eu poderia ser uma aberração total, mesmo quando soube que eu poderia ser um menino, um homem. Ele pensou... Ele pensa... Será que pensa o mesmo agora?

— Max! — minha mãe volta correndo, parecendo arrependida. — Não chore, está tudo bem, sinto muito — ela pega a minha mão e me leva para fora da loja. — Eu não deveria ter contado a você na loja, me desculpe.

— E o meu pai? — pergunto, olhando para trás.

— Vou ligar para ele — diz, apanhando seu BlackBerry. Olho para ela e abro a boca, mas a fecho em seguida e tento limpar o rosto, sentindo as lágrimas correndo entre meus dedos. — Ele só... — ela tira o cabelo do meu rosto, mas eu torno a cobri-lo e luto para me afastar dela. Ela parece sentida. — Ele só não queria ter que decidir sem falar com você. Ele disse que, se tudo funcionava bem, por que não deixar que você fosse... Você mesmo?

— O que você acha? — resmungo.

— Steve, estamos fora da loja. Acho que Max está cansado — ela desliga o telefone. — Para ser franca, depois de ter pensado sobre o assunto por um tempo, concordei com ele... com o princípio dele. Mas o mundo não funciona assim. Pensamos que estava indo tudo bem conosco, porque nada de errado tinha acontecido até agora. Então, uma coisa dessas acontece... Max, sinto muito. Tenho pensado demais nisso, em tudo, em você fazendo sexo e estar grávido. É simplesmente arrasador para mim também.

Eu coro. — Shh — murmuro.

Ela continua, tirando o cabelo do meu rosto: — Nós não podemos mudar o mundo em que vivemos, pelo menos não na época em que vivemos. Não podemos todos ser idealistas como o seu pai. Temos que viver no mundo real — ela toca o meu queixo. — Quero que você seja normal, para que possa ter a melhor chance de viver uma vida boa. Você entende por que quero isso? — minha mãe está quase chorando agora. — Você entende o que quero dizer? Max? Eu te amo, mas quero que as coisas sejam melhores para você. Você entende?

— Entendo, mãe — concordo, balançando a cabeça, secando o rosto, cansado, meu corpo doendo, a garganta ardendo, exausto, esgotado, enjoado e suspirando — eu entendo. Entendo de verdade.

Ela coloca os braços em volta de mim. — Ah, meu amor — ela sussurra, e eu fecho os olhos diante da multidão de clientes que passam nos observando com curiosidade.

Karen

Quando chegamos de Londres, Daniel corre para a cozinha para ver se compramos presentes de Natal para ele, e Debbie e Lawrence nos cumprimentam calorosamente.

— A família voltou! — exclama Lawrence. — Maravilha. Todo mundo de smoking e vestido na próxima meia hora, por favor. O baile de Natal da Magdalene College não vai esperar por seu orador convidado.

— Estou cansado — Max diz.

— Você não precisa ir — digo a ele, eu mesma emocionalmente exausta.

— Pronto para conversar? — Steve murmura.

— Agora? Sério? — pergunto.

— Stephen, estou com Holden na linha para você — diz Debbie animadamente.

— Esta é para mim? — Daniel pergunta, apanhando uma sacola da Hamleys que pescamos no último minuto. Steve a toma e levanta.

— Não até o dia 25! — Steve diz, pegando o telefone. — Desculpe, é sempre um caos na minha casa aos sábados. Como posso ajudar você, Holden?

— Eu não posso ESPERAR pelo Natal! — grita Daniel. — Lawrence trouxe a árvore hoje.

Lawrence sorri, olhando para mim. — Vocês estavam tão ocupados...

— Obrigada, Lawrence, que atencioso de sua parte.

— Posso ligar para você em dez minutos? — Steve murmura ao telefone.
— Obrigado.

— Vamos ver a árvore — Daniel diz, pegando a minha mão.

— Karen? — Steve se senta à mesa da cozinha, cruza os braços e espera que eu me junte a ele.

— Claro — digo a Danny, ignorando Steve e indo ver o pinheiro cujo pedido negligenciei e que faz a sala parecer minúscula, explodindo alegremente em ramos por todo o tapete.

— Logo, logo — Daniel diz — vai ter um monte de presentes debaixo dela!

— Vamos decorá-la hoje à noite — Max diz, calmamente, atrás de mim.

Eu o vejo passar a mão sobre o rosto para limpar alguma coisa, e ele passa por mim, se agacha, e vasculha a caixa de sinos minúsculos e enfeites da árvore.

— Legal — Daniel concorda e se ajoelha ao lado de Max.

A cabeça loira de Max e a ruivo-clara de Daniel se juntam diante da árvore, e respiro fundo e penso que logo já será Natal, e vamos deixar para trás tudo o que está me consumindo por dentro agora.

Sinto Steve colocar o braço em volta de mim, por trás.

— Karen — ele murmura. — Precisamos conversar sobre isso. Sei que você está chateada.

— Você sempre sabe.

— Stephen? — Debbie chama da cozinha.

Esperamos, imóveis, sentindo a respiração um do outro, sentindo o repuxo de nossas vidas ocupadas; vidas que giram em torno da casa e do trabalho e de outras pessoas. Steve mergulha a cabeça no meu ombro e o beija.

— Me larga — sussurro.

— Stephen? — Debbie chama.

Ele me abraça forte e beija meu pescoço. — Karen... Eu amo você — ele sussurra para a minha nuca, um tanto desesperado.

Sylvie

Manhã de segunda-feira
Esta aula é uma besteira
Tudo o que eu faço é pensar em você

Estou ocupada escrevendo esses versinhos bem mundanos, porém realmente sentidos, quando meu celular vibra.

— Ei.

— Ei. Você se importaria se eu passasse um trote em você?

— Não é trote se eu atendo sabendo que é você.

— Bom argumento. Por que você atendeu?

— A professora está atrasada outra vez — digo.

— Horrível.

— Ela é viciada.

— Sei, em crack. Ouvi dizer.

— Então, por que você está me ligando em vez de vir me buscar?

— Eu estou do lado de fora da janela.

— O quê? — eu me levanto. — Por quê?

— Venha ver a face do amor, maluca — a voz de Max diz em meu ouvido.

— Amor?

Ele ri.

— Cristo! — exclamo. — Eu estou vendo você. Você está pelado.

— Não, não estou! Para qual janela você está olhando?

— Eu estou brincando.

Ele me vê e acena.

— Você vai descer?

— Ok.

— Estamos matando aula de novo.

— Menino de ouro, o que está fazendo da sua vida?

— Estou me rebelando.

— Você está jogando tudo fora, como um James Dean moderno, mas com uma bundinha bem melhor que a dele.

— Ora, muito obrigado.

— Você vai mesmo matar aula de novo? — pergunto, em dúvida. — Quero dizer, eu dou conta de perder aulas porque sou tão boa que não preciso estar aqui para tirar A, mas, tipo, tenho reparado que você estuda pra caramba.

— Eu vou sobreviver. Não consigo ficar na escola. Sou um fugitivo agora. Todo mundo pensa que engravidei alguém. É insuportável.

— Todo mundo menos eu, hein? É por isso que você está saindo comigo.

— É, por isso e por causa dos seus peitos.

— Ai, meu Deus: Max Walker sendo grosseiro! Vou contar isso para todo mundo agora mesmo.

— Não, você não vai.

— Vou, sim. Já estou twittando.

— Não, você não está!

— E estou postando com a *hashtag* "filho de Stephen Walker".

— Argh, não diz uma coisa dessas. Meu pai está passando o dia em coletivas de imprensa.

— E daí?

— Hum, nada. Venha rápido, maluca.

Ouço a respiração dele estremecer.

— Você está congelando as suas bolas aí fora esperando por mim?

— Bom... — ele diz. — Mais ou menos.

— Por que você só fica encarando o seu pênis?

— Você ainda está na janela? Não consigo ver você! Será que pode descer logo daí?

Corro e o abraço por trás.

— Ah! — ele grita.

— Peguei você! — eu grito. Nos viramos um para o outro, erguemos nossos celulares e os desligamos. Ambos se fecham no mesmo momento.

— Uhu! — digo, olhando para eles. — É o destino.

Max sorri feliz e me abraça. — Você faz eu me sentir tão bem, Sylvie!

— Tudo bem, não seja brega. Você sabe que eu tenho fobia de compromisso.

— Foi mal.

— Vamos lá, vamos nos agarrar em cima de um túmulo.

— Que nojento!

Max

Terça-feira, dia 11, é o dia da primeira consulta no hospital.

O médico se chama dr. Jones. Ele é alto, tem cabelos castanhos ficando grisalhos e um rosto gentil.

— Depois da interrupção, é normal ter algum sangramento leve e um pouco de dor abdominal. Se chegar a ser demais, é só vir nos ver — ele diz. Essa é uma das únicas coisas que eu capto. Minha mãe e meu pai ouvem atentamente enquanto observo a boca do dr. Jones se movendo e, em seguida, saio de mim.

— Vamos falar sobre contraceptivos para o pós-operatório? — ele pergunta, virando-se para mim.

Balanço a cabeça, negando.

— Não? — ele diz, virando-se para os meus pais.

— Não — confirmo.

— Certo — ele hesita por um momento, então se recupera. — Vamos prosseguir com o exame pélvico, sim?

Minha mãe e meu pai saem da sala para isso. É horrível, mas acaba rápido, e o médico diz que devemos fazer um ultrassom, porque é difícil dizer, com a minha anatomia, se vão ser capazes de ver o feto no modo normal.

Concordo com a cabeça.

— Tudo bem? — ele pergunta.

— Claro — digo baixinho.

Minha mãe chega para o ultrassom, e a técnica prepara tudo e passa o transdutor por toda a minha barriga. Eu olho para a técnica, mas ela parece não achar nada de estranho ou errado. Ela liga um monitor e o observa atentamente. Está virado de maneira que não posso vê-lo, mas assisto à chama da luz dançando pelo seu rosto e me dou conta de que esses lampejos são o mais próximo do que jamais vou chegar a ver de meu filho com Hunter. A técnica percebe o meu olhar.

— Posso ver? — peço calmamente.

Ela hesita — Você quer ver a imagem no monitor?

Mordo o lábio quando minha mãe diz "não". Posso sentir minha mãe me encarando.

— É melhor eu ver — murmuro, sem olhar para a minha mãe, e a técnica vira o monitor para mim. A porta se abre e entra o dr. Jones com um par de jalecos brancos.

— Você pode dizer o sexo? — peço.

— Não — ela responde. — Não até que esteja entre vinte e 28 semanas.

Eu junto as semanas em grupos de quatro na minha cabeça. Cinco meses. Reencontro minha voz enquanto olho para todas essas linhas no monitor, então faço outra pergunta: — Por que o meu estômago doía tanto?

— Primeiras cólicas uterinas — a técnica diz, olhando para mim com simpatia. — É só o seu útero se esticando para acomodar o feto.

— Tudo parece relativamente normal, Max — o dr. Jones murmura gentilmente. — Talvez um pouco menor em torno da passagem vaginal, mas acho que seria possível fazer com anestesia geral.

— Posso ficar com a foto? — pergunto.

— Como? — diz a técnica.

E minha mãe diz: — O quê?

— Não costumam fazer uma foto? — olho da técnica para a minha mãe. Minha mãe me olha como se eu fosse louco.

— Desculpe — digo.

A técnica não responde, apenas se inclina para uma impressora, e, depois de um pouco de zumbido, a máquina cospe um pequeno pedaço de papel, que ela me entrega.

Em seguida, o dr. Jones nos diz, no momento em que saímos, que ele vai nos receber na sexta-feira para o aborto, e então a visita acaba. Leva um total de 45 minutos.

Quando chegamos em casa, minha mãe põe a cabeça entre as mãos sobre a mesa da cozinha e não diz nada. Vou para o meu quarto e me sento na escuridão, exceto pela fraca luz noturna.

Tem uma coisa no formato de um pequeno feijão na imagem. Depois de algum tempo não consigo mais olhar para ela, então a seguro em uma das mãos, cubro meus olhos com a outra e fico ali deitado, enrolado no canto superior da minha cama, pensando, respirando e tentando não pensar.

Permaneço com essa atitude basicamente durante toda aquela semana.

Eu sou um cara normal. Sou um cara normal, que nunca teria um problema como esse. Como o quê? Como nada. Ele não existe. Sou um cara normal de dezesseis anos. Eu ouço música. Eu uso meu iPod. Dou risada com meus amigos. Sonho em beijar Sylvie Clark. Beijo Sylvie Clark.

Eu sou um irmão. Não sou uma irmã. Não sou um tudo. Não sou um nada. Não tenho grandes escolhas a fazer. Sou um adolescente, e meu maior esforço é ser normal.

Não posso mais me olhar no espelho, ou ver um reflexo de mim mesmo no vidro. E não sei por quê.

Karen

Tenho dormido no quarto de hóspedes desde sábado, depois da viagem a Londres, e estou lá na quarta-feira, tirando as roupas de cama, esperando Max e Daniel voltarem para casa, quando ouço a porta bater. Hoje, Steve e eu chegamos em casa do trabalho ao meio-dia a fim de fazermos as pazes e voltar a discutir sobre Max. Sentamos na mesa da cozinha, cansados demais para falar, até que ambos, em um acordo silencioso, nos levantamos, caminhamos até o quarto e nos deitamos um ao lado do outro. Ambos dormimos aqui por quatro horas sem acordar, até que o telefone tocou, trazendo novidades.

Ando até o patamar da escada.

— Meninos?

— Oi, mãe!

— Seu pai tem algo a dizer para vocês. Acho que ele está na sala da frente.

Steve aparece na porta enquanto desço a escada, e Max e Daniel tiram os sapatos.

Eles enfiam suas meias emboladas nos sapatos. Ambos estão vestidos com o uniforme escolar. O de Max é basicamente um terno inteiro, com uma camisa preta em decote em V por baixo do blazer. Além do uniforme, ele usa um relógio no pulso esquerdo, um relógio bom que compramos para ele em seu décimo quinto aniversário. O cabelo está desgrenhado e as bochechas estão vermelhas por causa do frio. Daniel tem sua própria versão de cabelos despenteados, com mechas surgindo comicamente no alto da cabeça, e o rosto vermelho; exceto por seu cabelo também ter uma pitada de ruivo, ele se parece um pouco com um pequeno pêssego. Daniel veste um suéter azul-marinho, com uma camisa branca por baixo, uma gravata vermelha e calça cinza. Eles são completamente diferentes, mas de alguma forma, apenas no rosto, têm em comum um tanto de nariz arrebitado, sardas, olhos grandes, cílios longos.

— O que foi? — Max pergunta, com voz tranquila.

— Bom... — Steve olha para Max com um quê de preocupação, então volta-se para sorrir para Daniel. — O bebê da Julie nasceu hoje, nas primeiras horas da manhã, por isso estamos indo para o hospital, para vê-lo.

— Se vocês quiserem ir — acrescento, rapidamente, olhando para Max.

— Legal — nosso filho mais velho diz.

— Daniel, você quer ver o bebê? — Steve pergunta.

— Quero, excelente — diz Daniel, balançando a cabeça.

— Bom, então vamos pular no carro, e talvez a gente consiga evitar a hora do *rush* no caminho até Londres — Steve diz.

Ambos se levantam e vão para a porta. — Qual o sexo do bebê? — Max pergunta, virando-se.

— É menino — diz Steve. — Ele se chama William.

Daniel

Max apareceu no meu quarto esta noite. Não tem vindo muito, ultimamente, e eu andava sentindo falta dele. Esta semana parecia que ele nem estava ouvindo o que eu falava, e eu tinha que continuar repetindo para ele prestar atenção. Mas hoje à noite ele veio logo depois que vimos o William e comemos a pizza que o papai pegou no caminho de volta, e parece que ele está contente de ficar um pouco aqui comigo, o que é legal. Ele cola do meu lado um pouco, me vê jogar *Zombieland 4*, um game novo que ganhei no meu aniversário e é melhor ainda do que o *Deadland 2*, e ele me dá umas dicas. Depois ele se levanta, caminha ao redor do meu quarto olhando para as coisas, tipo as minhas fotos de robôs, e aí ele pega o meu urso amarelo e faz carinho na bunda do urso, que é realmente macia.

— Qual é o nome desse cara?

— Urso Amarelo.

Ele ri, ainda que isso não seja engraçado. — Certo.

— Você não acha que o bebê da tia Julie é esquisito? É tipo um daqueles cachorros com muita pele...

Ele meio que dá um sorriso que é quase uma risada. — Ele vai crescer, e a pele dele vai esticar. Ele acabou de nascer. Você não o achou uma graça?

Faço uma careta e mato cinco zumbis no jogo — quatro com uma bazuca e um com uma faca, porque este está a menos de um metro do meu personagem.

Ele coloca os braços em volta do Urso Amarelo e o embala como se fosse uma boneca.

— Acho que os bebês seriam bonitos se eles se parecessem mais com ursos — digo.

— É — ele responde, meio quieto.

— Tipo bebês Ewok[20]. Eu queria ter um filho Ewok, e ele seria bonito, e ainda por cima eu não teria que comprar roupas para ele, e ele poderia matar *chicken-walkers*[21] — ele fala alguma coisa muito baixo, e eu pergunto: — Hein?

Então, ele olha para mim do jeito que os adultos fazem quando estão agindo como se soubessem muito mais sobre alguma coisa do que você, mas sorrindo, como se houvesse um segredo que você um dia vai saber, e ele vai ser grande, e "estamos tão orgulhosos de você e de todo o potencial que você tem, mas nós não vamos falar sobre isso agora, porque não acho que você vá entender".

— Eu disse que você vai ter filhos um dia, rapazinho. Quando você encontrar alguém legal.

[20] Espécie do universo ficcional da série *Guerra nas estrelas*. (N.T.)
[21] Robôs do universo ficcional da série *Guerra nas estrelas* que têm longas pernas mecânicas. (N.T.)

— Acho que sim.

Coloco a língua para fora, tipo "eca", mas acho que um dia vou ter filhos mesmo, só que bem mais tarde. Os adultos vivem falando de bebês como se eles fossem o centro do universo, mas William não se parecia com nada, só meio nojento e dorminhoco. Porém os meus filhos seriam tipo super-heróis. Eu os treinaria e encaixaria extensões robóticas em seus braços com Uzis e lasers com os quais cortariam coisas, como os que são usados nas cirurgias oculares a laser, que vou ver como são na Wikipédia, acho, depois de o Max sair.

Isso me leva de volta ao Max, que me observa matar zumbis como se estivesse vidrado, e percebo que ele é bem mais velho e vai deixar a escola em dois anos, e depois ele vai ter que ir para a universidade, e depois disso talvez ele tenha filhos. Isso faria de mim um tio. Talvez eu possa encaixar extensões robóticas nos filhos dele para dar superpoderes a eles. Mas talvez eu deva guardar isso para os meus filhos, porque isso daria aos filhos dele poder sobre os meus, mas aí me dou conta de que, já que vou ter os meus filhos depois de ele ter os dele, as extensões e as modificações dos meus descendentes serão mais avançadas, assim posso fazer alterações na prole dele sem me preocupar.

— Você vai ter filhos? — pergunto.

Ele está em uma espécie de torpor, apoiando o queixo sobre a cabeça do Urso Amarelo, segurando e olhando para a pata do Urso Amarelo sem motivo algum, porque deve estar fora de foco com ele olhando assim tão de perto, como quando fico vidrado olhando para alguma coisa e minha mãe manda "Mexa-se! Faça alguma coisa!", e então ela me faz cócegas.

Ele dá de ombros, parecendo meio mal-humorado. — Provavelmente não — diz ele.

— Por quê? — pergunto enquanto assassino um demônio. — Quero dizer, por que não?

Ele ajusta a gola da camiseta do Urso Amarelo até que ela caia em torno do urso toda certinha e depois acaricia as costas dele. Max vira o Urso Amarelo para encará-lo.

— Não sei — diz ele. — Por que você acha que não, Urso?

— Você não deve forçar a cabeça dele desse jeito! — digo.

— Desculpe — ele larga o urso como se soubesse que estava sendo imbecil.

— Ei! — de repente penso num lance. — Os meus filhos vão ser como você ou como eu?

— Não sei — ele pondera, como a gente faz quando para para pensar por um tempo.

— Não sei que tipo de coisas genéticas você passa adiante.

— Tipo DNA?

— É.

— Tipo no *Jurassic park*?

Ele olha para o lado, como se estivesse se lembrando. — Sim.

— O que é DNA?

Max franze o cenho. — É como um código. Ahn... E esse código é uma descrição de você, com a qual o corpo da sua mãe cria você. São instruções, como a planta de construção de uma casa.

— Ah. Entendi — detono um antro de crack de zumbis. — Mas por que as minhas instruções disseram que eu tinha que ser ruivo? Foi um erro?

— Não! — Max diz com firmeza.

— Será que as minhas instruções vieram erradas?

— Não — ele balança a cabeça. — Você é perfeito, Daniel. Você é demais!

— Então, o que aconteceu?

— Bom... se todas as pessoas do mundo fossem iguais, não ia dar certo.

— Ia dar certo, sim. Como em *Matrix*, só que os caras legais e malvados iriam governar o Universo.

— Ahn, ok — ele olha para mim e eu olho para ele, aguardando uma explicação. Ele tira a gravata e desabotoa alguns botões de sua camisa da escola, deixando escapar um suspiro longo, que parece muito o jeito com que meu pai fez isso na semana passada, quando eu estava esperando que me explicasse a questão dos *aliens* assim que ele chegou de alguma reunião que tem com advogados.

— Imagine — começa Max — que há um poder enorme controlando tudo. Ninguém sabe o que é, mas muitas pessoas dão nomes diferentes para esse poder.

— Como Deus?

— É, algumas pessoas chamam de Deus, outras chamam de natureza. Mas achamos que existe porque parece haver uma ordem em todas as coisas.

— Estou entendendo.

— Ok, ótimo. Ahn... por isso, quando se trata de diferentes espécies...

— Seres humanos, cachorros e tudo o mais?

— Isso. Então, quando se trata de espécies, a ordem parece ser que a espécie meio que tenta fazer o melhor de si, sem saber realmente que está tentando, você entende?

— Inconscientemente?

— Isso. Boa palavra. Então, a espécie também tenta se fazer melhor e mais forte, para que ela possa sobreviver por mais tempo do que todas as outras espécies. É tipo uma corrida. Igual ao *DeathMatch 4* no PS3, no qual você tem que ser o último grupo a sobreviver em sua categoria. E, na Terra, os humanos são uma espécie de vitória na nossa categoria.

— Qual é a nossa categoria?

— Mamíferos de sangue quente — diz Max, cada vez mais acelerando a história. — Uma das principais táticas que o homem tem usado nessa corrida é a variação. A variação é o que faz com que muitas pessoas sejam diferentes, usando diversos códigos de DNA muito complexos, com cargas de pecinhas minúsculas, incluindo algumas chamadas genes. Quanto mais genes, mais complexos somos e mais podemos produzir tipos diferentes de pessoas — ele franze a testa. — Basicamente, é mais ou menos isso. Quando produzimos pessoas diferentes, descobrimos quais tipos de pessoas são mais fortes, porque elas conseguem sobreviver à infância, os anos em que você é pequeno e fraco e é testado pelos elementos, como o clima e a fome, e depois da infância, as pessoas diferentes que são mais fortes sobrevivem para produzir crianças que serão como elas, e, então, a sua variação se prova forte, e seus filhos nascem com essa variação, e os seres humanos se tornam mais fortes como grupo. E porque os seres humanos são animais sociais, feito lobos em matilha, quando há pessoas diferentes, elas são melhores em coisas diferentes, como caça e tarefas domésticas, para assim ajudar o grupo a sobreviver. Portanto, o seu código fez quem você é, porque os códigos são projetados para cuspir pessoas diferentes. As diferenças são parte de uma raça gigantesca feita para vencer, como espécie, de modo que todos desempenham um papel muito importante.

— Ah — digo, balançando a cabeça. — Então eu sou especial.

Max sorri. — Sim, você é muito especial.

— Bom — digo, mas ainda me sinto um pouco esquisito, então preciso pensar um pouco mais, e falo: — Mas se eu não sou como você e não sou bom na escola nem popular, isso significa que eu perdi algumas coisas quando estava crescendo dentro da mamãe, não foi?

— Você... — Max fica reticente. — O lance, Daniel, é que somos todos diferentes. Nós não podemos ter tudo o que todo mundo tem.

— E quanto aos filhos?

Max olha para cima e de repente parece muito assustado, como se eu tivesse acabado de lhe dar uma gravata. — Os filhos?

— Será que os meus filhos vão ser como eu ou como você? — pergunto. — Acho que quero que eles sejam como você. Ou, melhor ainda, como o papai, porque você é um pouco pequeno.

Ele bufa e diz: — Nem sempre se pode escolher como os seus filhos vão ser — mas ele diz isso de modo que me faz pensar que talvez esteja pensando em outra coisa.

— Tem certeza? — pergunto, só para me certificar.

Ele pensa. — Acho que, se eu tivesse filhos, eles poderiam ser tão propensos a ser como você quanto os seus filhos seriam suscetíveis a ser como eu. Talvez.

— Ah, bom — digo, me animando todo. — Então, os nossos descendentes teriam uma luta justa quando disputassem.

— Sim — ele diz, com a voz soando abafada e cansada. — Bom, fico feliz em saber que você está aliviado.

Max

Depois da minha conversa com Daniel na noite de quarta-feira, vou para a cama, apago todas as luzes e começo a chorar histericamente. Tenho me sentido tão desconfortável ao longo dos últimos dias... Andei pensando: *É isso e acabou, esta é a única vez que eu vou poder ter filhos. A única vez que vou olhar para um bebê e ele vai ser meu. Eu vou me ver em seu rosto, ver minha mãe e meu pai nele também, ver o meu avô e a minha avó.* O pensamento faz com que eu me sinta assustado e deprimido de verdade. Nunca tinha pensado sobre isso antes. Nunca tinha pensado se queria ter filhos. Quando era pequeno, eu achava que teria, algum dia, mas depois me dei conta, quando fui me tornando um pouco mais velho, que isso provavelmente não estava nas cartas para mim. Pensei que era estéril, mas não pensava nisso muitas vezes. Tenho dezesseis anos — por que eu iria pensar sobre isso? Mas agora...

Eu estou pensando em ter a criança? Estou pensando seriamente em ter a criança?

É só porque eles não vão deixar isso acontecer de novo! Todo mundo anda falando sobre retirar tudo, como se a coisa já estivesse feita. Fui eu quem pediu a Archie que marcasse o aborto, mas eu estava tão apavorado! Minha mãe olha para mim como se eu fosse uma bomba prestes a explodir, meu pai me evita e trabalha o tempo todo, e eu só baixo a cabeça para tudo. Histerectomia, sim, que seja. Mas eu quero isso? Não sei.

Eu não tenho certeza. Ai, meu Deus! Eu não tenho certeza.

Ainda que não retirem tudo, nunca vou ficar grávido de novo porque... bem, porque gosto de garotas, mas também porque quem teria interesse em ir até "lá embaixo"? Além do Hunter, quero dizer. Eles nunca vão me deixar fazer inseminação artificial. Eles provavelmente não vão retirar óvulos e deixar que eu arranje o esperma de um doador e uma barriga de aluguel, porque, cá entre nós, quem vai deixar esse meio macho, hermafrodita, solteiro, fazer isso pelo Serviço Nacional de Saúde? Então, só posso fazer isso se conseguir ficar muito rico. Portanto, não haverá outras opções para ter filhos mais tarde, nunca, e agora é comigo, conto as horas para tomar uma decisão sobre algo que poderia moldar a minha vida inteira. Esta é a minha única chance de ter um bebê? Vou acabar sendo o solitário tio Max para as crianças de Danny, o tio velho e sozinho que não tem ninguém para visitá-lo na casa de repouso, que tem um problema semissexual esquisito, e por isso nunca se casou e sobre o qual jamais falamos, mas todos os netos de Danny cochicham a respeito? Como vai ser a minha vida?

Eu odeio você, Hunter. Como eu odeio você!

Soco o travesseiro e me viro, empapando o edredom com minhas lágrimas e me engasgando silenciosamente em soluços.

Será que ainda é uma opção eu ter a criança?

Sempre que deixo meu cérebro viajar até os nove meses futuros e me imagino com um bebê, penso imediatamente: *Não. Não, não, não, não.*

Mas garotas adolescentes têm bebês o tempo todo. Será que é tão abominável só porque é meu e eu não sou uma garota? Tampouco sou um menino. Tenho uma família estável, nós temos dinheiro. Talvez minha mãe e meu pai pudessem criá-lo como filho deles, e ninguém nunca teria que saber o que eu sou.

Isso é loucura. Como posso ao menos pensar sobre isso? Quero dizer, como eu mesmo sobreviveria à gravidez? As pessoas me veem pela cidade. Não posso simplesmente ficar dentro da minha casa por seis meses. E como o bebê iria sobreviver, sendo filho de um hermafrodita? Ai, meu Deus!

Não. Não posso fazer isso. Dá para imaginar. Tudo. A humilhação, a vergonha, meus pais totalmente deprimidos, amigos descaradamente apavorados ou sutilmente apavorados, e a estranheza significaria um afastamento. Todos os meus amigos homens, de cara, iriam pensar que sou a fim deles. Todas as minhas amigas iriam pensar que sou gay. Se eu dissesse que não sou, não teria importância. Seria tão ruim quanto ser gay se eles ficassem se questionando sobre isso.

E, então, tem a coisa maior: Sylvie. Gosto tanto dela que dói quando penso nela descobrindo tudo isso. Sylvie, Sylvie, Sylvie. Ai, meu Deus, só posso imaginar seu rosto, ela se afastando de mim, seu olhar de desgosto, sua mão descendo até lá e agarrando e sentindo coisas que não deveriam estar lá. Realmente não quero perdê-la. Mas parece inevitável. É inevitável. *Só quero segurá-la por um pouco mais de tempo*, imploro ao universo. *Por favor, só mais um pouco...*

Ela não vai nem querer mais me beijar, porque vai ficar preocupada que eu queira que ela vá mais longe, e, se eu explicar que não quero isso, ela vai me deixar, porque afinal ela já fez sexo, e ela vai querer sexo.

Eu: — Não se preocupe, não quero ir além de beijar, porque é tudo uma bagunça aqui embaixo. Além disso, eu estou grávido.

Ela: — Ahn... Eu não tenho certeza de que estou com vontade de beijar você agora, mas obrigada. Ou: — ESSA MERDA É TÃO NOJENTA! FICA LONGE DE MIM!

Ai, meu Deus, não quero pensar sobre isso. Não quero pensar sobre isso. Respire. Respire. Experimente ignorar que agora existe uma ligeira saliência sob os músculos do estômago que costumavam ser motivo de orgulho para mim. Tente não olhar para ela. Não toque. Tente não pensar que há um bebê lá dentro. É só um problema, e ele vai sumir em poucos dias. Do jeito que os problemas costumam ser chatos, este é um que já está bem resolvido.

Você tem sorte. É fácil. Você vai dormir, depois vai acordar, e no dia seguinte a vida vai voltar a ser incrível. A vida vai ser incrível, e você vai poder se agarrar com Sylvie sem se sentir culpado, porque ela não vai saber que está se agarrando com alguém nojento (tudo bem, ainda serei um garoto-mocinha, mas sem gravidez, e, talvez, se eu tiver estômago para isso, serei apenas um garoto. Mais ou menos). Você pode arrebentar no campeonato e chegar ao primeiro lugar com a equipe; você pode terminar suas GCSEs e ter um verão incrível e depois começar nos A-Levels. Talvez eles encontrem uma maneira de fazer você conseguir transar, costurando o buraco, colocando bolas falsas (algo dentro de mim estremece cada vez que penso nisso. Sem nunca ter visto bolas na vida real, acho que elas são nojentas. Não olhei quando Hunter estava com as dele para fora, mas senti aquilo batendo em mim — e me assustei. Repulsivo, nojento, doentio). E, apesar de o meu pau ser relativamente pequeno, uma vez o médico disse que não é muito abaixo da média. Lembro-me de estarmos voltando da consulta para casa — eu estava prestes a fazer treze anos —, e minha mãe me disse no carro que meu pai é bem avantajado. Novamente, quão doentia é a minha vida, a ponto de as pessoas sentirem necessidade de me contar essas coisas/me mostrar o material/comparar etc. É, tipo, "Ah, você tem uma genitália esquisita. Posso falar com você agora sobre qualquer coisa, e você não vai achar tão nojento assim, porque ser você já é um festival de coisas doentias mesmo". Ou talvez para as mulheres seja, tipo, "Ah, você é uma menina, posso contar essas coisas a você". E para os poucos caras que sabem é, tipo, "Eu posso contar a você coisas que vão fazer com que eu me sinta vulnerável, porque você é muito mais mulherzinha do que jamais vou ser". Acho que tecnicamente isso é verdade.

Não posso acreditar no que minha mãe disse sobre meu pai no outro dia. Sempre achei que ele se sentisse desconfortável comigo. Nós não passamos muito tempo juntos. Acho que ele não passa muito tempo com minha mãe, tampouco com Daniel. Ele anda tão ocupado o tempo todo e, muitas vezes, parece distante. Quando pergunto sua opinião sobre as coisas, ele só me pergunta como estou me sentindo ou o que acho. O problema é que não sei o que sentir ou o que pensar sobre isso.

Na verdade, meu pai nunca falou comigo sobre ser intersexual, nem mesmo agora, que estou grávido, não sem minha mãe junto. Sempre achei que não sou o menino que ele queria como primogênito. É um pouco mais fácil para ele, porque gosto de futebol, de garotas e tudo o mais, mas sempre achei que ele parecia... Ele não consegue se esquecer de que sou um pouco das duas coisas, fisicamente. Sempre achei isso, mas ignorava esse pensamento.

Ele entra nas nossas conversas quando estamos falando sobre como Jennifer Aniston está em forma e estamos todos rindo e tal, e então você repara nesse pensamento passando por suas íris, e em seguida uma pontada de dor surge no rosto dele, e ele começa: "Mas se você gosta de outras pessoas, mesmo que não sejam mulheres" — só que ele não diz isso. Ele simplesmente não chega e diz o que está pensando, então não sei o que ele está pensando. E eu olho para ele e acho que o que estou vendo é de partir o coração, porque não sou o garoto dele. Nunca vou ser o seu menino.

E eles têm o Daniel, e ele curte matar coisas, o que é coisa de menino, mas ele também ama ursos de pelúcia e acha o papai um chato.

Não acho que nem minha mãe nem meu pai poderiam entender por que eu hesitaria a respeito do aborto, por que me sinto muito dividido a respeito disso. Eles não conseguiriam. Como poderiam? Poderiam ter filhos a qualquer hora. Eles nunca tiveram que se preocupar em encontrar alguém para amá-los exatamente do jeito que são. Para eles foi muito simples, tanto quanto se apaixonar e transar. Não gosto de pensar sobre isso ou verbalizar isso, mas não vou ser capaz de oferecer isso às pessoas, e em algum momento, depois que Sylvie me deixar, o número de meninas disponíveis com quem posso sair vai diminuir, enquanto todos se apaixonam e transam. Logo todas vão ter alguém, um parceiro, filhos.

Vou ficar sozinho, e mais velho, e haverá cada vez menos escolhas e opções. Então, estou aqui deitado, incapaz de impedir as lágrimas de virem, e estou me perguntando: *Isso é tudo? Esta é a minha única chance?* E essa coisa sobre a qual não posso acreditar que estou pensando — porque tenho dezesseis anos e basicamente fui forçado a isso, Hunter saberia que o bebê era dele, eu seria expulso do time, sem amigos, sem perspectivas de alguma garota me querer um dia, e imagine a maldita mídia e meu pai... mas... —, esta é a minha única chance de ter um filho? Eu me importo? Porque acho que me importo. Acho que deveria me importar com isso.

Sylvie

— Ei, Max!

Ele continua andando. É o fim da aula na quinta-feira. Eu o sigo entre a multidão que espera os ônibus.

— Ei! Ei, Walker!

Um grupo de caras perto dele ri de mim.

Max se vira e mostra o dedo médio para eles.

— Ei, você estava me ignorando? — pergunto.

— Não, desculpe — ele diz. — Eu só estava pensando. Não ouvi você. — Um dos meninos diz alguma coisa e eles riem de novo. Max olha para eles e eu dou de ombros.

— Você acha que eu ligo para o que vocês acham? — grito para eles. Todo mundo anda falando sobre quem Max teria engravidado, por quê, como... Metade deles acha que foi eu. Eles continuam vindo até mim e me perguntando coisas maliciosamente.

Max sorri para a minha cara de brava enquanto mostro o dedo médio para os caras.

— O quê? — pergunto.

— Nada — ele diz baixinho. — Doida!

Eu o estudo por um segundo. — Ei, olhos verdes. Tem alguma coisa errada — ele abre a boca para protestar, mas eu balanço a cabeça. — Não, não, não. Sem mentiras. Vem para casa com a Sylvie. Você não precisa falar nada. A gente pode só ficar agarradinho, essas coisas...

Max olha ao redor meio que inexpressivamente, depois abaixa a cabeça, como se estivesse cansado, e acena com ela, parecendo perdido. Então, noto alguma coisa em sua bochecha e o faço inclinar a cabeça para cima. Seus olhos estão cheios de lágrimas.

— Sinto muito — ele murmura. — Eu gosto de você de verdade.

Solto a sua cabeça. — O que você quer dizer com "sinto muito"?

— Eu só... — ele enxuga o rosto de leve e sussurra: — Não acho que você deveria estar comigo. Você é tão incrível e... — ele fica reticente e edá de ombros.

— E?

— Eu só estou... — ele murmura algo.

— Hein? Você está me assustando, Max. O que está acontecendo?

— Estou passando por algumas coisas.

Enrugo o nariz e olho para ele. Ele parece muito deprimido. Estou preocupada que ele esteja prestes a dizer uma coisa horrível, alguma coisa que signifique que não podemos mais ficar juntos.

— Não estamos todos?

Ele balança a cabeça. — Não, tipo, de verdade.

Olho em volta, pensando. — Não.

— Não?

— Não — balanço a cabeça. — Não é assim que a banda toca.

— Eu... — ele parece confuso.

— Você engravidou outra pessoa?

— Não! Eu juro.

— Você fez alguma coisa errada?

Ele abre e fecha a boca, depois balança a cabeça. — Acho que não.

Respiro fundo, sem perceber que estava prendendo a respiração, e digo, em pânico: — Ok, por que você está tentando me fazer parar de amar você? Porque eu digo agora, Max, não posso fazer isso.

Ele pisca.

— Deixe eu dizer uma coisa sobre mim. Você está ouvindo? — Max assente com a cabeça.

Tento me segurar e não chorar até terminar de falar.

— Eu não vou fazer você ficar comigo se você não me ama. Entendo que às vezes as pessoas se desapaixonam e não quero ficar com você se não me ama do jeito certo, porque, um dia, alguém vai amar. Entendeu?

Ele concorda com um gesto, aparentando sinceridade.

— Além do que, só saio com pessoas com quem acho que vou chegar a algum lugar. Portanto, se eu saio com alguém, digamos, seis vezes, ou talvez por dois meses, e não acho que esse cara é o máximo, eu termino com ele. Suponho que isso seja justo, porque não desperdiça o tempo de ninguém, certo?

— Certo — ele murmura.

— Mas se estou com alguém e fico me perguntando se nós devemos terminar, faço da seguinte forma: digo a mim mesma, *Sylvie, nós (você e eu) acabamos por aqui?* E, às vezes, é óbvio que acabamos, e às vezes, não, e se ainda amo alguém, se não acabei, vou me agarrar a essa chama frágil, até que tudo esteja queimado e ela tenha me levado junto. Eu sou uma semana mais velha do que você, Max, então escute esta sábia sobrevivente de vários relacionamentos de longo e curto prazo e aprenda.

Ele olha para a minha boca e para os meus olhos.

— Você me entende, Max?

Ele faz que sim com a cabeça, devagar. — É. Quero dizer, acho que entendo. Eu realmente nunca tinha saído com ninguém a sério.

— Claro que você saiu! — digo, tentando brincar. — Você saiu com todas!

Ele ri, mas fica corado. — Não, na verdade... — ele olha em torno, para as pessoas que passam por nós, e baixa a voz: — Eu só beijei todas.

Eu espero e o observo por um momento. Ele parece nervoso e cansado, mas me olha como se não pudesse evitar. Ele olha para os meus lábios e morde seus próprios lábios, depois olha para as minhas mãos.

— E aí, Max?

— Sim? — ele murmura, olhando para cima, a cabeça ainda pendurada.

Engulo meu nervosismo, consciente do meu peito palpitando para cima e para baixo, enquanto tento controlar a respiração. — Acabamos?

Ele pensa.

— Você e eu acabamos?

De repente, fico com um nó na garganta e me dou conta de que realmente, realmente, me preocupo com esse cara, com Max.

Por favor, por favor, não diga sim, penso.

Max Walker olha para mim, apertando os olhos sob o sol baixo, cabelos dourados na brisa de dezembro, seu rosto rosado e seus olhos verdes injetados e sem vida. Ele me olha como se estivesse desesperado, como se quisesse muito me beijar, mas estivesse lutando contra algo. Seus olhos não param de voar para lá e para cá, do chão para o meu rosto e de volta para o chão.

— Max! — digo, e ele olha nos meus olhos.

Nós prendemos o olhar um do outro. Ele suspira, como se precisasse dizer isto: — Não. Nós não acabamos.

Confusa com a maneira como ele parece preocupado, pergunto: — Tem certeza?

Ele assente com a cabeça. — Não tive intenção de fazer você pensar que não tinha certeza.

— Ok — digo, nervosa.

E de repente, de uma vez, como se estivesse segurando aquilo e tivesse que explodir e dizer, ele se sai com: — Você é tão bonita, Sylvie!

Sorrio, incapaz de evitar, diante do seu puro ardor. Então, reviro os olhos, para impedir que as lágrimas desçam. — Ok, então.

Ele ri.

— Vamos lá, seu bizarro! — digo, empurrando-o, provocativa. Eu o agarro pelos cabelos e o empurro em direção aos portões da escola.

— Para onde vamos? — ele pergunta.

— Para a minha casa, é claro.

Ele olha para mim e sorri, agradecido. — Desculpe — ele diz.

— Para! Está tudo bem — digo, pondo meu braço em torno dele. Enquanto o meu próprio medo desaparece, noto que Max parece mais inseguro do que nunca. Ele se inclina para mim. — Você parece tão chateado... — murmuro em seu ouvido.

— Realmente sinto muito, Sylvie. Tive duas semanas muito ruins.

— Está tudo ok. Mas esse ok tem condições. Tipo, não tem problema em tentar me largar, mas só se alguém tiver morrido.

Ele coloca a mão no rosto e faz um ruído, como se estivesse perdendo o fôlego.

— Merda! Eu sou tão idiota! — torno a abraçá-lo. — Vem, vamos para casa.

Chegando em casa, eu o deixo no meu quarto e desço para fazer chá, depois pego uma bandeja cheia de doces que minha mãe me deu.

— O que é isso tudo? — ele pergunta, sorrindo para mim como um garotinho todo animado. É incrível o que o açúcar pode fazer para aliviar o espírito das pessoas.

— Eu fiz a limpa no armário de doces. Disse à minha mãe que você estava muito chateado e ela deixou a gente comer tudo. Temos bolos e biscoitos caseiros com gotas de chocolate. Vai, pega um.

Ele aceita um biscoito. — Obrigado. Estou morrendo de fome.

— Então, o que aconteceu? Alguém morreu mesmo? Sinto muito.

— Não. Quero dizer... bom, não — ele murmura, incoerentemente. — Para ser honesto, tive um outono muito ruim — ele faz uma pausa. Ele funga. — Gosto de você de verdade, Sylvie. Me desculpe ter sido mau com você. Só achei que você ficaria melhor sem... bom, sem mim.

— Por quê?

Ele coloca o biscoito sobre a cama lentamente.

— Hum, ok — ele diz.

— Ok o quê?

— Acho que vou contar para você.

— Tudo bem.

— Eu... é só que, ahn... Ninguém sabe, então...

— Você está falando muito baixo.

— Desculpe — ele sussurra. — Eu nunca falei sobre isso.

Eu vou até ele e beijo seu pescoço. Ele se inclina e beija meus lábios uma vez, rapidamente.

— Sylvie, eu quero contar uma coisa antes de contar sobre *a* coisa, está bem?

— Está.

— Mas você não pode dizer de volta para mim o que vou dizer a você. Tem que prometer que não vai dizer, porque não quero que se arrependa depois.

— Palavra de escoteira.

— Ok, então... — ele belisca um lábio. — Eu te amo.

Eu sorrio. — Uau! Eu realmente quero dizer algo em resposta!

— Você não pode — diz ele docemente. — Você prometeu. — Ele se inclina para a frente e me beija suavemente. De repente, Max abre um sorriso enorme. — Houve momentos na minha vida em que pensei que nunca, nunca poderia dizer isso.

De repente, sei o que é. — Ai, meu Deus, você teve câncer infantil!

— Ahn, não.

— Você está morrendo? — entro em pânico. Ele pensou que ia morrer antes de amar alguém! Ai, meu Deus! Ponho as mãos sobre meu rosto, incapaz de impedir as lágrimas de escapar. O lindo Max, morrendo. É desse tipo de material que os meus medos são feitos, e eles *não podem* se tornar realidade, simplesmente não podem. Ele não pode morrer! Eu engasgo e agarro a manga dele. — Você sempre soube?

— Não! Eu não estou morrendo, não estou morrendo!

— Ai, meu Deus! — digo, quase hiperventilando. — Merda, você me *assustou*! — Bato no braço dele com força, então o abraço. — *Não faça* isso, merda!

— Ok, me desculpe — ele diz, um pouco surpreso.

Eu me sento direito, me acalmo novamente. — Tudo bem, pode dizer. O que é? — ele hesita.

— Não tenho certeza de que devo contar isso agora.

— Não, me conte! — eu o encorajo, beijando seus lábios. Agora só quero saber o que é, o que ele está guardando dentro dele. Quero acabar com isso. — Está tudo bem.

Ele pressiona os lábios nos meus e nos beijamos um pouco. Então se aproxima mais e nós nos agarramos, o rosto dele está entre o meu ombro e o meu pescoço.

Sua voz embarga e ele murmura aceleradamente: — Não posso falar com ninguém sobre isso. Eu quero, tipo, discutir o assunto com alguém, mas... Só gostaria de poder falar com um amigo sobre isso, mas não posso contar para ninguém.

— Espere, Max, calma, devagar. — ergo sua cabeça delicadamente. Lágrimas escorrem pelo seu rosto. O Max... ele não é mesmo o tipo de pessoa que você espera ver chorando. Ele não é o tipo de gente que sente pena de si mesmo, e dá para saber isso logo que você o conhece. Ele é um desses caras esforçados, com uma expressão determinada no rosto, do tipo estoico que você tem que amar, porque eles são muito doces. Então, sei que esse choro significa uma coisa bem ruim. Ponho meu outro braço em torno dele e o seguro. Nossas testas ficam juntas, e ele olha para mim e eu encaro seus lindos olhos cor de esmeralda e o beijo.

— Ai, Deus! — ele murmura. Ele se afasta. — Merda, Sylvie. Você não quer fazer isso.

— Shh — tento acalmá-lo. Beijo suas bochechas, beijo todas as lágrimas em seu rosto. Ele me abraça mais apertado e inspira, com o rosto enfiado nos cachos sobre o meu ombro. — Max — digo. Respiro fundo e reúno todas as minhas forças, como se estivesse me transformando em uma rocha a que Max possa se agarrar e se sentir seguro. Se ele precisa de alguém para conversar, não vou decepcioná-lo. — Olhe para mim. Eu juro, do fundo do meu coração, pela minha alma, que qualquer coisa que você me contar nunca vai sair deste quarto e prometo que ainda vou gostar de você e ainda vou querer ser sua namorada. Se você quiser que eu seja.

— Bom — ele se ajeita, enxugando as lágrimas e tentando se acalmar. Sorri. — Desculpe por chorar. — Ele segura minhas mãos e as acaricia. — Eu realmente quero, é só que... só me prometa que vai ser minha amiga? Apenas no caso de você não... querer mais ser minha namorada. E tudo bem se não quiser. Eu entendo. Olha... promete que vai ser minha amiga.

— Posso prometer ser a sua namorada — proponho.

— Eu não quero que você prometa isso. Vai tornar tudo mais estranho.

— Ok. — concordo com a cabeça solenemente. Por dentro de mim, estou pirando. Que merda será que ele vai me dizer? Ele matou alguém? Ele é michê nos fins de semana? Usa heroína? Tem Aids? Merda... Aposto que é isso. Ele tem Aids. Os pais dele são esses loucos que fazem projetos beneficentes e o levaram para a África quando ainda era um bebê e ele tem Aids. Por fora mantenho a calma. — Juro que vou ser sua amiga.

Há uma longa pausa e ele morde o lábio. — Ninguém sabe.

Concordo com a cabeça novamente.

Ele murmura algo que não escuto.

— Hein? — digo.

— Eu sou, tipo, as duas coisas — ele sussurra.

Há outro silêncio. Ele engole em seco, olhando nos meus olhos como se fosse culpado de um crime enorme, parecendo envergonhado. Ele tenta falar apenas movendo os lábios.

— Que duas coisas?

Ele ainda está calado.

— Bissexual? — sussurro.

Ele nega com a cabeça. — Não. Eu sou... Eu nasci... Não sou nem menino nem menina. Sou uma coisa entre os dois.

Max

— Você está falando sério?

Ela solta minhas mãos, e eu, literalmente, sinto meu coração se partir.

— Então você... — ela balança a cabeça e olha brevemente, por um milésimo de segundo, para o meu pênis. — O que você tem?

Dá para sentir meu rosto ficando vermelho. — Ahn...

— Não importa — Sylvie diz, erguendo as mãos como se não quisesse saber. — Esqueça o que eu perguntei. Foi... estúpido.

Abro a boca, mas não há nada que eu possa dizer. Ela se afasta de mim em cima da cama, minuciosamente, tentando encontrar as palavras para me mandar embora, e eu me dou conta do que fiz. Contei para ela. Ela sabe. O selo do meu segredo foi arrancado. Sylvie sabe e se afasta, em pé, lutando para dizer qualquer coisa, e vai contar para as pessoas. Ela vai contar para as pessoas na escola sobre mim e todo mundo vai saber. Todo mundo vai saber. Todos os dias em que eu estiver lá, todo mundo vai saber e me olhar de maneira diferente e falar de mim.

Sylvie sai da cama e se afasta ainda mais um pouco no quarto, seu pescoço curvado, pensando seriamente.

— Espere, escute — eu também me levanto e vou em sua direção. — Por favor — peço a ela. — Ninguém sabe, além de minha família e dos meus médicos. Nem o meu irmão sabe, então... por favor, não conte para ninguém.

Seus olhos buscam o chão, depois me encaram.

— Sylvie, por favor, estou implorando — *Estou horrorizado*, penso. *Eu sou um idiota.* — Foi uma ideia estúpida contar tudo isso para você. Me desculpe. Eu vou embora.

— Não, não foi... — ela hesita, parece que está com problemas para falar enquanto respira.

— Está tudo bem, eu entendo — digo, pegando minha mochila.

— Max — ela diz e pega no meu braço. — Não, só... espere um minuto.

Então eu espero. Eu fico lá, a mão na mochila, observando seu rosto enquanto ela continua parada no mesmo lugar, apenas respirando fundo, se concentrando.

Depois do que parece uma eternidade, ela se vira e me olha nos olhos. — Isto é surreal, ok? Não posso simplesmente...

Pensamentos se manifestam em seu rosto. Tento me colocar no lugar dela e imaginar o que ela está pensando. *Isso faz de mim uma lésbica? O que tem dentro da calça do Max? Como posso tirá-lo da minha casa?*

A essa altura só quero ser rejeitado, o mais rápido possível. *Me dê o fora, Sylvie, faça isso logo, porque não aguento mais.* Mesmo aqui em pé, tentando dizer alguma coisa, me olhando de cima a baixo, me fazendo sentir vontade de vomitar, ela é belíssima. Seus olhos estão muito intensos e muito pensativos. Cheios de pensamentos sobre mim.

— Por favor, não conte nada para ninguém — murmuro.

Ela olha para mim como se eu fosse louco. — Eu não vou contar.

— Obrigado — sussurro.

— Então... Ahn... Como?

— As pessoas normais têm cromossomos XY ou XX. Eu tenho XX *e* XY.

— Sim, mas, como... — ela se perde novamente. Não sei dizer se está com nojo ou só incrivelmente confusa. — Como isso acontece?

— Hum... Não sei. Ninguém sabe.

— Você tem, assim, um... — ela faz uma pausa. — Pênis? — Ela leva a mão à boca para cobrir um sorriso. — Desculpe. Não consigo dizer "pênis" sem rir.

— Ai, meu Deus! — eu exclamo, me perguntando o que ela está pensando, se agora entramos no território da amizade, fazendo piadas sobre pênis, ou se... ela ainda gosta de mim. — Você fala umas coisas tão inconvenientes... — eu digo.

— Eu sei — ela concorda. — "Pênis" — ela ri um tanto histericamente.

— Você acha isso... engraçado? — pergunto, sentindo um aperto na garganta por causa do nervosismo. *Por favor, por favor, por favor*, imploro ao Universo, sem saber bem o que estou pedindo. *Por favor, por favor, por favor!*

Sylvie dá de ombros. Não sei o que isso significa.

Eu também dou de ombros e olho para os meus pés, ainda segurando a minha mochila.

— Sim, eu tenho um pênis.

Olho para ela rapidamente através das mechas de meu cabelo. Sua reação é engolir em seco e, em seguida, balançar a cabeça. — Tuudo bem! — ela diz. — Você tem outras coisas? — ela enruga o nariz e olha para os próprios pés.

— Tipo o quê? — pergunto, fazendo-me de bobo.

— Tipo uma... — ela faz um sinal de "V" com os dedos.

Eu hesito. Ter um pênis é ok. Mas esse é o tipo de lance que pode acabar com tudo. — Sim — murmuro — Mas é... menor.

— Ai, meu Deus! — ela deixa escapar e se senta na cama. Nenhum de nós fala por algum tempo, e lentamente também me sento na cama. Ela se inclina sobre meu ombro e sussurra: — Max.

Eu me viro para olhar para ela, e depois, na tentativa de movimentos em *staccato*, ela põe os braços em volta de mim, me puxa para ela, se inclina para trás e me puxa mais para cima da cama, e, então, deitados no sentido do comprimento na cama, ela aninha minha cabeça em seu pescoço.

— Não sei o que dizer — ela sussurra.

— Você não tem que dizer nada — sussurro de volta.

Ficamos assim por um tempo.

— Então... você é mais menina do que menino?

— Hum — viro-me pra ela e faço uma careta. — Por que você está cobrindo a boca?

— Mau hálito.

— Você não tem mau hálito.

— Posso estar com mau hálito — ela murmura por detrás da mão. — Eu comi um hambúrguer.

— Eu sou meio a meio e você está se preocupando com o seu hálito? — tento brincar.

Ela me cutuca com o joelho e sorri sem ânimo.

Eu lhe devolvo um sorriso murcho. — Sou exatamente metade de cada um. Mas não posso... fazer filhos, do jeito que um cara pode. Sou infértil.

Ela pensa. — Isso é triste.

— É.

Sylvie agora enruga a testa. — Você tem bolas?

— Eca! — sussurro, sem pensar. — Ahn, quero dizer, não.

— Para ser honesta — Sylvie diz depois de um tempo —, você não está perdendo nada. São a parte mais feia da anatomia dos caras.

— Sério? — Fico um pouco fascinado. — Você já viu?

— Eu já transei muito — ela sussurra. — Muitas e muitas vezes.

— Sylvie... — ergo as sobrancelhas. — Você é tão piranha!

Ela sorri um pouco, mas não olha para mim. Em seguida, pergunta: — É por isso que você não fez nada com as garotas? Além de beijar, quero dizer — olho para o lado e abro a boca, mas não respondo. — Você sabe que todos chamam você de atiçador de clitóris.

Eu sorrio, meio triste. — Já ouvi isso.

Mais silêncio.

Ela acaricia meu cabelo, mas não pressiona seu corpo contra o meu, como normalmente faz. *Sylvie nunca mais vai me beijar*, penso. *Ela jamais vai agarrar minha bunda de novo*, e eu estudo seu rosto e seus cachos e contenho minhas lágrimas.

Sylvie

Pensei que eu soubesse bem quem você era
Que inferno na Terra

É O QUE PENSO ENQUANTO corro os dedos pelos cabelos loiros de Max.

Meu cérebro está sobrecarregado, tentando fazer meu rosto parecer consolador, ao mesmo tempo que realiza um monólogo enlouquecido, disparando perguntas dentro da minha cabeça.

Como isso é possível? Ele sempre pareceu totalmente com um menino antes, mas agora eu o observo de cima, pensando: *Isto é uma menina*, e comparo o tamanho, e percebo, sim, que existem algumas semelhanças importantes entre ser sedutor de um jeito menino-gracinha e de um jeito menina-gracinha. Eu sabia que os caras que eu tinha namorado antes eram mais... másculos, mas pensei que era porque estavam na universidade e eram mais velhos e mais maduros. Max não tem nem um pelo facial. Nunca achei isso estranho? Por que não achei? O que isso diz sobre mim?

Bem, só pensei que as pessoas loiras tivessem menos pelos e que ele era mais jovem do que todos os meus outros namorados. Só achei Max *sexy*, muito *sexy*, e eu não parava de pensar, como estou pensando agora, que se você jogar os cabelos dele para um lado, e aqueles olhos verdes incríveis com cílios tão longos quanto os do Bambi, e aqueles lábios carnudos, e aquele sorriso grande e doce, e a pele macia e suave, e o seu pescoço quase fino, e o peitoral que não é gigante, e os dedos delicados, longos e lindos, e a bundinha arredondada...

— O que você está fazendo com o meu cabelo? — ele pergunta, meio na defensiva.

— Nada — digo imediatamente.

Tenho que me habituar a isso. Sinto que preciso de uma ou duas horas, apenas andando sozinha com meus próprios pensamentos, mas como posso ter o meu pequeno momento de choque sem ele aqui, sem fazer com que ele sinta como se eu não o quisesse aqui?

De certa maneira, não posso acreditar nisso até que eu veja. Você sabe o que quero dizer. Porque é tão estranho, para além da minha esfera de experiência, de tal modo que não consigo acreditar que nada mudou entre Max e eu. Alguma coisa realmente mudou? Talvez não.

Olho para ele e mordo meu lábio inferior com todos os meus dentes. — Ai.

— Hein?

— Nada — murmuro.

Max pisca para mim. Há lágrimas em seus cílios. Ele é tão bonito! Ele ainda é o Max. Não é?

Deve ter mais gente igual a Max, e, para cada um deles, tem uma pessoa como eu, que está ao lado deles e enfrenta o tipo de pensamentos que estou tendo. Aposto que já existiram toneladas de pessoas assim na história da humanidade. Hermafrodita é uma palavra grega antiga, né? Então, eles devem existir desde aquela época. Aposto que milhares de pessoas passam por isso e saem inteiras. Toneladas e toneladas de pessoas. Ou talvez apenas uma tonelada.

— É muito comum? — pergunto a Max.

Ele hesita. — Ahn, não faço ideia.

— Você quer que eu dê um Google? — pergunto. — Podemos descobrir.

— Já fiz isso. É... — ele suspira, parecendo realmente cansado e como se quisesse ir embora. — É confuso. Algumas coisas que aparecem na internet sobre condições intersexuais são... totalmente erradas.

— É assim que se chama? "Intersexual"?

— É. As pessoas costumavam chamar de "hermafrodita" — ele murmura a última palavra, como se não quisesse que eu a ouvisse e achasse esquisito.

— Por que não damos um Google em "intersexual" e "é comum"? — sugiro. Nós dois ficamos um pouco quietos, só ali, deitados, esperando, suponho, que eu chegue a uma decisão. Como algo que eu deva fazer, para seguir em frente ultrapassando o choque na minha cabeça. Para fazer Max sentir que ainda estou aqui, com ele, tentando entender.

Ele me olha com tristeza e brinca com meus cabelos. Seus olhos se fixam nos meus, então deslizam até os meus lábios. — Ok — ele diz suavemente.

Procuro no chão, ao lado da minha cama, e encontro meu laptop. É um MacBook branco, coberto de adesivos. Sento na cama e Max se inclina sobre um cotovelo, tirando o cabelo de seus olhos com uma sacudida, agarrado ao meu braço esquerdo. Digito na caixa de busca do navegador Safari e clico no primeiro link que aparece.

— "Para responder a essa questão de maneira não controversa" — leio —, "primeiro seria preciso fazer com que todos concordassem com uma única definição de 'intersexual' — e também que concordassem a respeito do que deve ser considerado como estritamente masculino ou estritamente feminino. Isso é algo difícil de fazer. Quão pequeno deve ser um pênis para chamar alguém de intersexual?"

— Não tão pequeno! — Max protesta. Olho para baixo e ele está sorrindo timidamente, sem olhar para mim, então dou um empurrãozinho nele de brincadeira, com ternura, e continuo a ler.

"As anomalias cromossômicas sexuais são levadas em conta como intersexuais se não houver nenhuma ambiguidade sexual externa aparente? (Alice Dreger explora essa questão em maior profundidade em seu livro *Hermafroditas e a invenção da medicina do sexo*)." — Aposto que seria um livro interessante de ler. Quero dizer, por que há dois sexos, se não somos todos parte dos dois sexos?

Max se recosta na cama, como se não quisesse ouvir ou estivesse cansado de ouvir a respeito disso. — Certo — ele diz.

— Espere, aqui tem algumas estatísticas.

Ele senta, e encaramos a tela juntos.

— Uau, tem muitas palavras complicadas aqui — murmuro. — Quais você tem?

— Espera aí — diz ele, lendo, franzindo a testa diante da tela.

— Acho que talvez você caiba nesta categoria — digo, apontando para "não XX e não XY".

— Acho que sim. Uau. Um em cada 1.666. Isso é coisa à beça!

— É, sim — murmuro. — Então, se a população da Grã-Bretanha for... — dou um Google. — Aproximadamente 62 milhões, que, divididos por 1.666, são... Uau! 37.215. Isso é um monte de gente!

— É. Mas eu tinha um *ovotestis* quando nasci e aqui diz que isso acontece em um a cada 83 mil casos.

— Quer dizer que 750 pessoas no Reino Unido têm isso. No mundo deve ser uma quantidade imensa de gente — digo. — Espera, o que é "*ovotestis*"?

— Hum... quando você tem tanto tecido de ovário quanto de um testículo na mesma gônada. Mas eles retiram isso com uma cirurgia — ele diz rapidamente. — Então, agora só tenho um ovário.

— Ah. Uau!

— Mas olhe isto — ele lê: "Uma em cada cem pessoas diferem dos tipos-padrão de homem e mulher". Ele pensa sobre isso e parece satisfeito. — Isso é muita gente!

— Você não sabia nada disso?

— Eu não tinha ideia.

— Como você não sabia?

— Meus pais nunca me falaram muita coisa. Nós não conversamos sobre isso.

Concordo com a cabeça. — Ai, meu Deus. Uma em cada mil pessoas, não intersexuais, apenas pessoas normais, passa por uma cirurgia para corrigir coisas. Você fez a cirurgia? Quero dizer, além de remover o *ovotestis*?

— Ahn, não. — Max engole em seco. — Isso é loucura. Não consigo acreditar que existem tantas pessoas intersexuais. Eu achava que não tinha mais ninguém.

— Bom — digo, observando Max, de boca aberta, lábios úmidos, olhando para a tela. — Acho que você estava errado. — Ele olha para mim. Nossos rostos estão tão próximos... Ele engole em seco. — Por que você nunca falou sobre isso com ninguém? — pergunto.

— Porque... — ele pisca. — É nojento.

— Max, você não é nojento.

— Bom, é... — seus olhos voam para a tela. — Implausível.

Eu o observo. Max Walker, menino de ouro, inteligente, *sexy*, engraçado, doce, sorridente, solidário, legal, popular, gentil, divertido, ótimo namorado, beija muito bem, uma pessoa estranha com um segredo. Um esquisitão intrínseco, que não dava mesmo para saber.

— Max — sussurro. Ele olha para mim, uma vez para meus lábios, em seguida para os meus olhos. — *Você* é implausível.

Ele sorri calorosamente, com gratidão, aliviado. Um canto da sua boca se levanta primeiro, mostrando um pouco seus dentes, ampliando seu sorriso. Seus olhos são iluminados pelo sol do inverno baixo entrando pela janela, e eu estou só, só, só... caindo.

— Sylvie — diz ele —, você provavelmente é mais implausível do que eu.

Inclino-me para a frente e ele se inclina para a frente e nos beijamos de maneira extremamente lenta e sensual.

— Você sabe — sussurro — que não é uma aberração. E nenhuma garota realmente muito legal acharia que você é.

Max olha para baixo e aperta os lábios. — Hum, talvez achassem se...

Ponho o braço ao redor dos ombros dele e puxo sua cabeça para perto da minha, e ele fecha os olhos e para de falar.

Ele coloca os braços em volta de mim, e nós nos viramos e assim ficamos deitados frente a frente, apoiados sobre os cotovelos. Ele me puxa para si e me dá um beijo do tipo incrível, flamejante, absurdo, insano, maravilhoso e... legal. Rolo por cima dele e deslizo minha mão entre suas pernas. Não consigo evitar.

Max enruga a testa, alcança meu pulso e o segura. — Eu ainda não estou pronto.

— Max — murmuro e o beijo novamente. Ele geme e me deixa tocá-lo por um minuto. Sinto que ele está ficando duro sob a calça. Então pego o cinto e o desabotoo. Tateio, buscando o cós de sua cueca, e estou começando a enfiar meus dedos por baixo dele quando Max se afasta, de repente, agarrando o cinto. Ele dá um pulo da cama, para longe de mim.

— Eu não estou pronto! — ele diz apressadamente.

Penso por alguns segundos, depois balanço a cabeça, mostrando que compreendi. — Mas eu quero. Não agora, mas, você sabe, algum dia.

— Pode ser, acho — Max mastiga os lábios. — Sylvie... posso contar uma coisa para você?

— Claro — digo. Eu me sinto calma agora. Eu me sinto bem.

Ele afivela o cinto.

— Sinceramente, sempre me senti bem em relação a ser intersexual. Sei que isso é estranho, mas é só o jeito... Eu quero dizer... Merda. Olha, jamais quis que as pessoas soubessem e às vezes me preocupo que eu vá acabar sozinho, mas nunca tive vergonha disso.

Max começa a tremer, e eu enrugo a testa e estendo minha mão para ele, colocando-a sobre seu joelho. Seus dentes batem um pouco, e ele tem uma reação engraçada que faz tremer tudo, como um choque depois de um acidente.

— Até setembro, porque... — seus olhos começam a se encher de lágrimas, e ele as limpa com raiva. — Merda. Desculpe.

— O que foi que aconteceu em setembro?

— Alguém... — ele se recompõe e diz calmamente: — Alguém me obrigou a fazer sexo com ele.

Fico em silêncio. Demora um minuto para se processar informações desse tipo. Você espera que as pessoas estejam brincando. Às vezes, elas não estão brincando.

— Ele era, tipo... maior do que eu. Não sei. Ele me ameaçou, mais ou menos. Entrei em choque. Não pude fazer nada.

Sentamos em silêncio por um minuto, e eu acaricio seus pulsos sem pensar nisso. É tão surreal. Olho para Max, e ele está me observando, claramente preocupado.

Então me lembro do que Max disse a respeito de sua anatomia. — Quão pequena é a sua...?

— Humm — diz ele, e eu vejo este pensamento, *O que ela está querendo dizer?*, cruzar seu rosto antes de eu ver o *Ahhhh, é isso que ela quer dizer!*, bem antes de eu ver o *Que vergonha* surgir em seguida. — É muito pequena. — Ele estremece e ergue seu dedo mindinho. — Tipo, dessa largura.

— Jesus. Então esse cara... Você ficou machucado? O que aconteceu?

— Eu sangrei muito. Fui a uma médica. Ela me deu um ponto.

— Ai, meu Deus! — começo a chorar, vendo as lágrimas no canto dos olhos do Max, meu corpo superando o choque inicial. — Não! Ai, meu Deus! Max! — ele parece tão inocente e submisso, e encolhe os ombros, e a única coisa que vejo é que está preocupado com o que estou pensando, então jogo meus braços em torno dele e o abraço. — Não consigo acreditar que alguém fez isso com você! É tão horrível! — choro. — Você é tão doce...

— Obrigado, Sylvie — eu o escuto murmurando no meu ombro. — Eu não sabia se era exagero meu.

— O quê? — viro o rosto e encaro seu pescoço, ainda agarrada a ele com meus braços.

— Só a médica sabe, e a reação dela não foi grande coisa. Eu não sabia... Quero dizer, acho que ela acredita em mim, mas me perguntei se... se isso já aconteceu a muitas pessoas intersexuais ou coisa assim. Você sabe... porque as pessoas têm curiosidade.

— É horrível! — exclamo, e o abraço mais forte. — É horrível! — ergo meu rosto e encaro o dele.

— Sylvie — ele sussurra.

— O quê?

Ele olha para cima, abre a boca, balança a cabeça e sorri, mas parece muito triste. — Nada.

— O que é? Conte para mim. — Deslizo a mão por suas costas, descendo, então meus dedos tocam sua bunda, e meus lábios quase roçam os dele. Meus soluços entram e saem um tanto rápido demais, minha respiração um pouco em *staccato*, mas não estou pensando em mim. Penso no Max. Ele olha para os meus lábios, depois para os meus olhos, mais *sexy* e doce do que jamais me pareceu.

Mas então abre os lábios, olha para baixo, olha para cima novamente e diz: — Hoje, não. Mas amanhã, talvez.

— Não, Max, vamos, sou eu! — seguro seu rosto. — Me conta.

Ele olha para baixo. Engole em seco.

— Eu comprei o teste de gravidez para mim. O cara... ele não usou...

— Ah... — digo. — Você está grávido.

Max olha para cima. — Obrigado por me deixar contar isso a você.

Eu suspiro, encontrando dificuldade para respirar. Tomo fôlego, mas inspiro pouco e rápido demais, e não o suficiente. Epa. Jesus. Merda. — Eu não consigo...

— O quê?

— Eu não consigo...

— Sylvie, você está...? Está bem?

— Não. Desculpe, Max — eu me levanto, as mãos estendidas diante de mim. Viro-me para apanhar o saco de papel marrom que guardo perto da cômoda. — Eu realmente não consigo...

— Desculpe — ele pede.

Mas eu balanço a cabeça, totalmente sobrecarregada, prestes a ter um terrível ataque de pânico. *Eu quero a minha mãe*, penso. *Eu vou chorar e parar de respirar e desmaiar. Eu não consigo respirar!*

O menino que eu amo é um ideal estilhaçado. Isso é demais. É muito. Ele me toca. Recuo, eu o empurro, ofegante.

— Desculpe — ele me pede de novo, a luz batendo em seus cabelos e em seus olhos, iluminando-o como um proverbial anjo assexuado.

Olho para ele e me ocorre um pensamento, que eu pronuncio: — Você vai se livrar da criança, né? Max?

Suas bochechas ganham um tom vermelho-escuro. — Sim.

— Ai, graças a Deus — suspiro. — Eu simplesmente não consigo...

Eu me ajoelho no chão e ele fica ali em pé, sem saber o que fazer.

— Você está bem? — ele pergunta. — Sylvie?

Ele se ajoelha ao meu lado e coloca um braço em volta do meu ombro.

— Ah, Max. Começo a chorar. Calmamente, sem pensar, eu murmuro: — Sinto muito, muito mesmo. Tenho esses ataques de pânico. Tenho medo de perder as coisas. Só fico feliz que você não vai... que você não vai... Só quero que as coisas voltem ao normal. — Tusso dentro do saco de papel, minha respiração pesada desacelera suavemente.

Ele se levanta.

— Normal? — eu o ouço dizer.

Olho para cima. Para minha surpresa, ele parece furioso.

— Se tem uma coisa que nunca vou ser, Sylvie — diz ele sombriamente —, é normal.

— Espera, Max, eu não quis dizer... — suspiro, respirando no saco. — Você tem que acreditar em mim, eu estou bem com toda essa coisa intersexual, é só que...

— Esqueça — ele me corta, quase rosnando as palavras. — Foi burrice da minha parte achar que você ia entender. — Ele vai até a porta, depois se vira, como que em pânico, com o rosto vermelho e triste. — Pensei que você fosse diferente.

— Eu sou diferente!

— Não, você não é, você é igual a todo mundo. Acha que eu sou uma aberração! — diz ele, quase de maneira cruel. — Acha que eu sou nojento. Bem, espero que você goste de ficar sozinha em seu pedestal.

— Não me diga uma coisa dessas — suspiro, irritada. — Você vem aqui me contando essa merda toda, Max, que é demais! Eu não sou perfeita! Eu não consigo reagir como um anjinho perfeito ao que você está dizendo! É impressionante! É demais!

— Você acha que é demais para você? E quanto a *mim*? Acha que gosto de lidar com isso, de ficar me fazendo essas perguntas de merda horríveis o tempo todo, tendo que fazer escolhas que ninguém mais tem que fazer, não ter *ninguém* com quem conversar? Dane-se!

— Pare de gritar comigo no meu quarto! — eu me sinto tonta e enjoada, como se estivesse a ponto de desmaiar. — Você tem que ir embora!

Max parece estar prestes a chorar. — Não conte para ninguém — diz ele, deprimido.

— Você tem que ir! — solto, gemendo, sentindo meu peito me esmagar. Volto a respirar dentro do saco.

Max voa porta afora. Ouço o som de seus passos descendo a escada, seguido pelo bater da porta.

Essa merda toda é demais para mim.

Daniel

Max e a mamãe chegam em casa ao mesmo tempo. Procuro por eles pela janela grande que dá para a entrada dos carros. Max está andando pela calçada bem na hora em que o carro da mamãe passa por ele, e ela buzina. Ele a espera, e ela sai do carro e o abraça. Ele balança a cabeça e encolhe os ombros, afastando a mamãe dele. Desço para encontrá-los, mas a escada é tão grande que, no momento em que chego lá embaixo (desço degrau a degrau de bunda), eles estão entrando na cozinha, então os sigo até lá. O papai está lá também.

— Eu odeio você, Max!

— O quê? — a mamãe diz. — Daniel, não diga isso!

— Eu odeio você! Ele disse que sempre ia me contar tudo e aí eu descubro que ele tem uma namorada e que ele engravidou alguém.

— O quê? — Max diz, virando sua cabeça como um celular *flip*.

— Isso não é verdade — diz a mamãe. — Onde diabos você ouviu isso?

Ela olha para o Max e o Max estoura: — É claro que não!

— Isso faz parte da fábrica de boatos do momento. Estamos lidando com isso. Achamos que o boato se originou no blog de um aluno — o papai diz, calmamente. — Eu não sabia que o Daniel tinha visto.

— Minha amiga Ratinha me contou na escola, porque a irmã mais velha dela contou para ela, seu burro — digo ao papai.

— Não me chame de burro, Daniel — o papai diz em uma voz grave e assustadora.

— Bom, você mandou tirarem o blog do ar? — a mamãe pergunta para o papai. — Isso poderia ser muito prejudicial.

— Lawrence está trabalhando nisso.

— Blog de quem? — Max pergunta.

A mamãe olha para ele. — O que você disse?

Ele olha para o papai. — Eu... qual aluno?

— Você não precisa saber, Max — diz o papai.

— Pai! — Max diz, choramingando.

O papai olha para a mamãe e depois para o Max. — Nós estamos ameaçando processar o site onde está hospedado o blog por publicação de difamação e tentando entrar em contato com o aluno. Eles provavelmente vão tirar do ar logo.

Max geme como se estivesse doente.

— E — grito para eles, com raiva porque eles estão me ignorando — ele disse que eu era especial e diferente e vital para que a espécie humana atingisse uma posição vitoriosa na corrida e ele estava mentindo!

— Daniel, pare de gritar com o seu irmão! — papai diz, grunhindo.

— Por que você acha que eu estava mentindo? — Max diz, exasperado como se estivesse zangado comigo.

— Você estava mentindo! — grito. — Eu não sou especial. Todo mundo só quer saber de você, Max, e nunca usam fotos minhas nos jornais, e ninguém está interessado em mim, e eu não jogo em um time de futebol porque não sou bom o suficiente, e nunca ganho nada. Tudo é sempre VOCÊ. TUDO é sobre você, e eu estou cansado disso!

— Ah, querido — diz a mamãe. — É claro que você é especial. Você é especial para nós. Max só está no blog por causa de uma coisa ruim.

— Isso não é entre mim e você, mamãe — digo. — Isso é entre mim e MAX, O MENTIROSO!

Max meio que desaba em uma cadeira à mesa como um barco naufragado e diz: — Eu não menti.

— Você mentiu, sim! Você mente o tempo todo! Nunca sei o que está acontecendo! EU TE ODEIO!

— Daniel! — Max retira a mão da boca. — Desculpe. Eu não menti. Só não queria contar para as pessoas que Sylvie era minha namorada para o caso de alguma coisa acontecer. E eu não engravidei ninguém. Sylvie e eu... Em todo caso, a gente não vai sair mais junto.

Max e a mamãe olham um para o outro, e a mamãe depois desvia logo o olhar.

— Bom, e sobre eu ser especial? — eu pergunto a ele. — Isso não era verdade, né?

— Era, porque...

— Não ERA! Todo mundo só ama você!

— Ok! Não era! Pare de gritar! — Max estoura comigo, levanta e pega a mochila. — Tudo bem, não era verdade. Você pode ser normal como todo mundo. Sinto muito que seja tão horrível, mas um dia você vai descobrir que isso é muito, muito melhor do que a outra opção.

— Você acha que sou novo demais para entender QUALQUER COISA! — respondo ao Max gritando enquanto ele anda em direção à porta da cozinha.

— Isso não é verdade — Max diz, irritado. — Falo com você sobre um monte de coisas!

— Às vezes as coisas são muito complicadas para as pessoas entenderem quando são novinhas demais, querido. É por isso que explicamos as coisas para as pessoas lentamente, para elas poderem compreender tudo — diz a mamãe, suspirando para mim.

Em seguida, Max olha para a mamãe, e a mamãe olha para Max, e Max desvia o olhar para mim, e a mamãe olha para o papai, que olha para a chaleira, e percebo que todos estão ignorando um ao outro.

— O que está havendo aqui? O que anda acontecendo no último mês?

Max olha para mim como se soubesse que sei de alguma coisa, enquanto a mamãe mostra um riso falso como se ela não soubesse do que estou falando, e o papai prepara o chá ignorando a todos nós, balançando a cabeça como se não soubesse mais o que fazer.

— Todos vocês têm mais estudo do que eu porque todos vocês passaram pela escola grande, vocês conhecem muito mais palavras do que eu, todos vocês sabem TODAS as palavras para dizer a verdade, mas em vez disso vocês mentiram para mim e distorceram verdades, para me fazer INTERPRETAR ERRADO AS COISAS! — grito esta última parte.

— Daniel! — o papai chama minha atenção e lança um olhar para mamãe, e ela lança um olhar para Max e Max dispara um olhar para ela, e os seus olhos se encontram, e o Max fica confuso e a mamãe se sente culpada, e o papai parece triste.

— Vocês todos se comunicam de mal a pior quando tentam explicar as coisas mais complicadas! — grito, e então fico muito, muito cansado, e dou a todos um olhar zangado e saio da sala.

Max

Tudo está se despedaçando.

É quinta-feira, noite antes da operação, e estou na cama. Dá para ouvir música tocando lá embaixo. Meu pai trouxe algumas pessoas que estão trabalhando para apagar o blog e esclarecer o boato antes que ele saia nos jornais. Minha mãe está com ele. Daniel está jogando um game no computador. Posso ouvir os tiros abafados em seu quarto. É como se o dia de amanhã não fosse acontecer. É quase Natal. Estou usando minha calça de pijama de Natal, xadrez e de lã, macia e vermelha, e um casaco levinho de jérsei e meias.

Estou deitado na cama, de lado, pensando, me sentindo péssimo. Estou me sentindo esmagado e vazio e desgastado e dolorido. Toco o meu estômago. Há só uma barriguinha. Agora, quando estou sozinho, passo a mão nela às vezes para ver se cresceu. Tenho tido essas fantasias. Tenho me sentido dividido. Queria tanto falar com Sylvie sobre isso... Mas o seu rosto, quando contei para ela... Ela simplesmente... foi demais. Ela não conseguiu suportar. Levou as mãos à cabeça e murmurou "Não, não, não". Estava em pânico. Estava engolindo o ar como um peixe fora d'água.

Fiquei tão envergonhado! Senti como se pudesse morrer ali mesmo, em seu tapete.

Eu a vi agarrar aquele saco marrom, e em seguida ela o levou à boca e disse que só queria que as coisas voltassem ao normal, que eu me livrasse do bebê, como se isso não fosse nada, como se uma rápida cirurgia pudesse consertar tudo o que estava errado. Pensei sobre como todos os médicos sempre disseram isto de mim: que a cirurgia poderia me transformar em alguém normal, me livrar do "problema". De repente, eu estava irritado, irritado com ela por ter uma reação tão exagerada depois de eu ter passado meses guardando aquilo tudo dentro de mim, irritado com ela por não ter me abraçado, irritado com ela por ela saber o que sou. Gritei com ela. Depois corri. Corri.

Lágrimas deslizam pelo meu rosto na cama. Elas vazam para fora de mim. Esses dias tenho sentido que só existe escuridão na minha cabeça. Tudo azedou.

Mesmo agora, quero falar com Sylvie mais do que qualquer coisa, quero demais. Mas não posso. Não posso falar com ninguém. Preciso falar com alguém que entenda, talvez alguém que esteja grávida. Pensei em perguntar à tia Julie, mas não quero que ela saiba. Prefiro que o menor número possível de pessoas saiba. Então, isso se resume à minha mãe e ao meu pai, que não vão entender, e a Archie, que talvez pudesse entender. E mais uma pessoa: Hunter.

Posso falar com Hunter? Provavelmente ele só iria pirar. Mas sei lá. Parece que ele não pensa que o que fez foi errado. Quando conversamos, ele pareceu achar que *nós* fizemos aquilo juntos. Ele parece gostar de mim de verdade. É tão estranho... Por todos esses anos fomos amigos, e nunca pensei sobre nós desse jeito. Sempre nos abraçamos e outras coisas, mas éramos crianças. Crianças pequenas se abraçam. Compartilhamos quartos em todos os feriados que nossos pais passaram juntos desde que éramos bebês. Costumávamos acampar o tempo todo. Talvez se eu lhe contasse que ele... Não sei. Pelo menos eu poderia falar com Hunter sobre tudo. Sobre como estou me sentindo. Talvez eu pudesse falar com ele, colocar tudo para fora. Não há mais ninguém.

Ele provavelmente iria querer a criança. Porque ele gosta de mim, e porque seria como eu e ele misturados. Nós dois somos inteligentes. Nós dois somos atraentes. Ele provavelmente adoraria ter um bebê comigo, porque o bebê criaria um laço permanente entre nós.

Ai, meu Deus. Isso é loucura! Hunter me forçou! Hunter me segurou e ainda conseguiu me olhar nos olhos e dizer que eu gostei, que nos divertimos. Dane-se o Hunter. Ele abriu mão dos direitos dele a essa conversa quando saiu do quarto em setembro e me deixou lá sozinho. Dane-se ele.

Isso não vai acontecer. Amanhã tudo estará acabado.

Embora eu seja inteligente o bastante para saber que nada vai "acabar", que nada vai "resolver" o problema do bebê, nem o meu. Não existe um jeito certo de fazer isso. É tudo suposição.

Acho que ser pai é só isso aí para você, penso, amargamente.

Pelo menos uma parte disso tudo vai acabar. Talvez a crueza disso desapareça. Toco a minha barriga. Não quero pensar sobre isso. Não quero pensar sobre amanhã.

Reviro-me sobre o travesseiro e tento fechar os ouvidos para o que minha mente diz.

Mas em vez disso começo a pensar sobre o que Daniel disse, como ele estava com raiva de mim. Penso quão pouco ele, eu, minha mãe e meu pai temos conversado recentemente. Em como minha mãe e meu pai pouco falam um com o outro. Sobre os silêncios quando estamos juntos enquanto Daniel fala sem parar. Eu ficava com Daniel o tempo todo, mas agora sinto que não consigo mais estar perto dele. Eu sei por quê: estou com inveja dele, por ser normal, por não ter esses problemas, e, em segundo lugar, porque não quero mentir para ele, e tem alguma coisa nisso tudo que simplesmente não parece certa. Sinto que sou tão ruim quanto as pessoas que acham que ser intersexual é bizarro. Há alguma coisa em toda essa situação que não parece honesta.

Sempre achei que as pessoas deveriam simplesmente ser como são. Daniel é perfeito, mesmo sendo tão esquisito e constrangedor. Sylvie, também. Eles são ótimos. Parte da razão pela qual eu os amo tanto é porque eles são muito excêntricos. Então, estou muito bem como eu sou? Eu deveria ser meio a meio e dizer às pessoas que lidem com isso? E se é ok ser como sou, então o bebê também é ok?

Cubro a cabeça com o edredom. Todo pensamento que tenho me convence um pouco mais de que sou louco ou estou no meio do caminho para virar um. Minha cabeça está tão cheia de vozes gritando que não sei dizer qual é a minha. Qual opinião é verdadeiramente minha? Quem sou eu? Será que o fato de eu não ter um gênero importa mesmo? Ou será que isso significa que estou absolutamente sozinho? Alguém, algum dia, vai entender que só quero ser eu mesmo, ou será que todo mundo vai pensar para sempre que sou uma aberração?

Posso manter o segredo para sempre? Ou será que o segredo vai lentamente envenenar minha família?

Penso no rosto da minha mãe e do meu pai se eu dissesse que quero continuar desse jeito, ser capaz de ter filhos quando for mais velho, ser capaz de fazer todas as coisas normais, apenas... de maneira diferente.

Eu sou um idiota. Eu me sinto mal comigo mesmo, ficando confuso assim. São só os meus hormônios. Isso é o que acontece quando se fica grávido.

Nós ficamos emotivos e entregues aos hormônios. Mas os hormônios não são em parte o que nos dão sentimentos, afinal? Esses sentimentos não são válidos?

Archie ligou aqui para casa hoje e falou com minha mãe sobre a histerectomia e tudo o mais. Meu pai se fez de ocupado para não ter que ouvir. O cirurgião que vai fazer a cirurgia corretiva estará presente durante o aborto para olhar meu interior de perto e ver o que ele pode fazer, e para quando pode marcar a histerectomia e as outras cirurgias. Depois, quando eu acordar da anestesia, ele vai conversar conosco sobre isso.

Fico imaginando a conversa na minha cabeça, imaginando o que ele vai dizer. Pergunto-me como eles costuram vaginas. Pergunto-me o que vou sentir quando isso for feito. Isto aqui é o que tive a minha vida inteira, e agora eles estão me dizendo que em vez disso tenho que ter um escroto e os testículos. Imagino como me sentiria se fosse uma mulher e me dissessem que eu teria que ser modificada desse jeito. Sei que não sou uma mulher, mas... Tampouco sou um homem. Vamos encarar isso. Não sou um homem. E não sei se quero ser.

Tenho até amanhã para pensar sobre tudo isso, e ainda é muito cedo. É muito, muito cedo, e sinto que estou sendo puxado em direções opostas, porque também estou em pânico a respeito da minha mãe e do meu pai e sobre quanto quero fazer com que fiquem satisfeitos comigo, fazê-los felizes de novo. Minha mãe andava estranha comigo ultimamente, mas depois foi tão boa naquele dia em Londres! Meu pai continua tentando conversar com ela, mas ela não quis falar com ele, depois tentou conversar com ele sobre as minhas cirurgias, e então foi ele que não quis falar com ela. Parece que a nossa família está desmoronando. Daniel deve estar tão triste...

Eu gostaria que pudéssemos ter conversado mais sobre isso conforme fui crescendo. Há tantas coisas que não chegamos a dizer que não sei como eles se sentem a respeito delas. Como eu me sinto. Sinto que esse ponto de vista precisa ser mais explorado, antes de tomar decisões como essa. Mas o dr. Flint, em algum lugar no seu monólogo, levantou um bom argumento. Se eu não fizer as cirurgias agora, vou começar a parecer diferente. Ou melhor, todo mundo vai começar a ficar diferente e eu vou continuar igual. Esse é o ponto em que tudo muda. Esse é o momento em que realmente importa se você é menino ou menina. E você tem que escolher um ou outro. Por quê? Porque essas são as regras. Todo o resto é um ser não inexistente.

Eu só queria poder contar para todo mundo. Eu queria ser normal ou, se não fosse normal, que pelo menos fosse aceito. Queria não ter que esconder todos esses pensamentos. Queria não precisar ficar sozinho com eles, eu queria não me preocupar que eu vá ficar sozinho para sempre. Talvez essa seja a pior coisa de ser intersexual. Isso não posso contar a ninguém. Não quero ficar sozinho.

Mal sobrou energia no meu corpo, mas me levanto e vou até o quarto do Daniel. Abro a porta de leve e sussurro: — Danny?

— Max?

— Ei, você está chorando?

— Não — Daniel diz, em uma voz abafada.

Encosto a porta, e ele levanta o seu edredon. Entro por baixo e o cubro também.

— Desculpe, Max — Daniel funga.

— Está tudo bem — sussurro.

Ele soluça. — Eu estava muito furioso porque você não me contou, porque você não conversa mais comigo.

Eu o observo fungando e esfregando os olhos um pouco e então lhe dou um abraço e ele se acalma.

— Também sinto muito, Daniel — digo. — Prometo que vou conversar mais com você. Tem muita coisa acontecendo.

— Mas você é meu irmão! — ele diz. — Você não pode mais mentir para mim.

Levo isso em consideração solenemente e então digo: — Não vou mais mentir para você. — Ergo meu dedo mindinho. — Promessa?

— Promessa. — Ele assente com a cabeça e toma o meu dedo com o dele.

Deito a cabeça no travesseiro.

— O que está acontecendo, Max? — Daniel pergunta.

— Só... um monte de coisas de verdade — volto-me para ele. — Você sabe como a gente sempre luta nesses jogos tipo *World of war*?

— Sei.

— Sinto como se estivesse lutando na vida real. Fico exausto e às vezes fico cansado demais até para falar.

— Você tem dormido muito.

Eu bagunço o cabelo dele. — É preciso muita energia para lutar contra coisas reais.

— Mais do que com as coisas de mentirinha? — ele quer saber.

— É. Muito mais do que com as coisas de mentirinha. Coisas reais, grandes e assustadoras — digo e fecho os olhos.

Daniel

Max adormece por algum tempo, mas quero lhe fazer uma pergunta, então o belisco, e ele acorda.

— Ahn, o quê? — ele pergunta.

— Qual é a coisa mais assustadora do mundo, Max?

— *Poltergeists*! — Max sussurra de um jeito engraçado para mim, e depois dá um bocejo bem grande. — Você quer que eu pegue a lanterna?

— Não, a lanterna, não — ponho a mão em sua boca para não deixar que ele conte histórias assustadoras. — Quero dizer, a coisa real mais assustadora no mundo.

— *Poltergeists* são reais — ele murmura por baixo da minha mão.

— Não, não são, não — franzo a testa para ele. — E o Papai Noel também não é.

— Ai! — ele diz, e dá meio sorriso, mesmo que isso seja totalmente inadequado, porque é desrespeitoso à memória de Noel, que era real quando acreditavam nele.

— A mamãe e o papai andam cochichando muito esses dias. Quero saber sobre essas coisas de adultos — digo para o Max. — Qual é a coisa real mais assustadora que existe, Max? E você tem que me contar, por lealdade. Preciso saber. Você prometeu que nunca mais ia mentir para mim de novo, e você fez a promessa com o dedo mindinho.

Max olha para mim. No escuro, seus olhos cor de algas marinhas estão escuros com um pequeno fiapo de claridade que não sei de onde vem. Ele suspira, e sei que ele vai me contar, então tiro a mão do seu rosto e espero. Ele olha diretamente nos meus olhos por um longo tempo, depois engole em seco e se inclina um pouco para a frente sobre o travesseiro.

Pensa um pouco e em seguida abre a boca.

— A coisa mais assustadora é um segredo — ele diz, de um jeito muito lento e meio cadenciado.

— Como um segredo pode ser assustador? — pergunto, com desdém, mas querendo muito saber.

Max engole em seco e suspira de novo, aí olha para mim. Ele pensa um pouco e morde o lábio.

— Segredos são como vermes invisíveis — Max diz lentamente. — Não. São como zumbis. Eles devoram o seu cérebro... — ele toca o meu pulso. — Você sabe, tipo os zumbis do *Deadland*. E aí eles saem e comem as suas entranhas, então você fica vazio, você fica vazio, e não consegue ser corajoso. E eles comem... as suas cordas vocais, e então você não tem voz. Você não consegue falar. E eles comem...

— O quê? O que mais eles comem?

— Eles saem de você e engolem todo o ar ao seu redor. Eles sugam todo o oxigênio, e você não consegue respirar. Em seguida, eles comem as outras pessoas ao seu redor. Eles comem... eles comem a mamãe e o papai.

— É isso que está acontecendo agora?

Ele faz uma pausa. — É. Mas você não pode perguntar a eles sobre isso, ok? Porque senão eles vão saber que contei para você isso tudo e eles vão ficar com raiva de mim.

— Juro que não vou contar para eles.

— Você jura sobre o quê?

Eu penso. — Sobre a vida deles dois.

— Uau. Ok.

Ficamos em silêncio por um minuto, mas aí eu faço uma pergunta: — Eles por inteiro?

— Hein?

— Vão comer a mamãe e o papai até que não sobre mais nada deles?

— Não... — ele olha em volta, como se estivesse pensando. — Eles comem pedaços da alma e das preocupações deles... vão comendo as bordas do cérebro deles, mordiscando suas células cerebrais. Então, eles ficam malvados e mal-humorados, porque é isso que acontece quando a sua alma é comida. E... ser comido não deixa que eles durmam à noite, porque machuca, e eles ficam cansados. É tipo... eles comem o amor e a empatia, por isso os laços que os ligam às outras pessoas são corroídos, até que eles se tornem muito finos e possam se partir com facilidade.

— O que é empatia?

— Empatia é quando você compreende as outras pessoas, mas... você sente a compreensão em vez de pensar sobre ela. É diferente da simpatia. É quando você pode se imaginar sendo a outra pessoa. Você entende o que quero dizer?

— Como eu e você? Porque às vezes imagino que sou você.

— É?

— Sim.

— Por quê?

Eu penso. — Porque você é o Max.

— E quem é o Max? — Max pergunta.

— Max é... — fico confuso. O que ele não está entendendo?

Max é o Max. Ele é o melhor no *World of war* e ele sabe tudo.

Max limpa a garganta. — Enfim. É. Como eu e você.

— O segredo chega até o seu coração? — pergunto. — Quando ele come tudo?

— Sim. Chega a partes dele.

— Ele chega até embaixo do seu coração?

— O que tem embaixo do meu coração?

— O centro. O seu... — penso um pouco e acrescento: — O seu eu. A coisa que bate feito um tambor e diz "Eu sou o Daniel, eu sou o Daniel" ou "Eu sou o Max, eu sou o Max". Você sabe, como sabe que você é você. O segredo pega essa parte?

— Eu... — a boca do Max fica aberta, e ele olha para mim e puxa o ar para dentro com um leve assobio. — Não sei.

— Max? Quero saber tudo de agora em diante. Mesmo que seja assustador, mesmo que você não possa me dizer agora e você leve um pouco de tempo, você vai *ter* que me contar.

Max olha para mim por um minuto, como se fosse dizer alguma coisa, mas, quando abre a boca, ele só fala, muito quieto: — Ok.

— Por que os seus olhos estão molhados? — pergunto.

— Alergia — ele diz, e desvia o rosto de mim, e vamos dormir, e eu sonho em assassinar segredos com bombas e armas nucleares e um rifle com um silenciador na ponta.

Terceira parte

Karen

A luz da manhã se movimenta pela sala de espera bem cedo. Max e eu estamos em silêncio, ambos observando o chão, como se esperássemos que o soalho fizesse alguma coisa.

Steve não veio. Ele queria. Nós discutimos sobre isso. Parece que tudo o que temos feito nos últimos tempos é discutir com os dentes cerrados e sorrisos falsos, porque, naturalmente, não podemos gritar, não podemos nem mesmo falar. Lawrence e Debbie estão na casa o tempo todo, e às vezes acho que talvez seja de propósito, que Steve dirige sua campanha de casa não para estar perto de nós, mas para nos evitar. Para evitar a mim.

No final, concordamos que, já que o aborto estava marcado em Oxford, Steve poderia ser reconhecido lá, então ele não poderia mesmo estar conosco. Sentada aqui com Max, penso que Steve, em alguns aspectos, tem sorte. O que eu poderia dizer nessa situação, ainda que fosse uma filha? Imagine um filho? É a coisa certa a fazer, e logo a espera e toda a preocupação vão acabar, mas nunca é agradável. Não importa quanto você saiba que não poderia dar um lar para uma criança, que é o momento errado, que não é certo, nunca é algo fácil de fazer. Se alguém visse Stephen Walker sentado na sala de espera de uma clínica de aborto depois do *post* no blog sobre Max ontem, isso só tornaria as coisas dez vezes pior. Então, cá estou, a metade *de facto* dos pais, aquela que sacrificou mais — mais tempo, mais amor, mais dor de cabeça e até o corpo físico — para trazê-los ao mundo e cuidar deles, e sempre será quem eles irão culpar, de quem irão se ressentir pelo domínio que exerci sobre eles, para transformá-los em quem são, quem eles irão lembrar que se sentou ao lado deles em seus piores momentos. Espero que quando Max se lembrar disso, ele pense em mim como alguém que ficou ao seu lado, e não mordendo seus calcanhares. Mas a verdade é que as crianças vivem em mundos muito pequenos. Como podem enxergar objetivamente situações como esta? Muito provavelmente ele não enxergará isso assim, até que esteja muito mais velho. Agora, ele só está sentado, melancólica, obedientemente, como se eu o tivesse arrastado até aqui. Para mim, de certo modo, também é como se eu o tivesse obrigado a vir.

— Você quer uma bebida para depois, Max? — pergunto baixinho. — Uma lata de Coca-Cola?

— Hein? — Max retira os fones de ouvido de seu iPhone.

— Alguma coisa para beber depois? Você vai estar com sede.

— Não — diz ele, acrescentando: — Obrigado.

Ele brinca com seus fones de ouvido e olha pela janela.

— O que você está ouvindo?

Ele dá de ombros.

— Por que você não lê outra revista, meu bem? — sugiro. — Temos vinte minutos antes que a enfermeira venha buscá-lo e prepará-lo.

Max balança a cabeça. Seus cabelos macios oscilam. Há um tufo atrás, que ele tem desde pequeno. Suspiro e retomo a minha leitura. Não posso mais olhar para ele sem querer me despedaçar.

Max parece ter perdido completamente a voz.

Ele balança a cabeça para tudo, a meio caminho entre totalmente aterrorizado e totalmente robótico, submisso, movendo-se quando mando que se mova, concordando quando peço, assinando os formulários quando o médico e eu os indicamos a ele.

Esta manhã acordamos às seis; vestidos e prontos para sair por volta de 6h30. Não queríamos nos atrasar para a consulta, por isso fomos cedo para evitar o tráfego da hora do *rush*.

Max estava lá embaixo, me esperando na cozinha. Ele estava com sua mochila e usava camiseta, jeans, botas, casaco e um sobretudo. Estava sentado à beira da mesa, olhando para a madeira. A luz estava pálida, difundindo-se através da sala com um brilho azul-acinzentado que drenava todas as cores ao redor.

Acho que ele não disse uma palavra até caminharmos porta afora. Então, murmurou "Espere", e correu de volta até a escada para buscar alguma coisa.

Nesse momento, ele está sentado na sala de espera sem expressão, os olhos como dois círculos opacos de ardósia verde.

— Vou tomar um pouco de ar — sussurro, com medo de perturbá-lo, de ter que lidar com mais do que já temos para hoje.

Max

Minha mãe foi lá fora por alguns minutos. Posso vê-la através da porta de vidro. Ela está no corredor, desviando o olhar de mim.

Eu estava inclinado para a frente, mas agora me sento ereto e procuro no bolso o pequeno pedaço de papel que corri para buscar lá em cima. Deixo-o no bolso.

Por que eu trouxe a imagem do ultrassom?

Eu não sei.

Meu pai perguntou sobre isso no outro dia. Minha mãe tinha lhe dito que eu guardara a foto. Ele perguntou se podia vê-la. Eu disse que não sabia onde estava.

Mentiroso, mentiroso.

Nem sei por que pedi a foto na consulta. Talvez porque, de certo modo, seja a única foto que jamais terei da minha família. A que eu poderia ter tido. A que eu poderia ter se não fosse intersexual, se eu fosse só uma menina, ou até mesmo um menino, com uma amiga, que tivesse cometido um erro.

Mas minha conversa com o cirurgião já está programada para quando eu acordar, sobre o início do processo de mudança de sexo, na próxima semana. Então, acho que este é o começo e o fim da minha pequena família.

Conheci essa manhã o cirurgião que vai assistir ao aborto para observar minha anatomia. Ele disse que a histerectomia vai ser na segunda-feira, salvo complicações no procedimento de aborto. Então, eles vão agendar outras operações em janeiro, para "corrigir" partes de mim. Daí vou tomar hormônios que vão me fazer parecer mais masculino e me desenvolver como os outros caras. Ele disse que estava feliz por eu ter pensado em tudo. Só que não pensei. Tenho tentado não pensar em nada tanto quanto for humanamente possível.

Ele disse que sou muito corajoso. Eu não conseguiria imaginar mentira maior.

A foto estava guardada na gaveta ao lado da minha cama, mas, esta manhã, simplesmente achei que deveria trazê-la. Por que pensei isso?

Ela está ardendo sobre o meu coração, no meu bolso no peito. Está queimando, mas tenho que manter meu pensamento em por que estou aqui.

Corro um *trailer* do filme de reações terríveis em minha cabeça: o rosto de Sylvie, a raiva de minha mãe, meu pai sem saber o que dizer, eu sentindo vontade de morrer de constrangimento e vergonha nos últimos meses.

Estou suando e tremendo, mas talvez quem veja de fora não perceba.

Sinto como se tivesse perdido minha vida nas últimas semanas. Voltei ao estado vazio em que fiquei quando Hunter entrou no meu quarto naquela noite, a noite em que tudo isso começou e foi ficando pior e pior. Eu me senti incapaz de interromper, de fazer perguntas a qualquer um dos enfermeiros ou médicos enquanto eles falavam com a gente, enquanto me mandavam assinar os formulários. Sinto que minha intersexualidade é a principal parte de mim, que é exatamente o que eu nunca quis enquanto crescia. Nunca quis ser visto e julgado apenas por estar entre uma coisa e outra. Mas é o que sou agora, simplesmente. Um produto do meu corpo, o que o meu corpo faz e para o que foi feito. É por isso que estamos aqui.

Mas não quero que seja por isso que estamos aqui. Essa não deve ser a razão. Quero dizer, há outras razões pelas quais eu não deveria ter um bebê agora, mas tenho estado tão aprisionado em meus pensamentos sobre ser intersexual que não tive tempo para pensar sobre essas razões ou aceitar a situação em que me encontro agora, o que vou fazer hoje. Estou começando a entender, sentado aqui, nesta sala, que estar aqui por essa razão, porque sou intersexual, faz com que me sinta mal. Gostaria de ter mais tempo para pensar.

Mexo no bolso e me sinto apavorado, péssimo, nervoso.

Eu queria ter conversado com alguém antes, quando fizeram o exame pélvico pré-operatório, mas achei que seria indelicado fazer mais perguntas aos médicos, como se todos olhassem para mim tipo "quão burro e jovem e estúpido é esse garoto?". Interrompi a vida de todos nós — da minha mãe, do meu pai, de Daniel, dos médicos, de Sylvie — e agora só preciso balançar a cabeça pedindo desculpas e passar as próximas horas sem desmaiar em choque nem me despedaçar.

Se alguém soubesse como o bebê surgiu... Talvez eles me dessem mais tempo se soubessem. Mas, aqui, só eu sei a verdade. E sou inconveniente, até para mim mesmo, que não quero ser. Cerro os lábios com força, sentindo tontura e fraqueza. Balanço os pés violentamente sob o assento e pressiono firme meus lábios até doerem.

A operação é chamada de terminação cirúrgica. Archie nos contou sobre isso. Vai ser feita sob anestesia geral, por isso estarei dormindo. Deve acabar em 45 minutos.

— É só nos livrarmos disso — ouvi minha mãe sussurrando para meu pai no outro dia. — Nós vamos nos livrar disso e tudo vai voltar ao normal.

Cara, ouvi dizer isso tantas vezes na minha vida!

A pequena imagem em preto e branco parece queimar minha pele através do tecido da camiseta. Olho para o meu corpo e me odeio.

Quando se pensa nisso, todos os substantivos são também definições. A palavra "isto" e a palavra "normal" giram em torno da minha mente como destinos opostos.

Karen

A enfermeira que vem buscar Max é outra, diferente daquela com quem assinamos os papéis e daquela que nos levou ao exame pélvico há uma hora. Essa é jovem, magra, com o cabelo castanho-escuro, e me lembra a enfermeira que cuidou de mim enquanto eu estava em trabalho de parto com Max... Eu a vejo caminhando em nossa direção através do vidro, depois ela põe a cabeça dentro da sala de espera.

— Max? — ela sorri.

Ele visivelmente tem um sobressalto, mas não sai da cadeira. Ela franze a testa, e eu levanto e chamo sua atenção.

— Sim, somos nós — digo, como se eu pudesse ser outra pessoa.

— Ah, bom — diz ela, olhando para Max novamente. — Você está bem, Max?

Max morde o lábio inferior, antes de concordar e ficar em pé. Ele envolve os fones de ouvido em torno do seu iPhone, parecendo culpado e nervoso. Seu rosto está pálido e viscoso.

— Me dê isto, Max — murmuro, e ele entrega o iPhone, depois segue a enfermeira, os punhos cerrados, seus dedos cavando as palmas das mãos.

— Você assinou tudo, está satisfeito com tudo? — ela pergunta em voz baixa.

Max olha para mim. Concordo com a cabeça, e ele faz o mesmo para a enfermeira.

— Sim? — ela questiona.

Max emite um murmúrio assertivo mínimo entre os lábios semicerrados.
— Sim.

A enfermeira olha para mim interrogativamente e faço uma cara de "O que eu posso fazer? Ele está nervoso". Ela aquiesce, com simpatia, e nos conduz pelo corredor até uma pequena sala. Preenchemos a sala desconfortavelmente, e a enfermeira aponta a cama e dá um tapinha em um saco plástico com um avental hospitalar dentro.

— Não se preocupe, não vamos ficar aqui. Se você já quiser vestir isto, estarei de volta em cerca de dez minutos, e então podemos sair para a sala de cirurgia, ok? Sua mãe vai entrar?

Max olha para mim.

— Sim, eu vou entrar.

— Nós não permitimos que a família permaneça na sala de operação depois que o paciente for anestesiado, mas você pode ficar lá até que Max adormeça — explica a enfermeira.

Mais uma vez, Max olha para mim. Concordo com a cabeça, e ele se vira para a enfermeira e repete o gesto.

— Tudo bem, então, aqui está a roupa hospitalar para a mamãe — ela abre um armário e pega um guarda-pó azul, deixando-o na cama. — Coloque a proteção sobre os sapatos também, por favor — com isso, ela sorri e deixa a sala.

Max senta na cama e coloca a cabeça entre os braços.

— Vamos lá! — digo tão animadamente quanto é apropriado. — Você precisa trocar de roupa.

Ele concorda com a cabeça, mas não se move.

— Um passo de cada vez, Max.

Max

Estou na cama. Estou na cama na sala de cirurgia e tudo o que posso ouvir é a minha própria respiração. A cânula — o tubo plástico por onde o anestésico deve passar — dá uma sensação estranha no meu braço. O anestesista vai me passar as drogas através do tubo em poucos minutos. Ele vai me dizer quando. Então, vou ter um minuto antes de dormir.

Como chegamos aqui? Como isto se tornou minha vida? Como chegamos a este lugar terrível que está destruindo a minha família?

— Max, não — minha mãe murmura, puxando minha mão de cima da minha pequena barriga saliente. Nem percebi que a estava tocando.

Reflito sobre esse potencial de vida dentro de mim, sobre o fato de que meu corpo pode criar vida. Sinto que estou queimando. Eu me sinto tão assustado... Não é minha culpa que eu seja intersexual, e não é culpa do bebê o jeito como ele surgiu. É só diferente. Assim como eu. Ele foi feito de um jeito diferente e agora está aqui, e eu só... Sinto que todas as escolhas têm sido tiradas de mim. Sinto que estou sendo despojado de todas as coisas que eu sou. Não quero ser um pai, mas também não quero estar aqui hoje, e me sinto tão frustrado e esquisito e irritado que Hunter tenha feito essa escolha por mim, que ela me tenha sido roubada, que por causa da maneira como o meu corpo funciona eu já não tenho mais direito a uma opinião sobre algo tão importante. Sinto que estou louco, ou mesmo que não esteja; sinto que esta decisão está prestes a fazer algo tão contrário ao que quero que ela está me paralisando. Nunca pensei que teria que fazer uma escolha como essa. Como posso saber que estou fazendo a escolha certa? Afinal, como eu, ou Daniel, ou a maluca da Sylvie, ou este bebê mal concebido, ou qualquer um pode ser diferente de uma pessoa "normal"? Se você ama alguém, você o ama e pronto. Não importa de onde veio ou se é um menino ou uma menina, ou se você luta, ou se ele é esquisito, ou se ele tem dificuldade para se comunicar com você. Você só o ama, porra!

Ai, merda. Ai, meu Deus. Não posso fazer isso. Preciso de mais tempo para pensar.

Ai, droga.

Tenho que dizer alguma coisa. Tenho que dizer alguma coisa.

KAREN

ESSE GUARDA-PÓ AZUL É desconfortável, mas a máscara é pior. Minha respiração está quente, e o calor na sala me deixa prostrada. Eu estou do lado esquerdo de Max. Estão presentes o médico e o anestesista, e o cirurgião que observa tudo para a cirurgia corretiva da próxima semana, mais duas enfermeiras, todos se preparando para a operação.

Olho para tudo, menos para Max. Há uma série de instrumentos de metal com aparência assustadora na bandeja do médico, e fico feliz que Max esteja deitado e não possa vê-los.

Antes de entrarmos e enquanto Max estava se vestindo no banheiro, pensei em ligar para Steve. Chequei meu telefone. Duas chamadas não atendidas, ambas de Steve, e uma mensagem de texto: "Sinto que eu deveria estar aí".

Francamente, eu não sabia o que dizer. Será? Talvez.

Max saiu, carregando suas roupas. Ele olhou para o telefone enquanto eu digitava uma resposta.

— Quem é?

— Seu pai.

— Ah.

Ele olhou para mim, depois desviou o olhar novamente. Max parece tão menor do que eu era nessa idade... Pequeno, com a pele macia e loiro, como apenas crianças e pintinhos devem ser. Ele se parece com algumas das garotas que vi na outra sala de espera pela qual passamos; muito jovens para lidar com isso.

Eu apertei "enviar" na minha mensagem. Tinha escrito: "Nenhum de nós deveria estar".

Max sentou ao meu lado na cama e eu lhe acariciei o cabelo e o pescoço.

A enfermeira nos chamou para uma sala ao lado da sala de cirurgia e eles colocaram a cânula no braço de Max.

Agora estamos aqui e logo isto vai acabar, e podemos voltar. Podemos voltar à nossa vida.

Eles vão remover o útero em outra operação, na próxima semana. Max assinou o termo de consentimento, ainda que Steve tenha amarrado a cara e discutido comigo por causa disso. Eu gostaria que Max tivesse filhos. Ele é uma pessoa tão doce, amável, feliz. Seria bom, no futuro, ter netos, mas não assim. Agora que isso está acontecendo, percebo que esse é o único jeito de Max ter filhos. Eu já havia tentado não pensar sobre isso. Mas devíamos ter feito essas cirurgias há muitos anos. Não foi certo esperar tanto tempo. Isso nos deprime, a todos, ao Max.

— Meu pobre bebê — murmuro, acariciando seus cabelos enquanto ele está na mesa de operação. — Vai acabar logo.

— Ok — diz o anestesista. — Eu estou colocando você para dormir agora. Você vai se sentir sonolento e em menos de um minuto espero que já tenha adormecido — ele sorri para Max, e Max entra em pânico.

— Ele está um pouco nervoso — digo em voz baixa.

Max

Sessenta segundos. Isso é tudo o que tenho. Sessenta segundos para dizer o que tenho a dizer. Sobre não fazer isso. Não agora. Só preciso de mais algum tempo para pensar sobre isso. Para me preparar.

Meus olhos passeiam pela sala. Minha boca se abre. Engulo em seco.

Para quem eu conto? Como posso dizer isso? O que posso dizer para fazer isto parar?

O médico está aqui, mas ele não está olhando para mim, não para a minha cabeça, pelo menos. Há as enfermeiras, mas elas estão olhando para o médico.

Minha mãe não está olhando para mim. Entro em pânico. Ela não está olhando para mim!

Olho para a minha direita. Uma enfermeira olha por cima de mim, inclinada contra a parede. Ela me observa atentamente. Quando olho para ela, ela vem até mim.

— Tudo bem, Max? — ela pergunta.

Abro a boca. Tenho que dizer isso. Tenho que contar a alguém. Merda. Acho que é tão difícil falar com estranhos sobre isso! Nunca tive que fazer isso antes. Merda.

Então, de repente, um *flash* de azul surge à minha esquerda e minha mãe está ali. Merda, obrigado.

Dou à enfermeira um pequeno aceno de cabeça e um sorriso fraco. Ela aperta a minha mão e se afasta lentamente, e espero até ela chegar à outra extremidade da sala, observando o médico.

Eu me viro para a minha esquerda. — Mãe — sussurro.

Ela franze a testa para mim, com cara de ponto de interrogação.

Eu gesticulo. Um rápido movimento com a cabeça e a boca sinalizando "Vem cá".

Ela vem e abaixa a cabeça até mim. — O que foi, Max? — ela toca meus cabelos. Ela parece não humana com essa máscara. Baixo os olhos.

Preciso dizer alguma coisa. Mas as palavras não me vêm. Sinto que estou ficando mais fraco, me afastando da consciência e da realidade.

Preciso dizer alguma coisa.

Olho para ela.

— Mãe — sussurro.

É a única coisa que consigo dizer.

— Mãe...

Mas ela entende. Seus olhos se arregalam, meus olhos imploram, e ela concorda com a cabeça. Ela olha para os médicos, em seguida olha de volta para mim.

— Eu não posso, mãe. Não posso. Preciso de mais tempo, mãe... — murmuro. Ela consente com a cabeça outra vez, acariciando os cabelos sobre a minha testa, e eu caio no sono.

Steve

Estou na sala de recuperação, usando calça de moletom e um casaco com capuz, tentando não me parecer comigo mesmo.

Max também não se parece com ele mesmo. Sempre pensei nele como um jovem confiante e bem-sucedido: um líder, uma pessoa de confiança, uma pessoa madura, especialmente nos últimos tempos, pela maneira com que ele lidou com tudo isso, queixando-se tão pouco.

Mas na cama ele parece uma criança de novo, os cabelos espalhados sobre o travesseiro, dormindo mais profundamente do que um simples sono, pálido e vulnerável. Seus lábios estão abertos, sua pele não tem pelos. Ele parece não ter apenas afundado na cama, mas voltado cinco anos atrás. Para mim, ele parece ter onze anos.

Acaricio seus cabelos, sentindo uma mistura peculiar de propriedade e intromissão ao tocar meu filho sem o conhecimento dele.

Eu deveria ter vindo para a cirurgia, mas não pude, pelo bem de Max, porque alguém teria me reconhecido. Já estávamos preocupados que alguém reconhecesse Karen. Achamos que se eu aparecesse seria arriscado demais. Sempre há alguém que terá um *flash* rápido de memória visual do meu rosto em seu jornal ou no noticiário da noite de Oxford. O *flash* atravessa seu rosto como uma sombra, seguida de uma luz, e depois eles vêm até mim, apertam minha mão, olham com interesse para o rosto das pessoas ao meu redor. Para a minha família.

Talvez eu nunca devesse ter fugido. Talvez eu devesse ter abandonado a política quando soube que tinha uma família que precisava ser protegida dos holofotes, como Karen deixou de disputar o melhor cargo quando entendeu que os meninos precisavam dela em casa. Ela sempre achou que trabalhar é algo mais fácil do que eu, e talvez devêssemos ter trocado de papéis. Mas ela era a mãe, e de certa forma, por mais modernos e educados que fôssemos, pareceu fazer mais sentido que Karen assumisse o papel mais ativo entre nós dois. Mesmo sabendo que às vezes ela não conseguia lidar com aquilo. Ela poderia ter tido o meu cargo. Ela já poderia ter sido eleita MP. Karen é assim: a lógica, o academicismo e a objetividade sempre foram fáceis para ela. Ela nunca precisou se esforçar para ser o melhor advogado que tínhamos, ela simplesmente era. Mas atingir um equilíbrio entre a objetividade e a subjetividade em casa sempre foi difícil para Karen. Ela sentia cada golpe que Max sentia, mas de maneira mais aguda que ele, porque ela enxergava todo o quadro, sabia o que significaria para ele crescer, sabia como as pessoas iriam tratá-lo. A felicidade de Max sempre foi mais importante para ela do que qualquer outra coisa.

Mas isso significava que ela não podia tomar decisões médicas a respeito de Max quando ele nasceu, que achava difícil cuidar dele sem se preocupar que o estivesse machucando e fazendo as escolhas erradas por ele. Depois daqueles primeiros anos de turbulência, Karen descobriu uma estratégia de enfrentamento. Quando as coisas dão errado, ela recua, se torna muito objetiva, muito fria. Não é culpa dela. Ela não teve uma boa figura materna enquanto crescia. Ela não esperava ter um filho intersexual. Todos lidam com as coisas do modo como foram ensinados.

Não é muita gente que consegue enxergar isso, mas a fria Karen Walker tem um coração enorme, infinitamente quente e generoso, e ele bate quase inteiramente pelos nossos filhos.

Ela estava com o pé atrás em relação à campanha e estava certa de ficar dessa forma. O trabalho na campanha está me afastando demais da minha família, mas pensei que ele iria nos aproximar, e sinto que o uso como uma barreira, para me distanciar quando não quero comentar sobre o que Max está passando ou o que ele deve fazer.

Sou um político, afinal. Não gosto de anunciar uma opinião até que tenha devidamente formado uma. A única coisa que posso dizer a Max, honestamente, é que não sei o que ele deve fazer — a respeito da histerectomia, do procedimento de mudança de sexo, de qualquer coisa —, e foi por isso que não disse nada a ele.

Foi Karen quem nos levou às cirurgias, porque ela sabe que o nosso prazo está acabando, e eu fiquei grato a ela por tomar as rédeas nessa hora, por ser a mais forte. Enquanto observo o sono de Max, percebo que preciso estar mais presente para meus filhos, para a minha família. Não se pode ignorar o valor de sua família.

Pensei que a campanha nos uniria. Pensei que os garotos ficariam orgulhosos, pensei que a Karen ficaria animada. Talvez não tenha pensado nisso direito. Talvez eu não pense direito sobre uma porção de coisas, como Karen disse na outra noite, na cama.

— Alguma vez você já pensou sobre o que aconteceria se Max tivesse filhos? — ela sussurrou, de costas para mim.

— Eu quis que ele tivesse essa opção.

— Sério, Steve?

— Ele poderia ter usado uma barriga de aluguel. Ele poderia ter crescido querendo ser menina — sugeri, diplomaticamente. Depois, como ela ficou em silêncio, eu disse: — Karen, eu não sabia que isto iria acontecer.

— Nós deveríamos ter tomado essas decisões por ele.

— Não acho que deveríamos.

— Você não acha? A culpa é nossa.

— Isso é...

— A culpa é nossa.

— Essas coisas acontecem. Gravidez na adolescência acontece.

— Isto não é só a gravidez de uma adolescente.

— De que maneira isto é diferente, Karen?

— Porque...

— Por quê...?

— Porque ele é um menino!

— O que você quer que eu diga, Karen? — resmunguei. — É claro que não imaginei nada assim. Claro que não!

— Fale baixo!

— É claro que eu não queria isso para ele, mas, agora que aconteceu, temos que deixá-lo tomar suas próprias decisões.

— Ele não sabe o que quer. Você não sabe o que quer.

— E o que você quer?

— Quero que ele tenha uma vida boa e normal. Quero que ele não seja tratado de maneira diferente.

— Isto não soa cínico demais para você? Muito horrível? Nós nos preocuparmos tanto assim com o que os outros pensam?

— Que pergunta estranha, vindo logo de *você*.

Ignorei o comentário. — Para mim, tomar decisões com base no que os outros pensam me parece claramente muito errado.

— Claramente errado? Você pode passear no seu cavalo branco sendo o político-herói e não enxergar como a nossa vida está! Você não vive o dia a dia de um pai. Você nunca está aqui e, quando está, fica com Lawrence ou Debbie. Você não vive como uma pessoa normal. Está cercado por bajuladores e pessoas que o adoram.

— Pensei que você ficaria orgulhosa de mim. Você sabia que era isso que eu queria. Nós conversamos sobre isso anos atrás, quando tínhamos vinte e poucos anos.

— Bem, eu era uma idiota nos meus vinte e poucos anos, Steve! — sua voz soou baixa e rouca. — Eu era ignorante e jovem e disse coisas e quis coisas sem saber realmente como seriam. Eu não tinha ideia de como seria criar um filho com uma doença, que precisaria de privacidade, que precisaria de nós dois ao lado dele.

— Foi só um acidente, Karen — eu disse, quase num sussurro. — Se fizemos alguma coisa errada foi não ter procurado os médicos para descobrir como funcionava a fertilidade do Max. Se ele soubesse, teria sido cuidadoso.

— Só um acidente... — Karen murmurou.

Ficamos em silêncio por um momento, ambos perdidos em nossos pensamentos.

Suspirei com tristeza e em seguida falei calmamente, tentando fazer com que ela entendesse como estava me sentindo e em que andava pensando. — Só quero que o mundo aceite Max do jeito que é, que ele não precise fazer nenhum tipo de concessão. Não é culpa dele ter nascido assim. Não há um risco de vida, não tem nada de errado — eu me virei para ela. — Karen?

Ela se levantou.

— O que você está fazendo?

— Quarto de hóspedes — ela resmungou.

— Eu só quero que ele...

— Eu *não* quero falar disso — ela respondeu, a voz embargada pelas lágrimas. Ela saiu do quarto levando seu BlackBerry.

Eu suspiro no quarto do hospital.

Max demora bastante para voltar a si, o que me dá muito tempo para pensar. Ainda não vi Karen aqui. Uma das enfermeiras sugeriu que ela pode estar na cantina. Tenho a sensação de que ela está me evitando e escolho não perturbá-la.

De súbito, Max aspira o ar profundamente, o que se transforma em um bocejo, e seus olhos se abrem. Ele pisca, com uma expressão nos olhos que é impossível de ler. Estou sentado na cadeira, um pouco atrás da cabeceira da cama. Ele não me nota ali. Seus lábios se abrem e ele leva a mão até sua barriga, a toca e franze a testa, parecendo confuso. Ele levanta o lençol.

— Max? — chamo.

Karen entra. Ela está bonita, porém parece mais velha do que me lembro. Suponho que eu mesmo pareça mais velho do que posso me lembrar. Seu cabelo brilha na luz, as mechas loiras se misturando com as de cor caramelo e castanhas. Eu queria que não brigássemos. Queria poder conversar com ela. Ela estremece enquanto caminha até Max. Então ela sorri para ele.

— Você impediu o aborto? — Max diz.

— O quê? — murmuro, virando-me para ele.

Karen faz uma pausa por um instante, vacilante, a mão pairando no ar, a meio caminho de tocar em Max. Sua mão paira sobre ele e então ela a retira. Ela nega com a cabeça.

Max parece confuso. — Mas você... — seus olhos voam de um lado a outro e ele franze a testa para Karen. — Você... — ele gagueja um pouco, então parece se dar conta de alguma coisa e olha para Karen como que apavorado. Sua boca se abre lentamente, ao mesmo tempo que a expressão em seu rosto muda, as sobrancelhas agora franzidas com raiva profunda, a boca sucumbindo à tristeza, os olhos fervendo do vazio à fúria.

— NÃO! — ele diz, mais alto do que antes. — Não! Mas você sabia! Você sabia!

— Max! — Karen diz, as mãos mais uma vez dançando diante de si.

— NÃO! — Max agora geme, tentando sentar-se na cama, mas ainda grogue, ofegante e segurando o estômago. — NÃO!

— Max, eu disse a eles que não faríamos o restante das cirurgias — Karen conta, nervosa e rapidamente, com uma voz estridente. — Cancelei a consulta sobre a mudança de sexo, a histerectomia, tudo. Você pode fazer suas próprias escolhas sobre tudo isso, em seu próprio tempo. Eu só, tivemos que...

— Não dá para acreditar! Não consigo acreditar que você... — Max protesta.

— O que está acontecendo? — questiono em pé.

Karen balança a cabeça. — Foi melhor assim, querido — ela se embaralha em suas próprias palavras, ainda mais vermelha. — Agora tudo pode voltar ao normal, e nós podemos esquecer tudo sobre...

— Eu não sou normal! Nunca vou ser normal, merda! Você não consegue meter isso nessa sua cabeça dura? Desista de mim agora se quiser uma coisa normal, porque eu nunca vou ser bom o suficiente para você! — Max se inclina para a frente e, agora, rosna feito um cão. — Você entendeu o que eu estava pedindo! Você entendeu, merda!

Enquanto Max diz essas palavras, corro até a porta e a fecho rapidamente.

— Shh! — digo, mas nem Max nem Karen me dão ouvidos. — Max, o que está acontecendo? Todo mundo pode ouvir você lá fora. Pare de gritar.

Eles me ignoram, e Karen tenta colocar as mãos no topete louro de Max.

— Não me toque! — ele grita.

— Por favor, Max — ela pede, desesperada.

Viro-me para ela e percebo o quanto ela treme e como sua mão se agita até a boca e a garganta, e de novo tenta tocar Max, depois se afastando dele novamente.

— O que você está fazendo, Karen? — pergunto, falando baixo.

— Eu quero que ela saia — Max grunhe, sem tirar os olhos de Karen. — Saia!

Ela balança a cabeça, deprimida. — Fiz isso para o seu próprio bem.

— Eu só queria um tempo, um espaço para respirar! — Max grita. — Como você pôde fazer isso? A escolha era minha!

— Foi melhor assim, querido — Karen diz baixinho. — Sinto muito.

— Não me chame de querido! — Max diz, enquanto ela caminha em direção a ele. — Fique longe de mim.

— Max... — ela diz, tocando seus cabelos.

Ele empurra as mãos dela e se inclina para a frente e grita tão alto que a água no copo ao lado dele ondula.

— Fique longe de mim!

Max

Meu pai me leva do hospital para casa na noite de sexta-feira. Quando abrimos a porta da cozinha, minha mãe está lá, enrolada em seu casaco. Seus cabelos estão molhados. Chove lá fora.

Fico tenso imediatamente, querendo jogar alguma coisa nela. Mas ficar tenso machuca o meu estômago e eu estremeço de dor.

— Vá para o seu quarto, Max — meu pai manda.

Olho para ele, registro o que ele acaba de dizer e corro lá para cima. Troco a roupa do hospital e sento na cama.

Está tudo silencioso. Daniel está com os pais de Hunter. Espero que eles não apareçam aqui para deixá-lo. Fico trêmulo e fraco só de pensar nisso.

Coloco minha cabeça entre os joelhos.

Depois de alguns minutos, ouço as vozes da minha mãe e do meu pai lá embaixo, murmurando. Abro a porta do quarto, desço a escada me agachando até a porta da cozinha e me sento logo abaixo da fechadura. Está tudo tão quieto que olho pelo buraco só para verificar que eles estão mesmo ali.

Eles estão em pé, um em cada extremidade da mesa, sem dizer nada, sem um olhar para o outro.

Depois de um tempo, meu pai diz: — Que diabos você estava pensando?

Minha mãe olha a noite escura pela janela. Ela não olha para meu pai.

— Karen — meu pai recomeça. — Tudo o que ele queria era um pouco mais de tempo para se decidir. Ele só precisava de tempo.

— Podemos ter atribuído a ele o sexo errado — minha mãe fala, finalmente.

Meu pai balança a cabeça. — Não. Nós não lhe atribuímos um gênero, ele decidiu o que queria ser. Ele sempre tomou as próprias decisões até agora.

— Se ele tivesse dito aquilo para você, o que teria feito? — ela pergunta calmamente.

— Eu não sei! Daria a ele algum...

— Mais tempo! Mais tempo, como ele queria? Para quê? Para a barriga aparecer? Para que fosse uma cirurgia ainda mais invasiva? Para ele entrar em pânico e acabar ficando com a criança e arruinar a vida dele toda?

— Ele não ia ficar com a criança! Ele só queria conversar mais sobre isso, pensar nisso.

Eles esperam, encarando um ao outro cautelosamente.

— Ele nunca conversa com você sobre isso — minha mãe resmunga sombriamente. — Sou sempre eu quem deve tomar as decisões difíceis.

Meu pai baixa a cabeça, como se estivesse se impedindo de dizer alguma coisa.

— Tudo o que sei é que sempre dissemos que ele poderia ser o que quisesse — ele diz, finalmente. — E toda vez que tentamos impor alguma coisa a ele, porque os merdas dos médicos disseram para nós que aquilo era o mais realista e o melhor a ser feito, me arrependi profundamente.

— Steve, fiz o que achei que era certo — minha mãe diz.

— Você não estava lá, Karen! — meu pai grita de repente. — Você não esteve lá desde o início. Você não tem *direito* nenhum de tomar essas decisões sem *mim*!

Franzo a testa, surpreso e irritado. Do que ele está falando? Ele? Como ele pode falar do *seu* direito de tomar decisões por mim?

— Já se passaram dezesseis anos — ouço minha mãe dizer, num tom de voz amargo e tenso. — Quando você vai me perdoar?

Há um silêncio, e então ela torna a falar: — Um ano, um ano da vida dele, quando eu não conseguia cuidar dele, quando eu estava arrasada e não conseguia enfrentar sequer o pensamento de como a vida dele ia ser difícil. Eu tinha acabado de passar os últimos nove meses grávida e fui convocada a lidar com a questão intersexual... Pensei que a parte mais árdua do trabalho já tinha passado e de repente...

— Não foi só um ano, Karen. Toda vez que aparecia um problema, você se recusava a lidar com ele, e Max percebia isso, mesmo quando era pequeno. E ele aprendeu a nunca reclamar, a nunca pedir ajuda. Na época em que você pegou suas coisas e foi embora, quando ele tinha cinco anos e você descobriu que estava grávida de Daniel, e eu não tive a menor pista de onde você estava por *dois meses*.

Minha mãe meio que suspira. Seu rosto parece horrível através do buraco da fechadura. Desvio o olhar, pensando no que meu pai disse. Eu me lembro dessa época. Lembro-me de ter sentido medo até o momento em que Daniel nasceu, porque pensei que ela iria embora novamente. Mas então ele chegou, e a sensação foi de que até então fomos uma mesa bamba de três pernas e ele era a quarta perna, e então entendi que minha mãe não podia ir embora, porque o bebê a faria ficar conosco. Eu me senti mais seguro.

— *Dois meses*, Karen! — meu pai grita. — Pensei que você nunca mais iria voltar. Fiquei preocupado, achando que você tivesse morrido! Coloquei a polícia procurando por você!

— Eu estava exausta...

— Bom, eu também! Eu tinha um emprego em tempo integral, eu tinha um menino de cinco anos que queria saber onde estava a mãe... — a voz do meu pai embarga, as lágrimas vêm imediatamente aos meus olhos. A voz do meu pai nunca fica embargada. Ele sempre tem tanta certeza e é mais firme do que qualquer coisa neste mundo. — Desde então, você ficou muito melhor, Karen. Você encontrou uma maneira de lidar com a coisa, mas essa maneira é ser objetiva a ponto de deixar de lado os sentimentos de Max, a escolha dele hoje, a ponto de fazer uma escolha que você pensou logicamente que seria para melhor. Toda vez que precisa lidar com algo, Karen, você se afasta, cria uma distância. É quase instintivo. E Max nem sequer demonstrou mau humor desde que você sumiu por aqueles dois meses, porque ele não queria balançar o barco e fazer você ir embora de novo. Você sabe lá o que é ver isso nos olhos de uma criança de cinco anos?

— Eu...

— Não, você não sabe de merda nenhuma, porque você não estava lá. Desde então ele simplesmente concordou com todo mundo, fez tudo o que ele achava que poderia agradá-la, para você não ir embora de novo, e você não sabe como é difícil para mim assistir a isso. Você transformou o nosso filho em uma marionete. Ele não fica em pé por si próprio.

— Ele não é uma marionete, ele é dócil!

Meu pai suspira, e olho para ele através do buraco da fechadura. *Eu não sou uma marionete*. Mas aí penso, me viro de costas para a porta e me pergunto: *Eu sou uma marionete?*

Meu pai torna a falar e ele soa com se estivesse nas últimas. — Eu estou muito cansado disso, Karen. Talvez eu não devesse ter entrado na corrida para MP. Talvez eu precise encontrar um equilíbrio melhor. Talvez eu tenha me afastado da nossa casa e da nossa família e isso é minha culpa, mas era tão... Eu só queria ter tudo. Ser capaz de mostrar aos meninos que você não precisa se sacrificar para ter uma família.

— Bom, talvez você tenha mostrado — minha mãe o desafia.

Silêncio.

Ambos parecem exaustos com a gritaria. Olho através do buraco da fechadura.

Minha mãe bate, de repente, na mesa. — Nós sempre tivemos essa história de família, Steve: "Karen é a vilã, Karen é quem ferra tudo". Tenho tentado ser a esposa perfeita, a mãe perfeita, tenho dedicado a merda da minha vida a tentar me redimir por ter sido tão inútil quando éramos jovens e quando tive o Max e estou cheia. Eu estou *cheia*!

Ela anda em torno da cozinha, pegando coisas aleatórias, como se estivesse prestes a fazer algo com elas, então torna a bater, dessa vez com elas no balcão, como uma doente mental.

— Eu defendo a minha decisão. Foi difícil, mas acho que fiz o que era certo. Não me diga, Steve, *não me diga* que teria sido uma coisa boa deixar Max decidir que ele não poderia passar pela cirurgia e que arruinasse a própria vida.

— Entendo que foi uma decisão difícil, Karen — a voz do meu pai soa abafada. Ele esfrega o rosto com uma das mãos. — Estou feliz que ele sentiu que podia falar com você. Estou triste que ele não tenha sentido que pudesse me procurar — meu pai funga, e percebo que ele está enxugando as lágrimas. Ele diz, mais calmo: — Achei que se simplesmente mostrássemos ao Max que o aceitamos, que nós... Mas não acredito que você fez isso com ele, Karen. E não consigo acreditar... — ele inspira e expira rapidamente — ... que você não me contou logo a respeito do que ele disse, e tampouco relatou o fato quando cheguei ao hospital. Porque você sabia o que eu ia dizer. Você sabia, não é?

— Por que você foi ao hospital?

— Essa não é a questão.

— Você não confia em mim?

— Responda a pergunta, merda! — meu pai grita. — Diga que você sabia!

Há um silêncio, e então minha mãe fala, e sua voz é dura e silenciosa: — Sim, eu sabia. Ainda acho que, no fim das contas, é o melhor. Max só tem dezesseis anos. Ele ainda tem muita coisa pela frente. Não há o "correto" nessa situação — ela chora. — Eu entendo, Steve, que por muito tempo Max talvez não vá me perdoar, mas ele vai acabar me perdoando. E eu sabia que você provavelmente nunca me perdoaria. E é claro que eu não queria isso, porque amo você, Steve, mas...

Ela para no meio da frase, e vem um silêncio de talvez meio minuto. Eu espio pela fechadura. Minha mãe está com as mãos apoiadas sobre a mesa da cozinha ao lado dela e meu pai está de frente para ela, sentado, de braços cruzados, ambos com o rosto sombrio e imóvel.

— Eu só vou dizer o que todos os pais sabem e nunca dizem. Amo você, Steve, mas amo ainda mais o Max. E fiz isso por ele. E não estou arrependida.

Há um silêncio ainda mais longo. O rosto da minha mãe está acinzentado, cansado e estranhamente morto. Mas ela parece forte. Forte e habituada a suportar um peso.

O peso dos meus segredos, penso. Meus segredos estão separando esta família. Caio no chão ao lado da porta e mexo em meu lábio com um polegar.

— Bom — murmura meu pai. — Então não há mais nada a dizer, não é?

— Vou sair — diz a mãe.

— Vai à casa da Leah? — meu pai pergunta.

— Não. Leah e Edward estão ocupados demais com Hunter. Ele anda pegando uma detenção atrás da outra esses dias, matando aulas. Eu quis dizer que... talvez eu devesse ir para algum lugar... por uns tempos.

Ela sussurra algo que fica preso em sua garganta. O que entendo é "eu deveria ficar na minha irmã", no final de sua frase.

Olho através do buraco da fechadura. Depois de sua última palavra, ela se move rápido, com a cabeça baixa, passando cuidadosamente pelo meu pai, apanhando as chaves do balcão e jogando-as em sua bolsa. Ela está com o corpo de frente para ele, sem olhar por baixo de seu cabelo. Veste calça jeans, um suéter verde e uma jaqueta de couro curtido. Seus lábios parecem realmente rosados e molhados bem como suas bochechas. Seu cabelo está todo bagunçado e parece loiro-escuro por causa da chuva. Ela está bonita de verdade.

— Eu concordo — meu pai diz.

Minha mãe levanta a cabeça e seus olhos parecem frios. — Daniel ainda está na Leah — ela diz. — Vou buscá-lo.

— Não — meu pai diz. — Eu faço isso.

Ela parece prestes a dizer alguma coisa. Balança a cabeça, cansada, e sai. A porta dos fundos se fecha suavemente.

Há um silêncio por um instante, depois meu pai coloca as duas mãos enormes sobre o rosto e deixa escapar um soluço alto, tentando cuidadosamente segurá-lo, prendê-lo dentro si. Ele se levanta devagar e fica muito quieto. Suas mãos vão até o quadril e ele respira fundo algumas vezes. O estômago e o peito largo baixam e sobem enquanto ele suspira. Nunca, jamais, vi meu pai chorando antes.

Lembro-me de uma vez, no dia do aniversário da minha mãe, anos atrás, antes de o Daniel nascer, quando ela ganhou um colar lindo. Era um coração, um coração de ouro, que ela usa desde então. Ela chorou quando o retirou da caixa e ele disse: "Para o amor da minha vida". Lembro-me de todas as ocasiões em que meu pai pareceu todo gentil, e todas as imagens são dele com minha mãe. Ele a abraçando, ele dançando desajeitadamente com ela, suas fotos do casamento, nas quais ele olha para ela como se ela fosse a coisa mais incrível do mundo. Agora ele a jogou fora por minha causa. Ele pega um pano e limpa as bochechas. Então vem em direção à porta, e eu me afasto do buraco da fechadura e congelo.

Steve

Abro a porta para ver onde Max está. É em momentos como esse que você mais precisa de seus filhos, de segurá-los nos braços.

Eu abro a porta pensando em subir a escada, mas Max está no chão bem à minha frente.

Basta um olhar para ele e minha mente divaga. O mesmo punhado de cabelo loiro que ele tem desde que era um bebê. Pequenos olhos verdes espiando por baixo, perguntando se vou gritar com ele ou se ele vai se safar por ter nos escutado. Pestinha.

Ele não é largo e forte como eu, mas também não é magrelo. Percebo pela primeira vez o quanto ele cresceu. Eu estava certo. Tudo passa tão rápido! A gente sempre pensa nos filhos como "as crianças". Ainda o imagino pequeno e molhado no banho ou, de pijama, ouvindo uma história antes de dormir, mesmo que agora ele tenha dezesseis anos e esteja se aproximando de um bom 1,77 m. Para mim, não importa.

Eu olho para o seu pequeno corpo, o que Karen e eu criamos, e me curvo sobre ele, coloco os braços sob seus ombros, me ajoelho na frente dele e o puxo para um abraço. Sinto suas mãos nas minhas costas e me lembro de quando eram pequeninas demais.

Max

Eu praticamente durmo o fim de semana inteiro, volto para a escola na segunda-feira, e é lá que vomito na terça-feira. Percebo que vou vomitar cinco minutos antes de acontecer. É um monte de pensamentos que vão se acumulando dentro de mim e de alguma forma rastejam do meu cérebro até o estômago. Estamos em um intervalo entre as aulas e caminho até o prédio de geografia. De repente, dobro à direita, saindo do corredor principal, e desço ao beco sem saída onde ficam os banheiros. Olho e não tem ninguém lá, então entro em um cubículo, coloco a mochila no chão, levanto o assento e solto uma golfada no vaso sanitário. Vomito meu café da manhã e, em seguida, solto duas golfadas secas, mas não sai mais nada. Os restos de um pão mal digerido flutuam na água da privada. Espero um minuto até ter certeza de que vomitei tudo e aí dou a descarga, caminho até as pias, lavo o rosto e vou para a aula de geografia.

O tempo todo penso como fui para o hospital com algo dentro de mim e saí de lá sozinho, sem nada, como se nada tivesse acontecido, sem escolha ou opinião que pudesse dar. Sou um observador passivo da dor à minha volta. Sou o fusível da bomba. Nem sequer me acendo. Tampouco escolho quando apagar. Eu não explodo. Eu apenas sou.

Depois da aula de geografia, vou para a sala comum. Quando passo pela porta, Olivia e Marc estão se beijando. Faço um barulho de nojo e vou até os armários para largar meus livros. Kerry está lá. Ela é nova na escola.

— Oi — ela diz e sorri para mim.

— Oi — digo sem entusiasmo.

No primeiro intervalo, Marc e eu fomos até a cidade e compramos vodca e misturamos com suco de laranja, porque o último dia do período já está chegando e é quase Natal, então pensamos: *Por que não?*

Agora ele empurra a bebida para mim e tomamos tudo, passando a garrafa entre nós. Fico bêbado mais rápido, porque meu estômago está vazio. Carl se recusa a participar, porque temos uma prova mais tarde, ainda que nem valha nada.

Marc sugere que a gente jogue o jogo de girar a garrafa, piscando para Olivia tipo "Mal posso esperar para ver você beijar outra garota".

Primeiro digo não, mas depois vejo Sylvie. Ela entra pela porta que está bem ao lado de nós. Desvio o olhar dela rapidamente.

— Ei, Sylvie — diz Marc. — Você quer brincar de girar a garrafa?

Meus olhos voam até ela e eu a enxergo por baixo do meu cabelo.

— Não, obrigada — ela diz a Marc, olhando para mim.

Marc dá de ombros e se afasta até Olivia, deixando só eu e Sylvie perto da porta.

— Ei — ela diz. — Hã, como você está?

— Super — digo. Estou envergonhado, tentando fazer uma piada, mas perco a coragem no meio do caminho, que acaba soando meio amarga.

Ela hesita.

— Eu quis dizer se você já sabe o que vai fazer?

Ela parece um pouco desconfortável e penso sobre como ela reagiu, como foi um negócio absurdo para ela ter um namorado tão nojento.

— Passei por uma cirurgia na sexta-feira — murmuro, em uma voz grave e baixa; em seguida, completo, sarcasticamente: — Então você não tem mais que se preocupar comigo.

Ela acena com a cabeça. — Fiquei pensando nisso... quando vi que você não veio à escola. Sinto muito, Max.

Começo a caminhar, me afastando.

— Espere — ela pega meu braço e eu dou de ombros para ela. Ela parece nervosa. — Espere, Max! Você está bem?

— Eu disse que estou bem.

— Vamos para algum lugar onde a gente possa conversar — diz ela, racionalmente, a caminho da porta.

É claro que ela espera que eu a siga, como a ovelhinha que sou.

— Esqueça isso. Acabou — digo, querendo dizer tudo. Que acabou tudo. — Então você pode simplesmente voltar ao normal e eu vou voltar para a merda que eu sou.

— Merda. Eu não falei sério quando disse aquele negócio de "normal" na quinta-feira. Eu estava tendo um ataque de pânico. Tenho isso às vezes.

— Fico realmente muito triste por você — digo, frio, e ela para de falar abruptamente. Olho nos olhos dela, querendo impor um olhar desafiador. — Você contou para alguém?

— Não.

— Tem certeza? Nem mesmo para a sua mãe?

— Não!

Minha garganta trava, e sinto meu rosto se contraindo de tristeza. — Jura que não vai contar.

A testa de Sylvie se enruga, me observando de perto. — Você está bêbado?

— Cai fora — respondo sem convicção. Caminho tonto de volta para o jogo. Marc olha para mim e me chama:

— Vamos lá, seu pentelho! — quando me sento ao lado dele, ele diz, mais baixo: — O que rola com a Sylvie?

Balanço a cabeça. — Não estamos mais saindo.

Eu sabia que ela não conseguiria lidar com isso, penso, tomando a garrafa de bebida do Marc. *Eu sabia*.

De todo modo, o verdadeiro problema sou eu. Não ela. Só estou cansado de estar na vida das pessoas. Faço todo mundo odiar todo mundo. Todo mundo acha que sou nojento. Eu sou nojento. Sou um catalisador de ódio e confusão. É só eu aparecer, que ponho tudo a perder. Veja a minha mãe e o meu pai. Eu sou fraco e sou covarde e não me defendo, como meu pai disse. Sou um fraco.

A garrafa me coloca de par com a garota nova, Kerry. Temos que nos beijar na frente de todo mundo. Depois ela sorri.

— Você beija bem demais — ela diz.

Marc ri. — Praticamente todas as garotas da nossa sala sabem disso!

Olivia olha para mim. Eu me dou conta de que Marc pode estar enciumado. *Ótimo*, penso, amargamente.

— Max, é você de novo — Olivia diz.

Olho para eles. Kerry está dando risadinhas. A garrafa foi parar em cima de mim mais uma vez, e nos beijamos de novo.

Sylvie assiste às cenas o tempo inteiro, e eu me sinto mal, mal, mal.

Mas ao mesmo tempo a odeio. Odeio tudo o que ela me faz lembrar. Dane-se. Em todo caso, é melhor para ela não gostar de mim.

— A Kerry é, tipo... ahn... uma tremenda pegadora, Max — Maria diz, no final do almoço, enquanto caminhamos até nossos armários. — Quero dizer, sério, ela traiu à beça o último namorado na escola de onde veio. Foi meu irmão quem me contou. Ele é amigo de um cara que frequenta a escola.

— E daí? — pergunto.

— Como e daí? E a Sylvie? Achei que você gostasse dela de verdade.

Eu puxo violentamente a mochila do meu armário, então todos os armários ao lado tremem. — O que tem a Sylvie?

— Você está totalmente bêbado — Maria diz.

— E daí? — pergunto, rindo.

— Você é um idiota — Maria diz, carinhosamente, mas com firmeza, dando-me um abraço fraternal. — Não sei o que está acontecendo com você, mas estou aqui se precisar conversar, ok?

Esfrego os olhos e concordo com a cabeça.

— Ok, Max?

— Ok.

Maria balança a cabeça para mim de um jeito triste e vai embora. Ouço seus pés batendo no soalho, deixando a sala comum, e o ranger de portas se fechando. Não olho quando ela sai.

Então sinto raiva de mim porque estou sendo tão horrível com todo mundo, mas parece que não consigo parar, eu soco o armário com bastante força e machuco a mão. Olho para ela e vejo sangue em meus dedos e um amassado na porta do armário, e dou o fora antes que alguém venha ver o que foi aquele barulho.

Tudo parece ter retomado seu curso. Exceto pela minha mãe, que está hospedada na casa da irmã, tia Cheryl, e do marido dela, tio Charlie. Acho que ela pensa que a odeio. É uma meia verdade.

Ela apareceu ontem, domingo, para buscar algumas coisas. Minha tia veio junto. Ela claramente sabe de tudo o que vem rolando comigo. Abri a porta do quarto para ver o que estava acontecendo no quarto da minha mãe e do meu pai, porque dava para ouvir sussurros e gente mexendo em coisas, e Cheryl estava em pé na porta do quarto deles. Ela se virou para mim e seu rosto formou uma expressão de simpatia.

— Ah, Max — ela falou. É interessante que minha mãe sinta que, porque eu sou filho dela, porque "pertenço" a ela, pode tomar decisões muito pessoais sobre minha vida, como a quem contar meus segredos, quando entrar no meu quarto sem minha permissão para "arrumar", ou seja, mexer nas minhas coisas, permitir que cirurgiões me operem quando deixei claro que não queria a cirurgia.

Sei exatamente o que teria feito se ela tivesse interrompido a cirurgia, e acabaria conseguindo que as coisas saíssem do jeito dela. Eu ia dizer "huum" e "aaah", como sempre faço quando preciso tomar qualquer decisão, aí eu tentaria conversar um pouco mais sobre aquilo com ela e com meu pai, então eu entraria em pânico e faria a cirurgia de qualquer maneira. Por isso, tudo aconteceria exatamente do mesmo jeito. Eu não teria tido o bebê. Eu ficaria assustado e choroso demais pelo modo como me sentia, por querer o bebê um pouco, por me sentir tão dividido, preocupado com o que todo mundo pensa, e eu ia pirar e fazer o que todo mundo queria que eu fizesse. Meu corpo me assusta, portanto... Portanto o quê? Portanto eu fico paralisado. Sinto como se nada jamais vá mudar.

Um pouco mais tarde, minha mãe, mais uma vez sem a minha permissão, abriu a porta do meu quarto. Quando vi a cabeça dela espiando ali dentro, precisei de toda a minha força para não saltar da cama e gritar com ela, sacudi-la, bater nela. Ela tirou todo e qualquer controle que eu tinha sobre a minha vida. Ela roubou a minha escolha. Assim como Hunter tirou o meu controle, as minhas escolhas. Quem é pior? É só adicioná-la à lista de pessoas que acham que sabem o que é melhor para mim. Está quase lotada, com Hunter e todos os médicos, mas sobra um espacinho para ela também.

— Não quero ver você — eu disse imediatamente.

— Max — ela disse. — Eu sou sua mãe.

— Você não é quem eu sou.

— O quê?

— Você é quem eu sou?

— Max — ela disse, de um jeito conciliador.

— Vá à merda, dizendo o meu nome assim! Não! A resposta é não! Você não é quem eu sou! Então você não sabe como é. Você não deve escolher por mim e não pode entrar no meu quarto sem bater! — gritei, correndo em direção à porta. Eu a empurrei para fora e bati a porta, e por pouco não prendi os dedos.

— Max, por favor! — eu a escuto às lágrimas do outro lado da porta. — Por favor, venha aqui.

A voz dela soava mais perto do chão. Eu a ouvi chorar e depois a voz de Cheryl dizendo baixinho: — Vamos, Kaz. Ele só precisa de um tempo, você mesma disse. Vamos, amor.

Então ouvi o som do chão de tábua corrida — minha mãe se levantando —, e elas arrastaram os pés no carpete, afastando-se, entraram no quarto da minha mãe e do meu pai e fecharam a porta.

Eu me sentei contra a parede ao lado da porta e arranhei minha cabeça para a frente e para trás até doer. Então, mordi meus dedos até que eles ficassem machucados. A gente não sabe por que faz esse tipo de coisa. Só parece que está ficando louco, que não tem controle sobre o que acontece na sua vida e sobre como se sente e que precisa fazer alguma coisa para jogar a energia para fora, para retomar o controle. Respirei fundo, bufando. Fiquei sentado no chão e segurei os joelhos com bastante força, com a palma das mãos, até retomar a calma.

Às vezes, quando preciso desabafar, quando estou com raiva ou chateado ou coisa assim, jogo futebol. Nunca fui muito bom em expor emoções. Andei pensando, esses dias, que meu pai estava certo, que eu não gosto de balançar o barco.

Lembro-me da minha mãe indo embora quando eu era pequeno, mas não sabia que tinha sido por dois meses. Pelo que eu me lembrava, pareceu que foram só alguns dias. Eu estava apavorado que ela não voltasse, e depois passei a ficar muito assustado quando ela saía de casa, mesmo que estivesse apenas indo até Hemingway para fazer compras. Eu me sentava, totalmente imóvel, na janela, imaginando coisas horríveis, imaginando que ela morreria e nunca chegaria em casa ou saberia quanto eu a amava. Eu sussurrava "Mamãe, mamãe, mamãe", várias vezes, como uma pequena oração. Se eu pudesse provar que era um bom menino, esperando por ela, sem chorar, sentado em silêncio e sussurrando o nome dela, então ela voltaria. Agora percebo que talvez esse medo tenha começado nessa época, logo depois que ela foi embora.

Mas meu pai estava errado sobre uma coisa, porque minha mãe não é culpada, pelo menos não sozinha. Sei que sempre tive medo de balançar o barco, porque sempre achei que ser intersexual era a coisa mais difícil de se lidar e que, se eu empilhasse qualquer outra coisa em cima disso, todo mundo iria parar de me amar. Talvez meus pais não conversassem comigo sobre ser intersexual porque não queriam que isso fosse um problema, exatamente do mesmo modo que os pais de Hunter estavam tentando fazer a coisa certa quando lhe contaram que eu era intersexual, quando éramos bem novos. Talvez eles tenham pensado que, ao apresentarem a situação quando Hunter ainda era bem novo, ele cresceria encarando a coisa normalmente. Mas você pode começar com todas as boas intenções e ainda assim tudo pode dar errado. Hunter e eu, por exemplo: ambos ficamos confusos.

Eu queria muito colocar tudo isso para fora correndo num campo enlameado e chutando uma bola, mas não vou jogar futebol até janeiro. Ordens médicas. Marc e Carl acham que tirei o apêndice. Mas os professores devem saber, né? Parece que todos os meus segredos estão vazando enquanto o círculo de pessoas que sabem se alarga. Minha mãe pegou um laudo com Archie e o entregou à secretaria da escola. Eu o vi sendo entregue, uma das últimas coisas que fiz com minha mãe. Era branco e estava dobrado dentro de um envelope, vi-o num rápido giro pelo ar, quando minha mãe o apresentou à diretora. A diretora olhou para o papel, depois para mim, chocada. O rosto dela dizia: "Ora, então é por isso...".

Talvez eu só tenha imaginado isso. Nunca perguntei à minha mãe o que dizia o papel. Eu não disse uma só palavra a ela.

Sexta-feira perto dos feriados de Natal era para ser meu último dia na escola, mas depois de ter ficado bêbado ontem, eu me levanto na manhã de quarta-feira e visto meu uniforme, sento no chão do quarto com minha mochila me sentindo um nada, feito lixo, exausto. Preciso sair para pegar o ônibus às 8h10, mas não consigo ficar em pé. Fisicamente, não consigo. Estou tão cansado!

Torno a pensar no que Sylvie disse sobre simplesmente ir embora, abrir mão de tudo quando estiver realmente acabado. Eu me sinto muito acabado...

Meu pai aparece às 8h30. Ele diz que tudo bem. Que não preciso ir se não quiser.

Ele espera.

— Você quer ir? — pergunta.

Nego, balançando a cabeça.

Ele desce a escada. Acho que ele tirou um dia de folga. Lawrence e Debbie não estão aqui. Nenhum planejamento frenético rola lá embaixo. Meu pai só fica sentado na sala de estar.

Na hora do almoço, ele me traz sopa de tomate, como se eu estivesse doente. Não sinto vontade de comer, mas como, porque não quero que ele se sinta mal. Eu sou uma aporrinhação. Agora sou uma bomba emocional para ele e para a minha mãe. Sou a criança que, quando eles pensam em mim, pensam sobre o que está por baixo da minha calça, pensam em mim fazendo sexo com alguém, com algum estranho. Quando pensam em mim, pensam em palavras grosseiras como "genitália", "útero", "falo", "gônadas"... Meu pai está sendo muito bom para mim. Eu me sinto mal, porque não consigo sentir muita coisa por ninguém agora. Eu me sinto mal por não me sentir pior, porque sei que meu pai está se sentindo sozinho sem minha mãe.

Eu me imagino dando de ombros. Fico egoísta.

Estamos todos sozinhos, penso. *Vou ficar sozinho para sempre.*

Eu assisto a filmes, DVDs intermináveis. Não tomo banho. Meu cabelo fica todo gorduroso e parece quase marrom-claro. Fico sentado de cueca *boxer* e camiseta. Perco um pouco de peso.

É SEXTA-FEIRA À TARDE quando um dos filmes termina e eu me levanto. Estou entediado. Acho que meu corpo quer se movimentar. Penso em talvez ver *Con air — a rota da fuga* na sala de estar, como fiz uma noite, com meu pai.

Eu me levanto da cama. Estou usando uma camiseta cinza e uma *boxer* azul. Olho vagamente para mim mesmo no espelho. Odeio o que vejo agora. Pareço desordeiro, sujo e ambíguo. Não é bem andrógino. Não é bem a palavra certa. A palavra certa é "ambíguo". Uma vez que se está ciente de algo, a gente o vê em todos os lugares. Tipo quando eu ficava pensando sobre garotas ruivas no verão, quando tudo ainda estava normal, quando nada estava irrevogavelmente errado, e eu as via em toda parte.

Meu pau aparece muito sob a cueca *boxer*. Coloco uma calça de moletom por cima. Meu peito não é grande o suficiente. Visto um suéter. Sento-me no chão e coloco meias, porque está frio.

— Max! — eu espero. — Max!

Ouço meu pai chegando ao andar de cima. Ele abre a porta e a luz brilhante do corredor me faz proteger os olhos.

— Marc e Carl estão aqui.

— Que horas são?

— Quase cinco da tarde. Você não vai abrir as cortinas?

Não respondo.

— Eu disse a eles que você está chateado porque a sua mãe saiu de casa — ele fala baixo.

Ele não a chama mais de Karen na minha frente. Ele a chamava de Karen quando falava dela conosco.

— Você pode ir ao cinema com eles. É sexta-feira, vá se divertir um pouco — ele hesita, depois diz: — Faça um esforço, Max, só isso.

Fecho a cara para ele enquanto Marc e Carl sobem a escada.

— Tudo bem? — Marc diz. — Vai ter um *medley* de filmes do Johnny Depp no cinema hoje à noite. A gente vai ver *Diário de um jornalista bêbado*. Começa às seis.

Tiro o cabelo dos olhos — vou tomar um banho — murmuro.

Sylvie

Eu sempre levo as coisas muito longe pelo caminho da honestidade brutal. Já estive antes com caras que me contaram coisas ruins. Quando Toby me contou sobre todas as drogas que ele usava, fiquei perguntando repetidamente todas aquelas coisas, arrancando fora a dor, pouco a pouco. Sempre quero saber de tudo, de cada detalhe, porque sinto que vai ser catártico, que não vou mais ter medo da dor, que estará acabado. Mas, cada vez que faço isso, é o decreto de morte dos meus relacionamentos. Depois da conversa, Toby me disse que não era mais a mesma coisa. Eu simplesmente não deveria ter feito Max me contar sobre o bebê. Mas cutuquei e espetei.

Foi aquilo tudo de uma só vez que me fez ter o ataque de pânico. Cada fato era um cobertor de calor e de opressão que se tornou uma pilha de cobertores que me sufocaram. E não me importo se Max é um menino ou uma menina, de maneira alguma. Realmente não me importo. Conheço Max. Sei quem ele é. *O que* ele é, isso é apenas um detalhe.

Depois que ele foi embora, comecei a chorar porque eu sabia que não poderia contar nada sobre isso a ninguém. Não podia dizer nada a minha mãe nem a meu pai, porque é um segredo. Prometi que iria guardá-lo. Não sou grande fã de conversar com meus pais — eles dois são meio acadêmicos e "alheios" às vezes, mas, quando estou com medo ou quando tenho um problema, em geral posso falar com eles. Mas não posso falar com ninguém sobre isso. Aí percebi que provavelmente é como Max se sente, mas bem pior.

Ele não pode contar nada a nenhum dos seus amigos. Marc e Carl teriam um ataque. As únicas pessoas que sabem são seus pais, e acho que ele não quer falar com eles sobre isso, porque iria aborrecê-los. Então, quero falar com ele, mas não sei se consigo lidar com o fato de ser a única pessoa com quem ele pode falar. Foi por isso que tive o ataque de pânico. É demais para uma pessoa. Não sei o que fazer.

Max

No caminho até o cinema, passando por todas as luzes de Natal na cidade, faço um esforço, como meu pai diz. Sorrio para as coisas, e Marc e Carl me contam sobre o jogo que perdi no sábado e os treinos que perdi a semana toda. Sorrio e digo: — Legal.

— Ele não quer ouvir sobre o jogo que não pôde jogar, né? Seu babaca — Carl diz a Marc. — Conte para ele da Olivia.

Carl olha para Marc, e ele sorri maliciosamente, pois ambos são parte desse pacto, esse culto que tem acesso aos segredos que nunca vou compreender.

Tenho certeza de que é só paranoia minha, penso, e olho para fora, para a frente. Em seguida, quando Marc não diz nada, pergunto: — O que há com a Olivia?

Marc limpa a garganta e Carl diz: — Ela é namorada dele agora.

— Ah — digo casualmente, abrindo a porta do cinema para eles.

— O que aconteceu com você e a Sylvie? — Carl pergunta.

Eu entro na fila dos ingressos. — Não deu certo.

Estamos praticamente sozinhos no cinema. Acho que é cedo. O *medley* de filmes do Johnny Depp é um *medley* de filmes do roteirista Hunter S. Thompson. Eles já exibiram *Medo e delírio*, que se passa em Las Vegas, por isso agora vemos Johnny Depp tremendo todo em Porto Rico. Quando estamos no escuro, lembro como foi beijar Olivia. Eu não quero pensar sobre isso, mas a ideia continua rastejando de volta para dentro da minha mente. Então penso no beijo de Sylvie. Como ela era gostosa e macia e tinha uma risada alta e me apalpava. Como ela sorria só com o canto direito da boca e brincava o tempo todo. Lembro-me de como sua língua serpenteava para dentro e para fora da minha boca. Penso nos lábios de Sylvie. Penso em outras garotas que beijei. Penso em todas elas.

Eu como minha pipoca. Tem gosto de papelão.

Um dia, todos os beijos serão memórias.

— Psiu!

Um cara na fila da frente acena para nós. Na outra sala está passando um filme de Natal, então aqui somos só ele, seus amigos e nós na exibição.

Eles se aproximam. São uns caras da Six Form College. Eu assisto, enquanto Carl e Marc falam com eles.

— O que você acha, loirinho?

— Hein?

O cara da faculdade ri. — Você não estava ouvindo? Você ficou me encarando o tempo todo que eu estava falando.

— Não.

— Não?

Normalmente eu teria sido pseudoagressivo em resposta, mas não me incomodo. Dou de ombros e volto para o filme. — Tanto faz.

— Não liga para ele — Marc fala jovialmente. — Ele teve uma semana de merda.

— É 15 libras por um.

— Não, estamos bem.

— Um o quê? — pergunto.

O cara da faculdade se vira para mim. — Um baseado, seu surdo.

Ele me olha como se estivesse me desafiando. Olho para ele de volta.

— Você está tentando me encarar, é, moleque? — ele desafia, e eu rio dele e jogo 15 libras para ele. Ele me passa um saco plástico com um cigarro retorcido dentro.

— Sério? — Marc diz. — A gente está no cinema.

— E se formos pegos? — Carl sussurra. — Dá para sentir o cheiro desse troço mesmo apagado.

Os caras da faculdade dão o fora.

— Aí a gente diz que foi ele — dou de ombros, ousado. — Que se dane. Me passe seu isqueiro.

— Eu não fumo — Marc diz.

— É, mas você sempre anda com um isqueiro. Passe.

Acendo o bagulho e puxo de leve.

Marc começa a rir e o arranca de mim. Ele experimenta também, e logo nós dois estamos deslizando no assento, sufocando risadas. Carl se levanta e sai.

Em algum momento durante a nossa conversa e as risadas o filme termina.

— Merda! — Marc diz. — Não vi nada desse filme.

— O livro é melhor.

— Tem em livro?

Eu lhe dou uma olhada de esguelha. — Você está brincando, né? — Marc se levanta. — Vamos lá, para o Café Panqueca.

— Não, eu vou ficar aqui.

— O quê?

— Eu só vou ficar um pouco aqui sentado.

— Por quê? A galera do próximo filme já vai entrar.

— Eu sei.

Ele vacila. — Eu quero sair. Olivia vai estar na cidade.

— Então vai lá, Marc. Não nascemos grudados pelo quadril.

— O que está rolando com você?

— Nada.

— Você anda estranho há uns dois meses.

— Eu disse que não há nada, Marc — sussurro. — Vá à merda.

Ele espera por um momento. Observo os créditos subindo. Quando olho sobre o ombro esquerdo, ele se foi.

O barato do meu baseado está se transformando em irritação e melancolia outra vez, especialmente com o cinema silencioso e escuro.

Começam os *trailers* do próximo filme, e as pessoas vão entrando. Eu afundo na cadeira e tento não olhar nos olhos de ninguém.

Max Walker, filho de Stephen Walker, chapado no cinema.

Eu queria estar mais triste por não ser um cidadão íntegro, mãe, pai, digo na minha cabeça. *Mas acho que ser perfeito não deu certo para mim.*

Meus lábios se contorcem e quase choro de soluçar no cinema, mas seguro tudo e suspiro, mordendo com força o lábio para ficar quieto. Tudo o que eu queria era ser perfeito. Parece um desejo muito ambicioso, mas perfeito quer dizer brando, inofensivo, agradável. Eu queria outras coisas também. Eu queria me destacar, ser inteligente, ser legal, mas tentei tanto ser todas essas coisas que não foi como se estivesse pedindo nada para ninguém. O que eu queria mesmo era ser algo mais que a soma das minhas partes masculinas e femininas.

Eu me concentro na tela diante de mim. O primeiro *trailer* é de um filme de ação que parece muito legal. Depois, o segundo é de um filme de arte sobre um cara muito tarado que não consegue conversar direito com as mulheres, mas mesmo assim pega um monte delas. Isso me fez pensar em faloplastia. É uma cirurgia que aumenta o pênis. Eu me lembro, quando era mais novo, que eles disseram que poderiam fazer isso comigo de graça no Serviço Nacional de Saúde. Perguntei ao meu pai sobre isso no outro dia, quando estávamos conversando sobre as cirurgias. Ele me perguntou se eu ainda queria a histerectomia e toda aquela merda. Eu disse que *não*. Tive que passar por muita coisa para dizer aquela palavrinha de merda, né? Mas perguntei o que tinha acontecido naquela época quando me ofereceram a faloplastia. Ele disse que, em todo caso, eu tinha um pênis próximo do tamanho médio e que poderia ter perdido toda a sensibilidade nele se tivesse feito a cirurgia. Concordei com a cabeça, apanhei um *shake* de soja sabor banana na geladeira e voltei para o meu quarto. Eu não sabia que poderia ter perdido *toda* a sensibilidade lá.

Houve tantas outras situações sobre as quais quis lhe perguntar, mas tive vergonha. Eu queria perguntar sobre aquela noite, quando eu tinha treze anos, o que os hormônios fizeram, por que exatamente o *ovotestis* foi retirado. Em vez disso, fui para o meu quarto e joguei *Sonic* no velho Sega, como eu fazia quando era pequeno.

Eu penso sobre o que ele disse. Como eu poderia saber se tenho um tamanho médio? O único pau duro que já vi foi o de Hunter. Nos mictórios, o de todo mundo fica mole.

Eu me mexo desconfortavelmente no assento. Minha cabeça está tão entupida de maconha que o meu lobo frontal parece uma estufa enfumaçada.

Tenho vergonha do que sou e de quem sou, penso, olhando para a parte de trás da cadeira à minha frente. *Mais de quem sou. O que eu fiz. O que deixei acontecer.*

Penso em Sylvie e em como, quando se você gosta de alguém de verdade, a gente só quer mais alguns minutos com ela. Só quer falar com ela um pouco mais. Só quer caminhar junto até sua casa. Mesmo que se saiba que não vai dar certo, a gente só quer ouvi-la e vê-la um pouco mais, porque ela é tão agradável e cheira bem. O que vai acontecer depois que todas as meninas pararem de falar comigo? O que vai acontecer depois que se acabarem todos os minutos?

Tentei não pensar sobre isso antes. Eu me pergunto o que as outras pessoas fazem quando ninguém transa com elas. Só não transam, talvez. Ou, suponho, talvez seja por isso que algumas pessoas procuram prostitutas.

Mas eu nunca poderia ser o tipo de pessoa que transa com prostitutas, porque não conseguiria fazer isso com alguém. A prostituição é tão triste! Você não ficaria só pensando sobre a garota o tempo todo? O que aconteceu com ela a ponto de sentir que pode deixar as pessoas fazerem isso com ela? Por que ela tem que fazer isso por dinheiro?

Acho que não tenho o tipo de criação que me levaria a contratar prostitutas. Todas as pessoas que já vi em filmes com problemas um pouco parecidos com o meu (mas não como o meu, porque não vi nenhum filme sobre pessoas intersexuais) têm alguma coisa estranha na sua criação, tipo pais alcoólatras ou pessoas que não as amaram. Elas são estranhas. Mas eu não sou um cara estranho. Eu tenho uma família amorosa, que me apoia, em meio a uma boa comunidade. Não importa o que minha mãe e meu pai fizeram ao longo da minha vida, sei que eles fizeram coisas porque me amam. Mesmo minha mãe. Mesmo a cirurgia. Mesmo quando eu estava com raiva e dizendo coisas para machucá-la e pensando coisas ruins sobre ela... Eu sei, de verdade, que ela não fez aquilo por ela. Ela fez aquilo porque achava que era a coisa certa a fazer para me salvar. Penso sobre o que ela disse ao meu pai. Que ela me amava mais do que a ele. Eu me sinto a pior pessoa do mundo por fazer isso com meus pais. Por separá-los e destroçá-los por dentro, por fazê-los optar entre mim e eles, e depois nem mesmo ficar particularmente grato a qualquer um deles. Não demonstrar nenhuma gratidão.

Prostitutas. Eu não poderia simplesmente deixar alguém me penetrar se eu não gostasse da pessoa, especialmente agora que sei como é a sensação, depois de Hunter. Não dá para acreditar que algumas delas gostem disso. Deve ser horrível fazer sexo com alguém de quem você não gosta. Deve ser um vácuo total. Apenas um vazio.

Talvez seja como me sinto agora.

Mas acho que não sei o que vou sentir quando estiver mais velho. Não consigo me ver fazendo isso agora, mas penso em quando estiver velho e nos meus trinta anos. Isso é daqui a catorze anos. Isso é muito tempo. Ai, meu Deus. E os meus quarenta anos? Cinquenta? *Sessenta*?

O que eu vou fazer quando ficar mais velho? Será que esse vazio só vai crescer e crescer? Será que eu nunca vou ser capaz de transar com ninguém porque todo mundo vai ter nojo da minha aparência, e daí eu vou às prostitutas, só uma vez, no início, porque vou querer fazer uma vez, para saber como é a sensação de estar dentro de alguém, para ficar agarradinho com alguém, e então, se eu for mais e mais vezes, por me sentir tão vazio sem aquela sensação, depois de saber como é a sensação?

Mudo da posição desconfortável na cadeira do cinema. Veio mais gente para essa exibição. Ainda estão passando os *trailers*. Não quero chorar na frente dessas pessoas. Começo a entrar em pânico, um pouco, e minha respiração acelera enquanto penso. Enquanto me dou conta de que vou ser intersexual a minha vida toda. Anos e anos e décadas, talvez por uns setenta anos, eu vou ser assim. E, a menos que encontre alguém que não se importe de transar comigo, vou ficar sozinho por todo esse tempo. Provavelmente vou ficar sozinho por todo esse tempo. Pense como é difícil para as pessoas encontrar alguém a quem amem, que goste das mesmas coisas que elas, que tenha os mesmos valores, que queira as mesmas coisas da vida, e então imagine acrescentar a isso o fato de que elas vão ter que achar ok transar com um hermafrodita — e também terão que gostar.

E não ser um pervertido totalmente bizarro, acrescento para mim mesmo.

Minhas bochechas estão bem quentes, e eu olho para cima e vejo que o filme começou, e está numa cena de sexo.

Olho para cima e olho para baixo outra vez. Eu não assisto a coisas desse tipo. Porque não quero saber o que estou perdendo, o que estarei perdendo para sempre. Olho para cima. Vejo seios.

Olho para baixo. Eu me sinto estranho. Sinto vontade de sair da sala, mas tem gente sentada nos dois lados da minha fileira.

Olho para cima. Tento me imaginar em uma cena como essa. Mas não consigo.

Olho para baixo novamente.

Olho para cima. Decididamente, eles estão transando. Imagino Marc e Carl dentro de uns dois anos — não, meses —, capazes de fazer isso, falando sobre isso um com o outro, compartilhando piadas que eu não entendo. E eles percebem que eu não entendo e se afastam de mim, e nós deixamos de ser amigos. Tem um monte de gemidos rolando. Fico corado. Eu me remexo. Coloco as mãos no meu colo e mexo nas minhas unhas, olhando as figuras na tela, no escuro.

Eu me levanto.

— Dá licença.

Pessoas soltam um gemido. Fungo na minha manga. Estou fedendo a maconha de verdade, intensamente.

— Dá licença.

Passo por todos arrastando os pés, depois ando rapidamente até a porta e saio. Tem um banheiro, e eu entro nele e tranco a porta. A luz se acende automaticamente, e somos apenas nós dois de novo, eu e meu reflexo. Desvio o olhar dele.

O banheiro é de mármore. A pia fica em um recuo na parede, em uma bancada de mármore. Eu me recosto à parede, com o espelho à minha direita.

Pai, o negócio é o seguinte, penso. *Eu estou tentando segurar as pontas. Isto aqui sou eu tentando. Eu realmente estou tentando.*

Olho para o meu Converse. Meus pés são muito pequenos. Minhas mãos são muito pequenas. Logo tudo será muito pequeno, e muito delicado, e talvez eu não faça mais parte do time de futebol quando for para a Six Form College e, depois, para a universidade. Talvez eu não vá ser o Max que é o maioral da escola. Talvez seja apenas um cara solitário, um solitário andrógino demais, fraco demais para jogar futebol, muito frígido até mesmo para dar uns beijos. Um dia, não vou ser nada de meu mesmo. Vou ser um tio para as crianças de Daniel. Vou ser um provedor para minha mãe e para meu pai em sua velhice, porque nunca vou ter uma família propriamente minha. Vou ser a pessoa que sempre tem tempo para dar apoio aos outros. Isso não parece tão ruim. Me contentar com não tão ruim me soa ok. Mas a gente sabe que é difícil quando se esforçou tanto para fazer da sua vida uma coisa boa de verdade.

Olho para o meu Converse roxo novamente. Olho para o meu rosto de lado no espelho. À luz do banheiro, está muito mais moreno. Está muito mais velho.

Eu me afasto e engasgo. Começo a chorar. Não chorei nada esta semana. Nem mesmo depois da cirurgia. Tento limpar o rosto e ficar quieto, para ninguém de fora ouvir e entrar para ver o que há de errado. Pego as toalhas de mão e tento ajeitar o rosto.

Eu sou um idiota de merda. Sou um idiota por pensar que algum dia ficaria bem. Sou um idiota por pensar que, se ficasse na merda daquela cama, eu poderia esquecer e fazer tudo sumir. Sou um idiota estúpido.

Sylvie

Não foi ideia minha sair hoje à noite, mas meu pai quer que eu saia e conheça outras pessoas da minha idade. Acho que ele não está contente com todos aqueles meus namorados mais velhos. Ele não sabe sobre Max.

— Ela precisa sair, se divertir e fazer amigos — ele disse, dirigindo-se à minha mãe. — Não precisa?

Minha mãe deu de ombros. — Ah, ela está bem. Gosto que ela seja uma esquisita solitária.

— Obrigado pela ajuda — disse meu pai.

De todo modo, Carla Hollis havia ligado lá em casa perguntando se eu queria ir até a Câmara Municipal, para onde todo mundo em Hemingway vai. É basicamente um clube noturno. Mais ou menos. Tocam um monte de *heavy metal* de bosta lá, mas tem um pouco de rock legal e uns sons mais leves. Não é nada tão bom, mas tudo bem. Carla estava sendo legal comigo porque andei chateada na escola durante os Jogos, e ela soube pela Emma (de algum jeito, Emma fica sabendo das coisas) que Max e eu havíamos terminado.

Então, me vesti meio gótica, tipo a garota do livro *Millenium — os homens que não amavam as mulheres*.

Ao sair, digo tchau à minha mãe e ao meu pai, e ela diz: "Você está bacana assim", enquanto meu pai diz: "Você está assustadora desse jeito".

Max

Fora do cinema, vejo Marc e um grupo de caras.

Eles me chamam e sinto que estou caminhando em um mundo diferente enquanto atravesso a rua para chegar a eles. Nós seguimos para a Câmara Municipal, que é um clube noturno às sextas-feiras para jovens de dezesseis a 21 anos, onde tocam bandas locais. Estamos com os caras mais velhos do cinema, que são completamente babacas, mas se acham muito legais. Eles fedem a maconha. Mas, até aí, eu também estou fedendo. Todo mundo está bêbado.

Kerry está lá.

Ela se aninha em mim no clube. Ela começa a beijar meu pescoço. Fico bêbado. Marc me conta que ele transou com Olivia. Fico mais bêbado. Mal posso andar. Kerry me puxa para fora. Ela me empurra contra a parede e me beija. Eu a beijo de volta. Ela põe minha mão debaixo da sua saia. Eu a toco.

Então, ela baixa o zíper do meu jeans e desliza os dedos entre a abertura.

— Estou tomando pílula — ela sussurra.

Balanço a cabeça. Ela dá de ombros e puxa um preservativo do bolso de seu casaco.

— Não — eu recuso com a cabeça, me afastando. — Desculpe.

Praticamente volto para dentro correndo.

Assim que estou de volta ao salão escuro, vejo Hunter no bar. A luz do bar ilumina seu rosto. Ele me vê e olha fixamente para mim. Sinto seus olhos escuros no meu pescoço, mesmo quando me afasto. Sinto que ele está vindo em minha direção.

— Ei! — ele diz, a voz se sobrepondo à música. Eu o encaro. — Minhas fontes me dizem que você esteve lá fora há cinco minutos com Kerry Duncan. Acho que para você não vai demorar muito, né? — ele ri.

Dou de ombros, olho através dele, olho em torno dele. Há um grupo de garotas que estão lado a lado, contra a parede. Elas o olham como se gostassem dele. Algumas olham para mim da mesma maneira. Hunter segue meus olhos e pisca para elas. Ele é moreno e atraente. Eu sou loiro e angelical. Uma delas solta risadinhas e acena para nós. Sinto um nó subindo pela minha garganta.

Hunter se volta para mim, lambe os lábios, sorri sombriamente.

— Queria saber em que elas estão pensando — diz ele, inclinando-se para mim, seu hálito quente no meu pescoço. Seus lábios roçam a minha pele, e ele se afasta e sorri.

— Eu tive que fazer um aborto — murmuro.

— O quê? — ele franze a testa. Acho que ele não consegue me ouvir por causa da música. — Ei, Hunter — Kelly Morez fala, passando por nós.

— Oi — Hunter responde com desdém.

Balanço a cabeça, me virando.

— Max! — ele grita, agarrando meu casaco, depois minha cintura, me virando para ele. — O que foi que você disse?

— Fique longe de mim — digo, sentindo meus olhos lacrimejarem. — Eu odeio você.

— O que há de errado? — ele pergunta, segurando meu casaco.

— Grávido — eu murmuro, bêbado.

— Hein? — ele olha para a minha barriga, depois de volta para o meu rosto.

— Eu me livrei dele — limpo as lágrimas do meu rosto com a manga e o empurro debilmente.

Hunter parece confuso. — Você o quê?

Balanço a cabeça. Ele tenta me agarrar novamente, mas eu o afasto, chorando. — Fique longe de mim.

Eu saio do clube.

— Espere! — Hunter grita, agarrando meu braço e me levando até ao lado do clube, onde Kerry e eu estivemos minutos antes. — O que há de errado? Você está bem?

— Você não se importa! — quase choro. — Você foi e fez o que quis!

— Que merda é essa? — ele diz. — Olha, fique calmo. — Ele põe os braços em torno de mim, e é como se fôssemos crianças outra vez, quando ele me abraçava se eu caísse, ou me erguia se eu fosse baixinho demais para subir no balanço com ele. — Fique calmo — ele diz, consolador.

— As pessoas vão ver — digo, tentando me livrar dele. — Elas vão escrever sobre mim. Por causa do meu pai.

— Não tem ninguém aqui, Max. Olhe em volta — ele diz. Ele está certo. Não tem ninguém aqui além de nós.

Fungo e limpo o rosto. Estou chorando mesmo, enxugando as lágrimas do rosto enquanto ele mantém o braço em volta da minha cintura e me olha.

— O que foi que você disse? No clube? — Hunter pergunta.

Deixo minhas mãos caírem para os lados, suspirando profundamente, e ele usa o polegar para limpar as lágrimas sob os meus olhos. Eu permito, me sentindo impotente outra vez, me sentindo preso por sua autoridade sobre a nossa amizade.

— Não! — digo, pensando nisso, batendo na mão dele para afastá-la. — Sai fora!

Ele dá um passo para trás, as mãos espalmadas, e eu me encolho no chão, agachado, de costas contra a parede. — Você me botou *barriga* — digo, porque é desse jeito menos maluco, menos embaraçoso que consigo dizer isso. Porque é a frase que menos me faz querer chorar.

— O quê? — Hunter diz. — Como é possível?

— Eu sou meio a meio, seu burro de merda! — digo, checando se não chegou alguém sem eu ter visto. — O que você achou que ia acontecer?

— Max... — Hunter cai no chão de joelhos, na lama e na grama. Ele estende as mãos e as coloca sobre os meus joelhos, como que para se firmar. — Merda, Max, eu... Me desculpe, ok? Merda. O que você vai fazer? Você vai ter o bebê?

Balanço a cabeça. — Ele se foi. Eu... Eles me obrigaram a me livrar dele, murmuro.

Ele olha para o lado. — Merda. Eu não queria machucar você. Me desculpe — ele coloca os braços em volta de mim. — Eu só perdi o controle, certo? Eu não quis... Pensei que você... Max, por favor, não me odeie, eu sinto muito.

Estou paralisado, curvado sobre mim mesmo, feito uma bola. Posso sentir os braços de Hunter em torno de mim, sua cabeça inclinada contra a minha, mas eu o ignoro, e penso sobre tudo o que perdi ao longo dos últimos meses. Sinto as mãos dele percorrendo minhas costas, me acariciando. Eu me sinto impotente e preso outra vez. Minha culpa. Eu não devia ter vindo aqui. Não devia ter bebido.

Eu nunca mais ficarei assim tão vulnerável, prometo a mim mesmo.

— Max, olhe para mim! — ele ordena.

Minha cabeça se levanta contra a minha vontade. — O quê? — pergunto.

Então, com raiva de mim mesmo outra vez, empurro os braços dele para longe de mim e fico em pé. Ele fica em pé também e se aproxima de mim.

— Eu nunca quis machucar você — Hunter explica. — Achei que você ia gostar e... que ia acabar vendo as coisas do mesmo jeito que eu. Eu sempre... você sempre foi... — ele procura as palavras certas. — Pense no tanto que a gente se divertiu por todos esses anos. Você não quer isso? Você não quer ser o meu melhor amigo? — ele limpa uma lágrima do meu rosto com a mão. — Você quer ficar sozinho para sempre?

Eu fungo.

— Você quer ficar sozinho para sempre? — Hunter repete.

Seus olhos castanhos estão negros à luz das estrelas. Ele se aproxima de mim com as mãos geladas sobre a minha pele. Seus dedos roçam meu queixo de um lado para o outro, e percebo que estou paralisado novamente, e, bêbado, grito e xingo dentro da minha cabeça o meu corpo.

— Olha, se você puder superar isso... você não precisa ficar sozinho. Nós estávamos tão bem juntos. Sempre fui apaixonado por você — Hunter sussurra, seu tom firme, mas quase tímido. — Você não quer ficar sozinho, Max. É horrível.

Seus dedos alcançam a parte de trás da minha cabeça e me puxam para ele. Nossos lábios se encontram e ele me beija suavemente.

Então penso sobre ficar sozinho e, só por um momento, eu o beijo de volta.

Mas, enquanto nos beijamos, também coloco a mão em seu peito. Eu o empurro para longe de mim. Ele cai para trás em cima da lama. Eu ando na direção dele e me inclino sobre ele.

— Você é um merda repugnante — digo, sibilando, e ele olha para mim como se eu fosse maluco, então sorri, um sorriso a meio caminho entre malicioso e tão deprimido quanto me sinto, e então ele faz um barulho de beijo para mim. Junto toda a saliva que formei no nosso beijo, coloco-a toda na parte da frente da minha boca e cuspo nele.

Então alguma coisa me chama a atenção pela minha visão periférica, e olho para cima, e Sylvie Clark está lá nos observando.

Afasto-me de Hunter em direção a ela, então passo por ela.

— Max! — Sylvie me chama. — Você não quer conversar?

Eu não me viro. *Não, não quero conversar, Sylvie. Não quero outro amigo. Eu queria uma namorada. Eu queria tudo de você.*

Marcho passando pelas casas, depois pela estrada rural em direção à minha casa. Está muito frio e não consigo fazer as lágrimas pararem de rolar pelo meu rosto.

Quando chego em casa é quase meia-noite. Entro com minha chave e vou em direção ao meu quarto, depois fico parado no meio da sala me perguntando o que fazer. Qual é o meu próximo passo? Para onde vou a partir daqui?

Descubro que não consigo mais chorar, eu me odeio e me sinto bêbado e tonto e não consigo dormir. É antevéspera de Natal.

Daniel

Estamos na noite anterior à véspera de Natal. Meu irmão entrou no meu quarto esta noite. Ele veio sem que eu soubesse. Eu estava dormindo. Eu acordo, porque tem um barulho e, quando olho, é o Max. Minha luz está acesa, e o suporte da TV está chacoalhando como se o Max tivesse acabado de esbarrar nele.

— Desculpe — ele diz, soando como se tivesse a boca cheia.

— Você tem andado ainda mais triste ultimamente — digo a ele.

— É — ele diz.

— Eu não estava perguntando, estava afirmando — digo.

Ele fica lá parado e balança um pouco.

— Você quer jogar *Top trumps dinosaurs*?

Max franze a testa e parece tonto. — Agora não.

— Quero dizer, quando eu ganhar de Natal, seu bobo.

— Ah não.

— Por que "ah não"? Você não quer jogar?

— Não. Quero dizer, sim, eu vou jogar. Desculpe, Daniel.

— Tudo bem.

— Escute, Daniel — Max diz, e ele se aproxima e põe os braços em volta de mim.

— Você está com um cheiro esquisito — digo.

— Ouça — ele diz, calmamente, e me abraça bem forte. — Eu te amo e sinto muito por ser um irmão ruim. Eu só queria que você tivesse um irmão. Um bom irmão. Um irmão normal. Eu queria que isso fosse simples.

— Não fique triste, Max.

— De verdade, sinto muito.

— Eu sei, Max — digo e olho para o seu rosto. — Acho que você está cansado. Por que não vem dormir aqui?

Ele hesita. — Não. Eu vou para a minha cama. Estou com frio. Provavelmente só estou cansado. Você está certo.

Max

Eu costumava sentir que queria ser alguém especial. Agora só desejo que pudesse voltar atrás e ter como objetivo ser chato, desinteressante, normal.

É preciso ter força para ficar orgulhoso de si mesmo e se aceitar, mesmo quando a gente sabe que tem algo fora do comum dentro de si. Eu tinha essa força. Eu tive o sólido alicerce de um lar feliz, uma boa educação, uma família que se amava. Sabíamos coletivamente para onde estávamos indo. Tínhamos a mesma noção sobre quem éramos e como lidávamos com as coisas.

Mas não éramos tão fortes como pensávamos. Achávamos que já tínhamos sido testados, e não tínhamos.

Agora estou muito cansado e tenho medo de dizer algo positivo, de ter orgulho de quem sou, de ser um bom irmão mais velho para Daniel, de ser qualquer coisa, exceto indiferente. Não acredito mais em nada que acreditava antes. Enquanto a gente cresce, acredita que os amigos que tem são pessoas boas, acredita que os pais estão sempre certos, acredita que a gente vai saber o que fazer quando chegarem os tempos difíceis, vai conseguir enfrentar tudo, vai ser o herói.

Mas aí as coisas ruins acontecem, e todo mundo decepciona todo mundo. E a gente percebe que os velhos amigos podem ser pessoas más. Que a sua mãe e o seu pai não podem consertar tudo. Que não somos os heróis que pensávamos ser. Que apenas não tínhamos ainda nada de muito difícil com que lidar, então não sabíamos que éramos covardes. Que éramos muito fracos. Não. Não acredito nas coisas em que costumava acreditar.

Eu já sinto apatia sobre tudo cuja profundidade se restrinja a uma superfície e tudo que é mais profundo está mudando para pior por minha culpa: minha mãe, meu pai, Sylvie, Daniel, tudo. Eu achava que não estava me esforçando nem um pouco para ser o melhor irmão, o melhor filho, o melhor jogador, o melhor amigo. Agora percebo que estava tentando com todas as minhas forças. Estou começando a entender que tentar ser perfeito foi o objetivo da minha vida. Da nossa vida. Tentar ser essa pessoa sorridente e sem defeitos, nessa família amorosa e feliz que se encaixa perfeitamente nessa cidadezinha bonita e inofensiva. O que tinha de tão ruim naquele objetivo, afinal? Apenas que eu não podia realizá-lo. Que eu decepcionei todo mundo. Fiquei tão mal por causa disso, tão deprimido pensando sobre todas as bolas que estava tentando manter no ar nesse malabarismo e que deixei cair, e agora as engrenagens giram no sentido da apatia total sobre tudo, tudo, e tudo o que consigo pensar é que sou um ser humano vazio. Sou uma marionete. Eu sou o culpado.

Não é culpa de Hunter que eu não o tenha empurrado de cima de mim, e não é culpa da minha mãe que eu não tenha impedido o aborto antes daquele último segundo. Acho que não teria ficado com o bebê, mas não posso deixar de pensar que eu poderia ter ficado com ele se as coisas fossem um pouco diferentes, porque passei muito tempo pensando nisso recentemente e sentindo pena dele, e chorando por causa dele. Porque não foi culpa do pobre bebê ter sido concebido, não mais do que sou culpado por ser intersexual.

Mas a culpa é minha, a maneira como reagi ao meu diagnóstico, como lidei com isso. Quem eu me tornei.

Era a minha vez de tomar as decisões difíceis. Eu tinha que contar comigo e somente comigo para manter a minha vida e a minha família unidas. Mas deixei todas as vozes falarem alto demais e não ouvi a minha própria voz, a coisa central no meu coração, que estava batendo como um tambor, insistente, como a chuva que cai em uma janela, dizendo que eu deveria parar, me dar um tempo, que eu não devia fazer o que todo mundo mandava, que eu devia lutar e ser quem eu sou, e não quem todo mundo queria que eu fosse. Eu não sou o namorado herói que Sylvie merece. Não sou o irmão mais velho e heroico de que Daniel precisa. Não sou o filho perfeito que meus pais queriam. Não sou o campeão nem o pai de que o bebê precisava.

Eu sou fraco e estou com medo e cansado. Sou um covarde. Deixei de dizer as coisas por tanto tempo e agora é tarde demais. Deixei uma grande decisão nas mãos da minha mãe e depois a culpei por isso, quando não era responsabilidade dela. Eu devia ter dito alguma coisa antes. Devia ter feito alguma coisa.

Não importa se penso como um menino ou uma menina. Não importa mais se sou ambos ou nenhum. Toda essa merda parece tão mesquinha e imaterial agora... Há tão pouca diferença entre um ser humano e o próximo — são só hipóteses, ideias sobre a vida e o mundo e as palavras que não significam nada; sobre definições que não significam nada para a Terra, para a natureza, para o Universo. Meninos e meninas e pessoas intersexuais e eu somos apenas ideias, e, quando morrermos, essas ideias desaparecerão conosco. Nada disso quer dizer nada. Mas eu estava tão absorto em tudo isso, tão absorto sendo esse objeto em que Hunter me transformou, essa coisa, tão absorto comigo mesmo, eu, eu, eu, com a intenção de fechar os olhos para tudo e não pensar por um segundo, apenas fazer, apenas me livrar do problema que eu sou, agindo como uma vítima, fazendo meu papel. Eu me livrei da coisa errada. Eu me livrei da minha dignidade. Eu me livrei da minha autonomia. Eu mereço ficar sozinho. Mereço que todos saibam o que eu sou. Quem eu sou. Não importa mais.

Agora não consigo parar de pensar. Não consigo parar de pensar que decepcionei todo mundo. Decepcionei meu pai. Decepcionei minha mãe. Decepcionei Sylvie. Decepcionei Daniel. Eu me decepcionei. Decepcionei o bebê. E por isso vou ficar sozinho para sempre. Eu sempre vou ter vergonha. Sempre vou ser um covarde.

Steve

Eu gostaria de dizer que é o meu sexto sentido que me faz bater de leve na porta de Max às duas da manhã, mas não é. Não sou como a Karen para essas coisas. Eu me preocupo com ele o tempo todo. Por isso ainda estou preocupado com Max quando bato à sua porta. Eu o ouvi subindo a escada, mas ele não disse oi, então não o incomodei. Talvez ele não tenha me notado. Debbie e Lawrence ficaram aqui a noite toda em uma reunião, mas desde que saíram fiquei na sala de estar, arrumando a casa para o Natal, decorando um pouco lá fora, finalmente colocando luzes sobre as balaustradas nas escadas. Fiz tudo o que Karen costumava fazer. Os cartões em pedaços de lã coloridos ao redor da sala, plantas que têm folhas verdes o ano inteiro sobre a lareira, guirlandas por toda parte. Embrulhei alguns presentes e os coloquei sob a árvore. Vou colocar os maiores lá na manhã de Natal. Eu sou terrível com qualquer coisa relacionada a fogão, então tentei comprar tortinhas *mince*[22] de Nancy, que mora aqui na rua, mas ela insistiu em me dar as tortas.

Todo mundo sabe que Karen não vive mais conosco, é claro, ainda que tenhamos tentado manter segredo. Não sei como eles sabem. Não contei a ninguém. Desde que as pessoas descobriram, várias mulheres têm se aproximado de mim. Eu estava cortando madeira na entrada dos carros ontem e Emily Forner estacionou para me oferecer seus sentimentos. É... desconfortável. Elas não entendem que não estou livre. Sou apaixonado pela Karen. Eu não poderia amar qualquer outra pessoa. Mas isto não tem a ver com amor. Tem a ver com princípios.

Eu coço a cabeça e bocejo. Muitos serões ultimamente. Lawrence e Debbie têm aparecido por uma ou duas horas depois que Max vai dormir, para repassarmos tudo. Lawrence sabe que estou retirando a minha candidatura. Fiz Debbie organizar tudo em que trabalhamos antes de lhe contar. Não quero que ela se sinta mal, ou leve seu último pagamento antes do Natal. Vou mantê-la como minha assistente até que ela encontre outro emprego. Toda noite, depois

[22] Pequena torta doce, servida tradicionalmente no Natal. (N.T.)

que eles vão embora, fico com uma sensação estranha: como se estivesse tremendo de energia e tristeza. Eu me sento até tarde e tomo um uísque.

Nessa noite, coloquei as meias sobre a lareira e retirei todas as velas do depósito. Acendi tudo lá embaixo, para ver como ficava. Consertei as luzes pisca-pisca e coloquei-as. Ficou tudo iluminado, como a casa do Papai Noel. Pensei em ir até lá em cima, acordar Daniel, fazer-lhe um agrado. Mas no topo da escada descobri que queria mesmo era ver Max. Vê-lo se divertindo de novo. Vê-lo sorrindo.

Então bato em sua porta de leve com os nós dos meus dedos.

— Max?

Bato de novo, depois entro. No começo acho que ele está bem desperto, mas tem algo de errado com o jeito como está recostado na parede.

— O que há de errado com o Max?

Eu me viro. Daniel está em pé na entrada, em seu pijama azul, olhando para Max.

— Daniel, vá para o seu quarto.

— Eu estou preocupado.

— Vá para o seu quarto.

— Mas...

— Vá para o seu quarto *agora*!

Ouço Daniel se afastar correndo e caminho até Max a passos largos. Ele está aninhado contra a parede, o capuz sobre os cabelos, seus braços dobrados, o queixo apoiado nas mãos. A pele dele está pálida e parece úmida. Eu tomo um de seus braços e o sacudo com urgência. O capuz está macio e quente, mas, quando seguro sua mão, ela está fria.

— Pai?

Daniel está atrás de mim outra vez, a mão estendida com o telefone sobre ela.

— Liguei para o 999[23].

[23] Número de emergência no Reino Unido. (N.T.)

Três semanas e três dias depois

Sylvie

Agora, estamos fazendo os simulados que o município oferece. Então, a galera de sempre vaga até a cidade para comprar doces, e eu me arrasto atrás deles, entediada até dizer chega, pensando em versos de poesia que rabisco na agenda, desejando que eu tivesse um melhor amigo que me compreendesse.

Emma e as outras esqueceram completamente a minha ameaça de contar para todo mundo que ela fez sexo anal, já que ela andou espalhando o boato sobre Max, na esperança de que em algum momento eu lhes contasse o que aconteceu. Caminho um pouco atrás delas, escrevendo. Agora ando mais sozinha. Não me importo de estar sozinha. Antes eu tinha medo, mas agora acho que estou amadurecendo. Percebo que o medo não tem nenhuma utilidade. Se você entra em pânico, isso não o leva a lugar algum. Você só acaba perdendo pessoas e oportunidades e a chance de conseguir o que quer.

Tenho matado um pouco de aula esses dias, mas só quando sei que não vou aprender nada. É o caso de cerca de cinquenta por cento da grade curricular, então minha nova missão é estudar a história da poesia, todos os bons poetas antigos, desde os gregos até os artistas contemporâneos de *spoken word*[24]. A minha favorita até agora é Edna St. Vincent Millay.

Estou desenvolvendo estilo próprio na minha poesia. Não sou uma poeta do tipo rapper. Amo rap, mas simplesmente não é o que faço. Tentei direcionar meu estilo para a *spoken word*, mas decidi, afinal, só ouvir o que saía da minha cabeça. E acabou saindo um monte de letras. Letras, tipo, de canções. Talvez eu vire uma cantora como Debbie Harry, do Blondie. Amo essa banda.

As letras têm muita ênfase no ritmo e são meio óbvias em alguns aspectos, mas são algo instintivo. Só escrevo do jeito que falo e parece que é assim que sai. Ganhei um novo Mac da Apple no Natal, daí comecei a cantar meus poemas no

[24] Espécie de poesia performática que envolve certo diálogo com a tradição das rimas de rappers. (N.T.)

GarageBand[25] enquanto escrevo. Tem ajudado. Consigo escrever quase tão rápido quanto penso, então consigo ouvir as palavras na minha cabeça enquanto as escrevo e me concentrar em criar a estrutura exatamente como ela vem do meu cérebro.

É engraçado, também, como parece que os melhores poemas que escrevi já existiam no ar, à minha volta. Não tenho que tentar escrever nem pensar sobre o que está acontecendo na minha vida. Só tenho que escutar, e se eu escutar com atenção suficiente, vou ouvir um poema que já existe, e meu corpo atuará como um canal para ele, do meu ouvido ao meu cérebro, dos meus dedos à página.

Penso nisso como a minha voz interior. Talvez seja o meu eu que está bem fundo dentro de mim; talvez ele esteja fora de mim, nas minhas emoções e nos meus relacionamentos e na minha interação com o mundo. Pode ser ambos. Também pode ser que não. O que importa é que tiro algum tipo de verdade disso. Do sussurro, pequenos poemas vêm batendo e pulsando e voam na tela e são cuspidos pela minha impressora.

Agora que encaixei algumas peças do quebra-cabeça, acho que esse foi o problema com Max.

Max não ouviu sua voz interior. Se você me perguntar, acho que havia vozes demais lhe dizendo o que fazer. Se eu ficasse grávida agora, iria ficar com o bebê? Talvez sim, porque adoro crianças, mas talvez não, porque eu poderia ter outro bebê em outra época, porque eu gostaria de ser capaz de nos sustentar financeiramente antes de ter filhos, porque eu gostaria de ficar com o pai deles. Mas e se eu fosse Max? Se eu não pudesse mais ter um filho a qualquer momento? E se essa fosse a minha única chance, porque eu gostasse de garotas mas tivesse o sistema reprodutivo de uma garota também? Se, de todo modo, eu nunca pudesse ficar com o pai da criança, se tudo o que eu quisesse fosse ser uma boa pessoa?

Temos dezesseis anos. Não quero saber que existem no mundo escolhas tão difíceis para fazer, e aposto que Max também não queria. Uma coisa boa de ter dezesseis anos é que se deveria ficar do lado do otimismo, da ingenuidade e da esperança, e para Max isso não é mais uma realidade.

Nós conversamos sobre filhos no aniversário do irmão dele. Só um pouquinho. Max disse que, mais do que qualquer coisa, ele queria ser um herói

[25] Programa de edição de música dos computadores Mac, da Apple. (N.T.)

para seu irmão mais novo, para o caso de ele algum dia ter filhos, caso os adotasse. Pareceu estranho para mim, naquele momento, ele mencionar adoção. Não é uma coisa em que se costuma pensar. Mas acho que ele pensava que nunca poderia ter filhos biologicamente. Ele disse que queria ser uma pessoa boa e ser bom para as pessoas, e que ele realmente não se importava com qual carreira iria seguir, desde que pudesse jogar futebol, correr lá fora e estar rodeado de crianças. Daniel se aproximou dele em seguida. Max disse que ele era seu melhor amigo. Eles deram um *give me five*. Max riu.

É. Ele não sabia.

Talvez ele tivesse a criança, se pudesse escolher. Mas você faz as suas escolhas, sejam elas suas próprias escolhas ou porque outras pessoas o forçaram a fazer. Motivos são motivos. Eles não são pretextos.

Todo mundo já ouviu falar, de um modo ou de outro, sobre os Walker. Não sobre o bebê, ou o fato de Max ser intersexual, mas sobre o que ele fez. Eu não sei quem descobriu primeiro. Os jornais relataram e disseram que sua fonte era de dentro do hospital. As pessoas são abutres. Elas sempre encontram um jeito de arrancar os segredos. Provavelmente é só uma questão de tempo antes que todo mundo descubra o resto.

Todos ficam olhando para mim como se eu soubesse de alguma coisa. Eu não disse nada sobre por que ele fez aquilo. Emma e as outras estão me esperando dar com a língua nos dentes, mas não vou falar.

A mãe de Max apareceu na minha casa, e eu disse a ela que sabia sobre o bebê. Ela não sabia que Max tinha me contado. A sra. Walker disse que se lembrava de mim da festa de Halloween e que Max realmente gostava de mim. Ela queria que eu soubesse que ela estava certa de que ele gostava de mim de verdade, e ela me disse que ele não quis ser cruel comigo e que não queria terminar comigo. A mãe de Max me disse que não quer que eu pense nele como uma pessoa má, que Max não iria querer isso. Ela foi lá em casa porque queria que eu soubesse disso. Ela disse que eu estive com ele na noite anterior à operação. Ela também disse que eu fui a última pessoa a falar com ele na noite em que ele passou pela cirurgia, além do irmão dele. Isso não é totalmente verdade. Não acho que ela sabe que ele conversou com Hunter, nem que Max sequer falou comigo.

A sra. Walker ter aparecido lá em casa foi um pouco insensível da parte dela para com Max, mas realmente não sei o que eu faria se fosse mãe nessa situação. Eu entendo que ela não quer que eu o odeie.

Eu me pergunto se ele odiou a mãe. Se ele odiava todo mundo quando fez aquilo. Quando ele tomou todas aquelas pílulas. Eu me pergunto como ela se sente.

Eu me pergunto se ele estava com medo. Não medo de morrer, mas medo de viver. Eu me pergunto se ele achava que ninguém nunca iria amá-lo. Ele pensou que achei repulsiva a ideia de ele ser intersexual. Tentei lhe dizer que eu não poderia me importar menos com aquilo, mas acho que não me esforcei o suficiente. Eu me pergunto se ele estava com medo de o segredo escapar, de as pessoas saberem.

Neste momento, a única outra pessoa que sabe de tudo é Hunter.

Hunter me procurou há cerca de uma semana. Ele me viu no centro da cidade, num intervalo de almoço. Eu o vi chegando. Estava sentada em um banco, sozinha, lendo um livro.

Eu o vi chegando pela minha visão periférica, uma figura morena caminhando até mim com determinação. Ele me perguntou sobre Max. Respondi que não tinha nada a falar.

— Eu não tenho nada a dizer a você. Vai embora.

Ele se sentou ao meu lado, sorrindo para mim. Eu queria bater nele.

— Você não estava namorando o Max?

— Vá à merda. Não é da sua conta.

— Você é muito agressiva. Eu só estava perguntando. A mãe do Max contou para a minha o que ele fez, porque elas são grandes amigas, e depois eu vi no noticiário — acrescentou calmamente. — Eu só queria saber se você sabia de alguma coisa.

— Eu sei de tudo.

— Aposto que você não sabe.

— Sei o que você fez com ele, e sei sobre o aborto e sobre ele ser intersexual.

Ele ficou de queixo caído comigo.

Ficamos em silêncio por um tempo.

— Você não contou para ninguém, né? — ele perguntou.

— Não — respondi.

— O Max contou para você?

— Ele me contou a maior parte das coisas.

— Ele contou sobre a gente?

Larguei meu livro e me virei para ele: — Em primeiro lugar, ele não disse o seu nome, mas percebi quando vi vocês juntos na Câmara Municipal. Em segundo lugar, Hunter, não existe um "a gente", no sentido de "você e Max". Ele odeia você. Você o violentou, e ele ficou muito, muito mal. Você entendeu?

— Eu só estava perguntando se você sabia de mais alguma coisa, você não tem que ficar...

Eu o interrompi: — Você realmente acha que eu iria lhe contar alguma coisa? Você não faz parte dessa história, Hunter. Você não está no circuito. Deixe isso para lá.

— Eu estava no circuito muitos anos antes de você aparecer — ele rosnou, amargo. Enxugou os olhos com a manga, mas eu não vi lágrima alguma.

— E agora você não está mais.

Pareceu que ele queria dizer algo, mas então reconsiderou, levantou-se lentamente e colocou as mãos nos bolsos. Ele começou a se afastar, então se virou e me olhou por um tempo, esperando que eu olhasse para cima.

— Você acha que não me importo — ele disse.

Mantive os olhos cuidadosamente no meu livro e não respondi. Quando por fim olhei para cima, ele havia sumido.

O pai de Max estava na TV no outro dia, anunciando sua demissão do cargo atual e abandonando sua candidatura para o Parlamento. Obviamente, ele não disse o motivo verdadeiro. Não aceitou responder a nenhuma pergunta. Só disse que precisavam dele em casa. Ele pareceu muito legal, e honesto, e triste.

A mãe de Max foi embora de casa. Isso também se espalhou por aí. Todo mundo sabe agora.

Tento não pensar a respeito, mas acho que penso demais sobre isso. Tenho saudades de Max o tempo todo.

Enquanto ando pelo estacionamento atrás da Waitrose, a caminho da padaria com Emma, Laura e o restante dos meus amigos do outro lado, eu o vejo sozinho, encostado contra a ponte de tijolos sobre o dique. Ele está partindo um sanduíche com intensidades iguais de aguda concentração e de tristeza cansada: do tipo que acontece quando você não chora e fica parecendo amargo.

Eu o vejo largar a embalagem na lixeira ao lado dele. Então, ele descasca a parte de cima do pão e coloca o resto na ponte, enquanto arranca pedaços e atira aos patos. Ouço os patos grasnando alto.

Uma vez que termina aquele pedaço de pão, ele separa o que parece ser presunto e queijo do outro pedaço. O recheio do sanduíche está grudado, colado pela força daquela maionese industrializada repugnante que colocam nos sanduíches de supermercado, e nós dois olhamos para o recheio em dúvida antes que Max o jogue no lixo. Ele se vira para o outro triângulo de sanduíche, descasca a parte superior do pão e remove um recheio igualmente nojento. Ele voa sem cerimônia para o lixo.

As meninas estão andando em dois grupos, um atrás do outro. O primeiro deve ter atingido sua visão periférica, porque ele olha para elas, apertando os olhos à luz do sol como se estivesse procurando alguém, limpando a mão distraidamente em seu casaco. Então sua cabeça pende e seu cabelo loiro de pintinho balança quando Maria o chama. Em seguida, ele faz menção de olhar para ela, mas decide não olhar, fingindo ignorá-la, como se nunca tivesse ouvido falar dela, e simplesmente se vira outra vez para a ponte. Com uma das mãos, rosada por causa do frio, ele pega os três pedaços de pão lambuzado que sobraram, desce num passo arrastado a pequena colina sobre a qual a ponte está erguida e dá a volta por trás da ponte, até a margem lamacenta do dique, onde os patos estão todos grasnando em um coro insano, e não conseguimos mais vê-lo.

Eu continuo vagando atrás das meninas.

Olho para a ponte e vejo um pouco de pão voando no ar e depois caindo na água, enquanto a sinfonia de patos atinge seu auge e depois vai diminuindo.

Às vezes, você tem que ser corajoso e dizer o que você é e como se sente. Mesmo se não souber como fazer isso. Você só precisa respirar fundo e decidir começar.

Eu suspiro, me torno blindada, e maliciosamente me desvencilhio do grupo.

— Não faça isso, Sylvie! — Emma grita atrás de mim.

Ao seu lado, Laura sussurra: — OH MY GOD.

— Ela perdeu completamente a noção — Emma diz, condescendente. — Você soube que ele praticamente transou com a garota nova atrás da Câmara?

Eu me viro, me distancio e mostro o dedo médio para ela. Emma balança a cabeça para mim, como se eu fosse muito imatura por causa dessa grande paixonite por Max Walker. Não me importo mais. Não me importo com nenhum deles. Não me importo com nada disso — a coisa de ele ser intersexual, a coisa do Hunter, a coisa do bebê. Só me importo com Max.

Desço a colina e fico um pouco acima de Max, em uma parte mais alta do dique. Max está jogando pão perto dos seus pés e observando enquanto os patos vão até ele e arrancam cada pedaço com desconfiança. Ele fica muito quieto para não assustá-los. Quando ouve o ruído dos meus sapatos na lama, ele olha em minha direção.

— Oi — digo, encorajada pela visão de mim mesma como um cavaleiro em meu cavalo branco vindo salvar a pobre donzela. Mas então eu penso: *Ai, merda, e se ele ainda estiver me odiando*?

— Oi, Sylvie — Max diz, bem calmo.

— Como vai?

Estou tentando parecer conciliadora, mas, como tomei fôlego para me tornar "blindada", minha fala sai em pequenos jorros bruscos de palavras. O rosto de Max reage a isso, tornando-se ainda mais miseravelmente sóbrio e imóvel. Ele olha para os patos e meio que gesticula com o pão, "eu estou dando de comer aos patos, isso não é nem muito divertido, mas não chega a ser horrível", e ele fala, a boca mal se abre, e dá de ombros.

— Tudo bem.

Caminho até ao lado dele, na lama encharcada. Ela gruda nos meus sapatos, e um ganso grita para mim, alarmado.

— Hunter veio falar comigo na outra semana.

Ele olha com preocupação para mim. — O que ele disse?

— Ele só queria saber como você estava. Não se preocupe, eu disse que ele não tinha nada que se meter.

— Ah — ele diz, tristemente, voltando-se para os patos. — Obrigado — ele manuseia o pão.

— Eu sei que foi ele que... — digo.

— É, eu pensei que você tivesse imaginado.

— Sim.

Ele não olha para mim nem diz mais nada e eu hesito. Começo a me afastar, sentindo que ele quer ficar sozinho, mas depois, muito baixinho, de maneira que quase não escuto no início, ele fala:

— Sinto muito por tudo, Sylvie. Tipo, beijar Kerry. Foi um erro enorme. E eu sinto muito por... coisas que falei e... você sabe o que quero dizer.

Concordo com a cabeça.

— Você não pode continuar a me ignorar na escola — digo.

Ele balança a cabeça. — Não sei o que dizer a você. Achei que você não ia mais querer falar comigo.

— Isso é loucura, por que eu não iria querer falar com você?

Ele dá de ombros. — Não acho que você queira se envolver. É tudo tão complicado!

Há um silêncio. Ele joga mais um pouco de pão para um pato selvagem.

— Não acho que seja complicado. É muito simples, né? Hunter é uma pessoa ruim que fez algo horrível a você. Você só estava tentando entender tudo isso.

Max me olha de esguelha, como que incerto a respeito do que estou falando. Então ele olha para os patos novamente.

— Eu não sei — ele estuda a crosta do pão que está segurando. — Não tenho certeza.

— Max... — hesito. — Você não vai procurar a polícia?

Ele balança a cabeça.

— Isso mataria os meus pais — Max murmura. — Minha mãe não está morando com a gente no momento. Eles teriam que ver a coisa toda passar pelos tribunais. Não quero que as pessoas saibam. Além disso, tenho medo do Hunter. Faço tudo o que ele diz, basicamente. Sou uma marionete.

— Você não é uma marionete!

— Sou, sim. Deixei todo mundo me dizer o que fazer e eu não me defendi nem jamais assumi nenhuma responsabilidade. O único motivo para eu ter tomado aquelas...

— As pílulas?

— É. O único motivo foi porque eu queria tomar o controle da situação de novo. Queria tomar uma decisão, mesmo que fosse só para parar as coisas.

— Você não é uma marionete — sussurro tristemente. — Você... você ainda quer que as coisas parem?

Max olha para mim. — Eu estava bêbado, Sylvie. Eu não teria feito aquilo de outra maneira.

Concordo com a cabeça. — Por que você tem tanto medo do Hunter?

— É que ele é... Não sei. A maneira como ele age, como se estivesse sempre no comando, como se fosse meu dono. Ele sempre agiu desse jeito, e eu sempre fiz exatamente o que ele mandava. Só acho...

— O quê?

— Se você pode fazer mal a pessoas e dominá-las, e não há nenhuma chance de acabar machucado nisso, vão ter medo de você, e, se você não pode, você é vulnerável e teme as pessoas.

— Isso é... pessimista. Fazer coisas por medo é sempre pessimista.

— Eu não sei. Tive muito tempo para pensar.

— Você perdeu os simulados.

Ele nega com a cabeça. — Tive que fazer os testes no mesmo dia que vocês todos fizeram, mas sozinho, depois.

— Como você se saiu?

— Uma merda. Meu pai não está contente.

— Eu acho que você nunca se ferrou em nada antes, certo?

— Sim, eu estou frustrando todas as expectativas dele.

Nós dois olhamos as ondulações na água e assistimos a um galeirão e um tetraz brigarem por alguns pedaços do pão de Max.

— Então — digo —, se você pode ser tanto dominador quanto dominado, o que você faz?

— Não sei — ele pensa. — Aceita que você é um pouco dos dois, acho. Ou que não é nem um nem outro.

— Ou é apenas você. O que teria de errado nisso?

— Pode ser. O pedaço que fica embaixo do seu coração — ele murmura, com um sorriso irônico.

— Hein?

— Uma coisa que o meu sábio irmãozinho me disse — Max me dá um pedaço de pão e me lança o primeiro olhar de verdade do dia. Seu olhar passeia do meu cabelo aos meus olhos, até o meu queixo, e ele o desvia timidamente. Nós dois atiramos pão e tentamos alimentar um patinho que não está pegando nada porque os maiores são mais rápidos e mais cruéis.

— Você devia procurar a polícia — digo calmamente. — O que Hunter fez foi errado.

— Eu simplesmente não posso.

— Ok — murmuro.

— Podemos falar de outra coisa, Sylvie? — Max levanta os olhos e me encara. — É que... tudo sobre o que todo mundo fala comigo agora é essa coisa. Não especificamente essa coisa, mas esse tipo de coisa... você sabe.

— Sei, ok — concordo com a cabeça. — Então... sabia que tem um meio-cara de quem eu gosto?

Vejo um sorriso se esboçar no rosto de Max. — Sério?

— É, ele é tipo um maluco suicida, mas é loiro e é bonito e tem uma bundinha linda, por isso ignoro toda essa esquisitice.

Max ri, uma risada de alegria. É bom ouvir isso. Seu rosto se ilumina, só por um momento, mas lá está — aquela explosão familiar de sol. Ele parte o último pedaço de crosta de pão e atira dois nacos na água. Em seguida, coloca as mãos nos bolsos e murmura: — Doida.

Archie

Muitas coisas passaram pela minha mente desde que Max veio me ver em setembro do ano passado, sobre ser intersexual, sobre a minha própria ideologia e a ideologia da minha profissão a respeito de gênero e intersexualidade. Nós achávamos que entendíamos de gênero — a ideia de homens e mulheres enquanto conceitos finitos com fronteiras entre si, mas afinal vim a entender que estamos apenas começando a compreender o que é "gênero", o que significa atribuir a alguém determinado gênero, quanto isso forma a pessoa que uma criança vai se tornar e o que acontece quando não se fala sobre sexo como uma coisa maleável, quando se evita discutir sexo com crianças e adolescentes e até adultos. Lidar com pessoas trans na clínica não me preparou para lidar com Max, porque ser de um gênero e querer ser de outro é uma coisa completamente diferente, talvez até mesmo o oposto, de sentir-se bem como se é, como talvez Max sinta, mas forçado a escolher. Como médica, a maioria dos problemas de saúde com que trabalhamos envolve um modo bem preto no branco, certo ou errado, de ser. Não é legal ser obeso, não é ok ter câncer, não é ok comer açúcar o tempo todo. Muitas questões morais são as mesmas: é errado ser racista, é errado pagar salários mais altos aos homens do que às mulheres pelo mesmo trabalho, é errado cometer assassinato. Talvez por isso a intersexualidade seja tão controversa. A "norma" é ter dois sexos separados, e, quando alguém se apresenta como diferente da norma, pensamos que ele é "errado" e chamamos sua condição de "distúrbio". Mas como a intersexualidade prejudica, de fato, a vida de uma pessoa? É uma conversa que eu gostaria, de certa maneira, de ter com Max, porém isso não vai acontecer. Meu distanciamento me impede de fazê-lo e, também, me protege da emoção que deve tornar essa questão mais difícil de ser discutida entre Max e sua família do que comigo. Com tudo o que sei hoje sobre Max, sobre sua condição rara, tenho a impressão de que eu só poderia imaginar um pouco como deve ser para os pais de uma criança intersexual entender que, fisicamente, seu filho é saudável e feliz, até mesmo perfeito, mas que, por causa da pressão da sociedade para que seja normal e por causa do medo do que é diferente, ser intersexual pode simplesmente arruinar a vida dele. Não é culpa da condição, apesar de ser compreensível que se entenda que "consertar" essa condição parece fazer o problema desaparecer.

Descobri que Karen foi embora de casa quando Max e Steve Walker vieram me ver na clínica para falar sobre a *overdose*. Uma ambulância o levou a um hospital no meio da noite. Max usou os analgésicos que eu lhe dera e alguns comprimidos para dormir de Karen, e também estava embriagado. Não sabemos até onde Max realmente queria fazer algum mal a si mesmo, e suspeito que ele próprio não saiba bem o que queria apagar. Eles lhe fizeram uma lavagem estomacal no hospital, ficaram com ele durante a noite e o mandaram para casa.

Steve queria fazer mais por ele, então eles marcaram uma consulta e vieram me ver, pouco antes do Ano-Novo. Max disse que tomou os comprimidos porque não conseguia dormir, mas também contou que estava deprimido. Estava confuso e parecia desorientado. Eu marquei um psiquiatra para vê-lo uma vez por semana durante uma hora. Nós lhe prescrevemos um leve antidepressivo por dois meses. Ele para no final de fevereiro. Steve não queria lhe dar medicação alguma, então insistiu que fosse leve e de curta duração. O psiquiatra me diz que Max está indo muito bem e, aos poucos, aceitando tudo. Ele não falava nas primeiras semanas, mas um dia começou, timidamente, a expor seus sentimentos.

Eu dirigi até a casa dos Walker um dia desses. Eles vivem em uma área bastante grande e pouco povoada do interior, à beira de Hemingway, chamada Oakland Drive. Você tem que apertar os olhos para ver os nomes sobre os portões das casas enquanto passa. Todas as casas são afastadas da estrada, depois de longas entradas para carros.

Max vive em Gables. É uma construção branca, afastada da estrada, e parece ter mais de um século. Logo na frente há um portão alto, de madeira, e uma sebe em torno dele, com um par de árvores altas na parte de trás. Parece um bom lugar para criar filhos. Fui até lá porque Steve me chamou para conversar, sem Max, sobre o futuro.

Eu o aconselhei que continuassem com o psiquiatra e que conversassem em família. Disse que previa que Max se adaptaria bem a seu tempo. Não fiquei para o café, como Steve sugeriu. É um impulso natural se envolver com a vida dos pacientes quando já se passou por algo tão importante com eles, mas é essencial permanecer objetiva. É isso que eles precisam de mim. Acho que não vou ver Max novamente por algum tempo. Na verdade, espero não vê-lo. Significará que ele está indo bem.

Com isso em mente, quando vejo Karen Walker na butique de roupas na Promenade, o primeiro pensamento que me ocorre é fugir sutilmente da loja. Primeiro preciso tirar os sapatos que estou experimentando. Eu os retiro, pedindo desculpas baixinho para o assistente de loja, mas, antes que eu possa correr, sinto um toque no meu ombro.

— Olá, Archie — Karen diz, em sua voz suave, mas estranhamente fria. — É tão bom ver você...

Sorrio educadamente. — Como vai, Karen?

— Bem! — ela acena com a cabeça, percebendo como acaba de soar: determinada, um pouco louca. Ela ri. — Andei pensando em beber pela manhã. É algo que nunca fiz e sempre quis tentar — ela faz uma pausa, como que esperando que eu dissesse alguma coisa.

Eu pesco a insinuação. — Sinto muito por ligar para o seu marido, sobre a clínica em Londres...

— É mesmo? — Karen me corta, bastante afiada. Ela deixa sua cabeça pender. — Desculpe — ela murmura. — É... Foi um ano ruim.

Coloco minha bolsa sobre o ombro. — Realmente sinto muito, Karen. Eu estava preocupada quando cheguei naquela manhã. Não conhecia a clínica. Achei que Max pudesse ter ido por conta própria.

— Não — Karen fala por cima da minha voz novamente, mas dessa vez com tranquilidade. — Não, você não achou. Mas tudo bem. Talvez eu tenha sido um pouco... má com o Max. Espero ter outra chance, mas... como posso saber?

Por um momento, pareceu que ela poderia chorar.

— Karen?

Ela baixa seu longo pescoço e os cabelos loiro-acobreados o cobrem enquanto ela passa um dedo sobre o rosto. Sua cabeça se ergue outra vez, e ela sorri para mim, do mesmo jeito que Max costumava fazer.

— Está tudo bem com Max? Com a terapia? — ela pergunta.

— As coisas não estão muito ruins — hesito, me perguntando quanto ela sabe. — Ouvi dizer que ele está indo bem. Obviamente a dra. Evans e eu não trocamos informações, mas ela me diz que ele está... se recuperando.

Ela aquiesce de novo, sinceramente. — Hum, acho que sim. Não sei... Daniel me diz que ele está.

— Ele está — digo e me aproximo e toco seu braço suavemente.

— Eu só queria que ele falasse comigo — ela murmura, olhando para uma arara cheia de vestidos. — Nós costumávamos conversar bastante.

— Vai acontecer.

Karen dá de ombros. — Não sei. Há muito tempo que ele já não me conta a verdade, mesmo antes de parar de falar comigo.

Parece que ela quer conversar. Talvez ela não tenha muitas pessoas a quem possa recorrer.

Então, ela suspira e diz algo que me faz querer corrigi-la, apesar da minha necessidade de me manter profissional e distanciada.

— Ele nem sequer admitia que se sentia atraído por meninos. O que devo pensar? Eu achava que ele era tão aberto e corajoso!

— Agora ele não está saindo com Sylvie Clark? — pergunto.

— Sylvie? Pensei que eles tivessem terminado.

— Ah, me desculpe — digo inutilmente, porque Steve me dissera no dia anterior que eles estão se vendo outra vez. — Eu não sei. Só presumi.

— Bom, ele provavelmente é bi, mas não quer falar comigo sobre isso.

— Karen, na verdade Max não é bi.

— Como você sabe? — Karen pergunta, quase com desdém.

— Bom, em todo caso, isso não seria um problema, mas eu sei que ele não é.

— Suponho que ele fale com você mais do que fala comigo agora.

— Eu não o vejo há muito tempo, Karen.

Viro-me para ir embora, mas ela segura meu braço. — Espere! — ela exclama. — Como você sabe?

— Eu... — já falei demais. Vejo suspeita nos olhos dela e me afasto. — Só confie na minha palavra sobre isso — digo, caminhando para a porta.

— Quero dizer, se ele não é... — a voz de Karen se torna firme, embora desesperada, como se sua garganta estivesse comprimida. Ela agarra meu braço com as duas mãos e me olha nos olhos. — Archie? — ela sussurra. A dona da loja nos encara, e saímos juntas para a luz.

Olho para os transeuntes. Quando estamos sozinhas, digo: — Eu não posso. Sigilo médico.

— Archie — Karen me puxa para junto de si. Ela parece doente de tanta dor. — O que é?

Abro a boca, mas não consigo dizer. De repente, Karen Walker não precisa que eu diga.

— Ai, meu Deus! Ela larga meus braços e se afasta, os olhos arregalados de horror. Leva as mãos à boca.

— Sinto muito — sussurro, sem saber o que dizer ou fazer.

— Ai, meu Deus! — Um som profundo e oco vem de sua garganta. — Max.

Max

Sylvie e eu estamos de amasso no meu quarto.

— Eu te amo à enésima potência — murmuro entre seus lábios.

— Eu te amo... com todas as fibras do meu ser — ela diz de volta. É uma brincadeira que fazemos.

— Eu te amo... mais do que amo futebol.

— Ah, merda, que romântico. Ok, eu amaria você mesmo que fosse todo coberto de pelos.

— Eu amaria você mesmo que você... — sorrio, beijando seu pescoço. — ... fosse uma gótica bizarra que anda de bicicleta e escreve poesia.

Ela balança a cabeça, segurando minhas bochechas. — Que coisa doce! E eu te amaria mesmo que você fosse meio a meio.

Dou uma risada. — Eu te amaria mesmo que você tivesse herpes labial.

— Que nojento! Eu te amaria mesmo que você tivesse gonorreia nos olhos.

— Isso é altamente improvável.

— Você é altamente improvável — Sylvie diz, e me beija, acariciando minhas costas com as mãos e agarrando minha bunda. Eu rio, e ela desliza as mãos para a frente da minha calça.

— Ainda não — murmuro.

— Ainda não? Não é certo neste segundo? E agora, neste outro segundo?

— Ai, meu Deus, para!

— E agora?

— Para! — grito, fazendo cócegas nela.

Nós nos enroscamos na cama e nos beijamos mais, quando de repente ouço uma voz gritando o meu nome. Eu me sento.

— Espera, Sylvie, escute.

— Ignora — diz ela, mordendo meu queixo.

Quase caio de volta na cama, mas então ouço novamente: — Max!

— Sylves, eu acho que é minha mãe.

— Merda, sério?

— É. Vamos.

Eu pego sua mão e vamos para a sacada no alto da escadaria, mas ela não está na sala lá embaixo. Dá para ouvir gritos na cozinha, então descemos correndo a escada.

Quando abro a porta, vejo meu pai em pé ao lado da chaleira. Minha mãe está na outra ponta da mesa, gritando com ele.

Todo mundo fica em silêncio quando entramos pela porta. Sinto algo macio sobre as costas, e Sylvie coloca sua mão na minha.

— O que está acontecendo? — pergunto.

Minha mãe se vira para mim. — Eu... Eu... — ela gagueja.. — Eu só queria ver você e o seu pai não me deixou.

— Bom — dou de ombros, incomodado. — Isso é porque *eu* não quero ver você.

— Pensei que tivéssemos combinado que você não viria nas próximas semanas — meu pai diz a minha mãe em voz baixa.

— Eu preciso falar com ele! — minha mãe grita, olhando para mim. Ela andou chorando. Sua maquiagem escura formou manchas sob seus olhos.

— Vamos, Karen, você não pode simplesmente invadir a casa e gritar coisas para ele. Ele anda muito perturbado agora — diz meu pai. — Ele precisa descansar e se recuperar.

Eu me sento à mesa em frente ao meu pai, puxando Sylvie comigo. Ele se posiciona de modo que fica logo atrás de mim e coloca as mãos sobre meus ombros. Não quero deixar meu pai sozinho aqui para passar por outra disputa de gritaria. Foi horrível o suficiente na primeira vez.

— Vamos, Karen, combinamos que você não viria aqui.

— Ele é meu filho! — minha mãe diz, e de repente fico muito triste por ela. Olho para a mesa e cutuco a madeira. Ela leva as mãos ao rosto e abafa um pequeno suspiro de dor. — Maxy? — ela diz para mim. — Por que você não me conta mais nada?

Dou de ombros e murmuro: — Você sabe por quê.

— Não, mesmo antes daquilo — minha mãe geme. — Você não quer, mas poderia ter me contado. Me desculpe se tornei tudo difícil para você, mas poderia ter me contado — ela soluça e cobre o rosto novamente.

Franzo o cenho e olho para o meu pai. — Poderia ter contado o quê?

Ela olha para mim e sussurra: — Como o bebê foi concebido.

— Mas eu contei! — protesto.

— Por favor, Max — ela implora. — Eu quero que a gente converse. Quero que você me diga quem... — ela limpa as lágrimas de seu rosto, e sua voz fica áspera, carregando uma respiração pesada. — Quero que você me conte quem fez isso e eu vou colocá-lo na cadeia...

E, então, eu entendo.

— Não! — grito bem alto. Eu me levanto, jogando a cadeira para trás. Não quero ouvir isso. Cada célula do meu corpo tenta anular o que ela está dizendo, parar o tempo, mudar o curso do momento presente. — Cale a boca!

Meu pai precisa saltar para longe da minha cadeira quando me levanto. — Max! Cuidado!

— Me diz quem foi, Max — nesse momento minha mãe fala como uma advogada, com a palma das mãos sobre a mesa. — Me diz quem foi e eu garanto que ele nunca mais vai machucar você ou qualquer outra pessoa.

Ela parece capaz de matá-lo. Meu pai olha para ela como se fosse louca. Mas aí vejo a compreensão surgir também em seu rosto, e a sensação de pânico cresce no meu corpo até que o meu sangue pulse em meus ouvidos, uma cacofonia de vergonha, constrangimento e, estranhamente, culpa. Não quero que minha mãe e meu pai saibam. Não quero que isso seja outro problema. Não quero que eles pensem em mim dessa maneira.

Não não não não não não não, penso. *Não!*

— Karen? — meu pai murmura. Ela olha para ele com lágrimas nos olhos e confirma com um leve meneio de cabeça. Ambos se voltam para mim.

— Max, me conte — minha mãe pede.

Não consigo dizer nada.

— Max, você tem que nos contar — meu pai diz. — Está tudo bem, Max. Você pode contar.

— Tenha coragem, querido — minha mãe me incentiva.

Há um silêncio. Minha mãe está esperando, meu pai está esperando, Sylvie segura minha mão com muita força, e eu olho para ela desesperadamente. Ela olha para mim, e é como se conversássemos com os olhos.

Eu não posso, digo.

Você precisa, ela diz.

Não. Balanço a cabeça. *Eu não preciso*.

E percebo que não consigo dizer nada. Minha boca não se move, minha voz não vai dizer. Estou paralisado novamente. Não consigo dizer nada. Eu olho para baixo, para a mesa.

— Hunter.

Meu pai e minha mãe se viram para Sylvie.

Ela diz, novamente, de maneira suave. — Foi Hunter.

Daniel

A mamãe e o Max acabam ficando abraçados na sala por um tempão, e depois um policial aparece, e eu não deveria saber de nada, mas escutei da escada, parece que o Hunter vai ser preso. Todo mundo chorou por um tempo, porém eles estão todos bem agora, e todos estão mais felizes, agora que mamãe está em casa. Mas o papai diz que ela não vai passar a noite, que ela só está cuidando de nós até o papai e o policial irem lá pegar o Hunter e voltarem. Mas a Sylvie vai ficar durante a noite. Não sei o que aconteceu exatamente. É difícil ouvir da escada. Eles estavam com a porta fechada.

A mamãe e o papai tiveram uma briga, é por isso que ela não vive aqui agora, e isso eu consigo entender, porque algumas vezes os dois são muito irritantes. Mas às vezes eles são muito legais. Como quando o papai constrói um forte no quintal comigo ou a mamãe me leva para tomar um sorvete em Oxford, nos salões de chá de luxo. Ela diz que agora já sou um menino crescido e não vou me portar mal. Isso mesmo. Eu não vou. Sou um menino crescido. Tenho dez anos, dois meses e 21 dias.

Sinto um toque por cima do meu ombro, e, quando me viro, é o Max que está em pé no batente da porta.

— Ei, amigão — Max diz. Ele parece todo vermelho e alegre pela primeira vez em séculos, o que é bom, porque nem no Natal ele ficou alegre. Ele só ficou fingindo para mim, e era bem óbvio. Ele subia até o seu quarto e ficava lá por uns cinco minutos, depois descia novamente, e à noite ele estava em seu quarto, todo triste, e o papai foi lá e lhe deu um abraço de urso por um tempão e eles conversaram um pouco, bem baixinho, e aí o Max desceu, e ele e o papai assistiram a filmes de ação depois que eu dormi. Isso é o que Max me disse. Ele disse que assistiu ao *Exterminador do futuro 1 e 2*, e em seguida, *True lies* e que comeram passas cobertas com chocolate.

— Oi, Max — digo. — Hunter machucou você?

— Hein?

— Ouvi dizer que ele atacou você. Eu estava ouvindo.

— É — Max concorda balançando a cabeça, parecendo comicamente aliviado. — É, ele me atacou. Mas está tudo acertado agora.

— Ok — eu digo. — Você veio para jogar *Top trumps*?

— Vim — ele diz.

— Legal. Mas você não quer jogar a dois o *Zombieland 4* primeiro? Porque tenho que terminar este nível antes de poder jogar o *Top trumps*. É obrigatório.

— Está certo — Max diz.

— Ok, espere um minuto — digo, e mato quatro zumbis e pego o *powerpack*.

— Você está melhor, não é, Daniel? — Max pergunta.

— Melhor como?

— Você sabe, com... tudo, comigo.

— Ah, sim. Eu estava preocupado quando você tentou se matar, mas aí descobri que você era diferente, e agora sei que você vai ficar bem, porque todos nós sabemos, e agora você pode falar sobre isso. Acho que foi ruim para você, porque você não é muito diferente em tudo, de outras maneiras, mas eu sou meio diferente da maioria das crianças da minha turma, então sei como lidar com isso de ser diferente. Você pode me perguntar o que quiser, e eu ajudo você a qualquer momento. Está tudo bem. Além disso, você não estava mentindo para mim antes.

— Hein?

— Sobre ser especial. Às vezes, eu achava que talvez você não soubesse a respeito disso de ser diferente, mas acho que você sabe, porque você é, então você não estava mentindo quando disse que eu era especial. Nós dois somos especiais.

— É isso mesmo — ele diz, recostando-se no meu beliche e sorrindo. Ele cresceu mais ainda neste Natal.

— Como super-heróis!

— É, totalmente.

— Tipo mutantes genéticos.

— Não se empolgue — Max diz, e ele ri, mesmo que isso não seja engraçado.

Steve

Acompanho o detetive Travers até casa de Leah e Edward para encontrar Hunter. Eu não deveria ter vindo, mas tive que fazê-lo. Acabei de renunciar ao meu posto, mas meu trabalho como procurador-chefe da Coroa era garantir que desgraçados feito Hunter sejam presos, e vou garantir com toda certeza que isso aconteça hoje à noite.

Liguei para Paul Travers porque ele é um sujeito que vai direto ao ponto, é racional e respeitoso. Ele vai manter as acusações com discrição. Vou pedir que os registros do tribunal sejam fechados, uma vez que é estupro de menor, e Paul não ficará tentado a espancar o desgraçado do Hunter como eu estou agora, no banco do passageiro do carro. Seguro a maçaneta da porta do carro, olhando para a casa dos Fulsom, esperando o momento em que Hunter vai sair correndo e eu vou ter que saltar do veículo e poder, de acordo com a lei, enfrentá-lo no chão e esmagar seu rosto no cascalho.

Hunter é um garoto que eu vi crescer. É uma criança que deixamos dormir na mesma cama que o nosso filho.

Karen estava certa. Não posso perdoá-la. Não pelo aborto, mas porque ela não deu ouvidos a Max quando ele falou algo tão importante. Se não o escutamos, se lhe tiramos o direito a suas próprias escolhas, ao seu próprio corpo, então ele deixa de ser uma criatura autônoma e se torna um objeto. Ele para de tomar decisões por si mesmo, ele se esquece de como se defender, e coisas assim acontecem. Gente como Hunter acontece a ele.

A casa à minha frente está tranquila. Percebo a luz da sala mais fraca no corredor. Paul deve estar lá, dizendo a ele o que sempre diz às famílias. Paul é bom nisso. Por um minuto, imagino Karen e eu sentados em nosso sofá, ouvindo que Max machucou alguém, como Hunter o machucou.

Ele simplesmente nunca faria isso. Conheço Max.

De repente, uma luz branca e brilhante enche o carro. Eu me viro. Dois faróis dançam sobre a entrada de carros, e o cascalho é triturado enquanto Hunter estaciona seu carro.

Faço menção de abrir a porta, mas a única vontade dentro de mim é espancá-lo até que perca os sentidos. Fico parado e me encolho em meu assento.

Hunter desliga o motor e olha intrigado para o carro de polícia. Eu estou na sombra. Ele está estacionado à minha direita, mais perto da casa. Acho que ele não consegue me ver.

Vejo Hunter sair do carro. Ele apaga um cigarro no interior da porta do carro e o deixa lá dentro. Ele fecha a porta com um baque.

Ele caminha devagar em direção à porta da frente. O garoto é alto, orgulhoso e arrogante. Ele passeia lentamente, predatório, em direção à casa, depois para próximo à porta da frente. Olha para trás, para o carro de polícia. Seus olhos ficam negros no escuro. Ele está vestindo calça preta, uma camiseta e uma camisa aberta de mangas compridas. Vou me lembrar disso por um bom tempo.

A porta da frente se abre, e ele se vira para ela.

— Mãe? — ele diz. — Você está bem? O que aconteceu?

Ele não está mesmo preocupado. Ele nem sequer suspeita de que estamos aqui atrás dele, penso.

Abro a porta do carro e saio silenciosamente.

— Querido — Leah chora. Ela corre para a frente e joga seus braços em torno dele.

— O papai está bem? — ele pergunta.

— Hunter! — ela grita, com a voz rouca. — Por que você fez isso? Por que você faria isso?

Hunter coloca as mãos na cintura dela. Ele vê Paul se aproximando da porta da frente. Sua boca se abre. Ele sabe o que está por vir. Paul caminha em direção a ele. Edward se inclina contra o batente da porta, curvado como um homem velho, com os braços cruzados. Ele mal consegue olhar para Hunter.

— Hunter Fulsom — Paul diz tranquilamente, mas com firmeza. — Você está preso por estupro de menor.

Hunter olha para Edward.

— Pai? — ele diz. Sua voz é grave, mais grave que a de Max. Enquanto vou chegando mais perto, vejo a barba cerrada e escura que cobre todo o seu queixo. Ele é mais largo, mais alto, até mais do que quando o vi pela última vez, em setembro. Hunter cresceu. Ele se tornou diferente do Max. Devíamos ter notado.

Paul apanha suas algemas e as estende a Hunter. — É melhor vir calmamente, Hunter. Vai ser melhor para você desse jeito.

— Dane-se — Hunter resmunga.

— Hunter, você vai com ele — Leah diz. — Você vai.

— Não — Hunter se afasta de Paul, e Leah o agarra.

— Mãe, sai fora! Eu não vou! Não fiz nada!

— Você está bêbado? — Edward pergunta, com raiva, da varanda.

— Não, não estou bêbado — diz Hunter, sacudindo os ombros para se livrar da mãe.

Leah cambaleia para trás. Lágrimas correm pelo seu rosto. — Por quê, por quê, por quê?— ela murmura, repetidamente.

— Eu não fiz nada! — Hunter protesta. — Mãe, pare de chorar!

Enquanto Paul vai em sua direção, Hunter recua.

— Você está preso pelo estupro de Max Walker — Paul repete.

— Não, porque ele queria! — Hunter diz, desajeitadamente. — Ele queria fazer sexo comigo. Ele disse que seria divertido.

Paul se inclina sobre ele. — Vamos lá, sua mãe e seu pai estão aqui. Você não quer dizer mais nada que possa machucá-los, Hunter. Vamos para a delegacia.

— Merda — Hunter lamenta.

O garoto está bêbado.

— O que você andou bebendo? — Leah pergunta. Ela caminha até ele, segura suas bochechas e olha em seus olhos. Leah é enfermeira. — Querido, o que você tomou?

Hunter afasta as mãos dela com um safanão. — Nada.

— O que houve com você este ano, Hunter? — Ela chora com raiva.

— Nada, mãe! — Hunter grita.

— É como se eu tivesse perdido você! — Leah coloca sua mão trêmula sobre a boca e soluça. — O que aconteceu?

— Foi o Max! Eu... — Hunter passa a mão pelo cabelo ansiosamente. — O Max e eu, nós... Ele queria.

— Hunter! — Leah adverte.

Paul dá um passo em direção a Hunter e Hunter recua, encaminhando-se para o seu carro.

Mas eu estou atrás dele.

Assim que me vê, ele para, congelado. Estendo uma das mãos, pensando que vou apenas detê-lo, pensando apenas em impedi-lo de se mover, mas eu avanço e o agarro pela camiseta e aperto a gola em torno da sua garganta.

— Não se atreva a dizer o nome do meu filho! — digo, quase rosnando.

— Steve! — Paul salta adiante e coloca os braços entre o meu corpo e o de Hunter, enquanto Hunter segura meu ombro e tenta me empurrar. Leah vem correndo por trás dele e põe os braços em volta dos ombros de seu filho.

— Pare de resistir — eu a escuto dizer a ele. — Pare, só isso.

— Deixa disso, Steve — Paul murmura em meu ouvido. — Vamos.

Eu poderia quebrar o pescoço dele agora mesmo se quisesse. Era só eu esticar os braços e parti-lo. Mas ao mesmo tempo percebo que não quero tocar sua pele. De repente, tenho medo de, se eu o tocar, quebrá-lo completamente.

Em vez disso, eu o puxo pela camiseta e chego seu rosto perto do meu, e sussurro com a voz rouca, meu corpo inteiro estremecendo com a proximidade dele: — Você sabe o que fez Max passar?

Hunter detém o meu olhar. Ele engole em seco. Levanta as mãos sobre a cabeça, fora do meu alcance, e Leah o solta. Ela se vira, procurando por Edward, que permanece imóvel na porta.

Paul segura meus braços. Largo a camiseta de Hunter.

Depois de alguns segundos, Paul olha para mim, depois se afasta e caminha ao nosso redor. Ele se coloca atrás de Hunter.

Sem tirar os olhos de mim, Hunter leva as mãos às costas. Ele olha por cima do ombro para seus pais. Leah chora alto, caminhando de volta para a casa. Edward fica na varanda, mantendo distância. É típico de Edward, sempre se mantendo ao largo das questões, com aquele ar arrogante, quando deveria estar no meio de tudo, protegendo a família. Não é de admirar que seu filho tenha um senso distorcido do que é certo e errado, de lealdade, de moralidade.

Hunter se vira em minha direção, longe de seus pais, e se inclina próximo a mim.

— Sr. Walker, eu realmente... — ele sussurra, os lábios trêmulos, as pupilas dilatadas. Ele resmunga, sentindo o frio, as duras algemas fechadas em torno de seus pulsos. — Eu realmente me preocupo com ele. E... com o bebê — ele acrescenta baixinho. Ele acha que isso vai ajudar, que pode explicar, como se houvesse uma explicação, como se houvesse uma desculpa. Ele abre a boca outra vez: — Por favor, eu...

— Não — digo. — Não, você coisa nenhuma.

Paul prende os punhos de Hunter com uma das mãos e abre a porta de trás do carro da polícia com a outra.

Eu balanço a cabeça. — Você não se importa nem um pouco.

Hunter continua a olhar para mim. Um naco de compreensão, de culpa, nasce em seu rosto. Seus olhos se enchem de lágrimas. Paul coloca uma das mãos no cabelo desalinhado de Hunter.

Vejo-o friamente, analiticamente. Achávamos que eles eram crianças, mas eles não eram. Onde é que eu estava quando eles cresceram?

Eu vou desistir do trabalho, digo a mim mesmo. *Eu vou ficar em casa. Não quero deixar passar cinco anos e não saber quem são os meus filhos.*

Leah e Edward observam Hunter como se ele fosse um estranho. Sinto um *flash* de empatia por ele. Ele está sozinho agora.

Mas aí ela se acaba. Empatia é assim. É uma rua de mão dupla. Alguém desumaniza você ao violar seu filho, e cada pensamento que você tinha a respeito deles é quebrado, trucidado, e logo desaparece.

Balanço a cabeça para ele com nojo. — Entre no carro.

Daniel

Max se senta no chão e pega um controle, e eu coloco o jogo no modo para dois jogadores.

— Hum, então — Max diz, se preparando para atirar. — O papai contou para você... sobre eu ser diferente?

— Não.

— Ah. A mamãe?

— Não.

— Daniel, pare de me obrigar a fazer perguntas. Como você sabe sobre isso, então?

— Ah, eu ouvi a mamãe e o papai falando, depois fui e encontrei algumas cópias dos seus registros médicos no quarto da mamãe e procurei o significado de todas as palavras científicas. É tão estúpido eles colocarem tudo em latim... Somos ingleses. Os romanos deviam ser menos vaidosos.

— Humm... É.

— É. De qualquer forma, eu não me preocuparia com o que você tem de diferente, Max. As estatísticas sobre quão comum é a intersexualidade são muito distorcidas e dizem que a taxa de intersexualidade agora pode ser de quatro por cento. Algumas culturas registram oito sexos. Um em cada cem bebês possui algum tipo de genitália ambígua. Além disso, existe mais de uma centena de vídeos *on-line* de pornografia hermafrodita, mas, para ser honesto, acho que eles estão fingindo, porque não se parecem com você. Você pode ser diferente, como eu, Max, mas a boa notícia é que nós vivemos em um mundo de pessoas diferentes. A Sylvie é esquisita também.

— Há mais de uma centena de vídeos *on-line* de pornografia com hermafroditas? — Max pergunta bem alto.

— Max?

Ele olha para mim como se tivesse acabado de notar que estou aqui.
— Sim?

— Acho que foi errado você ter tentado se machucar antes de me perguntar o que eu pensava sobre isso. Se você quer saber o que penso, acho que teria sido absolutamente a pior coisa do mundo se você tivesse morrido.

— Sinto muito, Danny — Max diz, e parece que ele sabe que foi ruim ter feito aquilo.

— Você não tentou falar comigo sobre isso. Eu poderia ter ajudado.

Há uma pausa, e os zumbis se aproximam de nós, porque nós dois estamos um pouco distraídos.

— E se a mamãe e o papai morressem? — Max pergunta, pensativo. — Não seria a pior coisa do mundo?

— Bom, eles são mais velhos, e eu acho que é preferível que eles morram antes da gente.

Max leva a mão à boca, mas é óbvio que está sorrindo, apesar de, mais uma vez, o assunto ser sério. Ele é bem esquisito às vezes.

— Obrigado — diz ele.

— De nada. Nós somos irmãos. Não me importa se você é um menino ou uma menina ou nenhum dos dois. Nós somos grandes amigos.

— Eu sou o seu melhor amigo?

— Eu não sou o seu melhor amigo? Ou é a Sylvie?

— Eu não quis dizer... Sim. Sim, eu sou o seu melhor amigo, Daniel.

— Nós somos grandes amigos.

— Ok. Bom — eu mato dois zumbis. — Então, qual é a da Sylvie? Ela é sua namorada agora?

Max sorri. — Sim, ela é minha namorada.

— Legal.

— É melhor eu voltar e ficar com ela daqui a pouco. Eu tinha vindo para dar boa-noite.

— Tudo bem, podemos jogar outra hora.

Atacamos um templo com uma arma nuclear no jogo, e milhares de zumbis saem correndo, e nós jogamos granadas em cima deles.

— Então... — Max diz. — Você leu sobre os tipos de... variações de gênero?

— Li.

— Acho realmente confuso o que eu sou. Não consegui encontrar exatamente a coisa certa na Wikipédia antes de o médico me dizer. Eles tinham dito que era muito raro. Agora me dizem que não quiseram que eu soubesse antes porque eu me atribuí o gênero masculino, ou o que seja, mas, aparentemente, eu sou 46,XX/46,XY. Eles ainda não sabem o que isso implica para mim, como eu vou crescer e essas coisas, porque é diferente para todo mundo. Apesar de ter os mesmos cromossomos, seus hormônios podem ser diferentes, e também a maneira como você se apresenta.

— Ah, certo — digo e dou de ombros.

— Você sabe o que isso significa?

— É claro que sei. Seu código diz que você não é nem um menino nem uma menina, porque você é, tipo, os dois.

— O que você acha que eu sou? Os dois ou nenhum dos dois?

— Por quê?

— Ahn...

— Você se importa com essa merda? — pergunto, bombardeando outra base zumbi.

Ele dá de ombros. — Acho que não — ele atira nos zumbis que correm para fora da base.

— Você não vai brigar comigo porque eu disse "merda" e só tenho dez anos? — pergunto.

— Não. Eu vou matar você — ele diz, e vai para o painel de controle na tela e se coloca em uma outra equipe que também mata zumbis, mas é minha inimiga. — Daniel? — ele diz, enquanto me deixa fulo, atirando no meu personagem que era o segundo no comando. — Eu mudei de ideia sobre uma coisa. Não estou dizendo que você pode mexer em qualquer coisa para fazê-los, bem, ser *quem eles não são*, se você entende o que quero dizer... — Max mata metade da minha equipe, então persegue o meu Puma de ataque sobre uma cachoeira rochosa. — Mas eu certamente deixaria você modificar os meus filhos.

Eu abro um sorrisão. — Isso! Com extensões robóticas?

— É. Aposto que você faria um trabalho bacana.

— Obrigado, Max. Isso realmente significa muito para mim.

— Tudo bem.

— E... Max?

— Sim?

— Sinto muito sobre o bebê.

— Obrigado — ele diz, olhando para mim. Ele se senta em silêncio por um minuto, seus polegares enlouquecem sobre o controle, e, em seguida, ele xinga: — Merda! Desculpe, matei você. Eu não estava pensando.

— Tudo bem, Max. Vou deixar você levar esta. Você só matou minha *sphinxfighter*. Em todo caso, atingi um nível superior com o *dwarflord*.

Cinco meses e uma semana depois

Max

— Vamos, rápido! — grito.

— Por quê? Temos umas oito horas até que o sol se ponha! — Danny grita de volta.

— Primeiro nós temos que fazer uma parada na oficina, e ela fecha às quatro! Você está pronto?

— Estou pronto. Danny surge, vindo de seu quarto. — A Sylvie está lá embaixo. Ouvi a bicicleta dela.

— É mesmo? — pergunto, olhando pela janela. Da entrada para carros, em um vestido curto roxo e meias compridas cinza, Sylvie olha para mim. Ela levanta seu Ray-Ban, aperta os olhos e acena. Aceno de volta e ela me sopra um beijo.

Daniel vem atrás de mim e puxa a minha camiseta. — Vamos.

Ele se vira e desce a escada aos pulos e eu o sigo, levantando a trava para ele na porta da frente.

— Oi, Sylvie! — Daniel diz. Ele fala comigo por sobre o ombro: — Pegue a sua bicicleta, anda!

Essa é uma instrução literal, ele não falou por falar. Tenho minha carteira de motorista provisória, mas ainda não fiz dezessete anos, então só posso dirigir carros em estacionamentos ou campos abertos com meu pai.

— Max! — meu pai me chama da varanda enquanto levo minha bicicleta por cima do cascalho.

Eu me viro. — Ei. Achei que hoje você faria trabalho voluntário.

Meu pai trabalhava muito nos fins de semana e todos os dias da semana sem perder um só. Mas, desde que tudo aconteceu, ele parou de trabalhar, e agora só presta serviços voluntários, dando palestras em centros comunitários. É bom tê-lo por perto por mais tempo.

Meu pai sorri. — Decidi tirar o dia de folga. Fazer algumas coisas em casa. Você vai passear de bicicleta?

— Vou, sim — concordo.

Fico feliz que meu pai não tenha concorrido para MP. Ele me disse que também está feliz por não ter concorrido, porque ele pode passar mais tempo com a gente. Desde que minha mãe foi embora, ele começou a cozinhar de novo, e parece que realmente gosta disso. Fizemos um churrasco no outro dia, só nós três. Vemos muito mais meu pai agora do que antes. Falamos sobre eu ser intersexual, às vezes; sobre como estou me sentindo e como está indo a terapia. Vou uma vez a cada quinze dias. Meu pai está usando um suéter e jeans hoje. Ele usa bem menos ternos. E minha mãe também. Os dois parecem mais relaxados do que antes.

— Tudo bem, então — ele diz. — Você vai estar em casa para o jantar?

— Acho que sim.

— O que você vai querer?

Olho para Daniel, mas ele olha para mim e dá de ombros.

— Humm — ensaio. — Lasanha ou algo assim seria ótimo, pai.

— Feito. Parece bom. Vai estar pronta por volta das cinco.

Ele volta para casa. Antes que feche a porta, ele diz: — Eu vou estar aqui se você precisar de mim, ok, Max?

Fico envergonhado, mas sorrio com gratidão. Ele sabe que dia é hoje.

Queríamos ir sozinhos hoje, só Sylvie, Daniel e eu, por isso Daniel e eu enchemos os pneus das nossas velhas bicicletas ontem à noite, nos preparando. Daniel não sabe por que estamos indo. Ele acha que é só um passeio legal.

Ele descobriu sobre o bebê porque é muito mais inteligente do que qualquer um imagina. Admiti tudo o que ele descobriu sozinho e, finalmente, depois que ele perguntou de novo e de novo, eu lhe dei uma versão moderada dos acontecimentos, sobre o que aconteceu entre mim e Hunter e como o bebê foi concebido. Obviamente, omiti certas coisas.

Não quero que ele saiba sobre hoje, ou por que estamos indo para onde estamos indo. Ele me pediu para contar tudo a ele, e por mais coisas que eu possa contar, há algumas que eu simplesmente não tenho palavras para explicar. Cheguei à conclusão de que, se não estou pronto ou não sou capaz de entendê-las ainda, não é justo sobrecarregar meu irmão mais novo com esses pensamentos confusos da minha cabeça. Crescer já é devastador o suficiente sem que isso aconteça antes do que se espera.

Acordei ontem à uma, às quatro, e novamente às oito.

À uma, ouvi meu pai em seu quarto, fazendo observações para um gravador. Ele está pensando em escrever um livro e faz anotações durante a madrugada.

Minha mãe ainda estava trabalhando até algumas semanas atrás. Ela é realmente uma grande advogada. Daniel e eu fomos vê-la no tribunal. Depois, ela nos levou para comer *scones*, que deixaram Daniel ensandecido. Estamos reconstruindo um relacionamento lentamente. Isso foi no mês passado, mas ela está tirando um longo período sabático da advocacia durante o verão. Ela tem uma pequena casa em Oxford e anda lendo à beça e só fica em casa. Está muito mais brincalhona com Daniel do que costumava ser. Comigo ela é, tipo, menos divertida do que costumava ser, mas mais verdadeira. Estamos trabalhando nisso.

Ontem à noite escutei meu pai falando apaixonadamente no gravador. Imaginei-o agitando os braços ao falar. Daniel e eu pensamos que minha mãe e meu pai voltariam a ficar juntos, mas eles não voltaram. Não acho que nenhum deles esteja vendo outra pessoa. Eu me sinto mal por isso. Provavelmente, é o último efeito colateral que sobrou de tudo o que aconteceu no outono, que perdura, que deixa um gosto ruim no ar. Às vezes, penso naquele bilhete que meu pai deu à minha mãe, "Para o amor da minha vida", e penso em como eles possivelmente são o amor da vida um do outro, penso que eles tinham algo como Sylvie e eu temos, e que tirei isso deles. A voz do meu pai baixou para um murmúrio, depois recomeçou, alta e virtuosa. Só mais uma noite. Coloquei meus fones de ouvido do iPod, me virei e fechei os olhos.

Às quatro eu me sentei, assustado, encharcado de suor, Gang Starr repetindo *Take it personal* em meus tímpanos. Arranquei os fones de ouvido e tirei a camiseta. Meu peito não cresceu nem ficou feminilizado, ou seja lá qual termo idiota o dr. Flint usou. Acho que, se não ficou até agora, nunca vai ficar, então aí está mais uma teoria desmascarada. Os médicos não sabem nada. Bem, isso é meio injusto. Vamos apenas dizer que o mundo é imprevisível. A ciência não é confiável. Ela não pode dizer quem você é, ou o que você quer, ou como vai se sentir. Todos esses pesquisadores estão enlouquecendo em seus laboratórios, tentando nos fazer caber nessas pequenas caixas para que possam justificar seu cargo, ou seu financiamento do governo, ou o trabalho de toda a sua vida. Eles podem teorizar e podem lhe dar um meio, médias e modos, mas é tudo suposição padronizada, oficializada pela arrogância. Você tem que se achar especial de verdade para pensar que pode desempenhar um papel na definição da identidade de um grupo de pessoas que não conhece, de seres humanos com um monte de merda complicada acontecendo em seu corpo. Eles ainda não sabem o que certas partes do nosso cérebro podem fazer; eles ainda não sabem como curar um simples resfriado; e afirmam saber sobre sexualidade, sobre sexo. Bem, você não é um homem só porque gosta de futebol, e não é uma mulher só porque se sente atraída por homens, e não deixa de ser mulher porque gosta de ser a única que mete, e não deixa de ser um cara só porque gosta de receber ou porque às vezes chora em filmes bobos. Daniel chorou o tempo todo enquanto via *Planeta dos macacos: a origem*.

Limpei o suor do meu peito com a camiseta. Embora ainda sem pelos, meu peito está realmente bem forte no momento. Daniel queria que eu o ensinasse a malhar, então estamos fazendo exercícios todas as manhãs antes da escola. Quero dizer, acho que nunca vou ser um fisiculturista, mas, em comparação com meus amigos, posso dizer que não estou ficando para trás.

Fiquei sentado assim por algum tempo, minha camiseta amassada nas mãos, só olhando fixamente para as cobertas na minha cama e sentindo meus ombros levantando e caindo com cada respiração. Está tudo tranquilo na minha cabeça agora. Apenas a minha voz e de mais ninguém.

Eu estou vivo. Isso é uma coisa boa. Estou feliz com isso. Sou intersexual e começo a aceitar melhor esse fato. Uma coisa que passa pela minha cabeça às vezes, entre todas as conversas sobre ser intersexual com meu terapeuta, é o fato de que concebi um bebê e que poderia conceber novamente algum dia. Eu nunca havia pensado antes sobre como a vida é tão acidental, como ela pode ser tão fácil e rapidamente criada e se acabar de repente, no espaço de minutos. Isso me faz apreciar tudo muito mais, mas também me faz pensar sobre quanto do nosso destino é definido pelo acaso, e quantos pequenos acidentes tiveram que acontecer para me fazer o que e quem eu sou.

Ainda me preocupo com o que tive que fazer, o que minha mãe acabou tendo que fazer por mim. Ninguém deveria ter que passar por uma gravidez quando não a deseja, e estou contente por não ter passado. Mas, apesar de ter sido um acidente, e apesar de ter sido um mau momento, e uma situação ruim, foi muito difícil para mim fazer essa escolha. Eu acho que é sempre difícil fazer essa escolha e não invejo ninguém que precise fazê-la. Mas o que é ainda pior é que não a fiz. Eu deixei que acontecesse. Nunca cheguei a aceitar aquilo totalmente antes que o fizessem, e talvez não tenha aceitado ainda, até hoje. Em todo caso, é de partir o coração passar por isso, e não sei quando ou como se deve superar isso.

Não sei como lidar com essa situação.

Mas o que sei é que estou muito, muito feliz por não ter feito a outra cirurgia afinal. Eu realmente não acho que poderia ter me reerguido depois daquilo. Realmente não me sentiria mais como eu mesmo. Teria me sentido não só como se não fizesse as minhas próprias escolhas, mas também como se este corpo não fosse meu. Meu corpo inteiro seria uma lembrança, todos os dias, de que eu não fui corajoso o suficiente apenas para ser eu mesmo.

Tiro as cobertas da cama e toco minha cabeça. Está quente e escorregadia com o suor. Eu espero. Vejo o quarto se tornar mais visível no escuro. Decido que não é domingo ainda. Decido que hoje ainda é noite de sábado. Sei que estou mentindo para mim mesmo. Afundo de volta no travesseiro, viro de lado e adormeço.

Às oito. Às oito... Às oito horas eu acordo, e dessa vez é domingo de manhã.

Nós levamos nossas bicicletas para longe das casas e pelas ruas estreitas através dos campos. À minha frente, o sol ilumina o cabelo cor de caramelo da Sylvie e o vermelho do Daniel.

— Anda, Max! — Daniel grita animadamente, e eu acelero à frente deles. Nós subimos e passamos sobre a colina, depois descemos pela sua lateral. O posto de gasolina fica à beira da estrada, solitário.

— Por que estamos parando? — Daniel pergunta.

— Espere aqui — digo.

Sylvie e eu recostamos nossas bicicletas em uma parede, sem nos preocupar em passar cadeado nelas, enquanto Daniel espera impacientemente na rua. Esta é a zona rural de Oxfordshire. Ninguém roubaria bicicletas aqui.

— Olá — Sylvie diz. — Quero as suas melhores flores, por favor.

Sylvie recosta no balcão, com os braços e os pulsos morenos, pequenos e delicados. Ela usa um relógio e uma pulseira de amizade que lhe dei. Eu envolvo sua cintura macia com meus braços e beijo sua nuca, passando o dinheiro para as flores sobre o balcão.

Quando Sylvie e eu passeamos de bicicleta no início do verão, encontramos uma igreja bonitinha em uma colina. Fica em uma pequena aldeia, com todas as casas espalhadas embaixo, no vale. A igreja era agradável o suficiente, mas nenhum de nós é religioso, então eu disse que não queria vir à igreja quando fizéssemos isso. Mas aí Sylvie disse: — Ele não iria ficar solitário, completamente sozinho em um campo por aí?

Eu não podia contra-argumentar.

— Vamos! — Daniel grita à nossa frente, pedalando furiosamente até o morro com a igrejinha lá em cima, achando mais fácil subir com seus 31, 32 quilos, seja lá quanto ele pese.

— Cuidado com os carros! — advirto, castigando minhas pernas para alcançá-lo.

Nós três contornamos o muro do cemitério com nossas bicicletas. O muro é baixo, de pedra, e foi construído há muito tempo. A própria igreja tem pedras cinza-esverdeadas, inteiramente cobertas de musgo. Flores enchem o quintal: belas e brilhantes malvas-rosa e videiras e cravos. Paramos nossas bicicletas nos arbustos na parte de trás da igreja e depois subimos por trás, por um caminho muito estreito, com uma série de arcos de madeira sobre ele, tudo com madressilva crescendo pelas laterais, criando um corredor de perfume adocicado até o local que tem vista para o vale abaixo da colina. Lá embaixo, casinhas bonitas de tijolos vermelhos, junto aos campos de pouso repletos de flores silvestres e papoulas e ranúnculos e margaridas.

Aqui há um banco dedicado a uma criança que morreu seis semanas depois de nascer. O nome dela era Matilda.

Olho para o banco, inseguro. Daniel se senta nele. — Que lugar bonito — ele diz alegremente.

— Ei — uma voz suave diz por trás de mim.

— Olá, você — digo, sem me virar enquanto ela coloca os braços em volta dos meus ombros e beija a curva do meu pescoço. Então, ela pega a minha mão e eu a aperto com gratidão.

— E agora? — murmuro.

O ombro nu de Sylvie roça contra o meu quando ela vem para o meu lado. Ela observa a vista. — Não sei.

Nós ouvimos os grilos sussurrando e observamos a cabeça das papoulas balançando com a brisa, abaixo de nós.

— Eu vou descer o morro com Danny para brincarmos — diz Sylvie.

— O que eu devo dizer?

— O que você quiser — ela responde delicadamente. Ela vai em frente e faz cócegas em Daniel, pegando a mão dele e correndo um pouco pelo vale diante de mim.

É um declive suave, mas íngreme, e eu me sento no banco, observando-os brincar entre as flores silvestres em uma grande área salpicada de verde.

Eu trouxe a imagem do ultrassom para o banco sobre o vale. Talvez seja estúpido ou sentimental, mas eu queria vir aqui para dizer adeus, ainda que apenas à ideia de uma pessoa, que me ajudou a perceber que eu não estava tão arruinado, que tenho um futuro, que talvez um dia eu tenha uma família, e que talvez eu não tenha medo.

Tive noções românticas sobre como superar isso, em momento oportuno, estilo Hollywood, convenientemente no dia em que o bebê deveria ter nascido, e que eu pudesse me assumir livre dos erros do passado, deixando a foto no banco no cemitério. Mas não consigo. Ela permanece no bolso o tempo todo em que eu me sento ali, olhando a grama.

Às vezes, eu ainda sinto que há dois de mim: uma imagem limpa e impecável, e outra imperfeita e rachada, um menino, uma menina, uma voz que fala em voz alta e outra que sussurra em meu ouvido; um publicamente conhecido por ter ficado perturbado, mas agora em recuperação, o outro que privadamente perdeu alguma coisa que tem a ver com inocência e ganhou algo que tem a ver com sabedoria e vida adulta, e que nunca poderá ser desfeito. Sinto que às vezes há coisas que me rasgam em duas direções, que há dois conjuntos de pensamentos que crescem lado a lado. Mas me dou conta de que sou inteiro, seja lá o que isso signifique ou deixe de significar; eu sou completo, sem necessidade de acréscimos ou alterações.

— Lugar bonito — murmura Sylvie, voltando para o meu lado.

— Obrigado por terem vindo — digo, colocando meu braço em torno dela, sentindo seu calor. Eu acaricio sua pele macia com os dedos, e nós dois olhamos sobre o vale. — Eu sei que isto é esquisito.

Sylvie deita a cabeça sobre o meu ombro. — Não, não é.

Agradecimentos

Em primeiro lugar, obrigada pela leitura. Tive muita sorte na vida, e meu tipo particular de sorte tem sido a de viver cercada por pessoas inteligentes, carinhosas e apaixonadas. Entre essas pessoas, há algumas específicas a quem eu gostaria de agradecer aqui, por me apoiarem ao longo do caminho para contar a história de Max. São elas:

The Authors Foundation e K. Blundell Trust, pela concessão de uma bolsa para que eu escrevesse este livro, e ao Brocklesby Trust, pelas várias bolsas ao longo dos anos. Não se pode subestimar a diferença que faz um apoio financeiro para alguém tentando encontrar seu chão ou, neste caso, sua voz.

Minha editora maravilhosa, e que também me publicou, Arzu Tahsin, que assumiu a tarefa de transformar uma desconhecida escritora de meio período em uma romancista. Isso mudou a minha vida e lhe sou eternamente grata. Obrigada também a todos na Weidenfeld & Nicolson e Orion por fazerem um trabalho tão bonito com a edição e a capa da versão inglesa de *Menino de ouro*, particularmente a Sophie Buchan, por todo o seu árduo trabalho e ideias inteligentes, e também a Marcos Streatfeild e Jennifer Kerslake. Estou muito ansiosa por trabalhar com todos vocês ao longo dos anos e dos livros que virão.

Todos na minha adorável casa literária, Conville & Walsh. Jo Unwin, meu brilhante agente, salvou o meu primeiro manuscrito da pilha de apreciações. Jo, obrigado por ser meu apoio e um companheiro de equipe, por sempre ter fé e por toda a diversão que tivemos com *Menino de ouro* na feira de livros de Londres em 2012. Tem sido, e sei que continuará a ser, um grande prazer. Um grande obrigado também a Carrie Plitt, Jake Smith-Bosanquet, Alexandra McNicoll, Henna Silvennoinen, Alex Christofi, Patrick Walsh e a todo o restante da equipe.

Como sempre, eu gostaria de agradecer à minha família incrível e aos meus amigos por serem absolutamente os melhores. Em todo o mundo. Em qualquer tempo. Credito a seu exemplo, incentivo e amor a pessoa que sou hoje. Particularmente, eu gostaria de agradecer a:

Andy Squires, por se entusiasmar com *Menino de ouro* (e com todas as minhas ideias estúpidas) desde o início; Rosie Cannon, por sugerir que eu escrevesse algo como *Menino de ouro*; por seu amor e generosidade, Karina Cornell, Coralie Colmez, Becky Preston, Melissa Hollis, Coco Quinn, Carla Evans, Sarah Mosses, Liv & Tim, Rhys & Sarah, Richie B., Tom & Tam, David & Kit, Joyce Walker, Kate, Brian, John, DJ, Bridge, Neil, Billy, Lucy, Luke, Geri, Georgie, Ben, Lottie, Spesh, Andrew Walker, Kate Squires, O. e Stan, Nan D.; o inspirador Michael Reeve, a genial artista gráfica Cassie Leedham; a amiga Hannah Kane, editora da revista *Phoenix*; e o meu professor de inglês, Garrath Ellershaw. Muito, muito especialmente, eu gostaria de agradecer à encantadora Chris Goldberg, cujo apoio, crença, fé inabalável e anotações bastante inteligentes tornaram possível a existência deste livro sua forma atual.

Finalmente, gostaria de agradecer aos meus pais, a quem este livro é dedicado, por serem muito, muito legais.

Este livro, composto na fonte Fairfield,
foi impresso em papel Pólen Soft 70 g, na Imprensa da Fé.
São Paulo, outubro de 2013.